芯战

思璇 / 著

中国出版集团 | 全国百佳图书
中国民主法制出版社 | 出版单位

图书在版编目（CIP）数据

芯战 / 思璇著 . —北京 : 中国民主法制出版社，
2021.6
ISBN 978-7-5162-2406-9

Ⅰ . ①芯… Ⅱ . ①思… Ⅲ . ①长篇小说 – 中国 – 当代
Ⅳ . ① I247.5

中国版本图书馆 CIP 数据核字（2020）第 269704 号

图书出品人 : 刘海涛
出 版 统 筹 : 石　松
责 任 编 辑 : 张　婷　黄宝强　刘　娜

书　　名 / 芯战
作　　者 / 思璇　著

出版·发行 / 中国民主法制出版社
地址 / 北京市丰台区右安门外玉林里 7 号（100069）
电话 /（010）63055259（总编室）　63058068　63057714（营销中心）
传真 /（010）63055259
http: // www.npcpub.com
E-mail: mzfz@npcpub.com
经销 / 新华书店
开本 / 32 开　880 毫米 × 1230 毫米
印张 / 13.75　　字数 / 276 千字
版本 / 2021 年 7 月第 1 版　　2021 年 9 月第 3 次印刷
印刷 / 北京天宇万达印刷有限公司

书号 / ISBN 978-7-5162-2406-9
定价 / 49.80 元
出版声明 / 版权所有，侵权必究。

序一

当思璇告诉我她的长篇小说《芯战》即将出版时，我非常高兴，同时想起了我们一起度过的很多美好时光。

创作这样的长篇小说是需要阅历支撑的，恰好思璇的跨界身份与经历成就了她。她是法学博士，也是央媒资深法治记者，在法律和文学的跨界领域不断地耕耘，也收获满满。所以，她有足够的勇气和底气写中美企业间的知识产权战、芯片战，让我们感受到了那个没有硝烟的"战场"。

在这个专业领域，我算是门外汉，但看完这部几十万字的小说并不费力。"案中案""谍中谍"的精巧构思，明暗两条线索推进故事情节，让我时刻都被吸引。男女主角在结尾的三年之约让我揪心，以致更加期待小说的续集。

以往的小说中，我们看过太多的分手、离别、陷害，自觉已经尝尽了人世间的苦，不会再为谁流泪，但这部小说有几处情节让我非常动容。很多时候我们会期待：这世上总有一人披荆斩棘只为我而来。可到最后会发现感情不必非要浓烈，爱人、朋友与你的相遇和分离，大多平平淡淡、自然而然。小说的结尾，二人匆匆分别，女主角登上飞机，男主角一个人走出机场，呼应了那部传世经典影片《罗马假日》。

这些年，总被别人问起："你怎么可以写出那么多的书？"

我想我应该是天生干这一行的吧！对于一个路痴、脸盲、患有重度遗忘症的我来说，写作无疑是种最好的救赎。幸运的是，我和思璇都是被文字唤醒的人，文字撞击了我们心中最柔软、最深情的部分，让我们有理由相信自己还可以是一个年轻人，可以幻想、可以浪漫、可以矫情、可以愤怒，依然可以把很多的话通过小说讲给大家听。

最后，我想对每一位翻开《芯战》的朋友说，谢谢你的捧场，谢谢你依然热爱阅读，在当下如此繁忙的现代生活里，这真是一件了不起的事。

饶雪漫

2020 年 12 月 27 日

序二

　　我与知识产权事业结伴同行已近四十年，参与、见证了中国知识产权事业破冬入春的发展历程，对知识产权的关注已成为一种习惯。恰逢中央政治局集体学习知识产权、要求从国家战略高度看待知识产权之际，《法治日报》记者思璇发来《芯战》书稿，盼我为书作序。得见以知识产权为题材的长篇小说，甚感欣喜；翻阅之下，更觉难得。遂感言几句，权作序语。

　　对中国来说，知识产权是舶来品，如今却已嵌入中国的现代化进程，与科技、法律、经济、文化深度融合，成为国家创新发展的重要支撑，既是国家科技"硬实力"的制度保障，也是国家文化"软实力"的提升路径。诚如习近平总书记指出的，中国已走上了一条中国特色的知识产权发展之路，加强知识产权保护关系国家治理体系和治理能力现代化，关系高质量发展，关系人民生活幸福，关系国家对外开放大局，关系国家安全。在新时代背景下，传播知识产权理念、提升人民群众的知识产权意识，是"知识产权人士"的历史性责任。然而，多年以来，知识产权因其专业领域的高门槛，令人民群众难以接近，连非知识产权专业的法科生也不求甚解。让人欣慰的是，《芯战》一书以其独特的方式，为知识产权与人民群众的"互联互通"铺设了一条新道路。

本书以小说这种大众喜闻乐见的文学形式，在男女主角的职场奋斗、情感纠葛等组成的生活世界中，分层次、有节奏地展示了专利侵权与保护、商业秘密管理与运营、知识产权布局与防御、国际合作与竞争等诸多知识产权专业知识，让读者在情感体验、生活感悟的过程中，不知不觉地获得了很多关于知识产权的理念与知识，且了解到了现实生活中的知识产权运营状况。这种寓教于乐、"润人"无声的传播方式，能从多方面满足人民群众的精神文化生活需要，非一般的知识产权普法宣传可比，值得大力提倡。

进入《芯战》的世界会看到，作为中国新生代优秀青年律师代表的男主角沈梦远，完全接受中国本土教育，在实践中不断学习，在国际事务中表现优秀，对中国的现在和未来有高度的文化自信和制度自信。通过知识产权律师业务的磨炼，沈梦远由一个只想挣钱养家、让家人过上好日子的青年，成长为一个具有家国情怀、愿为国际知识产权保护贡献中国力量，为中国的科技崛起贡献法治智慧的跨界精英。他的专业素养与职业操守，冷静思维与责任担当，在自主创新与中国制造2025、中美贸易摩擦、芯片研发与知识产权保护、企业家人身权与财产权保护等社会热点话题编织的业务环境中，逐步释放，让读者产生情感共鸣的同时，也激发出了伟大的爱国心与凝聚力。这些，都是当下中国所需要的正能量。中国也需要大力推进涉外法治人才的培养工作，需要一流的涉外法治人才，在国际法律事务和全球治理方面发出中国的声音，捍卫中国的利益。本书男主角沈梦远可谓这类人才的缩影。

　　本书的另一看点，是其"案中案、谍中谍"的构思。明暗两条线索推进故事情节，匠心独运、引人入胜。这一构思有一定的现实基础，也可视为中国正由知识产权引进大国向知识产权创造大国转变的例证。

　　文本的魅力在于仁者见仁，智者见智。不可否认的是，能将高度专业的知识产权写成引人入胜的故事，需要极高的专业素养和创作能力。思璇能在工作之余创作出本书，本身已是一种成功。当然，她也有别人难以复制的优势，她博士师从著名知识产权专家、西南政法大学张玉敏教授，她的师兄弟姐妹很多已成为我国知识产权界的新秀。相信这些都是思璇创作的源泉，也是本书专业性的保证。很多优秀的记者也是优秀的作家，希望思璇以法律人的专业和新闻人的敏锐，创作更多更好的法治文学作品。

吴汉东

2020 年 12 月 19 日

目 录
CONTENTS

楔子

中国，北京。某法院正在开庭，再审一桩涉外知识产权案。

"三维立体商标和平面图形商标均是可以注册的，二者是并列关系。申请人在申请复审的补充理由中多次提到其所申请的是立体商标并附上了使用说明，但商标评审委员会错误地认为是平面商标，并据此进行审查。这是依错误的事实做出的错误决定，存在程序违法。"申诉方律师从容不迫地道来。他穿着律师袍，身材俊朗、五官英气、目光如炬，典型的精英律师气质。

他叫沈梦远，三十岁出头的青年才俊，国昊律师事务所知识产权委员会主任、知识产权律师，入选了《全国千名涉外律师人才名单》。他为法国著名化妆品公司维迪儿公司代理的商标案今天终于再审，幸运的是审判长竟然是大法官董姝。

商标评审委员会诉讼代理人马上辩护："世界知识产权组织国际局将申请材料移交中国商标局，应当在三个月内向商标局提交补充关于三维视图的材料，由于申请人没有补充材料，商标局将申请商标作为普通商标进行审查并无不当。"

"世界知识产权组织国际局在收到驳回通知书后转发中国

商标局的驳回决定，申请人此时才知道商标被驳回并及时提交了复审申请，申请人在商标局审查阶段并没有机会提交材料。"沈梦远反驳。

两人唇枪舌剑，激烈辩论。

他们争论的其实是一款香水的国际注册商标。双方争议的焦点在于该商标是否具有"显著性"特征，审查程序是否违法。

"审判长，请法庭允许我们播放一段涉案香水广告，以证明其外观设计符合商标的'显著性'特征。"沈梦远申请。

"同意。"审判长回答。

……

大洋彼岸，美国。

一个漂亮聪颖的年轻女孩坐在书桌前，眼睛睁得大大的，神情专注地盯着电脑，她在看这场庭审直播。

女孩名叫陆文熙，哈佛大学法学院的高才生，目前已经是美国的执业律师，过几天她就要飞去中国上海到沈梦远律师身边学习了。想到这儿，陆文熙脸上露出得意的笑容。

她在网上看这场庭审，既是为了看沈梦远，也是为了看中国的女大法官董姝，她可是因为崇拜美国联邦最高法院女大法官金斯伯格才学的法律专业呀，当然她也想看看中国的法院对这个全球著名的香水案的审理。

看，董姝大法官和审判员出来了。合议庭意见如何，会当庭宣判吗？文熙集中注意力。

"……合议庭经过审理后认为，中国商标局针对申请商标做出的驳回决定所依据的事实明确有误，且申请人明确将此作为复审理由的情况下，商评委对此未进行审查与置评，这一做法有违行政程序的'正当性原则'。据此，本庭宣判，撤销一审、二审判决，判令商评委重新针对申请商标的'领土延伸保护申请'做出复审决定。"坐在审判长席上的董姝端庄知性，不怒自威，满足了文熙对于中国女大法官的想象。

看得出中国法院正在努力打造让当事人信赖的国际知识产权争端解决"优选地"，平等保护境外当事人的合法权益。那中国天华公司与美国 LR 公司的诉讼也会这么公正吗？文熙心里想。

"真是叫不动你了，必须我亲自来请吗？"一位气质高贵、雍容典雅的中年女性突然出现在陆文熙身边，面有愠色，继而向前一步挡住她看电脑的视线。

这是她妈妈林芷兰，美国小有名气的影视评论家，和好莱坞关系密切。

"妈妈，你吓我一跳！"陆文熙一下弹起身，推着妈妈就往外走，连声说对不起。是的，妈妈已经让陈妈来催过她两次了，叫她去电影室。

"又要叫我看什么呀，我在忙正事，研究 LR 公司的诉讼。"陆文熙嘟着嘴，满脸不高兴。

"你的终身大事才是你的正事，LR 公司的诉讼有 LR 公司的法律团队，你又不是 LR 公司的律师。"妈妈把文熙拉到那间能容纳五十人的大电影室，里面配置的都是顶级的专业视听设备。

原来妈妈通过七大姑八大姨给她物色了好几个相亲对象，

平常一说这事也就这么过去了，不承想今天这么郑重其事。文熙难以置信地望着妈妈，太夸张了吧，怎么会这样？二哥居然也参与，他可是科学家呀！

妈妈叫文熙的二哥跟她一起把那些门当户对的青年才俊的资料做成了PPT，特意在这间大电影室放映，以示郑重。

"这是你王叔叔的亲侄子，三十三岁，普林斯顿大学最年轻的生物学教授，父母都是科学家。你看眉宇间是不是像朱棣文？也许就是未来的诺贝尔奖得主哦。这是你二哥的朋友，三十五岁，耶鲁经济学博士，华尔街投资精英，来自中国香港的世家，父亲是耶鲁的校董……"

"那这个是未来的巴菲特或者罗杰斯吧？"陆文熙揶揄地冲着妈妈一笑，抢了她要说的话。

"后面还有什么？商业巨子？政坛新秀？有好莱坞影星吗，妈妈？我喜欢帅哥。"陆文熙转动着一双灵动的大眼睛瞟着妈妈。

"认真点！我先快过一遍，再回过来细细地看。"妈妈呵斥道，但却怎么也看不出严厉。陆文熙今年二十八岁，是整个陆氏家族近两代中唯一的女孩，是众星捧月的公主，陆家老老少少都娇惯着她。她从小便拥有着开挂的人生，上天不仅给了她优越的家世，还给了她美丽和智慧。她一路当学霸，一路读名校，一学到底，这个暑假后即将攻读哈佛的JSD（法学博士）。

对于林芷兰来讲，唯一的遗憾是女儿到现在还没有男朋友，甚至连恋爱都没谈过。她希望女儿完美，作为一名华人，她骨子里还是认为拥有爱情和家庭才构成一个女人的完美人生。于是在文熙二十八岁的时候她就坐不住了，因为她在这个年龄已经生下了文熙的大哥。

"再看看这个……"林芷兰调出第三张照片，却被推门进来的文熙父亲打断，身后还跟着文熙的小叔和堂弟。

"你一个电影评论家做这个不是大材小用吗？"文熙的父亲陆天皓打趣自己的太太。

"就是就是。"文熙冲爸爸挤眉弄眼，也跟叔叔和堂弟打招呼。

陆天皓自信地说："还用担心我们家 CiCi 找不到男朋友吗？我还怕踩破我们家门槛呢。"大家哈哈大笑。

林芷兰对文熙的小叔摇摇头说："看吧，你大哥总是跟我唱对台戏，CiCi 都被你们陆家人宠坏了，你看她哪里像个名媛？"

那边陆文熙冲妈妈扮个鬼脸，早已拉着堂弟开溜了，她要去换衣服。他们约好今天去骑马。

陆家庄园坐落在距离海边不远的大片森林山丘中。因为父辈的影响，文熙这一代也都喜欢马术，尤其是文熙，几岁便迷上骑马。为此，陆天皓不惜花巨资买下这个著名的森林庄园和附近的马场。

虽然夫人并不支持女儿的这个业余爱好，但陆天皓还是给女儿请来最好的教练，鼓励她做自己喜欢的事情。文熙也不负所望，成为一名专业级马术选手，学习之余还会参加美国和欧洲的一些马术大赛，在一群欧美女孩中是少有的东方面孔。

文熙与父亲、小叔、堂弟骑马驰骋在茂密的丛林海边。原始森林的负氧离子夹杂着凉爽湿润的海风扑面而来，分外舒服畅快。文熙一路领先，穿过溪流浅滩，越过崎岖山地，来到一片平坦丰茂的草地，停下来跳起了盛装舞步。太兴奋了，马上就要去中国过一个完整的暑假了，自从进入哈佛，这么多年都没有好好地度个长假，一直是各种学习、考试、实习，各种训练、比赛，真是很累了。这次要在中国轻松愉快地看风景、品美食、交中国朋友，回来成为一个"中国通"。

父亲和小叔、堂弟陆续到达。父亲也正好想跟文熙单独聊聊去中国的一些事情，听了她的想法，非常赞同，尤其是听文熙说想成为一个"中国通"让他分外高兴。如今中国在全球的地位、陆家在中国的投资、陆家传统的中国情结，都让他着意培养子女对中国的热爱和研究热情。

陆家祖上是浙江的显赫世家，诗书耕读，出过数个进士。陆天皓的祖父是中国第一代哈佛博士，曾出任民国的部长，后来随国民政府到台湾，到陆天皓父亲这一代，子女多数到美国留学并在美国定居。陆天皓这一代虽已是土生土长的美国人，但都接受过良好的中国文化和语言教育，老爷子希望他们永远记住自己是中国人，自己的根在中国，甚至可以在某个时间点重做中国人。

"CiCi，你到了中国要多看多听，比较一下你眼中的中国与你了解的中国有什么不同，也关注一下中国政府和民间对LR公司及诉讼的看法。"父亲对文熙说。

陆文熙是陆家这一代子孙中对中国最热爱、最有研究的，在哈佛法学院读书的同时也在费正清东亚研究中心研究中国法治问题。LR公司是陆家众多产业中最赚钱的一家半导体企业，在全球排名前五，在世界很多国家都有工厂，包括中国。去年 LR 公司与中国一家重点半导体企业天华公司因为商业秘密等知识产权问题，在美国、中国大陆和中国台湾先后打起诉讼战，因为涉及中国正在崛起的芯片产业和中美贸易摩擦，业内关注度非常高。

文熙会意一笑，眼珠一转："爸爸，有个词叫什么来着，对，就是卧底，我要去当一回卧底了。"文熙自鸣得意地笑起来。

恰好小叔和堂弟赶到，问："什么卧底？"

文熙爆料其实自己在玩耍之外是有打算的，导师也要她在中国多关注知识产权保护、中美贸易争端的信息。巧的是，她的中国同学兼好友许愿家里聘请的律师沈梦远，也是许愿的远房表哥，正是中国知识产权界的后起之秀，而沈梦远正好又是 LR 公司的对手，也就是天华公司律师团的主要成员。

"许愿已经帮我联系好暑假给沈梦远当实习生，了解中国法律，也帮他翻译一些英文资料。他说求之不得。"文熙告诉父亲。

"哦，有这么巧的事？哈哈！"父亲和小叔都难以置信地笑了。

"小心被当作人质哦，美女间谍。"身为美国顶尖律师的小叔开着玩笑，爸爸也紧张地问有没有风险。

文熙撒娇道："放心，我编了个假身份，我这么聪明，不会暴露的。"这个公主想做的事情谁拦得住呢，关键是她坚持的事情还从来没有失败过。

第一章
尴尬初遇

文熙乘坐的航班抵达上海浦东国际机场，陆家的司机和女管家来接她。

出口处，文熙推着行李车向接机的人群张望，突然另一辆行李车撞了上来。推车的是个戴着墨镜、气场十足的时髦女郎，她脱口说了一句"对不起"，头也不回地匆匆走了。

她叫云舒，上海人，拥有中美两国律师执照，从硅谷回来到上海一家著名的科技公司任职。她与文熙同机抵达。此刻，云舒的父母正在出口外等待着女儿的到来。

文熙扶了扶快要掉下去的行李箱，看着云舒的背影皱了皱眉。

这已经是文熙第三次到上海，LR 中国公司的总部和研发中心在上海，她家在上海也有一栋中式园林别墅。她喜欢这座城市，感觉在这里能找到美国纽约和旧金山的影子，而且似乎比之更现代更有魔力。尤其是浦东，每次都给文熙新鲜感。

看着车窗外被称作地标的几栋超高摩天大厦和蜿蜒曲折的城市天际线，文熙感受到了这座城市的活力。

"我这次回来的消息，除了我的家人，对其他人请严格保密，外人问到，你们就说没有见过我。从明天开始，我不再用车，自己打车，谢谢。"文熙在车上很有礼貌地交代。

"好的，知道了。这是您要的手机，里面有电话卡，也绑定了银行卡。"管家拿出一部手机交给文熙。

文熙拿着新手机把玩端详，这是她指定的华为最高像素手机，回中国就要用中国货。那么，第一个电话打给谁呢？

"沈梦远"。

文熙没想到自己脑海中跳出的第一个人竟然是沈梦远。

照片里的沈梦远脸庞棱角分明，剑眉英武，目光如炬，鼻子高挺，嘴唇微微上翘，有点小性感……当时许愿还打趣地问她究竟是看上了沈梦远的才华，还是看上了他的帅气，还指责她远香近臭，身边有那么多才貌双全的青年才俊都视而不见。

许愿和文熙了解彼此就像了解自己一样，这些不过是闺蜜间的玩笑话罢了。

文熙从包里拿出小本子，找到沈梦远的电话号码拨过去。此时的沈梦远正在会议桌上侃侃而谈，当然不可能接她的电话。

云舒一边欣赏车窗外久违的风景，一边跟妈妈聊天，爸爸在前面开车。

"回来就好，以后就不要再走了。你看现在上海多好，忘了美国，忘了那个人渣。"妈妈指着窗外。

"嗯，再也不走了。"云舒孩子气地扑到妈妈怀里。

爸爸从后视镜中看了看女儿："他现在没有再纠缠你吧？所有的东西都还给他，咱们不需要，彻底一刀两断。"

云舒脸上露出一丝冷漠，没有作声。

妈妈觉察到云舒的态度，拍拍她，轻声耳语道："爸爸在跟你说话呢。"

云舒冷冷地一笑。

会议结束后沈梦远看到了陆文熙的留言短信，立刻回电话过去。表妹许愿再三叮嘱他要好好照顾她这个最好的闺蜜，不得怠慢。

"你好，我是沈梦远，不好意思，刚刚在开会……"

"没关系，没关系。"文熙连忙说，"这段时间要给您添麻烦了，请多指教。您看我什么时间去律师事务所合适？"

"不客气，互相学习。明天上午十点来律所好吗？"沈梦远询问道，"哦对了，你需不需要倒时差？"

"不需要，谢谢。"文熙满口答应下来。

可是第二天上午，沈梦远并没有如约等到文熙。在他走后二十多分钟，文熙才气喘吁吁地赶到了律所门口。

"对不起，我迟到了，真是不好意思。"文熙忙给来接她的女助理鞠躬道歉。

沈梦远的女助理下意识地看了看手表，面无表情地说："没关系，倒时差嘛，沈律师说对你要求不必太高。"

"我……"文熙欲言又止，"都是我的错，请严格要求我。"

女助理自我介绍叫程雪，她把文熙带到了沈梦远的办公室。

"这是沈律师今天的行程，11:30–13:00 美国瑞尔公司的午餐会，14:00–15:30 与上海知识产权法院法官见面，16:30–

17:30 在法院旁的咖啡馆接受咨询，18:30 宴请陆文熙。"程雪打开工作笔记给文熙看。

文熙问："沈律师每天都这么忙吗？"

"是的，他昨天晚上才从北京赶回来，去那边法院开了一个庭。"程雪边说边打开手机，并问文熙有没有微信，"今天晚上吃饭没问题吧？我刚刚预订好了座位。"

二人加好微信，程雪把餐厅地址发给了她，文熙一看，居然是环球金融中心 91 楼的柏悦酒店世纪 100 餐厅。

"你们沈律师都在这种地方请实习生吃饭吗？"文熙瞪大眼睛望着程雪。

"实习生？不是，你是第一个。"程雪意味深长地端详着文熙。

这眼神让文熙有些浑身不自在。好在这时，她的手机响了，好朋友许愿的电话来了。许愿同文熙年龄相仿，秀气的五官，飒飒的气质。两人是高中和大学的同学、好友，因为许家在国内一起纠缠了好几年都没了结的官司，许愿曾给学法律的文熙介绍过她家的律师，也就是她的远房表哥沈梦远的情况。文熙大有兴趣，并于上个月跟许愿提出来，想利用这个暑假来给沈梦远当实习生，这才有了此次上海之行。

电话继续响个不停。文熙看了程雪一眼，不知该不该马上接。

程雪叫她先接电话。

按下接听键，许愿清脆的声音传来："跟沈梦远见面了吗？怎么样？"

文熙走到一边，压低声音道："还没有见到沈律师，我迟到了。晚点打给你啊。"

"这人，不是从来不迟到的吗？"许愿自言自语一句，挂了电话。

见文熙放下电话，程雪指着一排书柜，问文熙看中文有没有问题："我先找些关于沈律师的资料给你看。沈律师是入选全国千名涉外律师优秀人才里最年轻的，典型的青年才俊，最擅长知识产权，同时还是专利代理人。你看，这里陈列了他荣获的很多奖励。"

"好的，我先学习。"文熙一副崇拜的表情。

"我再找一些电子版的发给你。"程雪边说边打开沈梦远的电脑。文熙精神振奋了一下，全神贯注地盯着程雪的手上动作，试图去破译开机密码。

"你就在这间办公室吧，中午十二点我来叫你吃饭。"程雪的手在键盘上飞快地敲击着，"你的邮箱，我发给你。"

文熙没有理会程雪在说什么，眼睛如扫描仪一样迅速浏览电脑屏幕。某个瞬间，一个名为《天华诉讼》的文件夹赫然跳入她的眼帘，文熙心中一惊。

出师怎么如此顺利？

这个沈梦远呢，他是个什么样的人？

文熙期待着跟他见面的那一刻。

几个小时后，文熙打车来到环球金融中心。

此时，沈梦远也在车库急匆匆地停好车，一路小跑。

文熙和一群人走进通往 91 楼餐厅的换乘电梯，她有点头晕，心里蹦出个念头：我是不是也低血糖了？正眩晕间，文熙身后闪进两个人高马大的男子，狠狠地撞了她一下，文熙倒了下去。

"你怎么了？醒醒！对不起啊，对不起！"撞她的男子正是沈梦远，满脸焦急。

眼前这姑娘脸色苍白，嘴唇乌黑，身上微微抽搐。沈梦远只能紧紧抱住她，给她掐着人中。这姑娘好像在哪儿见过。沈梦远猛然想起来，上午在律所楼下门口，见这姑娘正搀起一个虚弱倒地的中年妇女。

后面那个跟沈梦远一起撞进来的胖男子抹着汗珠，自责道："怪我，怪我……"

电梯里众人都有些着急，议论纷纷：

"这姑娘怎么了？"

"癫痫？"

……

文熙无力地挤出几个字："糖，有糖吗？"

旁边一长者登时醒悟过来："她可能是低血糖，谁身上有糖？"

一个女孩从包里掏出一块巧克力，沈梦远接过，飞快地撕开包装塞进文熙嘴里。

电梯到达，沈梦远抱起文熙一路小跑进了餐厅，胖男子也跟在后面，大声叫："服务员，快拿糖水来，有人晕倒了！"

沈梦远把文熙放在沙发上，一边请周围人散开，一边叫随后赶到的胖男子赶快拨打120。

正当大家手忙脚乱之际，文熙缓缓睁开了眼睛。

这样的情形她一年会发生一两次，这就是低血糖，妈妈的遗传。她平常包里都带着糖,有点不舒服马上吃块糖就没问题了,但偶尔也有疏忽的时候,就像今天。

胖男子连忙给文熙递过杯子,把吸管放进她嘴里:"醒了醒了,谢天谢地!……你是低血糖吗?快喝糖水,或者我还是送你去医院看看吧?"

文熙虚弱地摇摇头:"不用了,谢谢。老毛病,没关系。"

有个男声传来:"还是去医院检查一下吧,是我俩撞了你,我们会负责任。你也应该自我保护,留下证据,把行使权利的自由握在手中。"

这人怎么像学法律的?文熙眼睛往下扫,见还有一名男子蹲在自己面前,蹙着眉毛,但看不清长相。

"放心吧,我不是碰瓷的,不用你们负责任,是我自己低血糖。谢谢你们照顾我,你们忙去吧。"文熙又重申了一遍,慢慢从沙发上起身,冲他们微微一笑。

就在蹲着的男子起身时,文熙看到了他的脸,两人四目相对,迟疑了一秒。

沈梦远冲文熙笑了笑,说声谢谢欲转身离开,可就在转身的一刹那,自己的衣服被女孩扯住了,沈梦远下意识地回过头。

"对不起,请问您是沈梦远律师吗?"女孩怯怯地问。

文熙突然发现,面前的男子长得很像照片和视频中的沈梦远,而且自己不正和沈梦远约在这里吃饭吗?

"你是?"沈梦远一愣,仔细打量着女孩。五官清丽脱俗,气质高雅,应该是见过就比较难忘的类型,但他除了上午在律所楼下见过,又感觉似曾相识。

"我是许愿的同学，陆文熙。"文熙已经完全活过来了，大大的眼睛放射着惊喜的光芒，没想到眼前男子真的就是沈梦远。

"哦。"沈梦远想起来了，许愿给他发过一张她和文熙的合影，难怪有点眼熟。但是对于女生他从来都是很难记住的，因为女生本来就不好辨识，换件衣服，换个发型，马上就认不出来了，何况才在照片上那么不经意地看了一眼。

"没想到会是你，你怎么样？真的没什么吗？"沈梦远一连几问，一副更加关切的表情。

"真的没事，让您见笑了。"文熙略显尴尬，有些手足无措，一年一两次发作的老毛病，却偏偏在陌生人面前出丑。

沈梦远问："你是不是上午快十点就到了我们律所楼下，那时候好像有个人晕倒在地？"

"是，我看见门口有个阿姨低血糖发作，就先送她去医院了，因为我比较有经验，她自己都不知道。"文熙的神情像个可爱的孩子。

沈梦远投去赞许的目光，文熙的行为倒是有些出乎他的意料。

"那我们去预订的座位吧。"沈梦远做了个请的手势。

一路上文熙忍不住瞟了沈梦远几眼，觉得他的侧面比照片上还要好看，五官轮廓分明而深邃，像欧美人的线条。尤其是鼻子，如雕塑一般，如果是女生的鼻子，她会想是不是做出来的。沈梦远身材很好，一身衬衫西裤，典型的瘦高型男，一看就爱运动，所谓"行走的荷尔蒙"那类。这可跟她想象的中国律师有所不同。

沈梦远和文熙面对面坐下来，这里是全上海位置最高的餐厅，将黄浦江两岸的美景尽收眼底，使人豁然开朗。

沈梦远和陆文熙坐在中餐自助区，因为有共同语言，两人很快谈笑自如，没有了之前的拘束。

沈梦远想到文熙低血糖，帮她拿了很多甜食，一个劲儿叫她多吃点儿。

文熙努力吞咽着，面露难色地看着沈梦远："我可能吃不完。"

"我吃我吃！"沈梦远马上把一盘点心挪到自己面前，尴尬地笑笑。也是，这么多点心别人怎么吃得完呢，难道不吃别的了吗？

"听许愿说你读的都是名校，清华大学的工科，西南政法大学的法律，这个专业组合设计得很好。"文熙表扬沈梦远。

"其实没有设计，学法律完全是偶然。一个偶然的机会，邂逅了著名的知识产权泰斗、西南政法大学的张杰茹教授，知道了知识产权对科技强国的意义，知道了我们国家与发达国家知识产权保护的差距……我就有了舍我其谁的热血感，追随我的导师去了重庆的西南政法大学，走上这条技术与法律跨界的道路。"沈梦远谦虚地笑笑，往嘴里塞进一块小点心。

其实，他也不怎么吃甜食，要是在外面肯定就扔了。可这是自助餐啊，在女生面前，尤其国际友人面前不能浪费。

"你的选择很正确呀！现在世界大国纷纷把知识产权强国、科技强国上升为国家战略，中国现在特别需要知识产权人才。"文熙赞许道。

"是的，我不后悔当初的选择。以后大国的经济战、贸易战最终会是科技战。科技战意味着知识产权大战，所以我觉得知识产权虽非文非武，但亦文亦武，也是大国重器。"沈梦远眉宇间明显透着对自己选择的满意。

"中国近年加大了对知识产权的保护力度，赢得了国际赞誉。好像去年最高法院专门设立了知识产权法庭，由一名大法官来兼任庭长，还重审了几个重大案件吧？"文熙主动提到知识产权。

"哦，这个你也知道？你熟悉知识产权领域吗？"沈梦远的话里多少有点意外。沈梦远记得许愿说文熙之前是学政治的，所以他当时的判断是她可能不擅长知识产权类的法律事务。

"还算关注。"文熙暗自得意，偷偷观察沈梦远的表情。

沈梦远抑制不住内心的喜悦："我手上正好有一桩与美国公司的复杂诉讼，你知道美国 LR 公司吗？"

"不知道。"文熙窃喜，却故作平静地摇摇头，继而又说道，"不过上午在事务所，你的助手程雪给我大概讲了一下。"

沈梦远说："没关系，我抽时间给你讲。"一高兴，沈梦远便一块一块地就着辣菜吃甜点。

文熙看得眼睛都快直了，问："这是现在的流行吃法吗？我也尝尝。"说着就从沈梦远面前的盘子里夹起一块慕斯。

沈梦远嗯嗯地答应着，心里说："你如果真懂知识产权，我再来一盘也乐意。"

"我从来没见过像你这么能吃甜食的男生。"文熙侧着头，用那双会说话的大眼睛好奇地看着他。

"我从来没见过像你这样中文和英文都这么好的华裔三代。"沈梦远说出这句话之后发现自己完全文不对题，于是补充道，"真的，我发现你的中文讲得真好，比我还好。"

"必须学好中文呀，看看人家川普的外孙女，罗杰斯的女儿，中文说得多好，我还是中国人呢！"文熙心里想，我从小跟着赴美的中国电视台主播学中文，能学不好吗？

沈梦远朝文熙竖起大拇指。

A省。许愿父母的家里。

许愿妈妈正在用仪器给许愿爸爸许巍然做电子针灸理疗，头上、胸口到处都是贴片。

妈妈叮嘱道："过几天开庭，你可不要太激动，庭上也不用说太多，梦远他们做律师的会说。"

"知道。"

"许愿说她那个好朋友文熙来上海了，给梦远做实习生。我们什么时候去上海看看她吧？"妈妈突然想起。

"让梦远关照好她就行了，人家跟我们老年人聊什么？你说许愿跟她一起回来多好。"爸爸感叹。

"是啊，你说她这是跟谁赌气呢？一个字，怪！像你。"妈妈数落道。

"当初不是咱们不准她回来吗？回来怕被抓了。"

"当初是这样啊，当时的情形谁说得清楚？她可是咱俩的命根子。"

第二章
公主的"作业题"

因为第二天沈梦远要飞去北京开庭，文熙提议早点结束晚餐。离开餐厅之前，沈梦远叫文熙拿出手机，加上微信，说是会发些资料让她这两天看看，并叮嘱她在实习期要留意微信。

之后，沈梦远坚持送文熙回家。

文熙说了离她家最近的某个普通住宅小区的名字。这也是她提前做好的功课，她说她住在一个同学家里，同学的父母去美国看她了，房子就空出来了。

驶出了灯火璀璨的繁华区，前面的路似乎越来越僻静，灯光也越来越稀疏，导航显示还有三十多分钟车程。沈梦远突然想起许愿家在自己住的小区有一套大房子，当时自己也是听了他们的介绍才在这个小区买的房。这套房子现在不是空着吗？

"许愿家在我住的小区好像有一套空房子，那里离陆家嘴比较近，应该比这里方便和安全吧？"沈梦远犹豫了片刻，还是直言相告。但是他仍然加了"好像"两个字。

"是吗？"文熙有些意外，"她家也不在上海呀！"

"中国的富人都爱到处买房，长三角地区的富人都会在上海买房。"沈梦远解释，怕文熙不知道"长三角"的含义，又补充道，"长三角地区就是长江三角洲，包括上海、江苏、浙江、安徽等。"

"哦，又长知识了。"文熙若有所思地点点头。

回到家，文熙换了套家居服，澡都没洗，马上给许愿打电话。

许愿刚好醒来，睡眼惺忪，正在床上伸懒腰。文熙和许愿是十多年的朋友，就像姐妹一样，从高中的寄宿学校，到韦尔斯利学院，两人做了好几年室友，无话不说。许愿接到电话以为文熙要汇报跟沈梦远见面的情况，没想到，这人一上来劈头便问："你家在沈梦远那个小区有房子吗？"

"什么情况？"许愿先是愣了一下，然后缓过神来，"行啊，沈梦远这么快就把我们家卖了。"

"你太不主动了吧！有人住吗？没人住的话借给我住。"文熙直截了当。

"你在上海有豪宅不住，有保姆不用，想去住我们家寒舍？你确定？"许愿有点怀疑，停顿了一下，恍然大悟，"啊，我明白了！说，你安的什么心，想当邻家小妹？"

"邻家小妹？"文熙"哧"地笑了一声，"我本来就想在靠近律所的地方租公寓住。你知道我家多远吗？我也不敢叫司机送我，晚上回来怪吓人的。来做实习生也要敬业呀，你说是不是？"

"那好吧，随便住！但是要过几天，等我们家那案子开过庭，再把房子打扫出来给你。"许愿说。

"要开庭了？"文熙听到这个消息很高兴，许愿一家终于等来了这一天，"那我是不是很快就可以在中国见到你呢？"

"不一定，沈梦远说应该不会当庭宣判，也不知道何时会有结果。"

许愿家里遭遇变故后，许愿就发誓，要一直等到胜诉那一天才回国。这是什么道理？难怪她父母说她怪。这次虽然文熙一再邀约她一起回来，但她依然不改其坚定的决心。

对此，文熙当然也能理解，许愿内心认定他们家的败诉是司法不公所致。过不了自己的感情那一关，所以采用这种方式抗争。

许愿爸爸无辜被抓两次。第一次被抓，许愿爸爸被迫在看守所低价转让股份，然后被释放；第二次，当时在美国陪她，法院通知许愿爸爸回去开庭，结果一出机场就被相关部门以涉嫌刑事犯罪带走，关了几个月，又以证据不足释放。许愿本来是要万里奔袭回国救父，被母亲坚决阻止。后来不知为什么，许愿像跟谁赌气一样，发誓不胜诉不回国。

"我保证，只要一宣判撤销转让协议，我马上订机票回国。"许愿信誓旦旦，"你以为我不想回国吗？我已经七年没回家了，只能在梦中回到江南，回到小桥、流水、人家。"许愿的声音越来越小，越来越伤感。

"好了，都快过去了，别难过了。你从现在开始就好好想想你回来后你们家的产业如何发展吧。你可是你们家的独生女，你未来就是霸道女总裁。"文熙安慰许愿的同时开着玩笑。

"其实，经过这件事，我不知道我还要不要回国。你知道'一朝被蛇咬，十年怕井绳'这句话吗？这件事给我们家和身边的亲朋好友都留下了梦魇。"许愿停了停，说，"你知道，没有法治，就没有对未来的预期，就没有安全感。"

"不得了，不得了，许大小姐现在深谙法治的内涵呀！"文熙哈哈笑起来，没想到她说出这么深刻的话。不过也不奇怪，许愿后来去斯坦福商学院读了 MBA，她对于法治和营商环境的关系自然是在行的。

"法治环境需要你亲身回来感受，我先替你感受了。"文熙接着说。

"那你先好好感受，毕竟你们家在中国有那么多投资。"

"我第一感觉很好呀！从我今天看到的律师所和律师——你表哥沈梦远身上，我看到了希望。你知道吗？律师，是现代法治文明的标志。"

"哇，第一天见到我表哥，你就看到希望了？你再慢慢观察吧，中国的硬件都是高大上的，比如你看到的律师所，我相信一定毫不逊色于美国的顶尖律所，可是软件未必匹配。"

两个人经常就是这样的针锋相对、畅所欲言。

本来文熙还想跟许愿聊聊她和沈梦远的"第一面"，但许愿要忙着去上班，就挂掉了电话。

文熙洗完澡，在黄花梨躺椅上休息，用脸蛋、用手臂、用身上裸露的每一寸肌肤在上面摩擦着。这是一把清代黄花梨躺椅。回到中国，她才第一次知道还有一种有着如婴儿肌肤般触感和漂亮纹理的木头叫黄花梨，其中以中国海南出产的为最佳。

陆家多少代就有收藏古董的传统，爷爷和爸爸也非常喜欢中国古董，瓷器、玉器、青铜器、木器、字画等等收藏了不少，也包括现当代珍品。

文熙拿起胸前的翡翠玉坠放到脸上，像按摩仪一样滑来滑去。这是陆家的传家宝之一，据说到她这里已经传到第七代了。通体翠绿的极品帝王绿雕刻的弥勒佛，清代作品，爷爷奶奶在她十八岁生日时传给她做生日礼物。

　　突然微信的提示音响起，文熙警觉地马上起身，鞋都没穿，三步并两步过去抓起手机。目前她的微信联系人只有管家、程雪和沈梦远三人，一定是沈梦远找她。

　　果然是他！一声又一声，来了好几个文件，有中文的还有英文的，都是天华公司与LR公司的相关材料。

　　"你这两天先熟悉一下这些材料吧，红笔圈出的地方麻烦你帮忙翻译一下，有的地方如果能进一步完善就更好。谢谢！"沈梦远留言。

　　"好的，我试试！"文熙秒回。

　　本来一身疲惫的文熙突然来了精神，脸蛋露出如花般甜美的笑容，感觉一切都如自己所愿，很快就要进入主题了。

　　"奶奶，您除了想吃稻香村，还想吃什么？"沈梦远一边收拾明天出差的行李，一边问奶奶。

　　"不想吃什么，牙齿不好咬不动了，你自己出门在外要注意安全啊！"奶奶今年八十岁，花白头发，身材瘦小，腿脚不便，慈祥的脸上刻着岁月的沧桑，一个普通得不能再普通的中国老太太。

　　沈梦远的童年是在重庆不为人知的大山深处度过的，他的父辈和祖辈都在那个大山里的三线工厂工作，爷爷奶奶以前的工厂在上海，二十世纪六十年代初跟随轰轰烈烈的"三线建设"迁到大西南。自从小时候有一次随爷爷奶奶回了趟浙江老家，顺便去了上海，沈梦远就在幼小的心灵里埋下了一颗种子——长大后一定要带着爷爷奶奶、父母，甚至姑妈、叔叔、兄弟姐妹们回到故乡去，回到江南，在那儿成家立业。

功夫不负有心人。研究生毕业那年，沈梦远奔向了梦想的江南，到适合他事业发展的国际大都市上海做了一名专利代理人和律师。打拼三年之后，就实现了儿时梦想，把父母和奶奶接到上海，并在不错的地段按揭买了一套三居室的房子。一年后，又帮助堂妹考上了复旦大学的研究生，堂妹毕业以后在上海找到了工作，叔叔一家也可以回到上海了。

"我们不要什么，你千万不要买北京烤鸭了啊，买了我们也不吃。"沈梦远的父母赶紧在一旁说。这个儿子就是太孝顺太细心了，走到哪里都要给一家人买东西。以前无意中说了一句"北京烤鸭有名"，儿子就记住了，每次都买，还买很多，吃够了。

"那你们想吃什么？"

"什么都不想吃，什么都买得到，你以为还是以前山沟里的日子吗？"母亲呵呵笑着。

都说女儿是贴心小棉袄，但沈梦远这个儿子却超过很多女儿，从小就懂事，细致体贴，用现在的话来讲就是标准的暖男一枚。

但这样一个暖男，三十多岁了却没有女朋友，所以这几年父母和奶奶都在唠叨他，叫他把对家人的心思放到交女朋友上。可沈梦远老说自己没碰到合适的，父母说没碰到就要请别人介绍呀，就像对事业一样上心。

为此父母亲自上阵，到公园的相亲会去帮儿子相亲，还发动堂妹给他介绍同学，发动来家里玩的梦远的同学给他介绍……能想到的招数父母都想了，可宝贝儿子就是不接招。

沈梦远躺在床上把白天的事情过了一遍，又想了下明天的工作要点。

盘点今天的事项，和文熙的见面让他觉得最为重要。许愿说文熙在美国读的是一所很普通的大学法学院，叫他不要去追问别人的学校，再加上看了许愿和她的合影，有漂亮女孩的第一印象，而根据经验，漂亮女孩多数在专业上是平庸的。而与文熙的短暂相处，他却已经感受到她隐藏的实力和藏不住的聪颖，而且他有种预感，这个女孩会对他目前手上的工作有很多帮助。

沈梦远想得没错。

此时，陆文熙已经在整理他提出的问题，并发给美国比她更熟悉这一领域的朋友和家人，这个时候那边正好是白天；等她一觉醒来，他们也就可以发来回复了。

白天在事务所听程雪介绍，虽说沈梦远是天华律师团的第二号人物，并且头号人物就是他的师父钟华政，但天华律师团内部意见分歧很大。所有的律师都是业内大咖，谁也不服谁，谁都有自己的主张和打法。沈梦远最年轻，甚至在辈分上都低了一辈，就更需要拿出可以服人的东西。

沈梦远对她寄予的希望她都看在眼里，她也要在不泄密的情况下尽可能地帮助他了解客观情况。

台北地方检察署。

一名检察官和一名检察官助理正在讯问新时代电子公司的工程师王逸。之前 LR 公司向台北地方检察署控告王逸和新时代电子涉嫌犯罪，称 LR 的离职员工王逸窃取了 LR 公司的关键技术，并把它交给了新时代电子和天华公司。

"你核对一下，没有问题请在这里签上你的名字。"检察官助理把讯问笔录递给王逸。

王逸核对签字。

检察官对王逸宣布："根据你到庭的说明，检察官认为你有涉犯刑法侵犯营业秘密罪的嫌疑，所以将你从'他'字案到案说明人改列为'侦'字的犯罪嫌疑人，并会以正式文书通知你指定的送达人。如果你之前已聘请律师，可以要求台北地方检察署向你的律师送达，让律师进行相关程序。"

王逸争辩："我是冤枉的！检察官，我根本不知道云端储存的那些资料是怎么回事，一定是黑客侵入，我申请鉴定！"

检察官毫不理会，继续面无表情地说道："按照刑事诉讼法的相关规定，本检察官现在怀疑你可能有串供、灭证、逃亡之虞，所以我会依法向法院申请羁押，待会儿我会请法警将你送往法院。"

……

这起案件也是 LR 与天华公司系列案件的一个。去年，LR 公司在美国起诉天华和新时代公司，称其通过 LR 的离职员工窃取了 LR 公司的某项关键技术；几个月后，天华与新时代公司在中国 H 市中院以侵犯专利权之名起诉 LR；之后 LR 公司向台北地方检察署控告王逸和新时代电子涉嫌侵犯营业秘密罪。

沈梦远不在的这两天，陆文熙可是铆足了劲儿去完成他布置的作业，她要让这份作业在他面前有惊艳的感觉。

同时，文熙特别认真地去研究沈梦远发给她那些资料后面的跟帖和链接文章，那上面的观点也许最能反映中国民间的真实心态。她发现中国年轻一代的爱国激情、民族自信远远超过美国。这就不难理解为什么《战狼》《流浪地球》等影片能有那么高的票房；为什么孟晚舟事件一出，所有中国人都成了华为人；而网民对于天华公司和 LR 公司的诉讼，几乎都一致喊出"绝不屈服"的口号。中国是全世界最大的工厂，还是全世界最大的市场，天华休克，LR 也会受重伤，谁敢来撕裂这个产业链？谁来都是杀敌一千，自损八百。

"LR 公司在中国的诉讼可能凶多吉少，法院有可能会对 LR 公司发出禁止令。LR 公司和天华公司在美国的诉讼也不乐观，不能轻视。"文熙综合自己的分析向父亲汇报。她发现中国审理此案的法院有向国际大厂发禁止令的先例，最终国际大厂都认错和解了。

父亲有些不以为然。这些情况公司法务部门也分析过，对方的起诉纯粹是一种报复手法，是一种姿态，其目的是威胁 LR 撤回控诉。对方应该不会申请禁止令，因为这样 LR 既不会认错，也不会和解。

两天的时间很快过去了。

律所，沈梦远办公室。当文熙把厚厚的作业交到他手上，沈梦远眼里闪烁着难以置信的神情。

"太厉害了！你连科技英语都可以翻译，这可是很专业的哦！"沈梦远专门翻到请她翻译的部分看了看，一下有豁然开朗之感，他其实是大概知道这个意思的，但在几个关键术语和问题上卡了壳。

"哪里哪里，其实我也不能完全翻译出来，我查阅了词典还请教了几个朋友。"文熙谦虚地摇摇头。

"那还是你厉害呀！我查阅了词典，请教了朋友也没能翻出来，我的朋友还是搞半导体的，我自己以前还是学这个的呢，呵呵。"沈梦远幽默地说。

"哦，你还给我补充了 LR 公司的那么多案例，还有美国的类似案例，太好了！"沈梦远看着文熙交的作业不断地赞叹。

"这个并不难，其实你们做的功课已经很全面了，我要好好学习。"文熙轻描淡写道，但心里却在想：算你运气好，除了我，谁能给你补充这些 LR 公司的案例？你以为都是在网上查资料查出来的吗？

本来文熙想和沈梦远讨论更多关于 LR 公司和天华公司诉讼的问题，但沈梦远要忙着准备后天许愿爸爸案子的开庭，打住了这个话题，并叫文熙跟他们一起去 A 省出差。

"我明白你不远万里来当实习生的意思，你想多听、多看、多了解中国，我会尽力帮你达成愿望。许愿父亲的这个案子，恰好也是一个标志性事件，你和许愿是好朋友，很多情况你应该都知道了吧？"沈梦远对文熙说。

文熙听到这番话非常高兴，这正是她想要的。要知道沈梦远上次吃饭都没有答应，这次主动说出来，肯定是因为她交出的作业让他满意吧。

沈梦远带着两个助理和文熙来到会议室。为保险起见，文熙特意戴上了一副略显夸张的眼镜，以防止被别人认出来。

他们律所的另一个大牛律师肖利平及助手也刚刚到。文熙打量了肖律师一眼，五十多岁的男人，干练儒雅，中等身材，不胖不瘦，戴着一副很显学者气质的眼镜；他身边跟着一男一女两个年轻人，是他的助理。

大家落座，程雪打开设备，他们要与许巍然的另一名在外地的代理律师开一个视频会议。

本来沈梦远是涉外律师、知识产权律师，一般不做其他案子，但因为跟许家的亲戚关系，许家只信任他，拜托他来全权负责组建律师团队。这份沉甸甸的信任，让沈梦远不能推却。他理解人在溺水时抓到那根救命稻草的感觉，虽然他并不擅长此类案子，但也只能硬着头皮上了。

他请教了很多法律界的资深人士，最后邀请了两位大名鼎鼎的律师。一位是他们律所擅长股权纠纷的律师肖利平，他是所里的创始合伙人，办理了很多著名商事案件。另一位是赫赫有名的全能律师李明东，他代理过很多家喻户晓的案件，每次登场总会行走在舆论的浪尖，却总是游刃有余，屡屡让一些山重水复疑无路的案子，迎来柳暗花明又一村。

屏幕上出现李明东及助手的画面。李明东看起来比肖利平还要年长几岁，是不同的类型，感觉李律师更有咄咄逼人的目光和气势，更有英美法系律师在法庭上的控辩气质。

沈梦远和肖利平跟他打过招呼，直接进入正题。

"我先就法庭辩论可能涉及的焦点争议做一个梳理。"沈梦远打头阵，侃侃而谈、胸有成竹。程雪配合播放PPT，观点、证据、法条、参考案例清晰呈现。

这还是文熙第一次身临中国律师的案件讨论，而且是庭前的最后一次碰头会。她全神贯注、眼耳并用，并同时用手机录音，还不时在本子上记录着。她发现她最多只能听懂90%，看来还需要多训练再提升，这次中国之行是来对了。

这个案件碰头会效率很高，大概一个小时便结束了。

今天，沈梦远同样提出送文熙回家。

文熙客气地推辞："不行不行，太远了。"

"没关系，正好可以利用这个时间练练英语口语。"沈梦远说着就切换成了英文，说自己的英文是短板，比不上那些有海外留学背景的涉外律师。

文熙马上也切换成英文，开玩笑说："那好啊，我愿意做你的英语陪练，不收费。"转而又说，"你太谦虚了吧，你可是全国千名涉外律师人才之一哦！"

"那有运气的成分，我什么都是刚刚踩线过，做律师的年限、办理的涉外案件的数量等等，这个自知之明我还是有的。"沈梦远脸上流露出庆幸的表情。

不知什么原因，这次回家好像比上次快了很多，两个人都觉得还没有聊多久，就到地方了。

下车的时候，沈梦远迟疑了一下，从后排拿出一个纸袋子递给文熙："我在北京买的稻香村糕点，老字号，你千万不要在我这儿晕倒啊。"

虽然光线很暗，文熙还是注意到了沈梦远神情中的那丝羞涩，但他很快就恢复正常。

"谢谢你记得我低血糖，我保证不在你这儿晕倒，如果要晕倒的话我保证到外面去。"文熙跟沈梦远开了个玩笑。

"不是这个意思，你别误会……"沈梦远笨拙地解释。

第三章
开庭，再审

万众瞩目下，终于迎来了许巍然股权案再审的开庭。这是 A 省高院主动宣布再审的第一起涉产权案。

自从中央再三强调要支持民营企业发展，落实依法保护产权政策以来，各级法院就开始依法甄别和纠正社会反映强烈的产权纠纷。

有恒产者有恒心。产权能否得到保护，直接关系着每个人的财产、财富安全感，尤其是企业家群体的信心，因此，走上再审程序的每一起案件都吸引着社会大众的目光，尤其是企业家群体的关注。

在这之前，全国已经有几个案子开过庭并宣判了。无论是开庭还是宣判，每一次都登上热搜，每一次都引发一个舆论高潮，许多企业家纷纷以惺惺相惜之态发声。

一般说来，在人身安全与财富面前，人一定会选择前者，许巍然当然也是。他在看守所里签字低价转让股份后随即被释放，出来后就开始了锲而不舍的漫长诉讼路，以受胁迫为由要求撤销这份股权转让协议。在过去七年时间里，许巍然都是败诉，直到今天的再审。

庭审将在九点十分开始。刚过八点半，法院门口便聚集了很多记者和想要进去旁听的群众。虽然是早上，可太阳已经显示出火辣辣的威力，不动都会流汗。天气预报称今天的气温会达到38摄氏度。

　　沈梦远和许巍然一行人刚一现身便被记者包围，"咔嚓咔嚓"的快门声、提问声，相机、摄像机……文熙连忙一闪，跳出包围圈。虽然戴着大墨镜，还是要谨防入镜，被放到网上可不得了。

　　"李律师，您认为即将开始的庭审会是一场恶战吗？您估计今天的庭审会持续多长时间？"

　　"李律师，为什么您代理的案子多数都会反败为胜？您是怎么挑选案子的？"

　　"许总，在进入法庭之前您有什么想透过媒体说的心里话？"

　　"您有什么经验和教训可供年轻的企业家参考？"

　　……

　　多数记者都是冲着李明东律师和许巍然去的，都指望在法庭之外能得到点什么信息，好弄出一篇妙笔生花、非同凡响的报道。

　　"感谢中央对民营企业家产权的保护，感谢A省高院把我的案件列为第一起再审的重大涉产权案件，感谢新闻媒体一直以来对我的案件的关注。期待正义到来！"许巍然激动地表达着感谢之情。李明东则礼貌地一一婉拒。

　　此时，人群中又一阵骚动，原来是对方当事人和律师来了。记者们又是一拥而上。

这边正好乘机透透气，因为上庭审，他们都穿长袖衬衣，空调屋里倒是没什么问题，而眼下一个个都额头冒汗，只想快速进入法庭休息。

"你们回去吧……文熙呢?"沈梦远本想对程雪和文熙说，却不见了文熙，转身四处打望。

"这儿这儿!"文熙从旁边冒出来，她其实是默默跟在旁边的，只是躲在包围圈之外。

沈梦远说:"你们就回酒店看直播吧，我们进去了。"

程雪和文熙对沈梦远他们做了个成功的手势，目送他们入安检。

文熙和程雪回到酒店，马上给许愿拨了电话，问她是不是也在网上守候直播。

"现在真是便利啊，你在美国看直播，我在你们家门口也看直播。中国的庭审直播、司法公开做得真不错。"文熙感叹。

"表面的，做个姿态。"许愿没好气。

"这可不是表面。庭审直播是需要底气的。"

"但愿吧，拭目以待。"许愿不敢抱太大希望，怕希望越大失望越大。不过这段时间她和父母通过视频，明显感到他们精神状态不错，真想马上见到他们。

九点十分，庭审准时开始。文熙和程雪挤在一起盯着电脑屏幕。

文熙很兴奋，虽然以前在美国也看过中国某法院的庭审直播和录像，但今天的感觉完全不同，就像是自己真的在现场一样。程雪则像个解说员，给文熙介绍该案的审判长和审判员:

"审判长是高院副院长，一般重大案件都会是这样的标配，审判员里面一般会有一个是庭长。"

"是，前不久我还看了沈律师代理的香水案庭审直播呢，合议庭构成也是这样。"

"哦?"程雪有些意外。

沈梦远坐在原告席的中间，穿着黑色律师袍的他在法庭上显得更加英气勃勃、持重稳健。文熙觉得沈梦远真是长了张天生适合当律师的脸，正义感爆棚，一看就值得信赖，让人觉得他不会撒谎，也不会诡辩。但是，也许这种脸是有欺骗性的，也许事实并非如此，要是这种人一本正经撒起谎来就真可怕了。

"我这里有证据证明，该案以及与江海集团相关的其他案件，在Ｓ市遭遇了公权力的干扰。这里有一份对该市公安局经侦总队原副总队长的刑事判决书，判决书显示，此人接受了被告之一张民的贿赂，为他在案件举报事项上提供帮助……"沈梦远扬了扬手中的判决书，不疾不徐地把这个案件的幕后撕开了一道口子。

沈梦远旁边的李明东律师继续补充，拿出了江海集团所在区的政府官员受贿落马的证据，罪证里就有他们为被告以及其控制的江海集团提供过的帮助。

双方都做了十足的准备，一上场便是高潮。

张民的律师马上反驳："胁迫要有主体，不能以'公权力''第三方'等方式含混表述……许巍然侵犯公司利益在先，早已有转让股权的意思。股权转让的事，是许巍然自己向贾星检察官提出来的，因为他们是朋友，而且贾检察官当时已经告诉许巍然他的案子不构成犯罪,他很快可以释放。"

张民的另一律师紧接着出示证人证言,证明事后许巍然到过贾星办公室表示感谢。

很快,媒体和网民纷纷发声,网上喧哗起来。开庭仅半个小时,中国庭审公开网的点击量就突破了五十万。

程雪和文熙抱着手机不停刷屏,看大家都是怎么评论的。

"听说原告被抓了两次放了两次,吃瓜群众都懂。"

"我要好好学习,懂得被抓时保留证据。"

"万一原告真的就有问题,所以达成交易呢?"

"真有问题还敢这样,不是找死吗?同意举手。"

"撤销转让,拿回股份,又有什么意思?江海集团早已是空架子,金蝉脱壳了!"

......

"是吗?这么惨!"看到这儿,文熙问程雪。许愿怎么没告诉过她。

"但我们这边也已经拿到了江海集团很多财产权利被掏空,以及业务转移的证据,拿回股份之后,不排除还要启动一系列诉讼,下一步还有很长的路要走。一步一步来。"程雪平静地说。

文熙冲程雪竖起大拇指,用欣赏的目光看着她。

虽然相处时间并不长,但文熙是比较喜欢程雪的。程雪比她大一岁,本科学英语,硕士学法律,强项是英语,过了专业八级,这应该也是沈梦远选程雪做助理的原因。

程雪性格不温不火,沉稳平静。文熙很欣赏她这一点法律人的基因,包括沈梦远和男助理王冬阳,好像都是这样的,也许是互相影响。她觉得自己的性格其实不太适合做法律工作，情绪化、容易激动。

"我和贾检察官并不是朋友，是区里要他来给我们几个股东做动员工作才认识的。我被带进看守所后充满恐惧，贾检察官的出现更加剧了我的恐惧，因为那时候对我的拘留达到了三十五天，再过两天就可能达到三十七天的刑拘最后期限，必须由检察院批捕了。他让我转让全部股份，说转让了就可以无罪释放，并没有告诉我检察院已经认定我的行为不构成刑事犯罪。我心里想如果我不转让股份，肯定是出不去了。"许巍然情绪激动，声音哽咽。

"股权转让在看守所进行，由检察官协调完成，都不能必然推断出股权转让协议的签订过程存在胁迫。司法实践中，看守所签订的协议被法院判决裁定为有效的很多……"张民的律师反驳。

在大洋彼岸的许愿看着这情景心里很难受，这是她第一次看真正的法庭审理，太折磨人了。

她相信父亲的每一次出庭都是一次痛苦的回忆，一次次被逼着，被针锋相对地撕开伤口，如果换成是她，估计快疯掉了。难怪父亲这几年得了糖尿病、冠心病，还有查不出来的惊恐怪病。

这就是打官司的代价。许愿暗暗决定，这是最后一场官司了，无论输赢都不打了，有什么比父母的健康更重要？如果拼掉了这些，最后赢了官司、赢了股份、赢了金钱又有什么意思？

　　法庭上，张民的另一名律师强势跟进："根据《中华人民共和国合同法》第五十四条的规定，胁迫主体应该仅限合同的一方，所以胁迫主体的认定是不能回避的一个基本事实。如果许巍然受到了胁迫，刚刚他自己也说了，那么该胁迫的直接来源必然是贾星，那么许巍然应该找贾星赔偿损失。"这边也是三名律师，也都是大腕。

　　"不用着急，黑幕会慢慢揭开。"李明东接过话，气定神闲，"《民法总则》第一百五十条对胁迫也做出了规定：一方或者第三人以胁迫手段，使对方在违背真实意思的情况下实施的民事法律行为，受胁迫方有权请求人民法院或者仲裁机构予以撤销。"

　　庭审双方围绕动用公权力胁迫问题激烈交锋，不知不觉就到了中午十二点多。合议庭宣布休庭用餐，一个小时之后继续开庭。

　　程雪真是一位合格的助理，马上打电话给餐厅叫他们准备上菜。

　　沈梦远一群人回到酒店各个满头大汗，赶紧去洗手间洗脸。饭菜陆续来了。李明东叫大家多吃点，说按照上午这个节奏，可能要晚上很晚才能结束。

　　许巍然、沈梦远让文熙和程雪下午出去玩玩，晚上也不用管他们了。

　　"A省有许多著名小吃，许愿都特别喜欢的。你第一次来，一定不要错过，叫程雪带你去尝尝。"许巍然特别跟文熙交代。他跟文熙在美国见过几次面。

沈梦远还叫王冬阳把车钥匙给程雪，叫她们开车出去。如果不是因为文熙和许愿是好朋友，他根本不会带她来 A 省——她是美国人，这案子对她应该没有什么意义。

程雪和文熙本想先看看博物馆，但查询得知博物馆正在整修不对外开放，她们就直奔本市最大的商业综合体德隆广场而去。这么大的太阳，只想在室内。

德隆广场附近，气氛有点不对，前面很多地方围起来了，人山人海，还有很多人从四面八方往里面涌去。

程雪和文熙也很快停好车，随着人群跑起来，一边跑一边听大家议论，说好像里面电视台在录制什么节目，搞什么快闪，随后听到了音乐声、歌声……

程雪恍然大悟，对文熙说："我明白了，是在唱《我和我的祖国》。今年是新中国成立七十周年，从去年开始各地都在搞这样的快闪，春节期间央视录制了好几场。"程雪也跟着唱起来，"我的祖国和我，像海和浪花一朵，浪是海的赤子，海是那浪的依托……"

"好听，很好听！你说这首歌叫什么？"文熙也跟着哼起来，虽然并不会唱。

"《我和我的祖国》。"程雪提高了嗓音。

看到外围已经水泄不通，文熙护着程雪往楼上突围，这对于她这个运动健将来讲是小事，相反程雪看起来文文弱弱，完全一副需要保护的样子。她们气喘吁吁地跑上二楼，接过志愿者派发的小国旗挤进人群。

这样看下面倒是没什么遮挡，只见一楼休闲区完全成了表演区，有几个人在领唱，有人弹钢琴，有人拉小提琴，还有两排人合唱，更多的是现场的群众动情高歌，很多人热泪盈眶……文熙很少看到这样的场面，兴奋地东看西瞧、问这问那，手中的手机拍照录像根本停不下来。程雪也是忙着一边拍照，一边回答文熙的问题。

快闪，快快地来，快快地去。节目终了，兴头上的人们意犹未尽，文熙也沉浸在这氛围里，马上给爸爸、妈妈和许愿都发了照片和视频。

文熙对许愿说："中国多好啊！你会唱这首歌吗？你有多久没感受到这种场面了？快回来吧，这是你的祖国。"

文熙本以为许愿正在睡觉，哪知道一会儿她回复过来："我出国时还小，这首歌我不会唱，但是旋律很熟悉。看视频很感动，期待回国，期待今天能当庭宣判。"

嗨，这人还没睡，文熙干脆直接给许愿拨了电话。

"别等了，今天怎么可能宣判呢，沈律师跟你说了吧。"

"说了，但我还是希望出现奇迹呀。"许愿心有不甘。

"你以为是谈恋爱约会啊，说了不来，却又给你一个惊喜。这是司法裁判，是有司法规律的……"文熙很专业的样子。

"是，你们搞法律的不要卖弄，我不是盼着马上回来吗？"许愿抢过话。

"许愿，看了那些视频你不激动吗？这里是你的祖国，你的故乡，你回来是不需要理由的，不是必须要你们家的案子胜诉你才回来，案子输了就不是你的祖国了吗？你这个人呀，典型的那种，叫什么，'爱一个人而爱一座城，恨一个人而恨一座城'……不说了，进书店了，快睡觉吧，去睡觉。"文熙挂掉电话，和程雪走进安静的书店。

"什么人啊，真把自己当成中国人，比中国人还中国人。"放下电话，许愿叨咕了两句。

文熙无心的一席话让许愿沉思了许久，其实每次文熙说这些她心里都不好受。

她曾经也是个活泼阳光善良宽容的女孩，也是那么为自己的祖国自己的家乡自豪，但自从家门遭遇不幸，她的心理变得有些偏执和阴暗，尤其是谈到中国的事情，她的态度总是冷漠和批评，她甚至动员父母官司一打完马上移民美国……

许愿觉得自己并不是不爱国，或者所谓的"精美分子""汉奸"。她只是个普通人，在哪里受到不公，受到伤害，就想离开，选择一个自己认为安全的地方，这有错吗？

许愿心想，我和我的父母当然更渴望留在那里，那里是生我养我的故乡，我的国，我的家，我的亲人、朋友、事业。

文熙在法律类书架前挑选了很多书，一会儿篮子就装满了。

程雪走过来翻了翻，说里面知识产权类的书沈律师基本上都有，就不用买了吧，很沉。

文熙低头看了看篮子，又提了提，发现是有点沉，她俩要拿到车上会很费劲，就跟程雪说要不然就在这儿坐着看看书、喝喝咖啡吧，回上海再找个时间单独去买衣服。程雪说没问题，又夸文熙的衣品好，衣服都很漂亮，一定要约着逛几次街。

文熙有着亭亭玉立的身材，1米68的身高，因为爱运动，更显得健美修长、凹凸有致，A4纸一般的纤纤腰身，一双笔直的大长腿分外抢眼。今天文熙穿了一条今年流行的格子"奶奶裤"，上面是一件很有设计感的紧身T恤衫，青春感和高级感的结合，也完美地展示出她的好身材和好气质。

两人各提着一篮书在咖啡位坐下来，点上两杯咖啡。书店里非常安静，似乎只能听到书页轻轻翻动的声音，这是让人很享受的环境，轻松安宁，弥漫着书卷气息。

半天没处理公务，程雪拿出手机迅速浏览着信息，一一回复。文熙则坐在对面认认真真地看书。看了几页书，文熙想起之后还要去中国西部旅游，就起身去找了几本旅游画册回来研究。

她最想去的地方第一是敦煌莫高窟，那个神秘的东方艺术宝库，外加沙漠中的月牙泉和鸣沙山；第二是经常拿来与美国黄石公园媲美的九寨沟、黄龙沟，但是从资料上看，文熙觉得九寨沟比黄石美，完全像童话世界，美得如梦如幻。

西部还有什么风景名胜呢？文熙一页页认真地看着。西安倒是去过了；云南也不错，有著名的香格里拉；还有重庆，中国抗战时的陪都，那是她的爷爷在中国生活时间最长的城市，中国面积最大的直辖市……去这么多地方游玩得花多少时间呐！

"记得美国LR公司吧？"程雪突然抬起头问文熙。

"记得呀，怎么了？"文熙心里紧了一下，望着程雪。

"它在中国台湾的工厂发生严重事故……"

"啊？有多严重？"文熙大惊失色。

"说是氮气泄漏事故，已经停工了。"程雪把手机给文熙看。

两年前 LR 公司台湾工厂就发生过两次泄漏事故，导致数万张晶圆报废，这可不得了。文熙赶紧匆匆浏览了一遍新闻，说是 W 厂生产所需氮气出现状况，估计气体污染将导致数万片晶圆报废，十多名工作人员也由于吸入过多氮气而紧急送医，所幸没有生命危险。

W 厂不是才启用几个月的新厂吗？文熙清楚地记得。那这次的事故损失会不会比之前更大？文熙本想给爸爸打个电话问问情况，却想这时候那边正好是半夜呢，晚上再打吧。

"你看，真热闹，商人的鼻子是最灵的，马上就在分析接下来的供货问题、价格问题、产业影响……"程雪小声说。

"影响是一定有的，如果真的有几万片晶圆要报废的话。"文熙故作镇定。

"你好像很懂芯片，真厉害！"程雪笑嘻嘻地看着文熙。

"哦，不懂……"文熙尴尬地摇摇头，"就是帮沈律师收集材料才了解了一点。"

正说着，文熙的电话响了，她一看居然是大哥的电话，连忙起身往外面一路小跑。程雪诧异地望着她的背影。

"大哥，台湾工厂事故是怎么回事？"不等大哥说话，文熙先问。

"你知道了？新闻上知道的？我现在在龙腾号上，具体情况到了才清楚。"大哥回答。

大哥名叫陆文隽，哈佛商学院硕士毕业就进了 LR 公司，从最底层做起，现已做到副总裁。陆家是把他作为 LR 公司的第三代接班人培养的，好在他本人也对这方面感兴趣，其他的三代目前都做着各自喜欢的事情，没有进入陆氏企业。

龙腾号是他们家的私人飞机，大哥急着坐私人飞机去台湾，可能问题有点严重吧。

"真的是氮气泄漏吗？生产线上的数万张晶圆要报废？"文熙问。

"氮气泄漏是事实，究竟有多大的损失还不知道，关键是机器受损比较严重，所以这次带了三个工程师，不知能不能修理好。"陆文隽表面平静，实则忧心忡忡。他是典型的霸道总裁气质，从小便冷静、稳重、凌厉，从小就是带头大哥。

"大哥，这肯定是工厂管理有问题呀。台湾工厂好像每年都发生事故吧？在台湾加大投资一定要慎重，我反正是不看好的。"文熙说。

陆文隽笑笑，反问道："你看好哪里？看好中国大陆？"

"LR 在东亚的工厂很多，日本、韩国、新加坡、中国大陆……除了中国台湾，其他工厂好像没有发生事故吧。中国大陆市场占了芯片市场的一半以上，也占了我们 LR 公司销售额的一半以上，难道不是最值得投资建厂的地方吗？"

"你只看到了一面，你没看到台湾给我们的优惠政策呢，还有技术、人才优势、产业链等等。"

"这些优势很快会被赶上的，你也知道中国政府现在给了芯片发展前所未有的政策、资金支持。"

"先不讨论这个了。我打电话是想问你，你想来台湾吗？记得上次你好像说过，我来台湾谈判的时候通知你。"陆文隽问。

"之前不是说下个月谈判吗？"文熙之前想过，那时在上海也已经待了一个多月了，可以去台湾玩玩。

"这次来了就直接谈判吧。"

"那你会来上海吗？"

"会！"

大哥是个在聚光灯下滔滔不绝而生活中言语不多的人，也曾经是他们家中文最差的。爷爷曾定下规矩，陆家人在家里必须讲中文，所以家里都以为他不爱讲话是因为中文不好。为此，几年前父亲把他派到上海公司待了一年，现在总算可以和家里人流利地说中文了，但是他仍然不怎么开金口。文熙说他比爸爸还稳重。

大哥问了两句文熙在上海的情况就挂了电话。

文熙回到座位冲程雪笑笑，说是大哥来的电话，有点急事找她。

程雪关心地问："美国应该是半夜，是家里有什么事吗？"

"没事没事。"文熙连忙说，"他来……香港出差了，问我要不要去香港玩。"文熙差点说成台湾。

"你真幸福，还有大哥……你有几个兄弟姐妹？"程雪一脸羡慕。

"大哥，二哥。"文熙伸出两个手指头。她知道中国的"80后""90后"几乎都是独生子女，许愿最羡慕她有两个哥哥了。

"哇……"程雪的嘴半天合不上，"你真是你们家的公主呀，肯定一家人都很宠你。"

"我爸爸的亲兄弟姐妹的后代一共十个男孩，只有我一个

044

是女孩。"文熙笑笑。

"你一个人来中国他们舍得吗？你不是说你以后还想来中国发展？"

"没有舍不得，我大哥之前也在上海工作过一年，我们家都很支持而且希望孩子们多来中国。如果时机适合，来中国工作、定居都可以。"

"哦，那你们家真的很有中国情结呀……那个天才滑雪少女不是也改回了中国籍吗？你也可以呀。"

"华裔二代三代现在确实有很多人选择'回流'中国发展，但要入籍中国不是谁都可以的，听说要有特殊才能才行呢，像运动员可以为国争光呀！"文熙冲程雪眨了眨眼睛。现在移民中国是很难的，但是说实话，他们家目前并没有这方面的打算，自己也还从未往这方面想过。

"你也是人才呀！你可以成为涉外法律人才，你知道现在中国奇缺这类人才。中国这么多人口，入选涉外律师人才名单的仅仅一千人，这是什么概念呀？"程雪几句话又说到了法律的话题上来。

"好，好，我努力争取。"文熙很配合。

第四章
裁定

第二天一早，沈梦远一行驱车回上海。

车上程雪向沈梦远汇报昨天的事项，并提到 LR 公司台湾工厂的重大事故。沈梦远马上"哦"了一声，反应强烈。他现在对 LR 公司的任何风吹草动都很关心，因为这可能会影响到天华公司与 LR 公司诉讼的走向。

"那今天舆论是怎样发酵的呢？业内怎么评论？LR 股价表现怎么样？"沈梦远问了一连串问题。

"我还没注意，马上看一下。"程雪有点尴尬，马上在手机上查阅。

"LR 公司的股票下跌接近 5 个点。"文熙接过话，"业内情绪比较悲观，认为数万片的晶圆损失将对全球正处于缺货状态的供应链造成巨大冲击，但一个小时前，LR 公司台湾工厂对媒体表示事故并没有外界渲染的那么严重，工厂已经恢复正常运作，产出不会有太大影响。"

沈梦远回头看了文熙一眼，眼光中有惊讶、有肯定、有欣赏，对两个助理说："看看吧，你们要向文熙同学学习。"

"哪里，他们太忙了，还没顾得上。"文熙害羞地摇摇头，脸微红。她关心 LR 公司又不是因为敬业，还害得别人挨批评。文熙暗暗下决心以后不能随便说话，内敛含蓄才是中国人的美德，自己应该趁着在中国好好养成这种美德。

后来沈梦远就和他们讨论起天华与 LR 公司的案子，整个行程成了案例分析会，而且全程用英文，当然有的实在表述不清、别人听不明白的地方就夹杂中文。

说着说着，几个人的讨论就变成了沈梦远和文熙两人的讨论、辩论，两个助手插不上话，只有听的份儿。

由于沈梦远坐在副驾驶，文熙和程雪坐后排，沈梦远老是要侧着身子扭着头。程雪提议和沈梦远换座位，方便二人交流。

沈梦远和文熙分析天华和 LR 公司在美国诉讼的可能结局，讨论美国的"长臂管辖"和 337 调查。高手过招、棋逢对手，感觉很好，尤其是文熙还能帮沈梦远练英语，准确说出他想说又不会表达的词句。

陆文隽一行正在 W 工厂负责人的陪同下查看事故情况，看着眼前的情景，陆文隽一直蹙着眉头。情况比他们想象的还要严重，是供应氮化的纯化关键设备毁坏了，这直接导致上百台机台被污染。

"设备无法修理，只能更换。"两个工程师经过检查后都是同样的意见，"可能需要运回美国更换，这是美国设备，但不排除台湾也能找到这种设备。"

"那马上联系台湾的厂商，看有没有能生产这种设备的。"陆文隽斩钉截铁地交代身边的工厂负责人。

"倒是有一家能生产此类设备，但是不知道能不能与我们的机台完全匹配，我马上联系。"负责人回答，并立刻安排。

"目前造成的影响统计出来没有？直接报废的晶圆有多少片？预估报废的有多少？"陆文隽问。

工厂负责人和美国来的专家又合计了一下，报告道："在线上的六万片全部被污染，估计有一万片左右会直接报废掉，剩余的还要看抢救情况，再作为次级品或报废处理。"

"严格把好质量关，该报废就报废，能抢救就抢救，但是一定不能以次充好进入市场。"陆文隽强调。

正在陆文隽一行要移步会议室开会时，有人来通报工厂门口来了一群人抗议示威，好像是针对新时代电子公司事件。

陆文隽一听双眉锁得更深了，本来已经忧虑焦急的双眸一下射出怒火，心里冒出两个中国成语——"祸不单行"和"趁火打劫"。

这些人也真是！公司法务团队已经注意到网上有人在非议台湾地方检察署，指责他们对新时代电子公司侵犯商业秘密的刑事指控司法不公，是怕得罪美国。他们这个时候又来 LR 闹事，是施压吗？

工厂立刻启动公关处置紧急预案，派人出去维持秩序。陆文隽一行则找了个能看到外面的地方悄悄观察。

外面聚集的人显然是被指控者的亲属、律师和相关人士。他们打着横幅，上面写着"美国司法部干涉办案""LR 公司仗势欺人""LR 设计陷害竞争对手"之类的内容，还有人举着喇叭喊话：

"司法不能被国外大厂的政治势力所影响，要保护新时代电子公司自主研发芯片投入的心血！

"有那么笨的窃贼吗？把剽窃的商业秘密上传到网上的云端服务器周知大家？故意留证据吗？完全是LR设计陷害！"

王逸正是以前LR公司台湾工厂的高管。这次陆文隽来台湾也要检讨这个问题，芯片行业从一开始就存在抢夺人才大战，这就不可避免地面临商业秘密泄露等问题。LR公司和美、韩等国的其他芯片巨头也有类似纠纷，LR公司会去挖别人的人，LR公司的人也会被别人挖。

这一行业诞生之日起就是这样，当初中国台湾和韩国的发展过程不也是这样吗？不惜一切代价从美国、日本挖人。但是，对于LR来讲，现在需要重视的是如何应对中国大陆芯片的崛起，如何在企业内部构筑起商业秘密保护的防火墙。

当然这也是接下来会议马上要讨论的问题之一，陆文隽通知相关人员都去会议室。

文熙记挂着台湾工厂的事故，晚上回到家就跟父亲和大哥通了电话。大哥告诉她台湾可能无法找到需要更换的关键设备，必须要回美国维修，这样一来，至少要停工一个月。

文熙心里咯噔了一下，一个月，那得减产多少张芯片？又得多大的损失？这两年LR似乎很不顺，诉讼缠身、事故频发、业绩下滑……是哪里出了问题呢？

心事重重的文熙来到外面的庭院。庭院是典型的苏州园林风格，假山池沼、亭台回廊，林木花草与原生态湖景巧妙结合，在灯光和月光的笼罩下分外宁静。文熙的心情舒畅了许多。

文熙穿过一段婉转曲折的竹林小道，来到荷花飘香的水景区，坐在湖心亭的"美人靠"上。这"美人靠"的名字也不知道是谁取的，如此细腻传神，闭上眼她仿佛可以看到绝代风华的女子就在这"美人靠"上吟诗作对，拈花饮酒。

电话突然响起，是许愿打来的。

"后天我父母就去上海把房子收拾出来给你。开庭太累了，加之又受了刺激，今天爸爸躺了一天，明天再休整一天。"许愿说。

"是很累，昨天许伯父他们开庭十五个小时，坐都坐累了，还要激烈地唇枪舌剑。再休息两天吧，不着急。"文熙很体谅地说。

"没事，后天可以了。床上用品、生活用品都会给你换新的，你可以直接入住。叫沈梦远带你去。"

"啊，亲爱的，我好感动!"文熙嘴里来了个飞吻。虽然看不到，但许愿还是听到了。

"我怕你又是管家又是佣人的一队人马过去把人家吓住。"许愿打趣道。

两人你一句我一句地挤对着对方，开着玩笑。

两天后，许愿的父母带着清洁工来打扫卫生。

这处房子是买给女儿许愿住的，许愿说回国以后想在上海工作定居。但是后来因为许巍然的案子，许愿始终没有回国，甚至还想着一家人移民美国，这房子也就一直空着。不过他们倒是每年过来小住几天，打扫打扫卫生，也和上海的亲戚走动走动。

"你说这个文熙也是，家里有豪宅有保姆，偏要来住我们家这种房子，住得习惯吗？怎么吃饭啊？"许愿妈妈笑着摇摇头。她在美国是见过文熙的，大概知道点她的家世。

　　"你在外面可千万不要说漏嘴了，许愿再三叮嘱，不能说她是千金小姐，不能透露她的家世。"许愿爸爸压低声音嘱咐太太。

　　"知道知道，这不是没有外人吗？……文熙这女孩还真难得，完全没有公主病，我发现许愿有时还比她娇气、比她傲慢。"许愿妈妈打心眼里夸赞文熙。当时，许愿和文熙同另外一个美国女孩住在一起，许愿妈妈经常去美国陪许愿，给她们做好吃的，她注意观察过这几个孩子。

　　"是啊，前两天见到她，和梦远他们一起，斯斯文文、安安静静的，像个小跟班，哪里看得出她来自显赫的家庭，而且还是哈佛博士。"许巍然接过话。

　　"她就是来做小跟班的呀！"许愿妈妈开着玩笑，"来给咱们梦远做实习生的呀……你看现在这些华裔都知道来中国发展，所以等咱们官司宣判，还是叫女儿快回国吧。你看，这个房子还是挺不错的。"许愿妈妈环视了一下房间，感到很满意。现在这套二百多平方米的房子要值两千多万了，沈梦远一家可羡慕了。虽然同在一个小区，但是他们的房子不只小了一半，而且还看不到江景。

　　"我也是这么想的，叫她快点回国。我们在美国一点也不习惯。"许巍然附和。

　　"小跟班"文熙这时正跟着程雪在资料室打印复印文件。

法律文件动辄就是几十页、上百页，她们俩已经在这里忙活一个多小时了。

在美国，顶尖律所的助理和实习生都是不用做这些的。文熙刚开始很不习惯，但也努力去适应，入乡随俗嘛。程雪本身就是一名能独当一面的律师了，王冬阳也是，可他们还是毫无怨言地给沈梦远做助理，给他当绿叶。

"你和王冬阳在沈律师身边多少年了？你们也给他做过实习生吗？"文熙好奇地问。

"没有，沈律师从来不带实习生，我跟他四年多了，冬阳跟他六年多了。"程雪回答得很干脆。

"他不是才执业八九年吗？"文熙有些惊讶，一般执业的头几年都是给别人做助理呀。

"快十年了吧，他执业的第四年冬阳就跟着他了，他当时还是他师父的助理呢……他对这一行有天赋，还是专利代理人，有个专利事务所，每天那么忙哪会去带实习生啊？"程雪熟练地操作着机器，停了停，又说，"你以为实习生都像你这么优秀吗？"

"那看来我很幸运哦！"文熙开心地笑起来，心想这沈梦远真是给了许愿很大的面子，回头要好好感谢许愿。

两人回到沈梦远的办公室，沈梦远正眉头微蹙地盯着电脑，两手交叉抱在胸前，头靠在椅背上做沉思状。这个姿势程雪已经很熟悉了，沈梦远遇到难题卡壳时就是这个样子，这时也不用跟他说话。程雪跟文熙使了个眼色，放下东西就准备出去。

沈梦远却开口说话了："天华与 LR 的诉讼在 H 中院有裁

定出来了。"

"怎么样?"程雪和文熙异口同声地问。看沈梦远的神情,天华可能凶多吉少。

"H市中院对LR发出'禁止令',LR多达三十种产品将暂时禁止在中国销售,同时,裁定LR公司中国工厂停止制造、销售、进口数款产品。"沈梦远平静地指着电脑。

"好消息呀!你怎么这副表情,我还以为没批准呢!"程雪惊呼。天华在诉讼中向法院申请了对LR暂停诉争产品生产销售的行为保全。

但这对于文熙无疑是个坏消息,虽然之前她已经跟父亲提到了这个可能的结果,但还是有突遭当头一棒的感觉,而且,台湾工厂又刚刚发生重大事故。文熙能听到自己的心怦怦直跳的声音,脑子瞬间空白,却还要装出笑脸,但怎么装得出呢,那笑容就成了苦笑,皮笑肉不笑。

可沈梦远怎么看起来也像是苦笑呢?这难道不是他想要的结果?

"咱们不是胜诉了吗?你怎么不太高兴的样子。"文熙小心翼翼地问。

"这也不叫胜诉,一个保全而已。再说怎么高兴得起来?下一步LR肯定会报复,还不知道后面会发生什么?"沈梦远语气有些沉重。

"怎么报复?"文熙故意问。

"不知道……美国的报复手段不是很多吗?出口管制清单什么的。"沈梦远平静地说,眼睛盯着电脑,像是自言自语。

"既然担心LR会报复,为什么采用这种战术呢?"文熙继续小心翼翼地发问。她想正好以此探知他们的真实想法，但是又不能太明显了。

沈梦远看了文熙一眼，无奈地笑了笑，一句两句跟她说不清楚。

"当然要为中国的半导体产业出一口恶气呀！"程雪拉文熙坐下来，愤愤地说，"LR到处告咱们专利侵权、窃取商业秘密，现在怎么样？贼喊捉贼！自己打自己耳光！"程雪很少这样激动。

"嗯，我也觉得这是一记很漂亮的重拳回击，可能明天LR的股票又会狂跌，真是祸不单行啊。"文熙尴尬地笑着，内心在滴血。要知道LR的营业收入可有一半以上来自中国大陆啊。

"LR肯定会申请复议，结果会不会出现变数也未可知。"沈梦远还是忧虑重重，丝毫没有胜利的喜悦。

"哦，是吗？为什么？"文熙心里有一丝窃喜，仍然不露声色，继续"请教"。

"毕竟中国的这些大型互联网企业都大量采用了LR的服务器，影响很大。"沈梦远对文熙的情绪毫无觉察。

"也就是说，担心LR公司用公共利益来抗辩？"文熙一副人畜无害的样子看着沈梦远，感觉自己戏演得还不错。

沈梦远点点头。

"法院发了禁止令可以实际不执行吗？"文熙继续"请教"。

"可以，只要申请人同意。这也是坐下来谈判的契机，高通和苹果不就是这样吗？"沈梦远真是个好老师。

"被申请人提供足额反担保呢？"

"一般不行，除非申请人同意。"

沈梦远干脆在电脑上找出一个文件来叫文熙学习："你看看这个，去年最高人民法院发布的《关于审查知识产权纠纷行为保全案件适用法律若干问题的规定》。"

文熙认真地逐条研究起来。

此时美国正是深夜，很多人已经进入梦乡。

正要上床睡觉的陆天皓得知禁止令的消息后立刻睡意全无，马上和 LR 总法律顾问、大中华区负责人、陆文隽四人开了个简短的视频会议。

"刚刚法务部已经在着手研究这个诉中禁令的应对措施了，在法律上，裁定结果一送达即可立刻执行。LR 可以在十日内申请复议，提出抗辩理由，但只有一次机会，而且法律规定复议期间该禁令将会继续执行。"中国区总经理汇报。其实之前中国的法务部门向总部反映过这样的担忧，但没有引起总部法务部门的足够重视。

"除了马上准备申请复议，其他的反制手段都应该齐头并行，美国商务部也是时候把天华公司列入出口管制名单了，美国司法部也可以对天华做出刑事指控，这场法律战该升级了。"LR 的总法律顾问艾伦盛气凌人地发表意见。

艾伦同时也是 LR 的高级副总裁和股东，职位与陆文隽相当，是个金发碧眼、高高瘦瘦的美国人，眼神异常犀利、鼻子尖尖的、表情冷漠、很少有笑容，是个强势人物。他喜欢打法律战，喜欢出击，被业内称为"好战分子"。他曾经采用这套打法为 LR 公司开疆拓土，在政治立场上也是"鹰派"人物。

"我们以什么理由来复议抗辩，成功概率有多大？之前不是肯定我们没有侵权吗？不是说都有授权吗？难道是无效专利？"不等艾伦说完，陆天皓抢过话，"法院现在既然这么裁定，肯定也是倾向于 LR 侵权成立，如果最终判决我们还是败诉，那我们之前指控天华科技和新时代电子偷窃技术，岂不是被反打一巴掌？"陆天皓有些愠怒，说话的语速也很快。近两年他对法务部的工作有些不满，身为顶尖律师的弟弟也曾经提醒过他，他的这位法律总顾问刚愎自用，而且过于好斗。

"在中国打官司能不能胜诉我们实在无法把握，所以我们之前才选择在美国起诉……"

"在美国的诉讼你们就有把握吗？是不是一定能胜诉？如果到时候我们主场作战都失利的话，LR 的脸面何在？信誉何在？法务部门要踏踏实实地从法律问题上检讨，法律的归法律，政府关系归政府关系。制裁同样是把双刃剑，不到万不得已最好不要走到那一步，明天你们几个部门再好好分析一下。"陆天皓心里窝了一团火，第二次抢了艾伦的话。

要制裁天华公司可不是那么容易的事，以什么为理由？

第五章
所谓"寒舍"

天华公司与 LR 的纠纷发展至此，整个业界都始料未及。

法院裁定出来后几个小时，东亚的半导体圈内就炸开了，很多业内人士纷纷围观评论：

"剧情急转直下，情节完全脱离预想！"

"中国厂商抢先得分，美国企业意外吃瘪！"

"LR 贼喊捉贼，打脸！"

"韩国 MG 公司乐坏了！"

……

LR 针对天华，阻止天华如期量产的意图，早已是司马昭之心路人皆知。它在发起这一轮诉讼战之前就通过多个途径遏制天华，其中包括向部分半导体设备供应商施压，要求其不得销售设备给天华做开发。天华公司可是中国国产芯片自主研发的主阵地之一。

"半导体芯片技术几乎是所有现代技术的基础，目前这一领域的世界格局是……"沈梦远和文熙一起看着网上的评论，以为文熙不了解这一领域，主动给她做科普。

"你好熟悉啊！难怪天华公司会请你做他们的律师，程雪说你是律师团最年轻的一个。"文熙装作很崇拜地看着他。

"哪里，恰好我在清华学的就是这个，懂点皮毛。"沈梦远谦虚地说，但心里有点得意。以前他从不在意哪个女生的表扬或崇拜，甚至觉得反感，但现在他发现自己居然在意身边这个女孩的评价。

"中国自主芯片的崛起遭到了各国的围追堵截，尤其是个别国家，总想把我们塑造成小偷的形象，在各个层面污名化中国，把很多正常的技术扩散都叫作'偷'，防不胜防。LR 公司这一诉讼开了一个很坏的头，一些媒体也借机炒作，其他国家的企业也在跟进。"

看到沈梦远痛心的表情，文熙心里隐隐泛起同情。是这样吗？她觉得沈梦远说的是真话，他没有必要骗她，而且 LR 喜欢以诉讼出击，作为打击竞争对手的手段。

"自主创新总是会对别人造成威胁！你们一定要打赢与 LR 公司的这一仗，这关乎国家形象和中国企业的形象。"文熙望着沈梦远，目光中充满理解与关怀，虽然多少有些假装的成分。

沈梦远点点头，文熙的眼神让他感受到这个华裔女孩的友好、善意和温暖。

实际上，被大家认为是坐收渔翁之利的韩国芯片巨头 MG 公司却高兴不起来，一方面因为正在接受反垄断调查，不敢随意涨价；另一方面也陷入深深的忧虑，有唇亡齿寒之感。

中国法院禁止令出来没多久，首尔 MG 公司总部马上召开紧急会议，讨论针对 LR 公司的禁止令事件。

这是在释放什么信号？下一步发展会是什么情况？对 MG 公司有什么不利影响？

"中国的执法和司法保护越来越有所作为，我们要更加注意与中国企业打交道的合法合规问题……" MG 副总裁首先发话，要大家高度重视法律风险，企业越大法律风险越大。

作为几大芯片巨头，他们共同订立价格同盟，分享垄断利润的盛宴。多年来 MG 都在接受美国和欧盟的反垄断调查，已经成了被处罚的常客，眼下这几大巨头正在同时接受中国市场监督管理总局的反垄断调查，而且，今年年初他们才在美国遭遇集体诉讼。

"要高度关注 LR 公司动向，这家公司最狡猾、最有意思！" MG 法务部长提醒大家，"这家公司爱挑起战争，撤退也最快，经常出其不意，不知下一步会打出什么牌。我们也要学聪明一点。"

之前有一次，美国司法部对几家公司展开价格垄断调查，LR 公司竟自己首先去认罪自首，免去了处罚，而剩下的几家公司被处以数亿美元的罚款，MG 罚得最多。MG 公司和另外两家公司都感到被 LR 这个队友出卖了。

有人马上附和，说这次如果不是它对天华大打出手，那么中国兴许不会对其余几家公司展开反垄断调查。

其实这只是原因之一，这几家公司确实也做得过火，这两年他们把价格涨了一倍多，还有其他垄断行为。

而他们最最忌惮的，真正能够打破目前的垄断格局，拉低市场价格的力量是中国自主研发的国产芯片。一旦实现量产，将导致几大外国芯片商被挡在市场外，中国这个全球最大的市场将实现充分的自给。所以 MG 公司紧追 LR 其后，也发动了对中国另一家著名半导体公司的诉讼。

于是中国的优秀涉外律师忙得不可开交，尤其是优秀的涉外知识产权律师更加抢手。沈梦远就是这样抢手的律师。

"文熙，我忘了，许愿叫我今天带你去她家入住，快走吧，不早了。"沈梦远忙了一天，突然想起来，急匆匆地边说边关电脑。

"哦，"文熙回应，"不急吧，还早呢，许愿说什么都弄好了，直接去住就可以了。"

"今天不加班了，走吧，我带你熟悉熟悉周边环境。"

沈梦远和文熙一道离开时，正是大家下班的小高峰，不少同事和沈梦远打招呼，容貌、气质出众的文熙很快便引起了下班人群的注意。见有女生认出了自己的爱马仕旅行箱，想起自己说出身普通家庭的事，文熙真后悔没有叫管家去商场给她买一个普通箱子。

她悄悄用眼角瞟一眼沈梦远。还好，沈梦远正在接电话，正嗯嗯地点头，应该没有听到，文熙舒了口气。看来，是得快点找时间跟程雪一起去逛街买东西了，好在当时收拾行李时还特意带了两套普通衣服。

沈梦远带文熙来到许愿的房子。那栋房是小区的楼王，大平层、江景房，29 楼。

打开房门，文熙吃了一惊，许愿一再说她家是"寒舍"，其实很奢华，比美国的多数家庭漂亮。客厅很大，家具很考究，整个设计风格很现代，一看便知是许愿的风格。更难得的是一进门就能看见客厅外的大露台和后面的黄浦江、外滩、陆家嘴，视野开阔。

沈梦远先带文熙参观各个房间，教她使用各种电器，之后，两人来到露台，凭栏远眺。

"真美！"望着夕阳笼罩下的黄浦江两岸，文熙感叹，并做了个很陶醉的深呼吸。

"是啊。"沈梦远附和，又自言自语地说，买一套这样的房子跟父母和奶奶住是他的奋斗目标，不知什么时候才能实现。

"中国人都以住大房子为人生理想？"文熙饶有兴趣。

"这个嘛，很难回答。"沈梦远侧着头沉思，"我们家人多，我觉得要这么大才住得下。父母一间，奶奶一间，我一间，还有书房、健身房，以后还要儿童房、保姆房……只是满足需要而已。"

"你不觉得你太有责任感了吗？"文熙大叫佩服。她知道，在中国都是爷爷、奶奶、外公、外婆、爸爸、妈妈几代人为年轻人在大城市买房子。

"每个家庭情况不同。"沈梦远淡淡地说了一句，神情有些黯然。

文熙看着他，很想看出那个黯然背后的东西。他比同龄人看起来更成熟更沉重，好像肩负的担子很重。她以为沈梦远会就此打住，不会多说，没想到他居然在沉默一阵后娓娓道来，像在讲一个故事。

沈梦远并不是地道的重庆人，他的祖籍是浙江。二十世纪六十年代中期，中国开始"三线建设"，爷爷奶奶在上海的工厂整体迁往大西南重庆，在一个叫作"万盛"的山沟里扎了根。

"你可能不知道'三线建设''三线企业'吧?"梦远问。

文熙摇摇头。

"这是中国二十世纪六十年代迫于国际形势的一个大规模工业迁徙,把沿海沿边地区的重要工厂转移到中西部地区的深山里,在那里备战备荒。"沈梦远苦笑一声。

"哦……"文熙若有所思地点点头。

"'三线企业'全都偏僻闭塞,尤其是国防工业方面的,慢慢就成了一个独立闭塞的小社会,学校、医院、商店、电影院什么都有,孩子们就在这里读书,然后就在这里工作、结婚,结婚对象当然也是这里的二代,生出来的第三代又在这里长大、读书……"

文熙听到这儿咯咯咯笑起来,沈梦远平常一副不苟言笑的样子,其实还挺会讲故事。

沈梦远自己也笑起来,慢慢地就由开朗的笑转为苦笑。

"你是美籍华裔三代,我是三线子弟三代,从小我就发誓一定要走出来,带着祖辈父辈回到故乡,所以我从小就发奋学习,希望通过高考来改变自己的人生。我五岁就上小学,十六岁考进清华,二十岁考进西政,研究生毕业后来到上海做律师,把父母和奶奶带回上海定居,我宁愿自己成为'房奴'也想让他们过得好,只是爷爷去世太早了,没能享到我的福……"沈梦远的声音越来越小。

文熙安静地听着,听得似懂非懂,但是有一点她是理解的,是有共鸣的,那就是根的情结。自己何尝不是这样?自己也是第一次回中国,回故乡祭祖后就爱上中国、亲近中国、研究中国。

可是她一时想不出该怎么说，空气一下凝滞了。

"我也不知道怎么会告诉你这些，见笑了。"沈梦远很尴尬，他很少对人讲这些，也不喜欢对别人袒露自己的内心世界，为什么单单对素昧平生的她说了？沈梦远对自己也感到费解。

"见笑？不，你这么有责任感，中国男人都这样吗？"文熙好想安慰一下这个宝藏男孩。

沈梦远呵呵笑了一下，说趁天还没完全黑，带她去附近认认路，找找超市、餐馆什么的。文熙高兴极了，连说了好几个谢谢。

沈梦远给文熙一路指点做着介绍，哪里散步最好，哪里有24小时店，哪个门最方便打车，去超市走哪个门……文熙顺着沈梦远的指点东瞧瞧西望望，好不兴奋。

走了十几分钟，就到了一处很大的购物中心，两人径直来到超市。沈梦远很自然地去推了个手推车，两人并肩进去。

"我看冰箱里面是空的，你要不要买点酸奶、面包之类的早餐，还有糖果？"沈梦远先前特别留意了冰箱，也记得文熙的低血糖。

"对，还有水果、坚果……还有上海小吃……"文熙第一次逛中国的超市，感到很新鲜，没见过的都想买回去尝尝。

到了酸奶专柜前，看着各种眼花缭乱的品种，两个人挑选了起来。

不远处，一个跟沈梦远年纪相仿的男子正推着购物车朝这边走来，看见沈梦远吃了一惊，然后掏出手机冲他们拍了几张照。他是沈梦远读硕士时的同学徐智勇。

"这小子什么时候不声不响有女朋友了，竟然都没跟我汇报。"徐智勇心里念叨着，轻挪几步，绕到了沈梦远的身后。

只听沈梦远说："这里有一款黄桃的，要吗？"

"黄桃的，人家要的。"徐智勇学着女孩的腔调。

沈梦远和文熙同时回过头看。

"怎么是你？"沈梦远很惊讶，文熙很愕然。

"过分哈，要不是今天你们被我逮着了，我都不知道呢！"徐智勇用手指着沈梦远嘿嘿一笑，又扭头打量着文熙，并伸出手来，"这是弟妹吧？我是沈梦远的好朋友，硕士同学徐智勇，在法院工作。你叫什么名字？"

"我，我叫陆文熙。"文熙虽然有些蒙住了，但还是礼貌地回答，并伸出手握了握。

沈梦远在一旁既尴尬又着急，赶紧把徐智勇拉到旁边，压低声音道："别胡说八道，人家是美籍华裔，我表妹的好朋友，暑假来我们国昊做实习生的。"

"哦，实习生？实习生这么亲密，还一起逛超市、买酸奶，沈大律师什么时候这么闲了？"徐智勇一连串的疑问甩回去。

"她今天刚搬来我们小区住，人生地不熟的，我总得带人家来认认路吧。"沈梦远认真地解释。

"啊，都住到一个小区了！近水楼台先得月嘛，懂的，懂的。"徐智勇冲沈梦远狡黠地笑。

"表妹的朋友，住的表妹的房子……我懒得跟你说了，不是你想象的那样！"沈梦远不耐烦地赶徐智勇先走，别弄得人家小姑娘尴尬。

　　文熙站在不远处，她确实有点儿手足无措，不知道他们到底要说多久，是原地等沈梦远呢，还是……但是她又确实对两人的举动很好奇，忍不住偷偷瞟他们，一看到他们正看过来，连忙收起视线看向柜台。

　　"好，我走，可我总得去打个招呼吧。"徐智勇和沈梦远一起过来。

　　沈梦远这才正式给他们做了介绍，还让徐智勇在文熙回美国之前带她参观他们法院。文熙非常高兴，连声说太好了。

　　徐智勇突然想起了什么，对沈梦远说："下周的聚会，你一定要带文熙同学参加，多好的学习机会啊！有律师、法官、检察官，还有警察和法学教授，整个法律职业共同体全到齐了。"又问文熙是否想参加，文熙兴奋地连连点头。

　　沈梦远看了她一眼，不知说什么好，从内心他是不想让她去的，她去了，同学们说闲话。但是她既然话都说出口了，他也不好叫她不去。

　　文熙马上意识到自己抢话了，尴尬地笑了笑，吐了下舌头。

　　徐智勇看到二人的表情，对文熙说："你自己记得时间哈，下周六下午打羽毛球，晚上吃饭。"然后对沈梦远得意地眨了眨眼睛。

　　"行了，快走吧！"沈梦远推开徐智勇。

　　文熙觉得这两人像演戏一样，好像沈梦远极力地要赶他同学走，他是害羞吗？当然，徐智勇说的"弟妹"这个词她并没有听明白，否则她也会害羞的。

第六章
久别重逢

美国，陆家庄园。

陆天皓正在吃早餐，文熙来电话了。陆天皓想肯定是文熙要提醒他什么，记得之前她就说中国的法院有可能会对 LR 公司发出禁止令，看来她的判断很准确啊，比艾伦准确。

"爸爸，根据我的综合判断，天华并不想真正地禁售 LR，而只是想用这种方式把 LR 逼上谈判桌。同时天华也已经预估到了最坏的结果，那就是被列入美国商务部的出口管制实体清单，他们已经做好准备……"文熙直奔主题。

"天华想凭一纸禁止令把 LR 逼上谈判桌筹码还不够，此次禁售的产品估计只占销售额的 12%。天华怎么可能不怕制裁呢，自主创新得多少年？ 而且不可能完全不用到美国的技术，尤其是高端芯片，转向韩系日系也不是那么简单的事。"陆天皓很淡定。

"但是爸爸，中国不是只有一个天华。也许今天我们还在和天华作战，但可能明天中国就会有一家新的公司在天华的掩护下突出重围。你知道中国自主研发国产芯片的决心，举国上下都达成高度共识，并叫它'中国芯'。你不是说要关注民意吗？这就是民意。中国政府成立的中国集成电路产业投资基金规模庞大，还不算地方政府和民间的投资。我们LR只是一家企业，不可能螳臂当车。"文熙有些着急，还用上了一个今天沈梦远刚教给她的成语。

"所以，你的建议是？"父亲冷静地问。

"我的建议是适度地还击，给双方都留有回旋的余地，找机会坐下来谈判，不要让LR真正的那几大竞争对手，比如韩国MG公司等坐收渔翁之利。对于禁止令，LR也许可以以公共利益为由抗辩，因为中国的互联网巨头大量采用了我们的禁售芯片，那些产品中国人每天都在使用，他们的律师自己都担心这点。"

"你说的这些我会考虑，回头去公司再跟他们讨论讨论。"听文熙说完了，陆天皓表态。对三个儿女他从来都会认真倾听他们的意见，也很少打断他们说话，从小就培养他们独立思考的意识和大胆表达的勇气。

文熙是这个家族中唯一的女孩，更是他的掌上明珠，他对她的人生道路其实是有规划设计的。她的善良、正义和热忱特别适合做公共事务的工作，所以他以赵家的大女儿赵小兰、首位华裔女部长为榜样来鼓励她从政，鼓励她学政治，学法律。直到现在，女儿都是让他非常骄傲的，她和赵家的几个女儿一样优秀。

"对了，CiCi，"陆天皓不忘又叮嘱一句，"你还是不要在那里做实习生了吧，现在这场'战争'开始进入到白热化，你不要哪天暴露了。LR不需要你做什么，你如果对这个案子感兴趣，可以正大光明到LR自己聘请的律师所去学习。"

"爸爸，你放心好了，不会暴露的，相信我。"文熙撒娇说。

陆天皓不再说什么，也顾不上多说什么，今天的事情太多了，每一件都是大事。

文熙放下电话，心情轻松了很多，像卸下了一个包袱。不管 LR 是否采纳她的意见，她已经表达了她的观点；更难得的是，在这一过程中她学到了很多东西。

她脑海中浮现出沈梦远害羞的脸，爸爸叫她这时离开，她怎么舍得走。她喜欢和沈梦远在一起，感觉彼此都给对方打开了一扇窗，而且彼此都对对方感兴趣。

早上起床，沈梦远第一件事便是上网浏览有关 LR 公司的消息，看到了 LR 公司的声明，也看到 LR 的股票又是一开盘便大跌，差点儿跌停。后来 LR 公司发布声明回应 H 市中院的禁止令，指出禁售产品只占其全部销售额的 1%，影响有限，这才稍微企稳，但跌幅仍然超过前几天台湾工厂事故时的 6%。

看来禁止令在与美国公司的专利诉讼中确实是个强大的武器。

今天，他和文熙约好早上八点在车库见，沈梦远提前几分钟到了车库，没想到文熙已经候在那里了。

"昨晚睡得好吗？习惯吗？"沈梦远关心地问。

"挺好的！习惯。"文熙一脸的神清气爽。昨晚她睡得特别好，想到以后可以天天和沈梦远一起上下班，也许还可以一起锻炼，就浑身有劲儿。

两人互相打量了对方一眼。沈梦远今天是白衬衫配深蓝色领带，手上还拿了一件黑色西服上衣。文熙穿了条白色连衣裙，V领收腰修身及膝小A裙。外形上两人非常登对。沈梦远今天要去一家科技公司参与谈判。

"看了LR公司和美国市场的反应吗？"两人一上车就开始讨论LR事件。

"中国司法对于临时禁令的标准最看重什么呢？我看了昨天你找给我看的规定，好像审查标准中没有'专利权人胜诉的可能性'这一点。"文熙请教沈梦远。对于这个禁止令，她跟LR公司一样还是有很多疑问。

"这就是两国的不同，美国的审查需要着重考察'专利权人胜诉的可能性'，中国法律更侧重于这是一个保全行为，并不意味着胜诉，所以不能上诉。"沈梦远笑了笑。

"也就是说，最后也有可能是天华败诉？"

"是的。"

……

他们俩在车上总是觉得时间过得很快，每次正聊得热火朝天就到了目的地。

今天，他们去的是迅达公司。这是一家中国人工智能第一梯队的头部企业，在国际上占有较大市场份额，在自动驾驶、智能机器人、智慧城市、智慧安防、智能教育、AI芯片等领域都有深入布局，且成功跻身麻省理工排名的"全球最聪明公司"榜单。

沈梦远三年前就成了他们的外聘律师和合作专利代理人，帮他们解决了很多疑难问题，故而深得迅达公司信任。

"我们公司从美国硅谷引进了一名优秀的知识产权律师，为你空缺了一年的知识产权部部长的位子终于有人坐了。"迅达公司法务部部长林弘见到沈梦远就爱开玩笑。

"知识产权部部长的位子也是你霸着的好不好，舍得让出去了？"沈梦远也打趣他。

"早就叫你来了呀，你来我给你当副手。"

"你当副总裁吧？"

两人闲扯了几句。林弘凑到沈梦远的耳朵边上，挤眉弄眼地说："这个新来的部长是个美女，听说还是单身，你看看有没有戏？待会儿我隆重介绍下你。"

林弘口中的这位美女律师此时正和文熙在一起。

文熙在准备停车倒车的时候动作慢了一点，被后面一辆车抢先停了进去，而且还被剐蹭了一下。

文熙立刻停车，下车检查，看见有个年轻女孩从那辆肇事的车上下来，三步并作两步跑上来。

"小姐，真抱歉，我是刚来的知识产权部部长云舒，因为马上有个重要谈判，所以抢了你的车位还蹭了你的车，我一定负全责……这是我的名片，回头您把电话发给我，谈判结束后马上跟您联系。"女孩虽然是道歉，但藏不住她的霸气和傲气。文熙看她眼熟，这不是在机场撞她的女孩吗？

文熙又打量了她和她的车一眼。难怪，一看就价格不菲的职业套裙，像是PRADA，姣好的身材，漂亮的脸蛋，白色的玛莎拉蒂，再加上她部长的名头，活脱脱的"御姐"一枚。

云舒也忍不住盯着面前的女孩多看了一眼，然后又特别留意了她的车，心里想："这个女孩是哪个部门的，这么有气质！车子虽然不是很好，倒也还不错，但跟她气质不符。"

云舒快步走进大厦，今天是进入迅达公司后第一次重要谈判，千万不能迟到。而且今天将要见到的是个非常重要的人，一场久别重逢的邂逅。云舒听到自己的心怦怦直跳，她刻意对着电梯的镜子再整理了一下自己的妆容。

林弘正和沈梦远聊着，远远地看见云舒过来，就拉沈梦远起身："来了，美女来了！"云舒也看到了他们俩，加快了脚步。

沈梦远不经意地瞟了一眼，又跟林弘接着聊，他对美女从来没有兴趣，也不喜欢跟别人瞎起哄。

等人到了面前，林弘正式给他们介绍。沈梦远简直不敢相信自己的眼睛，这不是云舒吗？

云舒望着沈梦远，百感交集，他就是那位重要的人，几年不见，他已经由当初青涩的男孩蜕变为一位成熟的青年才俊了。如果自己不出国，或者念完书后就回国，或许他们已经结婚了。

"二位认识？"林弘看看沈梦远，又看看云舒，这两人肯定是有故事。

"沈大律师，咱们认识吗？"云舒故意问沈梦远，盯着他的眼睛，想听听他怎么说。

"像一位故人。"沈梦远看也不看云舒，冲林弘笑笑。他也不知道自己为什么蹦出这句话，有点儿恶毒，但这次是她矫情在先。

"是，我也觉得，像——一位故人！"云舒脸上堆着笑，强调一个"像"字。她很会掩饰自己，其实内心极度不悦和失落，这个沈梦远怎么说话这么毒？承认两人是老朋友应该没什么吧。

"他还在恨我？说明他还爱我？"云舒转念这么想，倒也心里舒服些，脸上的假笑变成真笑。

"那好那好，看来二位都觉得对方似曾相识，那合作肯定会顺利喽！你们聊聊，我去招呼其他人，谈判马上开始了。"林弘也笑笑。

"祝贺你，你成功了！"林弘一走开云舒就迫不及待地说，这是她早已想好的台词。她回国后就知道了沈梦远是公司合作的外部律师和专利代理人，也了解了他的近况。说实在的，真没想到沈梦远现在会这么优秀，她以前一直认为要成为一名优秀的知识产权律师必须要到美国留学，沈梦远没出过国，但他还是成功了。

"我们还是去会议室再对一下今天谈判的要点吧。"沈梦远冷漠而平静地避开了云舒的话题，他不想跟她谈论私人问题，至少现在不想。太突然了，七年不见，当你已经彻底忘记她的时候，她却不期而至。

两人一起向会议室走去。正好文熙往这边来找沈梦远，东张西望，沈梦远连忙朝文熙挥手示意。

云舒和文熙彼此也看到了对方，都把吃惊写在了脸上。

"她是？"云舒疑惑地望着沈梦远。

"我助理，文熙。这位是迅达公司的知识产权部部长云舒。"沈梦远落落大方地介绍，他刻意强调是助理而不是实习生，而且故意很温柔地看着文熙。

文熙正犹豫着要不要告诉沈梦远，云舒反而大方地说刚刚她们在停车场已经认识了，她剐蹭了文熙的车。

"是沈律师的车。"文熙纠正说。

"哈哈，真的吗？"云舒夸张地笑了两声，然后又对沈梦远说，"有意思，沈律师，第一次见面就抢了你的车位，还蹭了你的车，是不打不相识吗？"

沈梦远没有理会她，自然地和文熙走在一起，关心地问她人有没有事。文熙摇摇头。

云舒朝他俩瞟了一眼，涌起一丝莫名的羡慕和难过。想当初，她和他也经常这样在一起，是师父身边的金童玉女。看来沈梦远真有女人缘。

陆文隽正和一班人马在工厂检查设备，台湾厂商派来了工程师上门查看能否有匹配的设备更换。这是第二家了，如果这家也不行，就只能运回美国。

"还是不行！"最终结果出来，大家都失望地摇摇头。

最后一丝希望破灭，陆文隽失望地向会议室走去。他加入美国总部视频会议的时候，LR 副总裁、总法律顾问艾伦正在发牢骚："……中国政府一再强调，外国企业在中国的权利将受到公平、同等的保护，但 H 市中级人民法院的禁止令裁决并未给予 LR 公司充分的辩护机会，也没有对公共利益充分考量……"

艾伦见陆文隽加入后，马上停下来，转而征求陆文隽的意见，是否把天华列入出口管制清单。

陆文隽表示自己原则上同意，但要注意后面环节的跟进。

他认为制裁不是目的，不是最终的结果，不排除之后有想象不到的局面出现，要知道，"贸易战没有赢家"。

LR 销售副总裁接过陆文隽的话说，此次禁止令包括的禁售产品占中国销售总额的 2.7% 左右，其实对 LR 的影响并不是特别大，但是担心美国制裁后可能引发的蝴蝶效应。美国有长臂管辖权，现在中国屡屡发出禁止令，如果商务部制裁天华之后，中国的法院再来几个禁止令，那我们就承受不起了。

"更头疼的是反垄断调查，一向温和的中国这次跟欧盟一样举起大刀，这才是撒手锏啊！"有人说了一句，立刻有人附和说，最近美国国会要召开反垄断调查听证会，LR 公司也在其中。

陆天皓点点头，想到那句中国俗语，"搬起石头砸自己的脚"，也想到文熙的提醒。

"实在举步维艰的话，咱们能否借这次事件逐步从中国减资？"存储产品事业部总裁突然提出一条建议，"我们对中国市场的依赖度太高了，贸易战打起来会很麻烦。这次就以这个禁止令为由，不是法院裁定禁止我们生产和销售一些产品吗？正好宣布中国工厂裁人……不论以后是否真的要减资或撤资，至少现在要做出姿态给中国施压。"

LR 此轮强化在中国台湾的战略布局，是想强化中部半导体产业供应链，使晶圆制造与后段封测集中于同一据点。LR 公司在中国大陆 S 市的封测厂已经占了 LR 封测全球产能的 80%，前期正讨论是否转移一些产能到台湾。以后的台湾封测新厂将主要以解决方案为主，布局技术层次较高的封装测试产品。

艾伦马上附和说，这个想法不错，由被动变主动，多管齐下总没错。

也有其他几位高管赞成，说要好好研究裁多少人。陆天皓也微微额首。

"我通报一下，"陆文隽打断大家的话，"刚刚明确，台湾工厂这次事故损坏的设备无法在台湾更换，必须运回美国，这意味着这家工厂将停产两个月。台湾工厂这两年事故频发，我们做企业的不能把它们都归结为偶然事件，要多找找原因。S市工厂裁人计划原则上我没有异议，但现在讨论在中国大陆减资或撤资都为时尚早，强化对台湾地区的布局也要慎重，不可否认目前台湾地区的地位非常尴尬。"

"这些想法都有道理，和中国台湾的谈判照常进行，最后再来综合权衡，还要看与天华关系的走势。"陆天皓接着陆文隽的话说。

晚上，沈梦远闷坐在椅子上，闭着眼，脑海中又浮现出白天和云舒见面的情景，想起自己在谈判中不自觉地"偷窥"的几眼。七年了，女大十八变，如今的职场精英已经和当年的邻家小妹大相径庭。以前是淡雅的亲切的，现在是精致的高级的，用一句时下的话，典型的职场"白骨精"，漂亮、能干、气场强大。

说曹操，曹操就到。云舒的电话进来了，沈梦远犹豫了一下，还是没接。

"周末一起坐坐吧，分别几年，有好多话想说。"几秒钟工夫，云舒的信息到了。白天分手的时候，他们加了微信，毕竟会有很多工作上的往来。

沈梦远第一反应是拒绝，他现在不想跟她见面，太突然了，即便是在工作场合也觉得怪怪的。中午谈判结束的时候，云舒主动过来说修车的事情，也被沈梦远拒绝。

这么多年，他已经释怀了，但是别人要给他介绍女朋友的时候，他的脑海里又总会闪出她的影子，甚至徐智勇还说他从来没有真正放下过她。

那时，他刚到上海两年，二十五六岁，师从著名知识产权律师钟华政，给他做助理。云舒那时刚读研究生，也拿到了律师执照，给钟华政做实习生。沈梦远比云舒大两岁，所里的人总用"金童玉女"来形容他们，而慢慢地，他们俩的内心也有了化学反应，产生了那种青涩的初恋的感觉。

云舒读的是两年制的法律硕士，她对自己的人生一直很有规划，早就有去美国深造的想法。在读硕士的第二年，她正式向沈梦远表明了立场，邀请沈梦远跟他一起去美国留学，而沈梦远当时的理想却是把家人都接到上海来一起生活。最终，两人分道扬镳。

其实，当年沈梦远是喜欢云舒的，他甚至想着过几年等家人都安顿好了再去美国，但是云舒拒绝等待，给他留下了爱情的阴影。

回复吗？怎么回复？沈梦远纠结着。

沈梦远纠结之际，老同学张宁远来电话了。

"干吗呢？"张宁远问。

"没干吗。"沈梦远答。

"今天怎么这么清闲，那周末来大战一场？"张宁远是叫沈梦远一起打游戏。

"没时间。周六要和西政的同学打球，周日要加班。"沈梦远有气无力地说。

"你今天怎么了？一副有气无力的样子。"张宁远电话中也感受到了沈梦远跟往日不同。

"没事。公司融资怎么样了？"沈梦远打起精神问。

"这不问你吗？你说叫你表妹来投，什么时候来呀？"这才是今天张宁远打电话的主要目的。

张宁远是沈梦远在清华的同学，后来去美国学计算机，三年前回国和朋友一起创业，创办了一家人工智能科技公司，在沈梦远的鼓动下主攻法律人工智能，沈梦远也入了一点儿股。公司现在正好是 A 轮融资，张宁远急得火烧眉毛，沈梦远上次说想让表妹许愿来投，但许愿还是那句话，说要等官司宣判了才回来。

"我明天再劝劝她吧，不敢保证哈！"沈梦远心里完全没把握。这时，他突然想到了一个人——文熙。也许她说话对许愿管用，要不请她劝劝许愿？

第七章
高光时刻

今天沈梦远带文熙到上海证券交易所参加某家公司的敲钟仪式。两人进入上交所大厅，哇，一片鲜艳的红色，墙上是红屏，地上是红毯，礼仪小姐穿着红旗袍，而且都是清一色的大红。

文熙瞬间明白了为什么这种红叫"中国红"，看来红色真是中国人的最爱啊。

看到沈梦远他们进来，一名男子连忙拿了两朵胸花走过来，热情地打着招呼。

"恭喜谢总，祝贺森光科技成功上市！"沈梦远大步迎上去。

"谢谢，谢谢！主要是您的功劳，我们永远记得。"谢总用力地握着沈梦远的手，脸上满是激动和感激，并把一朵胸花交到沈梦远手里，看了不远处的文熙一眼，问要不要给文熙一朵。

沈梦远说这是美国来的实习生，带她来看看。

谢总不经意地冒出一句："真是强将手下无弱兵啊，实习生还是美国来的。"

沈梦远并没有给文熙交代什么，但文熙很识趣地在离他三四米的地方就停下了脚步，没有紧跟过去。见惯了各种大世面，她知道自己该做什么。

谢总招呼大家合影留念。看到男士们都西装革履，沈梦远赶紧走到文熙身边，拿过他的西服穿上，然后想把胸花别上去。

看他笨手笨脚的样子，文熙忍不住伸手去拿沈梦远手中的胸花。

"不用，我自己来。"沈梦远像触电一般后退一小步。

看他羞涩的样子，文熙也有点儿尴尬，紧接着却笑出声来。沈梦远是把胸花别上去了，但别倒了。

"倒了。"文熙叫道。

沈梦远把胸花取下来，迟疑一下，递给文熙。他不想让文熙帮忙是觉得在众目睽睽之下，这样做不太好。

文熙接过胸花，靠近一步，熟练地帮他别在西服领上。沈梦远突然有种呼吸加速的感觉，第一次有个女孩跟他贴得这么近，她的头发似乎就扫在他脸上，他都能闻到她头发的香味。

文熙后退一步，仔细打量了一下，看看他的领带是不是正的，又往上扫了他的脸一眼，看到的是他还没有褪去的害羞之色。

"可以了，你快去拍照吧。"文熙立刻移开目光，分明感到自己的心脏扑扑跳了两下，她可从来不是爱害羞的人。

沈梦远和谢总合影，和公司高管合影，和嘉宾合影。

这一天是全体森光人最激动的一天，对于沈梦远来讲也是一个特别值得自豪的日子。在过去一年里，他带领他的团队帮助森光科技成功抵御了来自竞争对手的五起专利诉讼，终于让森光的 IPO 之路走向胜利。

拟上市公司的 IPO 之路素不平坦，屡屡遭遇"黑天鹅事件"，而近些年来利用专利侵权诉讼在对手公司 IPO 的关键时刻打响阻击战，成为"黑天鹅"中最黑的那一只，轻则延缓 IPO 进程，重则完全梦断 IPO。

森光是幸运的，只是延缓了一年。沈梦远带领他的团队逢山开路遇水搭桥，各个击破，有的通过向国家知识产权局专利复审委提起涉诉专利无效申请，或是提起对方除涉诉专利之外的其他专利无效的申请来增加谈判筹码；有的马上进行专利许可或专利转让的谈判，合法拥有其专利；有的进行现有技术抗辩……

"这是我们市的张副市长，这就是我跟您提到过的上海的沈律师。"谢总特意把沈梦远介绍给他们市主管工业和金融的副市长，"要不是我们找对了人，我们肯定还在 IPO 的漫漫征程上，不知道哪天才能来这里敲钟。"

"哦……年轻有为啊！"张副市长显然吃了一惊，没想到这个帮他们力挽狂澜起死回生的律师竟然这么年轻。

"是啊，当初法律部报上来的时候我还质疑过，说这么年轻行不行啊。后来介绍他的履历，不得了，五星知识产权律师，入选全国千名优秀涉外律师名单，代理了多起著名的涉外知识产权案件。"谢总连忙补充道。

"您过奖了，谢谢信任。"沈梦远谦虚地说。

"谢谢你帮我们打赢了这一场硬仗，你是森光科技上市的大功臣啊！这个事件是一本很好的教材，一个警钟，我们要在拟上市企业做一次知识产权体检和全面的法治体检，要尽早地把那些雷都自己先排掉。"张副市长紧紧握着沈梦远的手，又把秘书叫过来，"像沈律师这样的青年才俊，我们一定要邀请过去给我们的企业上几次课，对症下药地查找问题、解决问题，不仅是拟上市企业，其他的科技公司也很有必要。"

"确实是，我们如果及早预防和自查就不会在一年前 IPO 时搞得那么被动。"谢总说。

"谢谢张副市长的青睐，您能想到给企业做知识产权体检和法治体检真是让我佩服，有需要我的地方我一定全力以赴。"沈梦远迎着张副市长希冀的目光回应道，"知识产权是科技公司的核心资产，确实应该在日常经营活动中完善知识产权布局，在上市前更要建立起完备的专利运营管理体系和风险识别防范体系。"

文熙找了个角落坐下，远远地看着人群中的沈梦远。和别人的谈笑风生兴高采烈相比，他显得那么谦和稳重，这其实跟他青春阳光的外形是有一点儿反差的。

"这是他天生的性格呢，还是职业的塑造？"文熙想。

敲钟仪式马上开始，大家入座。沈梦远用眼睛搜索文熙，看到她安静地坐在后面也就放心了，然后走到前排嘉宾席自己的座位上。

上交所敲钟仪式一结束，沈梦远和文熙马上开始下一个行程，去沈梦远代理的一家美国 337 调查案的公司。王冬阳也赶过去会合。

他们在这家公司的讨论一直持续到将近下午一点钟才结

束。本来公司是安排一起用餐的，但因为下午两点在距离较远的另一个区还有个重要的分享会，路上要一个小时，所以他们没法吃饭，只草草地在车上吃了点面包。

LR 起诉天华之后，有的半导体公司嗅到了危险的气息，纷纷邀请天华的代理律师到公司去做分享。沈梦远已经应邀走访了好几家，今天这一家是第五家了。只要有半导体公司邀请，他无论多忙都会去，因为对于"中国芯"的崛起，应对好知识产权和法律的攻防战至关重要，而且迫在眉睫。

"天华事件给中国的芯片产业敲响了警钟，接下来可能还会有中国的芯片企业被盯上，这将对企业的技术积累、专利储备、合规等综合性能力提出严峻考验……"

沈梦远的分享洋洋洒洒、干货满满，配合着 PPT，沈梦远举手投足都那么有气质，眉宇间透着睿智、沉稳。

文熙开了会儿小差，偷偷用手机给他拍了几张照片。他讲课的样子真帅，而且还真像个老师。

文熙并不喜欢光芒四射很耀眼的男生，她喜欢含蓄的男人，就像她的爷爷、父亲、叔叔、哥哥，你会觉得在他们话语不多的外表下，还潜藏着满腹经纶，在他们的温和与宁静之下，潜藏着炽热和浪花。沈梦远就是这样。除了工作，他从不会高谈阔论，他甚至是人群中那个躲在角落里最沉默的人，但越与他靠近，就越能感觉到他的魔力。

"……但是，"台上的沈梦远话锋一转，"当公司的产品真正量产时，公司和 CEO 个人依然被他的美国老东家起诉使用了他们的商业机密技术。这时我就跟公司建议，聘请美国一流的知识产权律师来彻查公司的所有文件、电脑、办公室，查了一年，仅律师费就花了一千万美元，我们没有查出任何有关对方的图纸、工艺配方和数据，最后，不仅官司不打了，美国老东家还主动提出合作。"

听到这里，下面群情高涨，议论纷纷。

文熙的目光一直追着沈梦远，心想他年纪轻轻能入选全国千名涉外律师人才名单，确实不是光靠运气。等这个案子结束之后，她一定要跟爸爸推荐，聘请他做 LR 的法律顾问，如果他愿意，可以进 LR 公司做中国的法律部总经理。

"你的讲演好棒！"文熙在回去的路上忍不住表扬起沈梦远来。

"多指教。"沈梦远羞涩地一笑。台上台下的他完全是两个样子。

这时正值下班高峰，堵车是难免的，好在他们在一起总有很多话题要讨论，不仅不难熬，而且还很愉快。相隔咫尺，聊聊天，听听音乐，另一种二人世界。

昨天晚上陆文隽在视频会议结束后和文熙通了电话，两人聊了很久，陆文隽也谈到工厂拟裁人计划、台湾增资计划等等。文熙犹豫着，要不要透露一点给沈梦远，好让他先有个思想准备？来而不往非礼也，否则她觉得心里不平衡。

"你说 LR 公司那么多产品被禁止生产和销售，它会不会裁人，然后从中国减资撤资？"文熙终于忍不住了。

"咦，你这个想法很新鲜，怎么想到的？"沈梦远扭头望着文熙。文熙连忙移开目光，有点儿做贼心虚的感觉。

"我就爱瞎想，随口说说。"文熙掩饰道，又马上想了个新的理由，"现在美国政府不是在推动海外投资转移回美国本土吗?"

沈梦远笑了笑:"一个临时禁令至于带来那样的结果吗?"

"嗯,减资撤资可是大事情。"文熙笑笑。

美国硅谷。陆天皓正和几家半导体巨头的 CEO 商讨一件大事。

最近华府准备对中国一家高科技企业宇通公司实施制裁,首先坐不住的倒是大洋彼岸的这几家公司,而受影响最为严重的则是 LR。因为宇通是 LR 的最大客户之一,去年占了 LR 总营收的 11%,其他几家巨头也占了 5% 左右,所以他们必须团结起来,讨论评估可能带来的损失及应对之策。

"以前的制裁都是由产业界发动,这次却由国家层面发动,而且国会和政府的决心非常坚定,两党意见高度一致。"有个大佬说道。

"只能这样了,在国家利益面前我们必须支持政府的决定,从法律与合规层面来讲,我们也要不折不扣地执行这一决定,白宫肯定也已经评估过供应商的损失了,但是长痛不如短痛啊。"

"现在跟国家保持一致,也许以后也有需要国家拯救我们的时候。二十世纪八十年代我们在存储业务领域被日本驱离王座、哀鸿遍野,关键时刻也是国家出手制裁日本半导体,才挽救了我们这些公司。历史总是惊人的相似,中国现在是我们最大的威胁,必须及时遏制。"某大公司的 CEO 振振有词。他本人就是议员,在听证会上他自己也投了赞成票。

"你是中了'中国威胁论'的毒,并不像你想象的那样。"陆天皓说话了,作为华人,他反对"中国威胁论"的提法,在各个场合从不讳言自己的观点，"中美两国之间如果能做到优势互补，安全互信，对两国和全球的发展都是幸事；反之，如果外部总是遏制、打压中国，只会强化中华民族的凝聚力。因为中华民族是一个在外力面前异常团结，越挫越勇，而且遇强更强的民族，我们不要去刺激它。"

但马上有人开玩笑反驳："你是心口不一。你不是在遏制中国天华公司吗？你不害怕中国的崛起？"

陆天皓尴尬地笑笑："我们是企业之间的正常竞争。"

"现在的中国毕竟不是当初的日本，中国的市场不知道比日本大多少倍。国际形势也不同了，产业链一直在往东亚转移，现在如果美国封锁中国，反而给了欧洲、韩国、日本扩张的好机会。时代变了，对象变了，思维也要变化。"另外一人接过话头。

"走着看吧，我们毕竟不是大豆协会，还是先严格执行政府的禁令，国家安全是最高准则，我们责无旁贷。但是，可以早点儿要求政府给我们颁发特别许可证，总要给我们留条活路。"

"这不仅仅是为了咱们自己，也是为了美国半导体保持领先地位。现在全球 78% 的高端芯片制造产能都位于亚洲，我们要游说议会出台法案刺激和振兴美国的芯片产业发展。"有人提议。

各位大佬都直言不讳，讨论热烈。有人建议把部分研发机构和工厂迁往加拿大、澳大利亚、欧洲……

陆天皓暗暗决定先启动 LR 公司中国工厂的裁员计划。按大家刚才的说法，美国对宇通的制裁令可能在这几天就会发出，那么对天华的制裁应该还会在它之后一段时间了。

第八章
同学会

时间过得真快，转眼到了周末，就是沈梦远的同学徐智勇邀文熙去参加他们同学聚会的日子。文熙早早等候在沈梦远的车子旁。

沈梦远见到文熙，顿时眼前一亮。今天文熙一身标准的羽毛球运动员打扮，白色基调的尤尼克斯运动服，居然和自己穿的是同一个系列，还背了球拍，头发扎成高高的马尾。

"这就是你昨天晚上和程雪去买的？"沈梦远笑笑，指着文熙的衣服和球拍。

"是，好看吗？"文熙笑盈盈地反问。

"好看。"沈梦远觉得跟她在一起特别轻松愉快。

前两天沈梦远接到了徐智勇的电话，叮嘱他一定要捎上文熙，如果不带，将"强制执行"。徐智勇知道沈梦远的性格，如果不强制他，他是不会带女孩子去参加同学聚会的。

沈梦远压根就不会想到带文熙参加，他害怕引起误会，但既然徐智勇强烈要求，带就带吧，反正文熙不会长期留在中国，可能也就跟他们见一次，能误会到哪里去？

"那个……"沈梦远有点儿吞吞吐吐，眼睛扫了文熙一眼，又马上平视前方，喉咙动了一下，"如果他们开玩笑什么的，你别介意，大家爱闹着玩。"

文熙松了一口气，还以为他要说什么呢。

"放心，我脸皮厚，倒是你不要介意。"文熙说。

一路上文熙都很兴奋，说自己上午还在客厅一个人对着电脑练习发球和动作要领，沈梦远问她是不是什么事情都这么认真。

没想到这时许愿来了视频电话。

听文熙说沈梦远对她很照顾，许愿就对沈梦远说了一堆感谢的话。

沈梦远想着张宁远公司的事，抓住这个机会，半开玩笑地说："表示感谢还是来点儿实际的吧，我上次拜托你的事呢？你快点儿回来考察，你的心态是种病态，有病要治。什么要等到胜诉的那一天才回来，不胜诉你就永远不回来了？荒唐至极。"沈梦远一股脑地说完。平常一提到这个，许愿就打断他的话，今天终于让他把话说完了。

"就是就是。"文熙也在一旁冲着沈梦远点头附和。

"看来你们俩结成统一战线了呀！声讨我吗？我是不是只有投降的份儿了？"许愿哈哈大笑，这是她第一次在这件事情上这么放松。

"能帮你找到人工智能投资的人远在天边，近在眼前，你把她照顾好了，比我管用。"许愿说。

沈梦远疑惑地看着文熙，文熙也指指自己："说我吗？关我什么事啊？"一脸茫然无辜的样子。她当然知道许愿是什么意思，LR 公司正在大力投资人工智能领域。

"你不是有朋友在投资人工智能吗?"许愿意识到自己差点儿说漏了嘴,连忙补救。

"啊,想起来了,好像是有一个。"文熙马上配合,但话锋一转,又把球踢回给许愿,叫她还是自己回来,不要转移话题。

许愿在他们俩的轮番轰炸下终于答应先看看材料再说。

放下电话,文熙有些诧异地看着沈梦远,问:"怎么,你还在做人工智能?"

"没有。"沈梦远摇摇头,对文熙解释说是同学的公司,并给她介绍了张宁远和他公司的情况,但是没有说自己也入了股。

文熙听到法律人工智能很感兴趣。她知道近几年中国法律人工智能发展很快,相对美国而言,有的方面已经实现了弯道超车,于是她就叫沈梦远有时间带她先去他们公司看看。

体育中心羽毛球馆,沈梦远的同门师兄弟姐妹都到了。徐智勇特意早来了一步,还把沈梦远要带一个漂亮女生来打球的消息事先做了发布,当然少不了一番渲染。

他们的确很少带外人来参加这种聚会,除非是家人、男女朋友或关系特别好的朋友,所以来个外人大家都会很关注。

沈梦远和文熙一到,大家就围上来七嘴八舌开玩笑。有人说沈梦远都好多年没带过女生来打球了,立刻又有人说记错了,沈梦远根本就没有带过人来……文熙落落大方,相反刚才还给她打预防针的沈梦远倒是有些害羞——他很多年前带过一个女孩来,就是云舒。

虽然之前徐智勇已经有剧透，但大家还是忍不住对文熙多看了几眼。有两个师妹觉得她和沈梦远站在一起真是般配，不仅仅是帅哥美女，神情也莫名的和谐、默契。

"哦，你们俩连衣服都一样。"徐智勇像有了新发现，对文熙说，"这是你从美国带来的？这么巧？"

"不是。"文熙一本正经地说，"是昨天问了沈律师穿什么牌子的衣服好，昨天晚上才去买的，还有这个。"文熙拿出球拍。

"那看来你今天是真正来打球的，不是看球的。OK，今天你和沈律师组队双打，对手是他们俩。"徐智勇指着两个男生。

"不行，她不会，她先看看，咱们俩先杀两局。"沈梦远拿出球拍和球，准备上场。

"羽毛球有谁不会啊，你别瞧不起人。本庭宣判，沈梦远和文熙组队上场。"徐智勇煞有介事的样子惹得大家哈哈大笑。

"你宣判没用，你是一审法院，我上诉。"沈梦远幽默的回答又惹得大家一笑。

文熙说自己真的不会打羽毛球，先看看大家打，学习学习。

昨天在车上沈梦远已经讲了打羽毛球和游泳是他们张门弟子的"必修课"。导师张杰茹不仅学问做得好，堪称泰斗级人物，而且还是健身达人，从学生时代起就喜欢并坚持这两项运动，后来也带着她的弟子们一起锻炼身体。

他们在学校每周都会打球、游泳，所以张门弟子在毕业的时候几乎都成了这两项运动的高手。他们打球不是像一般人那样打着玩，而是按正式比赛的标准来进行，还请了教练来指导。

岂止是一般的高手，完全像专业运动员！他们刚一上场热身，那架势就把文熙震住了。难怪沈梦远不和她打。

文熙是有网球功底的，她觉得她学羽毛球应该不难。她认真地观察每个人，从姿势到技巧，尤其喜欢看沈梦远，觉得怎么看怎么好看。

"我是在看他打球呢，还是在看他人呢？"文熙心里想着，不禁有些脸红，又不是没见过长得帅的男生，她身边多的是呀！但是他这种气质是她身边少见的，冷冷的，酷酷的，永远理智，波澜不惊，关键是从来不给她献殷勤，这也是少见的。其实还从来没有哪个男生有幸跟她朝夕相处这么长时间。但是他好像对她也没有特别的感觉，像有免疫力一样。

沈梦远以 21 比 17 险胜第一局，双方交换场地。文熙见徐智勇跟沈梦远和另外两个男生说了几句话，然后朝她招手。文熙连忙跑过去。

"你来替我一下吧，我今天脚有点儿疼。"徐智勇按摩着膝盖，对文熙说。

文熙不敢擅自做主，就望着沈梦远。徐智勇用力拍拍沈梦远的肩膀，示意他快点儿表态，他才好不容易挤出一句话"你来打吧"。

沈梦远其实是怕对手不高兴，叫高手陪新手练习谁都不愿意。虽然两个师弟都热情地邀请文熙，叫她不用紧张又不是打比赛，但别人也是客气嘛。

他们练习了几手，沈梦远发现文熙没有想象的那么差，甚至稍加指点和训练，应该还不错。

美国，纽约。

许愿坐在电脑前，认真地看着沈梦远发给她的材料。

全球人工智能发展的热潮正在以极快的速度向前推进，业界普遍认为该产业是引领新一轮产业革命的核心科技力量之一，将实现爆发式增长，未来数年都将是投资的风口。许愿所在的公司就是美国一家著名的人工智能风投公司，她近两年已经负责投资了美国、日本和新加坡的几个人工智能项目，对该领域非常熟悉，对中国的情况也了如指掌。

从全球范围看，目前中美两国处于领先地位，两国政府都出台了人工智能发展战略规划，从国家战略层面进行整体推进。中国在人工智能领域的投资虽然从2017年开始反超美国，但在许愿看来，其投资方向和领域还有待调整和改进。中国的投资主要集中在应用层，如计算机视觉与图像、自然语言处理、自动驾驶等，而美国则更看重基础层，如芯片、机器学习应用等，尤其在芯片领域的融资量占全球第一。

许愿先看到在安防领域的介绍材料，并没有多大兴趣。

"又是一个应用层的投资。"许愿咬着嘴唇，耐着性子往下看。

但是看到后面的法律人工智能，尤其是针对法院、检察院版本的辅助办案系统，她一下来了精神。

"采用这套系统，刑事案件的立案、侦查、批捕、审查、起诉、庭审、判决等均可实现信息化、智能化办理，做到全程可视、全程可控、全程留痕、全程监督，让人工智能赋能司法，保障司法公正，维护社会公平正义。"

这正好戳中了许愿心底最柔软的地方，如果当年就有这套系统，或许她父亲就不会遭遇冤案，不会受到胁迫。而如果人工智能能破解此类难题，防止冤假错案，维护司法公正，那真是对中国法治进步的重大贡献了。许愿突然觉得自己有责任来促成这个科技成果的转换，为他们家曾经遭遇的不幸，为了更多冤假错案的受害者。

许愿读到一些不懂的法律术语想向沈梦远请教，又想起他和文熙打羽毛球去了，就一一做好记录。

球场上，沈梦远和文熙的配合越来越默契，虽然已经以1∶2输掉了第一场，但第二场的开局他们打得非常顺利，比分竟然领先。让沈梦远想不到的是文熙的体力居然这么棒，两局下来她居然说再打两局也没问题，越战越勇。

毕竟有网球的基础，文熙身手非常灵活，虽然打前场，却还能退防中场，而且属于进攻型选手，出手很快，移动补位速度也很快。沈梦远看她打得那么主动，就基本以她为主，自己配合她，两个师弟也是手下留情，还不时"好球，好球"叫嚷着，徐智勇也在场下助威，让文熙无比兴奋，多巴胺和内啡肽分泌不少，找到了骑马驰骋时的快感。以前打网球怎么没觉得有这么好玩？

正在文熙乐得忘乎所以之际，对方瞅准机会在沈梦远边线救球后回了一个快球，落点也很刁钻，正好打在沈梦远和她之间的空当。文熙和沈梦远都同时奔去救球，却没刹住车……

"啊——"文熙一声尖叫，她已经站不稳了，眼看就要摔倒。沈梦远应急反应，一把搂住了文熙，使她没有完全倒下去，自己也稳住了桩子。

文熙惊魂未定地望着沈梦远，气喘吁吁……沈梦远也望着她，胸脯伴随着呼吸起伏得厉害，脸上的汗一下滴到了文熙的脸上，他们的脸离得那么近，好像嘴唇都快贴着了……沈梦远连忙松开手，用手擦去落在文熙脸上的汗滴。文熙就这样迷迷糊糊地看着他，头脑中一片虚空……

"有伤到哪里吗？"沈梦远关切地问。

"没有。"文熙回过神。

"你休息一下吧。"沈梦远用不容商量的口吻对文熙说，并叫徐智勇上场，顿了一秒钟，他又补充道，"第一次打不要打太久，很容易受伤。"

文熙听话地点点头，跟对手打了招呼，然后退到旁边观战。

不知为什么，这下文熙再也无法把精力集中到看球上，神经也兴奋不起来，脑子迷迷糊糊的，反复出现沈梦远紧紧搂着她，起伏的胸脯，给她擦脸上的汗滴……

云舒和妈妈拎着大包小包血拼的战利品，在一家幽静的茶餐厅坐下。

突然，云舒妈妈眼里闪过凶光，盯着远处角落里的一个人。那是一个优雅知性的中年女人，正和另一个女人谈笑风生，两人一看就是闺密。

云舒顺着妈妈的目光也看到了那个女人，真是冤家路窄，但自己不正想找她吗？

云舒怒气冲冲地起身向那个女人走去。妈妈连忙拽住她，低吼道："你干什么？回来！"

"我就跟她说两句话！"云舒鼓着腮帮子愤愤地看着妈妈。

"大庭广众之下你想说什么？你想让大家看我们笑话？"妈妈坚决地拉住云舒。周围的人有的抬起头，好奇地看着她们。

云舒不情愿地跟妈妈回到座位，愤怒的双眼仍旧扫在那个女人身上。这个女人名叫苏炜，云舒爸爸的同事。十多年前，云舒爸爸为了她要跟云舒妈妈离婚，但是母女俩坚决不答应，这事就这么拖下来。那边也没断，这边也没离。

"你想跟她说什么？你说什么她都会跟你翻脸，然后就在这儿吵吗？"妈妈低声呵斥云舒。

"我们怕什么，妈妈？她是小三，该害怕的是她。"云舒没好气地说。

"你不知道吗？现在的小三都理直气壮。舆论只会笑话我看不好自己的老公，笑话我们是个失败者。"妈妈还是有些激动。这么多年了，一提起这事，她始终做不到心平气和。

"没有失败不失败，缘分尽了而已，可以考虑放手了。我们相依为命，你也可以找个喜欢你的人……"云舒抓着妈妈的手，试图开导她，如果她自己能想通了，放下执念该好。十多年前云舒就尝试过，可话一出口便被妈妈打断。

今天同样是这样。

"你不懂，我不要别人的嘲笑和可怜！"妈妈冷冷地略带愠怒地打断她。

云舒爱怜地看着妈妈，心头涌起一股说不出的苦涩。对于妈妈，在爸爸移情别恋并提出离婚之后，云舒就无原则地迁就她，一切顺从她。云舒不忍心再伤害妈妈了。其实，妈妈的某些观点，她并不赞成，也不能理解。

"我跟你说过，从跟你爸爸结婚那天起，我就没想过有一天会分开。我不管他是不是变心，只要他在我身边就好，我要我们一家三口还在一起，我可以忍。中国有多少家庭是很幸福的呢？有多少夫妻不是将就着过日子？我要守护好这个家，让你有个完整的家。这就是我的坚持。"

云舒用手帮妈妈捋了捋额前的头发，心中暗道："妈妈，为了你的坚持，我也愿意忍。"

文熙回到包房，房间里众人正闹哄哄地争着抢一部手机，准确地说是沈梦远在竭力阻止大家传阅一部手机，但是寡不敌众。

"文熙，问你个问题哈，请如实回答。"徐智勇又摆出他那副法官的架势。

"别听他们的，他们是坏人。"沈梦远脸红着阻拦。

"法官大人，我一定如实回答。"文熙举起右手，做了个宣誓的姿势。跟他们在一起真好玩！

"你有男朋友吗？"

"没有，法官大人。"

"你喜欢上海吗？"

"喜欢。"

"你来上海实习，是因为以后想来上海工作呢，还是只是来中国找找论文资料？"徐智勇问。

"当然是想来上海这个国际大都市工作，法官大人。"文熙回答。其实，她还没想过来上海工作的问题，只是不想令他们扫兴。

"你不远万里来给沈梦远律师做实习生，是因为仰慕沈律师的才华吗？"

"当然！"

"那你现在，是否真的愿意毕业后来中国工作？请想好再回答。"

"我——愿——意！"

文熙就这样和徐智勇一唱一和。

"你们听，你们听，书记员做好笔录了吗？"徐智勇得意地坏笑着。

大家笑得更厉害了，说录下了录下了，然后朝着文熙和沈梦远起哄，把文熙看得一愣一愣的，而沈梦远脸也羞得通红。

原来，就在刚才文熙出去接电话的时候，徐智勇甩出了一张照片，是那张上次在超市拍的他俩在一起选购酸奶的照片。哇，两个人都含情脉脉地看着对方，像恋人般自然，于是大家都喊出"在一起，在一起"，要沈梦远追求文熙。沈梦远叫他们别瞎闹，说人家是外国人，也就是暑假来中国找找论文资料。大家说这有什么，不是还有跨国婚姻吗？这个年代，距离不是问题。徐智勇强调正因为感觉他们很般配，所以才一定要沈梦远今天带文熙来。

有个女生把他们争相传阅的手机拿到文熙面前，说道："人家文熙同学就比沈梦远诚实，看，有图有真相哦。好仰慕的目光，没错。"

"一个仰慕，一个爱慕。"有个男生说。

文熙一看，天哪，怎么会有这张照片！而且，他们俩的表情是有点像情侣，难怪别人会开玩笑。更重要的是，这张照片千万不能流出去，她的身份一定不能暴露。

文熙求助地望着沈梦远，沈梦远也望着她，两人都有些尴尬。

沈梦远知道今天带文熙来大家肯定会开玩笑，但没想到这玩笑开得这么大，他生怕二人现在很自然的相处模式被他们一闹破坏了，也怕文熙误会是他导演了这出戏。

"别闹了，别欺负人家小姑娘！"沈梦远正色道，也给徐智勇示意。

"好了，好了，手机给我，咱们不能欺负外国友人。"徐智勇又对文熙说，"大家开玩笑，不生气吧？侵犯了你们的肖像权，我马上把它删掉。"

"别！"文熙见徐智勇的手指正要点上去，情急之下叫住了他，"你可以先发给我再删掉吗？"后面一句话声音很小。她觉得那张照片实在抓拍得很好，删掉太可惜了。

"——"大家又一阵哄笑。

"想要照片，除非你们俩喝一大杯酒！"徐智勇又挑起事来，就给他们倒满酒。

沈梦远不好意思地用手撑着额头，挡住脸，不知说什么才好。他心里暗暗好笑，这外国女孩的行事风格真与国内女孩不同，怎么这么大方？或许跟中外也没有关系，可能是"90后"的风格吧？他突然脑海中闪过云舒的身影，大家也开过她的玩笑，她全程害羞得不敢说话。而现在的"90后"女孩就不同了，他们律所就有实习生主动跑到他办公室来，或者叫她们的老师带着来，加微信，留电话，叽叽喳喳，简直让人招架不住。更要命的是，有的人还主动约他看电影、打球什么的。后来他把程雪的电话和微信留给了他们。

"沈梦远，雄起！西政的汉子什么时候成缩头乌龟了？"有个男生一把把沈梦远从座位上扯起来，把酒杯塞到他手里。他叫王枫，在市公安局网监总队工作，比沈梦远高一个年级。

"你就在人家小姑娘面前装吧，我来揭揭你的老底！"

王枫转头对文熙说："你别以为他文质彬彬的，他在学校还打过群架，差点儿被关进去了，而且是为一个女生。"

文熙吃惊地望着王枫，这可颠覆了她对沈梦远的印象。

王枫说，他们还在读书时，有一次，沈梦远的同学被打了，他们几个年级的男生就合计着要帮他打回来。因为沈梦远是标准的乖学生，在他的字典里根本没有"武斗"这个词，而且一直以来都是同学们罩着他这个小弟弟，所以哥哥们就一定要拉他出去练练胆子。

"他那时候还没长大，还有婴儿肥，比现在胖。"徐智勇眉飞色舞地讲道，"但是还没打过架，所以要给他壮胆。"

文熙捂着嘴笑着，这是什么逻辑？

"关键是不能辱没了'西政汉子'的称号啊！你知道吗？我们西政还有法学界的'黄埔军校'之称。'黄埔军校'知道吧，就像你们的西点军校，你说不打几次架怎么好意思说是"黄埔几期"毕业的？"王枫抢过话头。

"有道理！"文熙跟他们一起起哄。黄埔军校她当然知道，她曾祖父的弟弟就是黄埔军校毕业的。

"但是——"王枫拖长着声音，指着沈梦远，"他也上场了，居然还把人家打赢了，但是，打错了人，把围观的人打了。"

　　所有人笑得合不拢嘴，这就是沈梦远英勇的"处女秀"。

　　沈梦远自己也忍不住笑起来。这些人也真是的，怎么对外人说这些，他偷偷地瞟了文熙一眼。

　　"喝酒，喝酒！比起打架，这算什么？"有个女生豪气地冲沈梦远嚷道，"一个女孩，不远万里，来到你身边，只为这一张照片，你难道不成全别人？"

　　沈梦远看看文熙，又看看面前的大酒杯，迟疑着。这杯酒下去，估计人马上就软了。

　　徐智勇则在一旁开始了倒计时，手点在删除的位置，威胁说"三二一"一到，马上删掉。

　　就在徐智勇数到"二"的时候，沈梦远一下端起酒杯就往嘴里倒，不知是为了文熙还是为自己，喝完后又问文熙："要我帮你喝吗？"

　　文熙显出了窘态。

　　"哇，英雄救美，西政汉子！绝对雄起了！"同学们都鼓起掌来，伸出大拇指。

　　"不，我自己喝！"文熙也不知道哪里来的豪气，也许是被沈梦远感染了。

　　"巾帼不让须眉呀！"

　　"神雕侠侣！"大家又一阵起哄。

第九章
裁员计划

美国，清晨。许愿已经起床跑步了。

她喜欢利用周末跑步的时间跟父母通电话。今天她又问父亲那个案子什么时候可以判决，父亲却动员她回国看看，还说前几天见到文熙，就更思念她了。

许愿说了沈梦远叫她投资的事，告诉父亲说不准还真会回去一趟。妈妈高兴地夺过电话，建议她回国的话干脆多待一段时间，休个长假，又关心她现在有没有男朋友。

许愿和妈妈聊了几句，又问到父亲的身体情况，要不要去美国看病。妈妈说美国太远了，不想去，等凉快了想去北京的医院瞧瞧。

沈梦远这边，聚餐结束，他叫了代驾，和文熙一起回家。

沈梦远本来想坐前面的，但却不由自主地往后排文熙身边坐下去。

"你千万别误会，他们都是开玩笑的。"沈梦远急着解释，有点儿此地无银三百两的味道。

"我知道，我也是配合他们开玩笑。"文熙说。

沈梦远在心里告诫自己一定不能说话了，喝多了难免胡说八道。他又刻意把身子往旁边挪了挪，跟文熙保持距离。

文熙注意到了他的动作，看他拘谨的样子，忍不住笑出声来："你不是西政的汉子吗？不用紧张。"

"我哪里紧张了？"

"你就是紧张！"文熙满脸通红，全身发烫，她第一次喝这么多酒，却觉得意犹未尽，而且老想说话。

沈梦远看她的样子就知道她喝多了，只是没有喝醉而已……

文熙一个人喋喋不休地说着，回到家还没有睡意，就给许愿打电话。

"你一定要救我！"文熙一开口就把正在跑步的许愿吓了一跳。

"我和沈梦远被他同学拍了照，只有你回来考察，他们才会删除。"

"什么照？艳照？不雅照？"许愿笑道。

"怎么可能！在商场买东西被偷拍了，流出去怎么办？"

"哦，你跟沈梦远都逛商场了？看来发展不错啊，还做了什么呀？"许愿调侃道。

"不是逛商场，是他带我去认路。哎，你知道吗？你这个表哥特别可爱，让我忍不住想调戏他。"文熙就把沈梦远打群架的事和在车上的表现复述了一遍。

许愿笑她用词不当，不是"调戏他"，是"逗他玩"，或者说"戏弄"，"调戏"是要流氓的意思。

文熙哈哈大笑，说就要调戏他试试，看看他是什么反应。

文熙说着话，口齿已经不太清楚……瞌睡虫来了。

许愿放下电话，撑着头想了想，莫非文熙对沈梦远有点儿意思？

第二天，文熙按预定计划跟沈梦远去律所加班。上车时，彼此都多看了对方一眼，片刻羞涩后都没有提昨天的事，而且刻意地回避。尤其是沈梦远，车上一直不停地谈论工作。

到办公室后，沈梦远给了文熙一张长长的清单，上面列着需要她帮忙查阅整理的问题，然后各就各位开始工作。

其间，沈梦远接了个电话，大吃一惊，马上把文熙叫过来。

"刚刚天华公司来电话，说 LR 公司 S 市工厂向市里上报了裁员计划。"沈梦远难以置信地望着文熙。

文熙装出一副很吃惊的样子，望着沈梦远："啊？真的裁员了？"

"看来你的感觉很灵啊，一语成谶。"沈梦远开玩笑道。

"我就那么随口一说，哪有什么感觉？"文熙有点不好意思。

"都说女人的第六感是最灵的，以后你可以试着多去预言，然后再验证你的准确率有多高。"沈梦远继续打趣文熙，"你预测一下 LR 与天华的结局吧。"

"这个没法预测……你能预测吗？"文熙看着沈梦远，又把问题交回给他。

"就是感觉，你马上灵光一闪试试。"沈梦远也不知道自己为什么紧追不放，很多事情就是很想听听她的观点、看法。

文熙假装闭着眼睛沉思片刻，再睁开，蹦出两个字："和解。"她看着沈梦远的眼睛，观察他有什么反应，"你那天的分享不是说，你那个顾问公司最后和美国起诉他们的公司和解还合作了吗？"

沈梦远也认真地看着文熙的眼睛，这无疑又是一个大胆的观点。

他想过，他们也在试图这么做，包括在中国起诉 LR，这既是反击又是进攻。如果能把 LR 逼到谈判桌上也是一桩好事，但是目前 LR 的态度还是很强硬，暂时还看不到和解的希望。但文熙的说法又给了他一丝信心，毕竟她是站在中立的立场，不带偏见，而且她是美国人，她能冒出这个念头，不是完全没有理由。

"可能吗？"沈梦远兴奋地从座位上站起身，跟面前站着的文熙快要撞在一起，两个人就这么四目相对。文熙脑子里又浮现出昨天球场上沈梦远抱着她的画面……

"为什么没有可能？"文熙回过神来，退后一步。沈梦远冷不丁地站起来，跟她贴这么近，能听得见彼此的心跳，她脑海中有一秒钟的空白。

沈梦远马上意识到了，也脸红地退了一步。

"那个……"沈梦远发现自己竟语无伦次。

"杀敌一千自损八百，不如各让一步，杀敌五百自己不损。我觉得美国企业是愿意这样做的，你觉得中国企业呢？"文熙观察着沈梦远表情的变化。

"太狠了吧，自己不损的话最多只能杀敌两百，凭什么要我们牺牲五百？"沈梦远恢复正常，有守有攻。

"那我就宁愿更狠一点，自损八百，杀敌一千。"文熙得意地笑着。

"自损八百也是两败俱伤啊，还是合作共赢吧。"

两人都开怀大笑。沈梦远叫文熙给他拟一份报告，把她能想到的 LR 与天华和解的可能性和条件都列出来。

文熙皱着眉说，看来以后自己不能乱说话了。

文熙走后，沈梦远坐在电脑前陷入沉思。裁员的消息来得太突然，虽然表面看起来跟天华没有什么关系，但一定是有影响的，具体有多大的影响，有什么影响，现在他一时也理不清思绪。

他给师父钟华政打电话聊了几句，此时 LR 公司的一举一动都不会是孤立的，可能都会对天华与 LR 的关系造成重大影响，必须密切关注。

对这个消息最感到猝不及防的还是 M 省和 S 市的领导。LR 可是 M 省排名前三的外资，在本地已经深耕细作十余年，经历了五次增资，现在年进出口总额上百亿美元，占 M 省出口总值的 30% 以上，其纳税额和用工数都可想而知。

省市领导一直在关注 LR 与天华事件的走向，这一次 LR 的裁员如果是减资撤资的信号，那将是他们最难以承受的。

虽然是周末，M 省副省长还是紧急召集 S 市市长、副市长等人了解情况。而昨天，S 市副市长已经约见了 LR 公司 S 市分公司负责人。

"S 市分公司负责人表示这次裁员是 LR 总公司的决定，他们只是执行，主要原因是法院禁止令带来的减产，更多的原因还并不知晓。"副市长汇报。

"有提到会转移生产线的问题吗?"副省长问。

"我也问了,但他们说目前只接到了裁员的通知,其他都不知道,也就不能回复。"副市长回答,又补充道,"总的来讲,现在想从 S 市分公司得到确切的求证几乎是不可能的,但是他透露 LR 正在与台湾谈判,拟在台湾建封测厂,而且说这个消息很快会公布。"

几个人都陷入了沉默。对方是外企,你能强迫人家回复什么呢?

"我和王副市长与有关人士分析了一下,觉得必须高度重视这个问题。这次一下子裁员两百多人,而且各个岗位都有,再联想到他们还要在台湾地区建一家与咱们一样的封测厂,局面堪忧啊。有可能这次裁员就是为部分产能转移做准备。目前 S 市封测厂的产能太大,占了 LR 全球封测产能的 80% 左右,近期一下关厂全部转移的可能性并不大,但长期来看是有这个可能性的。"市长忧心忡忡地说。

今天一整天他脑子里都萦绕着这个问题,无论 LR 减产或停产,对于 S 市来讲都是无法承受之重。想当初,S 市是经历了全国十多个城市一轮轮激烈竞争才引来了 LR。LR 公司入驻本市之后,吸引了半导体行业的很多上下游企业入驻,包括韩国的企业,到今天已经形成了较为完善的半导体产业链、产业集群,S 市也一跃成为全球半导体产业链上的重要一环。这大好的形势,难道会在他这一任上出问题吗?而且他最担心的是引发多米诺骨牌效应,一个 LR 走了,不知会有多少企业闻风而动。

"也有可能就是单纯针对天华事件禁止令的报复性宣言，一种抗议的姿态，或者临时生产性裁员。我们是不是反应过度了？"副省长说。

商场如战场，这一招真是很难猜透。几个男人你看我，我看你，面面相觑。

"但是我们也不能去赌啊，万一真的走了呢？"副省长停了一下，又苦笑着说。

"是不是政府出面邀请 LR 公司高层来 S 市举行一次高级别会谈？"市长给出一条建议。

"我看很有必要。"副省长马上赞成，"不管怎么样我们要先抛出橄榄枝，表示诚意。"

虽然他们也知道，发出邀请的一方在谈判中已经先失分了，但此事关系重大，不能心存侥幸。

LR 公司倒是没想到 S 市的反应这么大，而且这么快，裁员通知发出后三天就接到了 S 市发出的高级别会谈的邀请。

陆天皓心中窃喜，感叹这个投石问路干得漂亮，至少他知道了 S 市的态度，这对于与天华纠纷的解决应该也是一个筹码，正好让在台湾的陆文隽前去谈判。

台北。早上，陆文隽刚起床便接到了父亲的电话。

听父亲介绍了相关情况，陆文隽这段时间以来一直皱着的眉头舒展了很多，他预感到这会是一次卓有成效的会见。

"你这两天应该会跟台湾方面会谈吧？"陆天皓问。

"就是今天。"

"谈完你就去上海吧，那边事情多。尤其是应对反垄断调查，你要亲自去做答辩，而且 CiCi 也在那里，最好劝她不要再在那家律所了。去 S 市的事我们也不会表现得太积极，可能过几天再回复他们，公司需要先讨论一下方案，我还会跟你叔叔姑姑开个家庭会议。"陆天皓细致地做了交代。

"好的，我也这么想，估计 S 市和 M 省将抛出橄榄枝，我去看看我们陆氏企业有哪些商机。"

父子俩总是能想到一起。陆天皓说具体情况过几天再通电话联系。

沈梦远这几天也在关注 LR 公司 S 市工厂的情况，天华公司也在关注，而且已经跟沈梦远交换过意见，他们都隐约感到事情不妙。天华公司还透露，两天后 S 市政府也将去拜访 H 市政府和天华公司。

这无疑就是 LR 公司对禁止令的报复手段之一。项庄舞剑，意在沛公，想通过 S 市来做天华的工作。后面还有什么在等着呢？

沈梦远感到很不乐观，而最大的担忧还是美国商务部的出口管制实体清单。

"天华公司可能要未雨绸缪，加大日系、韩系原材料和设备的采购，要有足够的备货应对可能来自美国的制裁。"他对做副总裁的师兄提醒道。

沈梦远做律师做得比别人辛苦，多数律师做好法律事务就行了，而沈梦远经常是操 CEO 的心，有时甚至操全行业的心。文熙跟他在一起的时间越长，就越觉得他不该仅仅是个律师，他应该到一个更广阔的舞台上为更多的人服务。

下午，陆文隽从台北飞抵上海。

因为想着见大哥，文熙工作效率特别高，下午很早就完成了沈梦远布置的工作，沈梦远也一个劲儿地催她快点儿去。

文熙走后，沈梦远继续写他的一份答辩状。有个地方想跟文熙讨论，抬起头，才想起她不在，只好自己去查资料。

几个小时过去，沈梦远发现自己今天的效率特别低，而且时不时走神。他干脆站起来冲了一杯咖啡，坐在沙发上，闭目养神。这时，手机响了，是师父钟华政的电话。

没想到师父是来当说客的，说云舒回来了，是不是晚上给她接个风。

沈梦远说晚上没空，在赶一份答辩状。

师父说那明晚吧。

沈梦远没吱声。如果换一个人，他还是会说没空，这一段时间都没空，但面对师父，他不能这么说。

"我知道你是怎么想的，但作为男子汉，心胸应该宽广些，见一面有什么呢？做不成恋人还可以做朋友嘛。"师父说。

师父的面子是不能不给的，沈梦远只好答应明晚一起吃饭。

这个电话彻底打乱了沈梦远的心绪。云舒把师父都抬出来了，这是什么意思呢？想复合？沈梦远真的不知道该怎么面对她。

当年云舒去美国后起初还跟沈梦远保持联系，并鼓励他安顿好家人后来美国，但是沈梦远一直不敢给她承诺，哪怕他内心也有这个想法。后来云舒说他懦弱，目光短浅，胸无大志，以一种鄙夷的姿态中断了与他的联系。这份鄙视，让沈梦远的自尊受到了严重伤害，心中发誓一定要走出一条自己的路。难道不出国就是胸无大志？不出国就不能成功？

现在，你云舒不也回国了吗？你固然是成功的，难道我就不成功了吗？

这一点，沈梦远倒也颇为自得。

照理说沈梦远这时应该乐于去见云舒，而且可以以一种骄傲的姿态出现在她面前。但是，他不想。他觉得感情是很麻烦的事，他没有能力去处理感情，也不想再去面对感情。

突然，他脑海中闪过文熙的影子，闪过徐智勇偷拍的那张合影，合影中他们彼此含情脉脉地看着对方。他摇摇头，太不可思议了，想她干什么？

文熙赶到 LR 公司，大哥还在开会。她在贵宾室等待的时候又仔细地琢磨沈梦远给她的题目，因为急着走，有几个问题完成得很粗糙，现在正好再完善一下。

她拿出随身携带的笔记本电脑，把要点都列在一起，然后马上给沈梦远打电话修正。

沈梦远接到文熙的电话很吃惊，现在很少有人做事这么认真了，何况她只是来学习的；更准确地说，是来感受异域法治的。

"你好好玩吧，真不好意思，辛苦了。"沈梦远由衷地表示感谢。

"没关系，反正我现在正好没事，在等我大哥。详细内容我 Email 给你。"文熙说。

"CiCi！"大哥走到门口，远远地向文熙打招呼。那边沈梦远已经听到了，连忙说再见。

"大哥！"文熙亲热地抱着陆文隽。

陆文隽则用两只手揪着文熙的脸蛋，端详着："看看，看看，是不是在中国吃胖了？"

这是陆文隽对弟弟妹妹的标志性动作，从小他就喜欢这样揪他们肉嘟嘟的脸蛋表示亲热。

"是，胃口出奇地好，我已经准备减肥了。"文熙嘟着嘴说。

"吃了再减，晚上想去哪里？我们去吃大餐。"陆文隽说。

"去外滩吧，来了这么久我还没去过外滩呢。"文熙提议。是的，她的活动范围多在浦东，而且基本上都在工作，还没时间去其他地方逛逛。

陆文隽出去给秘书做了安排，回来文熙便拉他坐下，关心起台湾工厂的情况。

"事故影响还是很大的，设备已经运往美国了，可能至少得停产一个月……"陆文隽简要介绍了情况，问文熙有什么意见。

"我认为还是该继续加强对中国大陆市场的战略布局，而不是转向台湾，很长时间中国大陆都将是世界上最大的芯片市场。"文熙直言自己的观点。

文熙说，到中国后，她对中国的芯片产业有了一定的认识：首先，中国芯片的自主创新和产业链本土化是一定可以实现的，只是时间问题；其次，中国要充分实现国产芯片的供给，尤其是高端芯片的供给还需要较长时间，需要国际大厂的技术，但这也正是国际大厂的机会，如果不抓住这一时机与他们合作，等到了中国自主芯片的量产之际，也就是包括 LR 公司在内的国际巨头被挤出中国市场的日子。所以，现在需要转换思路，不要只想着打压和堵截中国公司，而是与他们合作，共同分享中国市场的大蛋糕。

文熙一边说一边给陆文隽看电脑上她收集的资料。既然她跟沈梦远提到了和解合作，就想往这方面促成此事。

陆文隽当然比文熙更了解全球芯片产业。

他认为中国还给了世界十年的芯片空窗期，正如文熙所说，这十年一过，估计全球芯片产业格局都会改变，不知道现在这几个垄断巨头还有谁在里面。美国已经有一家巨无霸半导体公司逆向投资了中国一家著名芯片企业控股的子公司，形成了盟友关系。当然，近两年有很多中资想去美国展开芯片企业并购，却被美国外国投资委员会挡下，认为可能会给美国国家安全带来风险。

兄妹俩谈了很多，从 LR 上海公司一直到外滩 18 号米其林三星餐厅；从中国市场的战略布局，到具体的天华事件、S 市工厂裁员、反垄断调查，甚至对人工智能的投资……文熙从来没有和大哥这么长时间这么深入地讨论过 LR 公司。

"华府对中国宇通公司的制裁可能在这两天就会宣布，之后应该还有一批中国的高科技公司会上'清单'，我们也在游说把天华纳入'清单'，看目前的情形很有可能。"

"不要吧！"文熙惊呼，"如果天华被制裁，那就没有回旋余地了，到头来真的是两败俱伤，为韩国巨头扫清了障碍。"

陆文隽把食指放到嘴边"嘘"了一声，轻声说："这个确实是下下策。看情形吧，接下去还有好几个变数，去 S 市的谈判、禁止令的执行、美国的诉讼，包括宇通事件都是变数。"

晚餐后，陆氏兄妹在流光溢彩的外滩散步。此时应该是黄浦江两岸灯火最辉煌的时刻吧，鳞次栉比、造型各异的建筑闪耀着霓虹灯，与从各个角落射向夜空的城市灯光秀交相辉映，璀璨繁华。连黄浦江都染成了彩色的流光，绚烂又梦幻，让人陶醉。

这也是兄妹俩第二次在外滩漫步。第一次是陆文隽被派来管理上海公司那一年的暑假，文熙和二哥一起来中国旅游。可时间仓促，在上海只待了两天，然后他俩去了西安和北京。

文熙拿出手机，给大哥和自己以浦东为背景拍了几张合影，说要记录下这一时刻。拍照时她想起了二哥，他们仨也在这里留过影。

"我要把这张照片发给二哥。"文熙自言自语。

"直接跟他视频聊天吧，看看他在干什么。"陆文隽说。

陆文宸正在实验室，接到电话，看到大哥和小妹在一起非常意外，问他们在哪里。

陆文隽说："上海外滩呀，你认不出来了吗？"又把手机转了一圈。

"哦，认出来了。"陆文宸马上切换成中文，"我看到'三件套'了，什么开瓶器、注射器……"陆文宸哈哈地笑起来，他对那几栋超高建筑的民间叫法印象深刻，只是没想到大哥也去了上海。

"二哥，你昨天又在实验室过夜的吗？"文熙心疼地问。她知道二哥也是个拼命三郎，常在图书馆和实验室过夜。

"是，这几天太忙了。"陆文宸站起身活动活动，安慰文熙说忙完了这个魔鬼项目应该会休假，"要不，我去上海休假，上海交大人工智能实验室邀请我很久了……"

陆文宸话没说完就被文熙抢白："你哪里是来休假，分明还是工作嘛。"

"文宸，你来吧，你来了可以去清华大学颁奖，我们不是和清华在人工智能研究领域有合作吗？"陆文隽说。

LR公司和陆氏家族基金近年来加强了和中国顶尖高校的合作，资助师生的研究项目。

"那是你的事，LR公司的事。"陆文宸说。

"清华的项目是我们的家族基金资助的，你和文熙去都是可以的，你又是这个专业，最适合了。我要跟爸爸说干脆就这个假期派你过来。"

本来跟清华大学预定好十月份来颁奖的，但陆文隽想既然自己现在已经来了中国，十月份就没有必要再来；而文宸如果要度假，那来中国是最好的，还可以和文熙一起回国。

"二哥来吧，就当来中国交流学习，中国有很多东西值得我们学习呢。"文熙想让二哥来其实有自己的小九九，就是希望二哥能去考察沈梦远那个清华同学的人工智能项目，许愿虽然是答应了，但真的要启动应该还有很多程序要走。

陆文宸没有马上答应，说先全力以赴完成手上的项目，之后再决定。

文熙兄妹在外滩来回走了一遍，虽然时不时有习习凉风拂面，但走久了还是出了一身汗，也很累。文熙很满意地说今天算是达标了，吃进去的卡路里肯定都消耗了。

陆文隽送文熙回到她住的地方，遵照父亲的嘱咐，看得很仔细。一个女孩孤身在外，总是让人不放心。

"这么大的地方，你一个人住不害怕吗？"陆文隽环顾四周。

"上海治安这么好，怕什么呢？"文熙又补充道，"我在纽约不也一个人住这么大的地方吗？况且许愿的表哥也住在这里，我们基本上一起上下班，很安全。"文熙说道。

"就是带你的律师？人可靠吗？"陆文隽警觉地望着文熙。

文熙竟被看得有一丝不自在，说："可靠得很，正人君子！"

陆文隽敏感地察觉到了小妹的细微表情，继续说道："爸爸的意思是你不要继续留在他身边了，怕有危险。你知道你这种行为是什么性质吗？你应该很清楚吧。"

"我知道，但是请放心，我一定不会有事的。"文熙摇着大哥的胳膊撒娇。

陆文隽拗不过，也就不再勉强，这个公主，从小就被大家宠坏了。

"我想起了一句中国古语，'赔了夫人又折兵'，你不要这样哈。"陆文隽又揪着小妹的脸，呵呵笑了笑。

"不可能。"文熙自信地挑挑眉毛。

第十章

还可以再续前缘吗

沈梦远和同学张宁远通电话。刚刚许愿来电话聊了很久，表现出对张宁远公司法律人工智能项目的兴趣，也向他了解了很多情况。沈梦远提议让张宁远和许愿直接联系，这样会让许愿了解得更清楚、更直接。

张宁远在电话那端高兴得欢呼起来。

虽然八字还没一撇，但他和伙伴有信心，只要对方真的对法律人工智能感兴趣，他们公司的竞争实力一定没问题。法律人工智能目前在人工智能应用中毕竟还很小众，热点都集中在安防、医疗、无人驾驶等领域。也正因为如此，他们几个年轻人创业才选择了这个偏冷门的领域，希望以小博大，做出自己的特色。

放下电话张宁远就迫不及待地加了沈梦远推给他的许愿的微信。

这边，沈梦远同样情绪高涨。他哼着歌来到客厅，以最舒展的姿势坐下来，好久没跟父母聊天了。

沈梦远随手拿起两颗葡萄放到嘴里，说："真甜。"又吃了几颗。

"有什么高兴的事吗？"妈妈问。这孩子，在家人面前有什么高兴的事一定藏不住，报喜不报忧。

"许愿答应要回国了。"

"是吗？"爸爸、妈妈和奶奶三个人同时望着沈梦远。

"他爸爸的案子判了？"

"案子还没判，这次许愿是为我同学张宁远公司投资的事回来的。"

"她还真是想通了哈，她爸爸开庭她都不回来。"爸爸说。

"可不是，多亏了她那个同学，就是来做实习生，住在她家的那个。"沈梦远认为，能说通许愿回来主要是文熙的功劳，许愿自己也是这么说的。

"哦，对了，你什么时候请她那个同学来家里吃饭吧，一个女孩一个人在异国他乡多可怜呀。她吃得惯川菜吗？"

"她很喜欢吃川菜，每次我们点外卖，她都一定会点一个辣菜，说在中国要多吃，美国就没这么地道了。"沈梦远说。

"那一定要到我们家来吃，你跟她说我做的可比外面地道。"妈妈一听别人喜欢川菜就来劲了，这可是她的拿手活，然后迫不及待地要文熙明天就来。

沈梦远说明天不行，晚上有事。

明晚是要和云舒吃饭。云舒是唯一到他家吃过饭的女孩，父母也知道他们关系不一般，把她当儿子的女朋友来款待的。

"那后天？"妈妈紧追不放。

"再看吧，这段时间很忙，估计天天加班。"沈梦远总觉得邀请文熙来家里吃饭不妥。

哎，明天的饭局又会是怎样的呢？想到这里，沈梦远不自

116

觉地眉头微微一蹙。

师父安排在金茂大厦 56 楼的一家意大利餐厅为云舒接风。

梦幻迷离的灯光，轻柔婉转的音乐，混合着古龙香水的芬芳，真是个适合叙旧的地方。

师父的办公室就在这栋楼里，以前沈梦远也在这里。再后来，另一个大所国昊律师所力邀沈梦远加盟，他就去做了高级合伙人，并带了一个知识产权团队。

云舒今天打扮得格外精致，特意穿了件适合赴宴的香奈儿黑色小礼裙，搭配香奈儿经典的双 C 珍珠项链和耳钉，手提黑色爱马仕铂金包，气场十足又知性优雅。

沈梦远总是不敢直视云舒，好像害怕她的目光吞没他。从前的云舒清纯文静透明，但如今总觉得她的目光深不可测，有世故、有欲望、有冷漠、有忧伤，还有些说不清道不明的东西。

师父钟华政像个中间人，介绍着双方各自的情况，反而显得有些生分。

钟华政跟云舒一直都有联系，云舒当时能给他做实习生是因为她叔叔跟他是好朋友，所以钟华政也把她当侄女看待。钟华政这几年去美国基本上都会跟云舒见面，去年听说云舒跟她的美国男朋友分手了，就建议云舒回国发展，而且跟她透露沈梦远还是单身一人。这次云舒回国高就，他也是推荐人之一，但是云舒嘱咐他先不要告诉沈梦远。

"想当初，你们俩在我身边那可是一对金童玉女，我都没想到十年时间不到，你们在业内已经如此优秀。要是你们俩携手，那真是中西合璧、所向披靡。"师父说得慷慨激昂。

"我还差得远呢，师父。"沈梦远连忙说。他既是谦虚，也是避开金童玉女的话题。

"你不用谦虚，你有先天的优势。"钟华政语重心长地对沈梦远说，"你在科技领域的基础和悟性太好了，这是你做专利、做涉外知识产权最大的优势，我自愧不如，这是后天的努力达不到的。你需要提升的是英语水平，了解国外法律知识和规则等。我对你的建议是一定要抽时间去美国的法学院进修，平常你可以多向云舒请教，你们俩正好可以取长补短。"

钟华政说的是实情，国外的求学经历应该是一名优秀的涉外律师的标配，现在国家有关部门已经开始实施选送优秀律师赴海外培训的计划。钟华政自己也曾经两度在美国做访问学者，那时他还在大学任教，还没有做全职律师。

沈梦远这种没有海外留学背景的，也在拼命地学习弥补。特别是后来他被选送到伯克利大学法学院短期培训，更使他看到了自己的差距，也在计划去伯克利知识产权中心做一年访问学者，甚至狠下心读一个 LLM，无奈一直抽不开身。

"你家人都安顿好了吧？没有养家糊口的问题了吧？"云舒开着玩笑。

沈梦远尴尬地笑了笑，没说话，他知道云舒的意思。

"你真是哪壶不开提哪壶。"师父哈哈大笑，转而说道，"他早没有家庭羁绊了，是案子忙不过来。他现在可是个大忙人，比我还忙。"

"其实在国外访学还可以兼顾一些国内的工作，现在都是移动办公，你有助理，有团队，又多数是涉外法律事务。"云舒认真地说。

"等忙完这一阵再说吧，现在都是棘手的事情。等有必须要去的理由时，自然就有去的动力。"沈梦远这句话是一语双关。

今晚他话很少，因为来得并不情愿。

云舒的表情闪过一丝愠怒和失落。当初他也是这样的阴阳怪气，而且根本不知道他在想什么，她才忍不住挖苦他、嘲讽他，说跟他绝交。但是也不能全怪她呀，她说绝交他就真的绝交吗？

钟华政也听出了沈梦远后面那句话的含义，意思是说当时自己没有跟云舒一起去美国，还是欠缺了必须要去的动力。这个沈梦远，是自卑还是自傲，为什么要这么说话？

"是，出国访学的问题要从长计议，现在提升英语水平的途径也很多了，这里就有现成的老师。"钟华政连忙打圆场，并指指云舒。

云舒不好意思地摇摇头，说："哪里哪里，师父才是老师。"

"没有永远的师父，没有永远的老师。"钟华政大气地说，"你们俩都是青出于蓝而胜于蓝，我们这一代不能故步自封，也要向你们学习。云舒回来了真好，希望我们师徒三人能有合作的机会，也希望你们年轻人有更多合作，真正能在国际舞台上扛起我国知识产权保护的旗帜，能做出一些有影响力的、能载入史册的、保护和推动科技发展的经典案例。"

钟华政说得慷慨激昂，眼睛放出光芒，两个徒弟也深受感染。

大家举起酒杯："来，这杯酒祝中国知识产权事业繁荣昌盛，这是我们的使命！"钟华政一饮而尽，他本身是个很有情怀的人，尤其是喝酒的时候，喝着喝着就喜欢讲讲理想使命。

这方面的潜移默化对沈梦远的改变不小，虽然沈梦远现在还是经常自诩自己格局小，为了挣钱养家拼命工作，但其实他的眼中早已不再只看到钱了。他正从那个一门心思只想让家人过上好日子的青涩男孩，蜕变成为一个在意自己在国际法律舞台上是否展示国家形象，维护国家利益的中国精英律师的代表。

不知不觉到了晚上八点多钟，钟华政接了一个电话后，跟云舒和沈梦远道歉，说有点儿急事要先走，要他们再聊聊。在沈梦远送他去电梯的时候，钟华政又单独跟他强调，要他一定多坐一会儿，有话好好说。

沈梦远口头上答应下来，可单独和云舒坐在一起就又不自在了。

不知是不胜酒力还是害羞，云舒的脸更红了。她今晚几乎一直都举着酒杯，有时是为了掩饰，有时是自己想喝。

她之前在国内滴酒不沾，有时跟师父和沈梦远出去应酬，都是沈梦远保护她。沈梦远在各方面都像大哥哥一样护着她，而其实他只大她一岁。

这个曾经守护她的大哥哥还能重新回到她生命中吗？

"你奶奶，还有爸爸妈妈都还好吗？"云舒问。她知道沈梦远是个大孝子，说这些他总不会反感吧。

"都很好。"沈梦远淡淡地回答。

"那就好……这样你就没有后顾之忧了。"云舒继续打回忆牌来拉近距离，"我经常想起奶奶和伯母做的川菜，好想什么时候再饱饱口福啊！"

她真想沈梦远能接着她的话说："哪天去我家里吃吧。"但是没有。

沈梦远淡淡地一笑，摆弄着面前的酒杯。

"我想哪天去看看他们，给他们带了礼物。"

"谢谢，不用了。"语气还是淡淡的。

"要的，我又不是送给你的！"云舒半撒娇地说。

沈梦远不作声。

"你就不想知道我这几年的生活吗？你就没有什么想问我的吗？"云舒又朝沈梦远举起酒杯。

沈梦远是知道她的酒量的，虽说多年不见人是会变的，酒量也会变，但听到她重重的呼吸，看她绯红的脸，知道她不能再喝了。而且，借酒浇愁愁更愁，他曾经也有过这样的时光。

"不能喝就不喝了吧。"沈梦远冷冷地说，从她手中拿过酒杯放下。

"你这是关心我吗？我知道你是关心我的。"云舒一把抓住沈梦远的手，含情脉脉地盯着他的脸。这次回国，才发现沈梦远已经由一个大男孩变成了大男人，脸庞和身材都变得更瘦削有型，浑身上下透着一股成熟稳重的男人味，还有一丝霸气。

"难道要我眼睁睁看着你在我面前喝醉吗？"沈梦远挣开了云舒的手。

"这些年我一直都在想一个问题，到底是我负了你，还是你负了我？"云舒说出了缠绕在她心头的问题，眼神满是痛苦和遗憾，"我知道我说的很多话深深伤害了你的心，但我也是被你逼的，你的态度也深深地伤了我，你知道那个时候也正是我最无助的时候……”

“不管谁负了谁，都过去了，不必再纠结。”沈梦远打断云舒的话，他不想就这个问题再讨论下去，“有的事没有对错，也谈不上谁负了谁。今天既然说开了，我们就忘掉过去，坦然一些，好吗？”沈梦远若无其事地说。

“好的，我们忘掉过去，重新开始，可以吗？”云舒紧追不放。

沈梦远躲开她炽热的目光，不作回答。

“听说你后来一直没交过女朋友……我们重新开始好吗？”云舒更进一步。

“不好。”沈梦远见躲不过，只好明确态度。其实，他并不想当面让她难堪，他不回答，就是已经表明了态度。

“为什么？所有人都认为我们是天生的一对！”云舒一下抬高了声音。

“因为我现在已经有女朋友了。”沈梦远对自己突然冒出的这句话感到吃惊，继而脑子里闪过文熙的身影。

“你骗我，别人都说你没有女朋友。”云舒不相信地看着沈梦远的眼睛，一定是沈梦远还在生她的气，才故意这么说的。

这次沈梦远没有再躲开她的目光，而是很笃定、平静地看着她，认真说道：“真的有女朋友了，最近才有的。多数人都不知道，但我的同学都知道，周末她还跟我一起去参加同学会了。”

“她是谁？哪里人？”云舒半信半疑。

“你见过的，我的实习生文熙。”沈梦远突然想起来什么，将手机里徐智勇拍的那张照片给云舒看。

羡慕、嫉妒、恨一起涌上云舒的心头。她记得那个漂亮女孩，如果对手是她，自己真不见得能赢。

"你怎么还是这一套，跟当初一样，又去找个学生妹实习生。你已经是大律师了，格调就不能提升一点吗？"云舒轻蔑地一笑。

"我就这点儿出息，你不是早已给我下过定论了吗？我就是坐井观天，小国寡民。"沈梦远也回敬一笑。

"其实你一直耿耿于怀！我那是被你逼的。"

"我不是开玩笑的。文熙很优秀，我很尊重她，也没有把她当成实习生，她是我表妹的好朋友。"沈梦远认真地说。这是他今天晚上说话最认真的时候。

"你们俩合适吗？比我更合适吗？你们不是最近才开始的吗？可是我们曾经在一起两三年。"云舒还是不放弃。她不相信沈梦远和文熙会有多深的关系，如果有，那天她就会看出来，女人在这方面都有特殊的直觉。

"有的人相处几年也没有感觉，有的人相处几个月就结婚了。"沈梦远叫云舒忘了他。

冰冻三尺非一日之寒。沈梦远把话说到这个份儿上，云舒不知如何再继续这个话题，她双手摸着自己滚烫的脸，不知该说什么好。就在她想转移话题谈工作时，却看沈梦远在拨打电话。

沈梦远的电话是打给文熙的，为了更早结束这尴尬的场面，只能放大招了，也让云舒彻底死心。

文熙正和程雪、王冬阳吃饭。文熙到事务所以后帮他们做了很多事情，尤其帮程雪做了很多本该她做的事，他们正想找机会表示感谢呢。

文熙看是沈梦远的电话，非常吃惊。

"文熙，你吃完饭了吗？"沈梦远问。

"快了，有什么事吗？"文熙反问。

"那你到金茂大厦来接我吧，我喝多了，等你啊！"沈梦远说完就挂断了电话。

"沈律师叫去接他，他喝多了。"文熙纳闷地看着程雪和王冬阳。

王冬阳反问："是叫你去接他，还是叫我们去接他？"

程雪在一旁坏坏地一笑，说："肯定是叫文熙去接他，叫我们去接他，他该直接给我们打电话呀。"

王冬阳和程雪都马上掏出手机叫车。

"你觉得沈律师怎么样啊？"程雪冲文熙坏坏地笑。

"什么怎么样啊？"文熙明知故问，心里甜甜的。

"高富帅，零绯闻，好多暗恋者，但是对你很特别哦！是吧，冬阳？"

王冬阳笑笑。

"车来了！"王冬阳叫道。

听到沈梦远那么亲热地叫文熙来接他，云舒再也坐不下去了。总要给自己保留最后的尊严吧，还不走干什么，等着他们在自己面前秀恩爱吗？

装模作样聊了几句工作上的事，云舒告辞。

沈梦远本想叫文熙不要来了，但转念一想，来就来吧，反正也要一起回家。

　　文熙在车上远远就看到沈梦远等在门口。车未停稳，她急忙推开车门跑到沈梦远身边，仔细打量了一番。看不出有喝多了的迹象啊，人也很正常。

　　"你喝多了吗？"文熙疑惑地问。

　　"走吧。"沈梦远拉着文熙便上车，"不好意思啊，要你来接我，刚刚是我想借故离开，所以叫你来接我。"

　　文熙长长地"哦"了一声，又问："你不是跟你师父吃饭吗？"

　　"是，但是还有其他人。"沈梦远停了一下，又继续说道，"如果下次我说喝多了叫你来接我，你一定要来，而且一定要想尽办法带我离开。"

　　文熙点点头，但仍然不解地望着沈梦远。看到文熙眼神中那么多的问号，沈梦远又支支吾吾地补充道："就怕别人安排的相亲之类，事先也不知道……"

　　"相亲！"虽然沈梦远把"相亲"两个字说得很轻，但文熙听清楚了，这个词她很熟悉，妈妈已经几次叫她相亲了。

　　文熙连忙说："你明说嘛！我懂了，我有经验，你不满意就说喝多了要我来接你，我收到这个暗号就以最快的速度赶到，然后挽着你的胳膊撒娇说快回家，快回家……"文熙一边说一边逼真地表演。

　　"好，好，可以了。"沈梦远不好意思地把她的手拉开。文熙忍不住笑起来，连声说"好玩"。

　　司机大哥从后视镜里看着他们笑了起来："兄弟，就你们俩合适，还相什么亲啊！你们俩就是传说中的男女闺密吗？做恋人多好。"随后吐出三个字："真般配。"

　　沈梦远和文熙一下就不自然起来，尤其是沈梦远，羞红了脸，用眼角偷瞟了文熙一眼。文熙也偷看了沈梦远一眼，正好看到他的喉咙一鼓一鼓的，还能听到他急促的呼吸声。

第十一章
寻求和解

第二天早上，文熙刚到律所，程雪便凑上来问："昨晚怎么回事？"

"好像是他师父给他安排相亲，他想借故离开。他也没说得很清楚，我也不好问。"文熙说。

"是吗？相亲啊？"程雪兴趣更浓了。女生都是这样，听到八卦，眼睛就会放光。

"那是拿你当挡箭牌了呀！"程雪冲文熙狡黠地笑着，半开玩笑地说，"我觉得沈律师对你挺有意思的。"

"不会吧！"文熙害羞地低吼。

"脸都红了，害羞什么呀。"程雪继续取笑她。

这么多年在沈梦远身边，程雪是了解他的，真的觉得沈梦远喜欢文熙，但至于会不会去追求她就又是另外一回事了；而文熙肯定也是欣赏沈梦远的，但程雪又不了解文熙的情况，包括她有没有男朋友都不知道，更无从知晓两个人是否有戏了。

都说到这儿了，程雪干脆替沈梦远侧面了解下情况。

"你有男朋友吗？"程雪试着问。

"没有。"

"你觉得沈律师怎么样?"

"啊?"文熙睁大眼睛,一脸突兀,真没想到程雪会这么问,她也不知道该怎么回答。

"我觉得你们好般配呀。"程雪马上说。

"真的吗?你也这么觉得?"文熙大方地反问。

"我也这么觉得?还有别人这么说吗?"程雪更有兴趣了。

"昨晚在车上司机说的。"

程雪好喜欢文熙这样的性格,一点不扭扭捏捏,就鼓励文熙如果喜欢沈梦远的话要主动追求,还透露说沈梦远的性格估计不会主动。

程雪继续游说,说上海有很多跨国婚姻,她可以来中国,沈梦远也可以去美国,他们律所在美国也有分支机构。

"看缘分吧。"文熙笑了笑,无法再对程雪做更多解释。他们的问题不在于距离的远近。

"总不会中美贸易摩擦也影响两国人民谈情说爱吧?"程雪笑道。

两人八卦了那么久,终于谈到正题。

今天早上大家从睡梦中醒来,发现中美之间发生了一件大事。

美国商务部宣布将中国著名的科技企业宇通公司及其关联公司列入"实体清单",没有美国政府批准,宇通公司将不能向美国企业购买元器件。

消息一出,全球震动。因为宇通公司也是全球巨无霸企业,它一"感冒",多少上下游公司得"吃药"。

沈梦远一早就在微信群里给程雪和文熙交代了工作,要她俩收集相关后续信息，并统计他们的顾问企业与宇通公司的关联情况，尤其关注 LR 公司的动向。

文熙关注着宇通的新闻，也和几个朋友互动，了解美国的情况。

小叔陆天晟也给文熙来了电话，叫文熙关注一下中国的反应，他也是宇通公司在美国聘请的律师之一。

"虽然之前美国上下已经有了心理准备，但真正靴子落地，众多企业还是有无法承受之痛。股市首先做出反应，几家半导体供应商巨头齐刷刷下跌了 5% 左右，带动纳斯达克指数跌了1.5%，道琼斯工业平均指数一度下跌 200 点。但是，所有的公司都表态立即停止对宇通公司的供货。"陆天晟吐槽。

文熙告诉叔叔，中国的股市却不跌反升，尤其是宇通概念股，不少开盘就涨停，国产芯片股也大幅上涨，中国全体网民都成了宇通人，"支持国货"的声音响彻全网。

"这也许就是中国特色吧。"陆天晟笑了笑。

"可不是嘛，中国人炒股很多是炒情怀，中国的高科技股将迎来新一轮上涨。"文熙看着电脑对叔叔说。

"是啊，这次制裁恐怕会有一个意想不到的结果。反正你爸爸可头疼了，前两天我们还聊了很久。"

"你劝劝爸爸吧，此时 LR 与天华公司和解是最佳选择。"文熙向叔叔求助。在法律方面，爸爸肯定听得进叔叔的专业意见。

"好！"陆天晟满口答应，他自己也有这个想法，"这场对中国高科技的封锁，结果也许会出乎美国的意料，最终会变成对自己的制裁，而对中国却是按下了自主研发的快进键。"

文熙继续认真地收集整理着相关信息，准备也给爸爸一份。

大哥的秘书打来电话，明天陆文隽会飞 S 市，希望她一同前往。

文熙说不去，问她大哥什么时候方便通电话？

秘书说，最早午饭后的间隙，陆文隽可以回电话给她。目前他正在接待上海市的一位领导，之后还有一个大客户的会见，还有午餐会。

文熙知道每次爸爸和大哥来中国，行程都安排得很满，晚上都有活动。她其实是想问大哥几个有关 LR 公司的问题，完成沈梦远布置的作业，既然大哥没空，那就问他秘书吧。

今年真是 LR 公司的多事之秋，一桩又一桩的糟糕事接踵而至。此次对宇通的制裁，同样是对 LR 的制裁，因为 LR 是宇通在美国最大的半导体供应商之一，不仅仅是总营收超 10%的损失的问题，更重要的是扰乱了生产经营的部署，甚至大的战略布局。

文熙坐在电脑前陷入沉思。LR 左右不了政府对宇通的制裁，但可以决定自己与天华的纷争，如何尽快从这个泥潭中抽身出来呢？

下午沈梦远一个人回国昊，路上电话不停，都是宇通事件引发的蝴蝶效应。来电的有这次被制裁的企业，也有名单外的高科技公司，他们也都嗅到了硝烟的味道。

宇通上海公司也是他的顾问单位，公司法律部通知他下午下班后过去参与应对制裁的讨论。

天华公司也联想到下一个被制裁的可能就是自己，要沈梦远和钟华政明天火速赶到 H 市公司总部商讨。

"你对宇通事件怎么看？下班后跟我去宇通公司，好好准备准备。"沈梦远进屋包还没放下就对文熙说。

一听要去宇通公司，文熙有些惊慌，她知道有认识的师兄回国后在宇通法务部上班，要是撞上了怎么办？即便他不在上海，可万一被拍照了怎么办？自从发生照片事件后，文熙更加小心了。

"有什么问题吗？"沈梦远察觉到文熙的情绪变化。

"我，我今天肚子疼，本来都想回家休息了。"文熙急中生智，马上用手按着自己的肚子，皱着眉头，一副痛苦的表情。

"怎么会这样？你中午吃什么了？要不要先去医院看看？"沈梦远着急地问，担心地看着她。

文熙连忙说"没关系"，然后羞答答地说："我只是生理痛。"

"什么痛？"沈梦远没听明白，又反问一句。

"就是女生的痛。"文熙难为情地解释。

沈梦远马上不好意思地转过身，感觉像是窥探了别人的隐私，终于又挤出一句话，"那我叫程雪送你回家吧，你们女生方便。"

既然演戏，就要演得逼真一点，文熙只好把她收集的资料都交给沈梦远后就跟程雪离开了。沈梦远看了文熙收集整理的材料，倒也觉得就像跟她做了讨论交流一样。

针对宇通公司被纳入"实体清单"这一事件，迅达公司召开紧急会议，林弘和云舒都参加。迅达公司作为国际领先技术的人工智能公司，很有可能进入下一批"实体清单"。

"好在我们一直坚持源头技术自主创新，我们的核心技术全部来自自主研发，拥有自主知识产权，虽不至于被卡脖子，但是被列入实体清单还是会对我们的生产经营造成很大影响。我们目前有预案吗？"迅达董事长问道。

"有预案的，开放创新平台和深度学习模型训练服务器正在国产化，C端智能硬件及操作系统的方案也在切换，即便下一步被列入实体清单，也不会影响我们的发展势头。"轮值总裁回答。

"要提速，以最快速度实现这几项的国产化……"

会议结束，云舒和林弘一起走出会议室。

"走，到我办公室，有好东西给你。"云舒冲林弘神秘地眨眨眼。

走进办公室，云舒从柜子里拿出一个纸袋子递给林弘："你的最爱，象屎咖啡豆。"

"哇！"林弘瞪大了眼睛，连忙凑近了认真研究，"你这太贴心了吧，谢谢，谢谢！"

"小事一桩。"云舒笑了笑，拿起包和林弘一起出门。

路上，云舒拐弯抹角地打听沈梦远有没有女朋友，上次跟他来的那女孩是不是他女朋友。

"这小子没有女朋友。你对他感兴趣？你们俩还真般配，我给你俩撮合撮合？"林弘狡黠地笑。

云舒笑而不答，半天才说："其实我俩以前认识，但是有些误会，已经多年未联系了。"

"哦？难怪那天看你俩的反应就觉得你们应该认识。"林弘恍然大悟，马上又说，"那说明你们还是有缘啊，绕来绕去又绕到一起了。需要我做什么就说。"

云舒点点头。心想，沈梦远现在干什么呢？

宇通公司的讨论会进行到晚上十点多才结束。沈梦远兴致勃勃如同打了鸡血，第一个念头就是想跟文熙见一面，可是这么晚了，犹豫再三他还是拨通了文熙的电话。

"好啊。"文熙求之不得，心花怒放，却装得很淡定。

半小时后沈梦远到了文熙的楼下，文熙早早就等在那里，两人就沿着小路散步。

"我明天要去 H 市天华公司，最早后天回来。"沈梦远没说客套话，直奔主题，"这两天……看看吧，随时微信联系，我还没来得及想让你做什么。"

"哦，好的。"想着沈梦远要离开两天，文熙心里有一丝失落。

"你认为对宇通的制裁对于天华公司来说是利好呢，还是利差？"沈梦远说到主题。

"利好是什么？利差是什么？"文熙故意反问。

"利好就是 LR 腹背受敌、双面夹击，因为它是宇通的大客户；利差就是美国拿起了制裁中国企业的大棒，会不会下一个就是天华？"沈梦远进一步说。

"我认为更多的是利差。"文熙望着沈梦远，昏暗的路灯灯光透过斑驳的树荫洒下来，影影绰绰，看不清沈梦远脸上的表情，但可以感觉到他的担忧。她想提醒他这一点，希望能够往和解的路上走，再不迈出这一步就晚了。

沈梦远真希望文熙能给他一个否定的答案和理由。他叹息一声，长长地吐了一口气，听文熙说下文。

"你看了我给你的资料吗？这次对宇通公司的制裁可能只是拉开了美国围堵中国高科技企业发展的序幕，两党意见高度一致，国会和白宫高度一致，可能陆续还会有一批中国企业进入实体清单，天华科技真的非常危险，再加之和 LR 的官司，天华已经是那只出头之鸟。所以，我觉得天华要尽快寻求与 LR 和解，抓住前面那个利好……"文熙抛出了自己的观点。

"嗯，今天晚上在宇通公司大家也都持这个观点，认为这次的制裁绝不是仅仅针对宇通公司，接下来可能还会有一系列的名单公布。可是在国人的心中，和解就意味着认错。这是不是缴械投降、不战而败？"沈梦远停下来望着文熙，紧蹙双眉，像是在向文熙讨一个答案，或者一个希望。

其实他何尝没有过和解的想法，但是律师团队内部意见不统一，公司内部的意见也不统一，决不妥协的声音是最强的，是多数派。

"我懂你的意思，怕被国人骂，是吧？和解怎么能叫认错呢，和解是共赢。我们才是专业人士，我们应该向公众澄清这个观点，单纯一腔热血往往容易误判，这不是真正的爱国。我们做律师的也不能为了迎合雇主而放弃自己的专业立场，这反而没有尽到律师对雇主的义务。"

沈梦远冲文熙感激地点点头，他愿意相信她。她的话更增加了他的决心，就是明天在天华公司也一定要慷慨直言，提出与 LR 和解共赢的思路。

"除非有的律师怕挣不到高昂的律师费，计划的大房子又少了一个房间。"文熙故意开了一句沈梦远的玩笑。

沈梦远一下子笑了："我在你眼中这么俗气吗？我跟你说，这个案子我宁愿不收费。不仅这个案子，其他涉及这次美国制裁中国企业的案子我都可以免费。"沈梦远豪气地说。

"民族英雄啊！"文熙大笑。

"为了抗击不合理的技术封锁，这点儿牺牲算什么！"沈梦远情绪高涨，又凑到文熙面前，要她记住她虽然是美国公民，但也是中国人的后代，"祖国强大，你们海外华人才能挺直腰杆。"

文熙笑笑，说记住了他的爱国情。

两人在笑声中对天华和 LR 的和解谈判策略展开分析，像上次在办公室一样，分别代表天华和 LR 的律师模拟推演……聊着聊着不知不觉就走出了小区，来到了黄浦江边。

黄浦江两岸灯火阑珊、凉风习习，周围一片静谧，偶尔可见一两对恋人偎依呢喃。两人沉浸在这美好的夜色中畅所欲言，相谈甚欢。

文熙还是第一次和男生单独在深夜长谈，而且还是在异国他乡，她对自己的举动感到不可思议。沈梦远也是，虽然以前跟云舒有男女朋友关系，但也没有这样深夜长谈过。真的只是为了工作吗？

他突然想就这样一直下去多好，要是文熙一直不走多好。他已经习惯了跟她讨论交流。

突然，文熙打了个喷嚏，禁不住双手环抱了一下双臂。

起风了。

沈梦远警觉地看了看天空，可能快下雨了，风很凉，文熙还穿着短袖短裤。沈梦远连忙把自己的衬衣脱下来给文熙披上，因为今天要出庭他正好穿了长袖衬衣，而且他穿衬衣总是习惯里面穿背心。

"我不冷。我只是鼻炎，你脱了会冷的。"文熙推辞。

正说着，看到远处的人群都跑起来，有人叫道："下雨了！"

"快跑！"沈梦远不由分说用衬衣遮住文熙的脑袋。

"你拿包顶着头啊！"文熙也叮嘱沈梦远。

两人一路狂奔，还是被淋得全身湿透。

到了文熙楼下，沈梦远说要不他回家给她拿点儿感冒药来，先预防一下。文熙说不用。沈梦远就再三嘱咐文熙回去马上洗热水澡，多喝开水，不要吹空调……文熙答应着，催促沈梦远也快点回去，他可不能感冒，明天还要出差呢。

文熙回去洗了热水澡，喝了开水，但是上床后却没有睡意。刚刚和沈梦远在一起的一幕幕都如放电影一般在她脑海回放：他们的"碰头"，他们在黄浦江边抢着说话，他为她披衣服，他们在雨中奔跑……

越睡不着她就越觉得全身发热，只能把空调打开。

想起第一次他们见面的情形，他抱着她，不就是因为她的低血糖犯了吗？她不由得想：不如来场感冒好了，看看沈梦远会怎么样。

沈梦远清早赶往机场。

到了天华公司，他们马不停蹄便开启了会议模式。这次会议，公司董事长也来到会场，气氛紧张。

"……美国律师报告 LR 已经在游说国会和白宫制裁天华，开弓还有回头箭吗？现在我们提出和解，会不会只是我们一厢情愿？答案是否定的，我们也有筹码，那就是撤诉、撤回反垄断调查申请这个撤手锏，还可以向 LR 发出合作邀约，到中国来共同研发和生产。中国是最大的市场，美国企业不可能不要中国市场。LR 因为美国政府制裁宇通而遭受重大损失，这对于我们正是机会，我们需要与时间赛跑，以'和解 + 合作'的模式吸引目前正腹背受敌的 LR 公司……"因为有了昨晚和文熙的推演，和之前他们对这个问题数次的深入讨论，沈梦远做起报告来得心应手。

所有人都听得非常认真。

沈梦远作为年轻的小字辈，这个律师团的大佬们之前还没有很把他当成一回事，觉得他能签下一些高科技公司的法律顾问，乃至进入这个团队，是有关系的成分，因为这些公司多多少少都跟清华大学有些关系。就说天华公司，有一名副总裁正好是沈梦远清华的同系师兄，沈梦远扎实的技术功底，以及对于半导体产业的熟悉都让这位校友对他分外赏识。

"但是 LR 会愿意与我们合作研发和生产吗？这几大巨头最怕的就是核心技术泄露，同时还有美国国内相关部门的审查。"有人觉得不可思议。

但是更多的人点头表示认可，认为可以试试，毕竟目前 LR 可以说四面楚歌。虽然沈梦远的观点听起来非常新颖而大胆，但不无道理，而且他做的准备非常充分。

"美国的制裁是不讲道理的，就像这次制裁宇通，硬要给你安上一个威胁国家安全的罪名。我们一些高科技企业讨论过，确实担心之后还有长长的制裁名单，沈律师的这个想法，如果可行的话，的确是件好事。"天华法务部总经理有些激动。沈梦远的一席话给了他们希望，犹如给阴云撕开了一道口子，射进了些许阳光，哪怕是一丝也足以让人振奋。

"坐以待毙被动挨打才是投降，这是主动出击，祖先教了我们三十六种兵法，这也是其中一种。"

大家小声地议论起来，有的频频点头，而有的则摇头。

"我们与宇通公司还是有区别的，我始终认为美国商务部不会因为 LR 一家企业的游说而制裁天华，这一次制裁宇通是政府的意思，不是由企业界发动。我们主动表达和解的意愿，是不是先输了第一步，让 LR 认为我们做贼心虚？"

"其实到目前为止，我们并没有受到太大影响，反而是我们先胜一局，而 LR 四面楚歌，更应该提出和解的不是 LR 公司吗？"

"它不和解，而是选择终极打击——制裁，我想这是 LR 的思路。直接干掉一个竞争对手不是更好吗？所以我们不能轻敌。"

"现在最怕的是台湾新时代电子公司顶不住来自美国的压力，如果他们撤回技术人员，我们的项目同样要塌半边天。"

"还怕台湾地区的法院顶不住压力，判决窃取商业秘密罪成立。"

"完全有可能！如果该项罪名成立，影响的可不仅仅只是天华，国际上会说我们是'盗窃者'。这种污蔑，也是我们无法承受之重。"

又有人提到 LR 中国工厂的裁员计划，不明白 LR 到底是何意图，是施压呢，还是真的准备产业转移？

"听说S市政府已迅速做出反应，邀请LR公司高层去S市举行高级别会晤，而且LR真的派出一名副总裁前来。LR马上接过橄榄枝，这说明什么？还是想寻求合作。所以这对于我们寻求与LR的和解是个很好的信号。"沈梦远谈道。

S市的高级别会晤是文熙故意透露给沈梦远的，她认为这对于促成天华和LR的和解有积极意义，而且这个会晤一结束自然也就没有秘密可言，圈子里很快就会传开。

"S市政府已经派人来我市斡旋。"一直默默倾听大家发言的董事长此时说话了。

"啊，这么快！"大家异口同声，所有人的目光刷地聚焦到董事长身上。

"沈律师这个信息应该是真实的。S市政府和LR公司谈判也希望事先能得到天华的背书，S市希望我们能同意申请解除禁止令。因为考虑到两个城市的经贸合作关系，政府有意向答应S市的部分请求，也在考虑是否以S市政府为中间人与LR公司展开对话与谈判，再加之如今美国对宇通的制裁，这些问题叠加在一起，也是今天要召开这个会议的原因……"董事长说道。

在S市，市政府与LR公司的高级别会谈也正在陆文隽下榻的宾馆进行。

VIP小会议室里，陆文隽和S市市长分坐在两个单人沙发上，翻译坐后面，其余人依次坐在两边。

陆文隽穿着设计新颖的深蓝色衬衣和同色西服，分头发型，并用摩丝向上提拉，干练精神，眼睛炯炯有神，言行举止间透着教养。这就是陆家培养出来的接班人，高贵而不高傲，恪守礼仪。

市长首先隆重介绍了S市在全球芯片产业链中的种种优势，给LR公司的优惠政策，双方一直以来的良好合作，等等，希望和LR公司以及陆氏家族一如既往地走下去，共同面对风雨和坎坷。

陆文隽谈到这两年市场供大于求，各大巨头都在减少产能，加上这次对LR的禁止令以及对宇通的出口管制，S工厂的裁员和减产都是正常的商业考量，是无奈之举。但是陆文隽话锋一转，谈到中美贸易摩擦带来的系列阴影，称LR准备调整布局，大力开拓中国以外的其他市场，减少对中国市场的依赖度。

市长一听急了："贸易摩擦也不可能一直持续下去，只会在角力中不断去平衡。首先你们LR会答应吗？其次还有其他的巨头，还有美国民众。为什么美国政府会给予宇通宽限期，如果我猜得不错，包括LR在内的很多公司都在着手准备申请许可证吧？"市长幽默地一笑。

"市长高明。"陆文隽佩服现在中国的官员越来越有国际视野。他没有正面回答，又继续谈到中国台湾、日本、新加坡给予LR的优惠政策以及人才优势、产业链优势等等。

"产业链优势当然还是在中国，中国正由制造业大国迈向制造业强国，政策、资金、人才优势都会慢慢显现出来。"市长自信地说，"美国不是有个说法吗？有麦当劳的地方就会有肯德基。LR的竞争对手韩国的MG公司正在S市建设其最大的海外生产基地，他们是跟随你们的脚步来的，现在你们这是要弃甲而逃吗？"市长停顿了一下，观察陆文隽的反应。

陆文隽笑了笑，不露声色。

玩笑过去，市长紧接着抛出了橄榄枝："你们能考虑为了LR 在中国台湾和日本的晶圆生产工厂把 S 市的封测厂迁移过去，为什么不能考虑把晶圆工厂迁一部分到中国大陆甚至到我们 S 市，我们可以给最优惠的政策。"

陆文隽认真地听着，生怕漏掉任何一丝重要信息，这次来的任务是"多听少说"，看看 S 市发的"糖"有没有诱惑力。

"S 市对于 LR 公司或陆氏企业有什么设想？"

"H 中院的禁止令发出后，我们也高度重视，专门派人赴H 市走访了天华公司的大股东，听说你们也向法院递交了复议申请，希望解除禁止令，我们也游说 H 市政府能让天华公司同意。"

"那天华公司的态度呢？"陆文隽倒有点儿惊讶，没想到 S市如此有诚意。

"有协商的余地。你看，LR 公司是不是也和天华公司像我们这样来个会谈。万一就化干戈为玉帛了呢？一切皆有可能。"市长笑道。

陆文隽也笑着点点头，继续洗耳恭听。当市长谈到 S 市的金融领域向纵深开放的具体步骤，陆文隽以期待的目光望着他，预感到这才是今天的"王炸"。

果不其然，市长端出了大菜，欢迎陆家的金融公司拥抱"中国机会"，到 S 市设立分支机构。

今年中国金融业对外资开放加码，明年将全面放开金融业外资股比限制，开放金融市场，国外的券商、保险、期货公司以及信用评级机构，都可以来中国开全资公司。外资金融机构正抢滩中国，这就是金融界所说的"中国机会"，也是陆氏家族当前最想做的事情。

一些国际金融大鳄已经在瞄准北京、上海的银行间债券市场 A 类主承销牌照，陆家的金融公司则把目光投向二线城市，如果能在 S 市拿到一张牌照……陆文隽深思着。

第十二章
病中照料

　　沈梦远兴致勃勃地回到上海，他的意见被采纳令他很有成就感，也想把这个好消息分享给文熙，这可是他们二人共同的智力成果。

　　从机场回国昊所的路上，沈梦远竟有些归心似箭，给文熙发了个信息，问她在律所吗？文熙一直没回信，沈梦远也没多想，路上一直在接听电话和回复信息。

　　回到办公室，推开门，沈梦远看到的不是文熙而是程雪，这让他有些失望。

　　"文熙没来吗？"沈梦远问。

　　"她今天没来，昨天看她的样子好像感冒了。"程雪说。

　　沈梦远立刻想到前天晚上淋雨的情景，马上便给文熙打电话。那边一直没接，沈梦远着急了，又拨第二遍。

　　这次终于接了，沈梦远劈头便问："你感冒了吗？"

　　"好像是有点……"文熙有气无力地说。

　　"你吃药了吗？现在怎么样？吃饭了吗？"

　　"没吃……"

　　沈梦远没有再继续问下去，听得出来文熙很难受，好像话都说不出来，他叫文熙先睡一会儿，自己马上回去给她送药。

之后，沈梦远给妈妈打电话请她马上熬点治感冒的葱白粥和姜汤，再找点儿感冒药出来放着，他一会儿回去取。

文熙的确是感冒了，今天更严重，在床上躺了一天，昏昏欲睡。

接到沈梦远的电话，文熙喜出望外，仿佛一下有了力气。可是自己衣衫不整，披头散发的，多难为情啊！要不要起来换身衣服，梳洗一下？

一想，还是不要了。如果精精神神不像个病人，沈梦远可能放下东西就走了，她想看看他怎么照顾自己……文熙想象着沈梦远推门看到她的情景，如果她站不稳的话，他会不会来个"公主抱"，然后把她抱进卧室，放在床上……想着想着又睡着了。

不知过了多久，沈梦远的声音传来："文熙，文熙，我进来了，你密码没换。"

文熙陡然清醒，心提了上来。

沈梦远径直来到卧室，屋里的狼藉让他吃了一惊，矿泉水瓶、果汁瓶、酸奶盒、零食袋子、果皮、纸巾、睡裙、文胸、毛巾……女生的卧室居然是这样？文熙正挣扎着坐起身，一副病容。

"你怎么没换密码呢？不过你放心，你是绝对安全的，我不会随便过来。"沈梦远一边解释，一边收拾床头柜，叫文熙快点儿喝粥，然后才好吃药。

文熙无力地摇摇头，一阵咳嗽，可怜兮兮地望着沈梦远。

沈梦远心一紧，搬了一把沙发到床边。这沙发上有文胸和睡裙，沈梦远虽然尴尬，还是把它们拿起来放到文熙床上，总不能屁股坐在上面吧。这可是平生第一次摸女人的这些东西。

"不好意思。"文熙也有些尴尬。

"吃了饭再吃药，这个葱白粥对感冒很有效，我特意叫我妈妈做的。"沈梦远连忙岔开话题，给文熙背后垫了个枕头，又顺手摸了摸她的额头，再摸摸自己的额头。

文熙惊了一下，这人拿个内衣都害羞，摸别人额头就不害羞吗？

"你好像发烧了，快点儿吃完我带你去医院。"沈梦远表情凝重地看着文熙。

文熙也摸摸自己的额头："不用去医院，我们感冒发烧一般都不吃药，用冰袋物理降温就可以了。"

一句话提醒了沈梦远，他马上去冰箱里找了些冰块，用毛巾包上，给文熙敷在额头上："你自己按着可以吗？"

文熙听话地拿手按住毛巾，沈梦远则坐下来给她喂粥。

沈梦远长这么大第一次喂别人吃东西，第一次照顾病人，免不了笨手笨脚、手忙脚乱。粥流出来了，就马上给文熙擦嘴；自己满头大汗，还要给自己擦汗……

生病的人总是特别脆弱，特别渴望有人照料和陪伴。本来今天文熙想打电话给管家，叫管家来照顾，可她又隐隐觉得沈梦远会来，就没让管家来。她庆幸自己做了一个英明的决定。

沈梦远的脸又在冒汗了。文熙怕凉，屋里没开空调，非常闷热。沈梦远的脸憋得通红，汗珠顺着脸颊往下流，有两颗已经快滴进饭盒里了，文熙连忙伸出一只手帮他擦汗。

沈梦远只感到一只温柔滑腻的小手在他脸上轻抚，从一边滑向另一边，又滑向额头，他心里一酥……有个轻柔的声音响起："你的汗快滴下来了。"

　　沈梦远和文熙四目相视，喉咙哽了一下，马上挪开视线，他不敢看她的眼睛。这就是徐智勇所说的含情脉脉吗？他想起那张照片，想起他俩打羽毛球时也是这样的情景，他脸上的汗滴到她脸上，他也是这样用手帮她擦掉，也是这样四目相视……

　　"把衬衣脱了吧，你不热吗？"

　　"我去洗个脸。"沈梦远不好意思地脱掉衬衣，来到卫生间，用凉水洗了把脸，长长地舒了口气，看着镜子中透着红晕的脸。

　　这段时间，他和文熙之间时不时有这样暧昧的氛围，有这样温柔的凝视，有这样突然的心跳加速，不知道这是不是就是喜欢。徐智勇鼓励自己追求她，可是这合适吗？现实吗？弄不好又是一个云舒。

　　沈梦远给文熙吃了药，给她盖好被子，叫她好好睡一觉。文熙也听话地闭上眼睛。

　　突然，文熙侧起身，惊慌地拉着沈梦远的手问："你要走了吗？"

　　沈梦远怔了一下，茫然地看着她："我不走啊。"

　　他真没想走，他怎么可能在这个时候跑掉呢？如果物理降温降不下来，他就是扛，也要把她扛到医院去呢。

　　文熙和沈梦远都欲言又止，文熙就甜甜地闭上了眼睛。

　　天黑了，沈梦远就这样一直不停地穿梭于厨房、卧室、卫生间……帮她换冰毛巾，又用热毛巾帮她擦汗。

文熙迷迷糊糊地感觉到沈梦远在给她擦汗，她今天的确出了很多汗，自己已经换了两件睡裙了，这样一擦，觉得清爽了许多。但同时，她的心也提到了嗓子眼，还没有哪个男人在她身上，而且是直接在她的肌肤上摸来摸去，虽然隔着毛巾，还是算肌肤之亲吧。她丝毫没觉得沈梦远对她不敬，而且她认定沈梦远这样的人才不会对她做什么呢！但她还是条件反射地紧张，尤其是毛巾从肩膀滑向腋下，文熙一下心跳加速、呼吸急促起来……

沈梦远警觉地停下，不知道该不该继续，不知道自己是不是冒犯了她。

"水。"文熙灵机一动，微微张张嘴，吞吞喉咙，做出想喝水的样子，她怕沈梦远尴尬。沈梦远马上把吸管放进她嘴里，那是专门给她熬的姜汁红糖水。

"你醒了自己擦擦身上的汗吧。"沈梦远把毛巾递给文熙，然后转过身去。

待文熙又睡着了，沈梦远才意识到自己的肚子咕咕叫。

该回去吃饭了，还要洗个澡，换身衣服，再把电脑带过来。这样可以一边守着文熙，一边工作。

出了门，沈梦远首先给张宁远回了电话。为了不影响文熙休息，他把手机设置为静音，来了好几个未接电话。

他预感到张宁远可能有好消息告诉他。果不其然，张宁远说许愿刚刚来了电话，她的上司也对他们的项目表示出兴趣，她可能会安排时间回国考察。

"太好了！"沈梦远大呼一声，"我再跟许愿说说，催她加快点速度。"

　　哪知张宁远说："你不要催许愿了，你要催文熙，你快点带她到我们公司来考察。"

　　"为什么？"沈梦远不解地问。

　　"电话里说不清楚，你现在有空吗？我去找你。"张宁远问。

　　"有什么说不清楚的？我一会儿就有事了，你现在说吧。"如果不是因为要照顾文熙，他会和张宁远见面谈，毕竟他这个事是大事，而且涉的都是亲戚和朋友。

　　"许愿说文熙是搞法律的，一定要文熙先去考察，替她把关。而且还说如果文熙认可的话，她还会找到一家很有实力的公司来做领投，这样许愿他们公司跟投的可能性就更大。"张宁远说完，又反问沈梦远，这个文熙是谁？要他快点儿带来认识认识。

　　"上次听许愿说，文熙还有另外一个同学专门投资人工智能领域，可能许愿想拉上他一起投吧。"沈梦远说。

　　"反正她现在是你的实习生，你什么时候带她来，明天还是后天？"张宁远态度很急切。

　　"她这两天感冒了，班都没上。我明天问问她吧。"沈梦远说。

　　许愿刚刚和张宁远通了电话，也给文熙拨了个电话。

　　文熙很久才接了电话，声音懒洋洋的。

　　"你睡了吗？"许愿纳闷。

"嗯，今天睡得早，有点儿感冒。"文熙被她的电话吵醒，还迷迷糊糊的。

"哦，严重吗？"

"还好。"

许愿顿了一下，说道："你交代的事，我正在努力推进。你想我快点儿回来，你就先替我去考察，最好由你们家领投，那我这边成功的概率就更大。"

文熙说她会尽快去。

许愿嘱咐她好好休息就挂了电话，然后又打给父母。她难得起这么早，无所事事。

"有什么事吗？"这是许巍然接到女儿电话的第一反应，今天又不是周末，她很少在这个时间打来电话。

"没事。今天醒得早，跟你们聊聊天。我可能最近会回去一趟。"许愿说。

"真的吗？怎么想通了？"许巍然声音里充满了惊喜。

"回来考察一个项目，沈梦远推荐的，法律人工智能项目，说是有利于防止冤假错案，促进司法公正。"

"哦，用科技促进司法公正？"许巍然饶有兴趣，他本人就是搞技术出身的。

父女俩开始聊起张宁远的项目来。对于法律，许巍然打了这么多年官司，也久病成医，到现在也可以评价得头头是道了。

文熙被许愿电话吵醒后扭头看看，没有看到沈梦远，又叫了两声没人答应，心中顿时感到很失望，他不是说他不走吗？

再一扭头，却发现枕头边上放着她的笔记本，上面有几个大字：我回家去洗澡、换衣服。

文熙感到一股甜蜜的暖流从头流到脚。

其实即便沈梦远真的回去不来了，她也不会怪他。毕竟他已经在这里照顾了她很久，该做的都做了，不该做的也做了。她一下子想起他给她擦拭身子的情景，呼吸不由得急促起来……

她喜欢他吗？

是的，喜欢！

她抱着她的笔记本在回味中再次入睡，甜甜的笑容挂在脸上。

云舒一个人在酒吧喝闷酒，那晚沈梦远明确地拒绝她之后，她已经是第三个晚上独自一人在酒吧了。除了加班，她就在酒吧。

"小姐，一个人吗？你气质真好！"有个男子注意了她很久，端着酒杯过来搭讪。

云舒厌恶地白了他一眼，扭过身去，拿出手机，拨打沈梦远的电话。不知为什么，她就想喝酒，就想找他倾诉，就想打他电话，就想知道他此刻在做什么，就想知道他有没有和文熙在一起……

沈梦远正在文熙旁边的小书桌上工作，见是云舒的电话，没有理睬。

沈梦远越不接电话，她就越要打，直到他接为止。

"什么事？"沈梦远在第三通电话进来后，还是起身去露台接听了。

"我心里难受……"

沈梦远没有说话。

"我心里难受，我想见你！"云舒提高了声音。

"上次我已经跟你说过，我们私下就不要见面了。"沈梦远皱起眉。

"你怎么这么残忍，我们真的就形同陌路吗？连普通朋友都做不成？"云舒的眼泪流了下来。

沈梦远沉默着，不知自己是不是太绝情，但是，他不能给她希望。

"我喝醉了，我就想你来接我，就这一次，好吗？"云舒顾不得自己是否已经卑微到了尘埃里。

"快回家吧，不要喝了，我过不去。"沈梦远心里也很不是滋味。

"我喝醉了，动不了了，你真的忍心把我扔在这里不管吗？"云舒有些歇斯底里。

"我还在加班，你另外找个人去接你吧。"

"我就要你来接我，我想见你，我有事想跟你说！"云舒近乎哭腔。

"真的不行，就这样吧。"沈梦远狠心挂了电话，长痛不如短痛，他的无情也是为了大家好。他知道再说下去也没结果，她会更加哭哭啼啼。

沈梦远在露台站了很久，不知道为什么云舒现在变成这样，其实她是个理智冷静克制的女孩，而且是她自己先放弃的呀。如果男女间的喜欢，最后变成这样的结局，那真是恐怖。

沈梦远突然想到文熙。如果是文熙，她会变成这样吗？

云舒听到沈梦远冷漠地挂掉电话，一颗心顿时掉进冰窖里。男人变了心就是这么无情，他不会在乎你伤不伤心，难不难过，甚至不会在乎你的安危，你的生死。爸爸对妈妈也是这样吗？当爸爸爱上别人之后，当爸爸跟妈妈提出离婚之后，爸爸就是这样对妈妈吗？难怪妈妈绝不离婚，那不是爱，而是恨，男人既然都如此绝情了，你为什么要让他舒服？

云舒狠狠地喝下一杯酒，看到周围有人在注视她，连忙擦干眼泪，眼睛里是高傲的寒光。她是不会被打垮的，她要坚强。

云舒瞬间又恢复了御姐的气场，优雅地端起酒杯。

早上，文熙睁开眼，阳光照进屋子，她感觉精神好多了，头和嗓子都不怎么疼了。

她坐起身，瞟了一眼书桌，看到沈梦远的电脑还在。

昨天晚上，他就在那儿忙碌，有时给她换冰毛巾，有时给她喂药。文熙叫他去隔壁睡一会儿，也不知道他去睡了没有。

文熙起身往屋外走去，看到沈梦远在厨房灶台前。

"你还会做饭？"文熙来到沈梦远身后，惊喜地问。

"哦，起来了，感觉怎么样？好像不发烧了。"沈梦远看到文熙不声不响地站在自己身边，有些吃惊。

"都好了。平常我都不吃药的，所以吃药就好得很快。当然，主要是你一直在给我物理降温，谢谢你。"文熙由衷地表达谢意。

"都怪我，那天晚上我要是不拉你出去，你也不会感冒。"

"都怪我自己吹空调，没听你的话。"

"准备吃早餐吧，我把昨天的粥热了一下，看到你冰箱里有鸡蛋、牛油果和橄榄油，就给你炒了两个鸡蛋。"沈梦远笨手笨脚地炒着牛油果鸡蛋。

"好香，看起来好好吃！"文熙夸张地叫着。

沈梦远谦虚地说自己只会做鸡蛋面而已，中国的大学生几乎都会做。文熙说自己也会做沙拉、做蛋糕、做小饼干，而且喜欢用橄榄油做，改天拿到律所请他们品尝。

沈梦远关火装盘，一转身，手臂却碰到文熙裸露在外面的肩膀，原来文熙睡袍的肩膀处不知什么时候垮了下去。两人尴尬得同时羞红了脸。

"对不起。"沈梦远的心怦怦乱跳，半晌才冒出这三个字。这真的不怪他，但毕竟冒犯了她。

文熙则赶紧拉好衣服，都怪自己衣衫不整地在男人面前晃荡，太有失体统了！沈梦远会不会觉得她是个轻浮的女孩……

文熙一溜烟跑进卧室。

"可以把电脑给我吗？"沈梦远本想就这样离去，但电脑还在文熙卧室，只好来到门口隔空喊话。

"马上。"文熙手忙脚乱地边换衣服边答应。

"你今天不用去上班了，还是在家再休息一天吧。洗衣机里洗了衣服。"

文熙环顾四周，原来沈梦远把她换下来的脏衣服都洗了，房间也收拾得整整齐齐。哎哟，真是丢人！

一整天，文熙老是无法集中思路，她在帮沈梦远修改一篇文章，这是他要在即将到来的中美知识产权峰会上的主题发言，用全英文来写作的。

改着文章，可她脑子里都是沈梦远的身影，给她喂粥的笨拙、给她擦汗的小心翼翼、电脑前的专注、碰触到她的尴尬……

沈梦远一到办公室就忙着写方案，天华公司希望沈梦远尽快草拟一份和解方案供大家讨论。他已经在回来的飞机上和师父讨论了一个大纲，本想回到上海就和文熙进一步交流，她却生病了，他自然不忍心打扰。

中午时分，接待客户的沈梦远接到了文熙的电话。

"你说话方便吗？现在忙完了吧？"文熙怯怯地问。

"你说吧，我出来了。怎么样，感觉好点儿没有？"沈梦远急切地问。平常跟客户谈重要事情的时候手机从来是扔到一边，或者在助理那里，今天他却一直拿在手上，怕文熙有事情找他，还时不时地瞟两眼。

"我都好了，想去律所。"文熙回答。

"不行，你再休息一天，不要硬撑着。"沈梦远说。

"没有硬撑，在家里待久了更没精神。再说，我好多事情想跟你讨论。"文熙有点儿着急。

"下午我和程雪都要出去录视频，要不你在家里工作，晚点儿我去接你。晚上和我同学张宁远一起吃饭，就是找许愿投资那个公司的负责人，可以吗？"沈梦远想，年轻人装不了病，硬叫她在家里憋着也难受，不如带她见张宁远。

"对的，对的。昨晚许愿还叫我代她先去考察，那吃饭之前先去他们公司看看吧。"文熙一下来了精神，其实这也是她要和沈梦远讨论的事情之一。

放下电话，文熙心里一下踏实了，也不再去想沈梦远，反正几个小时后就又要和他在一起。

大哥去 S 市谈判的情况怎么样呢？文熙又想起了大哥。

文熙不知道的是，大哥陆文隽此次 S 市之行超过了预期，他后来还见了副省长，参观了自贸区，在父亲的授意下着重考察了金融服务领域和人工智能产业，希望未来能融入中国这两个领域的发展。LR 公司正加大对人工智能领域的投资，对于无人驾驶汽车、精准医疗和其他新兴领域的人工智能有浓厚兴趣并已经有所动作。

沈梦远和程雪参与录制《我和我的祖国》合唱快闪，律协组织的。他们先去了"一大"旧址，现在来到了陆家嘴中心绿地，太阳下面，一个个热得不行，因为都是统一着正装。导演叫停了好几遍，挨个去纠正站姿和表情，又反复指导摄影师给谁来个特写，空中也有无人机同时在拍摄。

导演终于宣布结束，沈梦远和程雪远远地和文熙打了个招呼。几个人围着沈梦远，叫他不准走，一定要留下来一起吃饭，大家好不容易聚在一起。

"对不起，顾问公司临时有点儿急事，马上要走。"沈梦远话音刚落，立刻遭到几个女律师的"围攻"，数落他不守信用。

"小潇，你们快把你男神的手机拿着，不准他走！"有个很有气场的中年女律师找出沈梦远的手机交给另一个年轻女孩，她是国昊律师所的主任，也是这次活动的主要组织者。

"好的！"几个小女孩一拥而上，叽叽喳喳地欢呼，"走不了了，走不了了！"

两位男律师哈哈大笑，说看来你今天是走不了了，你就从了吧。这时，沈梦远正好看到了文熙，就招呼文熙过去。

文熙已经到了有一会儿了，她像看戏一样看着这一切，真想从那几个女孩手中帮沈梦远把手机"抢"回来。

"快去解救沈律师！"程雪跑过来给她使了个眼色。

文熙会意，来到沈梦远身边，亲昵地挽着沈梦远的胳膊，娇声抱怨道："你怎么那么磨蹭啊，我等你那么久了。"

"他们把我手机拿走了，马上啊！"沈梦远说。

大家都愣愣地看着他俩，几个女孩也停下脚步。没听说过沈梦远有女朋友啊？

"哦，原来是女朋友来了！"几个女孩看着他们手挽着手，再盯着文熙从头到脚地瞄一遍。文熙穿了一件香奈儿的休闲定制款浅蓝色暗花连衣裙，袖口和裙摆都做了精致的压花镂空设计，高贵典雅，半高的衣领，真丝质地也很透气。虽然戴着大墨镜看不清长相，但单看这身材、这气场就足以怔住全场。

文熙从女孩手中拿过手机，冲大家微微地一鞠躬，说："对不起各位，我也是沈律师的粉丝，我要先把他借走了。"然后拉着沈梦远就跑。

程雪叫的车正好也到了，沈梦远快速坐到前面的位置。

"天哪，你人气好旺啊！"文熙叫嚷道。

程雪说："可不是嘛，沈律师是我们上海律师界的男神，每次律协搞活动，只要沈律师参加，就会有很多女律师追随。"

"程雪，你怎么也学会八卦了，以前没发现啊。"沈梦远表示抗议。

这里距离国昊所并不远，很快就到了。

他们都要回去取车。沈梦远走在前面，打开车门的时候对后面说了声"我先换个衣服"，就钻了进去。

文熙在后面和程雪说着话，完全没有注意他在说什么，待她打开车门钻进去，却一下看到沈梦远裸露的上半身，正要套上早上出门时他穿的那件 T 恤衫。

"啊!"两人都惊了一下，很不好意思。

"我不说了我先换衣服吗?"沈梦远嘀咕着。

"没听到，要我下去吗?"文熙别过脸去。男人还这么怕别人看。

"不用了。"沈梦远很快把衣服套上往下一拉。

"要不你还是坐后面吧，不要对着空调吹。"沈梦远关切地看着文熙。

"把这边的空调关了就是，我想跟你说说话。"文熙小鸟依人地望着沈梦远，然后问他去天华的情况。

沈梦远感到有些不自在，文熙好像从来没用这么温柔的语气语调跟他说过话，车内这个狭小的空间太容易滋生暧昧的气氛。于是，他打开音乐，选了刚刚唱的那首《我和我的祖国》。

他俩谈到工作总是非常自然的，这也是沈梦远最喜欢的状态：不谈感情、不想将来、只有当下、只有思想的撞击。

他很怕和哪个女人的关系特别深入，很怕对一个人负责任。

第十三章
"美美与共"和人工智能

张宁远的科思科技有限公司，在张江高科技园区的国家留学人员创业园内。

虽然文熙是第一次见张宁远，但感觉跟她想象中差不多，就如同她在哈佛见到的那些从中国去的工科男一样，戴个眼镜，一脸书生气，脸上清瘦无肉，不太擅长表达，甚至说话还有点儿腼腆。他的个子和沈梦远差不多高，但是更单薄。

张宁远和他的合作伙伴林永翔首先带他们参观公司，二人是伯克利大学的校友，林永翔比张宁远先工作两年，也年长几岁，却在同一年回国，他本身就是上海人。他俩的分工主要是一个主内一个主外，林永翔性格更活泼开朗，社交能力更强，也有更广阔的人脉资源，无疑就是主外的那位。他在公司成立仅一个月时就拉来了"天使轮"的几千万投资，但这是一个烧钱的领域，现在钱已花光，大家都在找投资，张宁远当然也不例外。

"人工智能目前确实是一个投资热点，美国在讨论将限制中资去美国投资人工智能领域，中国会不会也考虑限制美资进入呢？"文熙首先谈到了自己的担忧。

"你们好像都担心这个问题，许愿也问到了。"张宁远笑了笑，表示完全不必担心。

"我国对于人工智能的国际合作持开放的态度，目前美中两国是人工智能领域最顶尖的强国，各有优势，美国的优势在于算法、模型和深度学习，中国的优势在于庞大的数据和输出。通过大量输入数据进行深度学习，才是人工智能发展的关键，所以包括中美在内的世界各国达成合作，取长补短，是推进人工智能发展的最佳途径。"张宁远解释道。

沈梦远也在一旁递过手机给文熙看："这是我国今年最新版本的《鼓励外商投资产业目录》。你看，鼓励外资参与制造业高质量发展，支持外资更多投向高端制造、智能制造、绿色制造等领域，什么5G、集成电路、芯片、云计算……"

文熙认真地扫了几眼，然后叫沈梦远发给她。

这样就放心了，最怕前期努力了半天，最后付诸东流，她叔叔有个案子就是这样。接下来，张宁远的介绍主要围绕法律人工智能进行，这也是许愿想要文熙介入的原因。人工智能在法律领域的运用还是比较小众冷门的，在美国也如此，法律专业人士应该更有发言权，也更能准确地理解某一个项目并做出价值评估。

"中国法律人工智能的起步其实只比美国晚一点点，几乎是同一个平台开始。IBM研发世界首个法律人工智能律师ROSS是在2014年，进行10个月的破产法学习后，于2016年进入纽约的一家律师所，帮助处理公司破产等事务。我国的法律人工智能于2016年起步，但起点很高，规模很大，首先是大的法律科技公司的涉足，有的还主导了中国司法领域的信息化建设，之后是很多初创公司，包括律师事务所的广泛涉足，加上中国巨大的应用市场等等，目前中国法律 AI 的研发和运用很多方面超过了美国。"张宁远流畅地介绍着，并辅之以 PPT 说明。

文熙频频点头，据她以往的认知，应该是这样的。她也曾经跟中国去哈佛法学院访问的学者交流过，他们也持这样的观点。

"沈梦远，下面还是由你来讲吧。"张宁远点了沈梦远的名，对文熙说道，"他比我更熟悉。"

文熙有些吃惊地看着沈梦远。

"很多东西是我们一起设计的，法律 AI 的研发肯定需要法律专业人士的参与，从创意到学习到完善。"张宁远解释道。

"这是你们的主场，你们自己讲。"沈梦远推辞。

"什么你们啊？你别忘了，你也是股东。"一旁的林永翔推了沈梦远一下，然后对文熙说，"他有 8% 的股份，他是幕后推手。如果不是他，我们俩可能不会进入法律这个领域来，他成天给我们鼓吹法律 AI，给我们描绘法律市场的蓝海，当然也积极地给我们找投资人。我们做了一番调研后，才决定进军法律市场。"

"没听你说呢！许愿知道你也是股东吗？"文熙惊讶地望着沈梦远。

沈梦远尴尬地转动着手中的笔，不敢迎视文熙的目光，转头对林永翔和张宁远说："你们这是绑架我，我可不想深度介入，免得许愿投资失败了骂我。我那个表妹可厉害得很，凶巴巴的，你们俩小心点。"完了又叮嘱文熙一定不要把这些话告诉许愿。

文熙哈哈大笑，觉得沈梦远有时候像个孩子，许愿有那么凶巴巴吗？他怎么那么怕她？笑着笑着，文熙连着咳嗽了几声，她用手摸着露在外面的半截手臂，感觉到一丝凉意。

沈梦远看了看空调的出风口，叫文熙再坐远一点，又叫张宁远把空调温度调高两度。

沈梦远看窗外天色已晚，怕文熙饿了，还是自己来挑出重点来做介绍，以便早点吃饭。

"中国人工智能有两大优势：一是我们的制度优势，任何一个国家政府能起到的推动作用都无法与我国相提并论；二是市场规模优势，中国的市场规模肯定是世界第一，任何技术到了如此巨大的规模都会产生质变。法律人工智能把这两大优势表现得最为淋漓尽致。"

文熙点点头："许愿最感兴趣的那个能防止冤假错案的系统呢？"

沈梦远正要讲这套系统的要点，徐智勇的电话不断地打进来，就停下来接听。

"你在哪里？有时间见一面吗？"徐智勇很认真地说。

"好啊，一起吃饭吧，现在在张宁远公司，马上就往你那边去怎么样？"沈梦远不假思索地答应了。徐智勇这种语气一般是有要事，反正徐智勇和张宁远也很熟，他们之间私下也经常交流。

"徐智勇要来一起吃饭。"沈梦远对张宁远说。

"好啊，太好了，那赶快走啊，边吃边介绍。"张宁远高兴地说。

林永翔因为家里有事就没去，张宁远坐了沈梦远的车，他们三人一起来到一家粤菜餐厅。

"文熙也在啊！"徐智勇进房间看到文熙先是吃惊，然后自言自语道，"当然喽，必须在。"又意味深长地看了文熙一眼。

"今天文熙是主角，她代表投资商考察张宁远公司，你来得正好，快给她讲讲现在法院系统人工智能的运用情况。"沈梦远说。

"原来叫我来是为这事啊，我说你今天怎么这么爽快。"徐智勇又对文熙开玩笑说，"平常我约他，他一般不会理我的，还是你面子大。"

张宁远开始点菜，问文熙想吃什么。徐智勇拉沈梦远出去，说有事情先跟他说一下。

"给她点个鸡汤治感冒。"沈梦远出门时交代张宁远。

"你变化有点大啊！"徐智勇啧啧称奇，然后又意味深长地看着沈梦远。

"怎么大了？找我有什么重要事？"沈梦远问。

"下午云舒来找我了。"徐智勇说。

沈梦远显然很意外，皱了皱眉，问："她找你干什么？"

"当然是想和你重归于好，然后问我你到底有没有女朋友，你的实习生是不是你女朋友。"徐智勇似笑非笑地看着沈梦远。

见沈梦远半天憋不出一句话，徐智勇给了他一拳："你小子倒是说话呀，太不够哥们儿了，你该早点儿跟我说啊。她回来，我什么都不知道。我也不知道你是怎么想的，你马上给我如实招来。"

162

"我都跟她说清楚了呀！我们已经过去了，回不去了，而且为了让她死心，我说我有女朋友了。"沈梦远委屈地说。

"那文熙是你女朋友吗？"徐智勇狡黠地一笑。

"当然不是！"沈梦远脱口而出。

徐智勇白了他一眼，没好气地说："不承认是吧？那我就跟云舒说文熙不是你女朋友，是你骗她的。"

沈梦远瞪了徐智勇一眼。

"你瞪我干什么！你小子桃花运来了，反正你要抓住一个。我觉得都不错，你年龄不小了，我们那些同学就只有你单着了，你好不好意思呀？而且你不是孝子吗？你父母、你奶奶见到我一次就叮嘱我一次，我都不好意思，好像你没结婚是我的错一样。你今天跟我说清楚，你到底选谁？这几年你一直不交女朋友，我以为你是忘不了云舒，或者总是拿别人和云舒做比较……"徐智勇每次数落起沈梦远就没完没了。

"知道了！"沈梦远不耐烦地打断他，"我们吃了饭再谈好不好，让别人等久了不好。"

徐智勇连声说："懂了懂了，你更在乎里面那位。"

徐智勇是互联网法庭法官，他不仅对互联网审判很有经验，而且对法律与科技的融合充满兴趣，所以与沈梦远和张宁远有很多共同语言，平常有时间也会在一起互相讨教和交流。

那天晚上徐智勇大致介绍了法院和检察院系统运用人工智能的情况，文熙发现自己最多只能听懂80%，好多术语太陌生了。

"你说得简明些，人家是在用外语听。"沈梦远观察到文熙的表情，感觉她明显地跟不上。

徐智勇连忙说："对不起，我这人就这样，一激动就忘乎所以。"

沈梦远揶揄道："你比张宁远还要王婆卖瓜，自卖自夸。"

徐智勇叫道："我在帮他推销。"

"他们俩都比我善于表达。"张宁远有些害羞地对文熙说，"我习惯了在实验室与机器打交道，不善于推销自己。"

"是，我二哥也是这样，他也是学计算机的。"文熙露出理解的笑容。

"哦，在哪个学校？"张宁远饶有兴趣地问。

"麻省理工。"

张宁远马上露出崇拜的眼神："好厉害！计算机专业排名全球第一！其实你可以把我们的资料给你二哥看看，相信他会坚定你们的投资信心。"

"真的吗？"文熙抬头望着张宁远，"不怕泄露秘密吗？"

"没关系，我们已经申请了知识产权保护，都是沈梦远帮我们做的。"张宁远说。

文熙和他们谈得非常投机，张宁远和徐智勇也向文熙请教美国法律人工智能的应用情况。沈梦远虽然没有发问，却也在一旁静静地听着，没想到文熙对法院系统这么熟悉，而且还谈到了国际法院的情况。

一晃两个小时过去，文熙打了个哈欠，感冒了确实精力不足。没想到沈梦远也跟着打了个哈欠，看了看手表，就说是不是可以结束了。

"你昨晚干什么去了，这么疲惫。我们好不容易逮着个机会向文熙同学请教！"徐智勇呵斥。

"这几天太累了，去天华出差。今天下午又跑了五个地方，录制快闪，还站得笔直。"沈梦远抱怨道。他总不能说"我昨晚没怎么睡觉，照顾文熙去了"吧。

张宁远连忙说"谢谢"，就说改天再聊，并告诉文熙想了解什么情况可以随时问沈梦远，最后拜托她在许愿面前多美言几句。

那天晚上，徐智勇和沈梦远也没有留下来单独再聊那个话题，因为徐智勇已经能够判断现在沈梦远的态度。再说，那份青葱岁月的好感，究竟能维持多长时间呢，尤其是一个男人被伤害、被践踏过的尊严，还能拾得起吗？

徐志勇同时又有种感觉，此刻的沈梦远和文熙，就像当年的沈梦远与云舒。一份美好的情愫，介于友情和爱情之间，如果两人都向着同一个目标共同前进一步，肯定能结出爱情的果实；如果两人都迟疑不前，那就是昙花一现。

因为云舒的事，沈梦远心中有阴影，他很难主动向一个女孩走出那一步，尤其这个女孩还是个外国人，只是偶然来这里过个暑假而已。所以，徐智勇就想给他们添把火。

第十四章

论"和解"是怎样炼成的

陆文隽深夜与父亲和二叔开了一个简短的视频会议,二叔是陆家金融公司的 CEO,他们就陆文隽的 S 市之行讨论陆家金融进入中国的计划。

陆天皓兄弟非常看重 S 市金融开放后的外资银行牌照。上海虽好,但对于他们这种小银行来讲竞争太激烈,不如主动进军二线城市。

以前,外资银行来中国设立分行有两百亿美元总资产要求,把规模较小但经营有特色、有专长的银行挡在门外。陆家的银行就是这样。现在不仅取消了这一限制,而且外资银行分行获批开业后可直接开展的业务也比以前更丰富,对政府债券不仅可以买卖,也可以承销,可以代理收付款项,吸收中国境内公民人民币定期存款的最低门槛由一千万降到五十万,还可以申请获得银行间债券市场 A 类主承销牌照承销企业债券。

"统计数据显示,境外机构已经连续十五个月增持中国债券,目前境外投资者持有中国债券已经突破两万亿元,中国债券市场也更广泛地得到国际市场接纳,逐步被纳入多个国际主流指数。我估计，未来几年外国金融公司可能投资人民币七万亿至八万亿元的中国境内资产。"二叔雄心勃勃地预测。

"我们进军中国要聚焦既符合中国经济未来发展方向，又能发挥我们自己的优势和专长的领域，明年还可以成立自己的独资公司，挤入我们擅长的期货市场。"陆天皓同样信心十足。

二叔下线后，陆文隽单独向父亲汇报了 S 市与天华公司的大股东 H 市政府就禁止令的沟通情况。

陆天皓听了颇感诧异。就在半个小时前，文熙给他来电话也提出了 LR 应该与天华和解的想法，他来不及深思，但认为有一定道理。

"你怎么看？"陆天皓问文隽。

"和解肯定可以，关键是怎么和解？是单独就禁止令呢，还是所有问题一并解决。"陆文隽说。

陆天皓说文熙的思路是一揽子全部解决，同时还要加强合作。

陆文隽跟父亲汇报了中国的反垄断调查情况，正好前几天他在上海就遇上了。这已经是第二次来搜查，又带走了很多资料，几天之后，他将亲自向调查机构做一次汇报。

"确实很棘手，不说可能开出的巨额罚单，单是这么查来查去，就有泄露商业秘密的可能，也许还会查出其他什么问题。如果要和解，就把反垄断调查和法院的禁止令一并解决，这是天华公司架在 LR 头上的两把刀。"陆文隽说。

"是，而且欧盟反垄断机构也要调查我们，美国的消费者又在起诉我们，仿佛我们成了人类公敌，这对我们的形象是很不好的。如果 S 市政府有意撮合我们与天华和解，那自然是好事，但一定要把反垄断问题解决掉。同时，如果中国的法院判我们专利侵权，也是一件很丢人的事。"陆天皓也赞成儿子的意见，要他好好想想怎么和解，跟文熙多讨论。

早上，文熙和沈梦远一到办公室，沈梦远就迫不及待地拿出他做的天华和 LR 公司的和解方案。

当文熙听到 S 市政府也有意促成天华和 LR 坐在谈判桌上，立刻意识到这对于天华是个绝好的机会："那好啊，正好不让你们做主动的那一方，先提出的一方终归是处于劣势，让 S 市和 LR 公司去谈。"

文熙话一出，感觉自己好像站到了天华一边，马上又自言自语："我这是公正，不偏不倚。"

"中国的反垄断调查对 LR 的威慑力究竟有多强？天华的这个筹码有多重的分量？"这是沈梦远非常关心的问题，那天晚上他和文熙也交流过，今天做方案需要细化。

"美国大公司特别忌惮反垄断调查，为此付出的代价会很大，而比金钱损失更严重的是企业的社会形象受损，商业秘密等敏感信息的泄露，以及被拆分失去垄断地位。"文熙说，"美国的反垄断调查特别有意思，聘请的专家也许正好曾经效力于接受调查公司的竞争对手，甚至是投诉人公司，而且说你垄断总是不好的，因为垄断是与社会为敌，是与广大消费者和中小企业为敌，所以很多公司会主动和申请反垄断调查的公司进行谈判，达成和解，换取撤诉。所以天华的这个筹码可能是最重的。"

"近几十年美国都没有反垄断拆分了吧？我记得之前是

1984 年拆分了一家电信巨头公司。"

"是的。但是近几年，排名靠前的已经嵌入数十亿人电子生活的科技巨头公司越来越充满恐惧，另外公众也对科技巨头的垄断充满恐惧。"

"的确是这样，现在公众和中小企业已经没有选择的自由，很多时候不得不接受霸王条款。"沈梦远点点头。

"如果 LR 在中国被处罚，可能罚款多少？"文熙问道。

"根据《中华人民共和国反垄断法》第四十六、四十七、四十九条，如果认定为价格垄断，将处以上一年度销售额1%—10% 的罚款。LR 上年度销售额一百多亿美元，按上限处罚，超过十亿美元吧。"沈梦远边说边在电脑上摆弄着。

"LR 公司在美国起诉天华公司的案子，你怎么评估？"文熙问沈梦远，她知道 LR 公司其实并没有太大把握。

"我认为他们是不可能胜诉的。天华是中国公司，而且诉讼涉及的产品也没有在美国销售，甚至都没有量产上市，即便天华真的侵权，LR 也应该在中国起诉，美国法院怎么可能有管辖权呢？美国法院不可能做出滑天下之大稽的判决吧？你说呢？"沈梦远反问。

"但是 LR 不会这么认为，就像他们坚信自己没有侵犯天华的专利权，可中国法院还是给他们发出禁止令，诉讼中的双方都总是认为自己是有道理的。"文熙说。

"但你得看证据呀，天华是有确凿证据的。可 LR 提供的证据叫证据吗？仅仅只是天华在美国会见设备供应商，在美国的半导体协会网站发布招聘信息，以此认为天华窃取 LR 的商业秘密，这是什么强盗逻辑？"沈梦远提高了声音。

文熙有一丝难堪，好像沈梦远在批评自己一样。她也认为LR败诉的可能性极大，但是LR已经习惯于发动专利诉讼逼对手庭外和解，哪知天华一直不妥协，坚决把法律程序走到底。

"不好意思啊，我太入戏了，你又不是LR的人，我跟你急什么呀。"沈梦远也注意到文熙情绪的变化。

文熙心里惊了一下，心想，如果哪一天沈梦远知道她就是LR的人，他会怎么样？他会难以接受吗？他会理解她吗？他还会喜欢她吗？想到这里，她再次提醒自己一定要公正，尤其不能害了沈梦远。她来的初衷就是为了和平、为了双赢，现在跟沈梦远在一起的时间长了，她感到自己的天平在偏向沈梦远，她想帮助他。

沈梦远的手机响起来，是天华公司法务部总经理杨乐打来的，告诉他台湾方面案件的进展情况。

"本来在法律上，LR没有足够的证据，新时代电子公司反而有很多证据证明是自主研发，其相关研发记录一直做了保留……"沈梦远接着电话，双眉紧蹙。

文熙在一旁偷偷地听着，她一直很想知道LR所谓盗窃商业秘密一说究竟在法律上有多少证据站得住脚。在世界各个国家和地区，侵犯商业秘密罪都是最难界定的，尤其是原雇主与离职员工之间的商业秘密纠纷。

"但是美国是以《经济间谍法》来侦办案件，把商业秘密作为维护美国科技垄断的武器来使用，钓鱼执法、构陷诱捕等等什么都可以，你说怎么弄？"杨乐苦笑道。

"是啊，所以要提防新时代电子公司与司法机关达成某种交易，不排除与天华毁约的可能，LR的目的是想阻止天华的量产，完全可能施压新时代单方面撤出合作。"沈梦远担忧地说道。

"对，有可能。被黑客攻击的鉴定也很难。"

LR 和司法部门指证王逸上传 LR 的几百份机密文件至个人的云端服务器，王逸方则坚称是被陷害，遭到了黑客攻击。当然，这些文件是否是商业秘密也还存在分歧。

文熙注意到沈梦远沉重地放下电话，就过来递给他一杯果汁，这是早上点的外卖。

"近年来美国政府积极推进商业秘密保护政策，用《经济间谍法》进行超强保护，不少外国公司因涉嫌窃取美国公司的商业秘密而被美国司法部调查起诉。而且好像今年还提出了'中国行动'计划，准备针对中国企业实施更广泛的'长臂管辖'，其中商业秘密是该计划关注的重点之一。"文熙就刚刚他们的讨论提醒道。

"是吗？"沈梦远看也没看，接过果汁就喝，刚喝了两口就没了，一看是文熙把自己喝过的半杯给他了，上面还有口红唇印。

"不好意思，拿错了。"文熙吐了吐舌头，又连忙递上那杯新的，并说自己感冒已经好了，不会传染。

"这儿有吗？"沈梦远不好意思地指了指自己的唇，并不是怕她传染。

文熙恍然大悟，原来沈梦远是怕沾上了杯子上她的口红。文熙咯咯咯地笑，骗他说有。沈梦远脸更红了，连忙扯了张纸巾使劲擦。

"没擦掉，没擦掉，我来。"文熙从自己包里拿出张湿纸巾，不由分说在沈梦远嘴上擦来擦去。

"擦掉了吗?"沈梦远被她捉弄着。

"没擦掉，别动，擦花了。"文熙咯咯地笑，觉得沈梦远的样子真可爱。

沈梦远突然反应过来，一下抓住她的手："你骗我。"

"没有，真的。"文熙挣脱开他的手，继续嬉笑，没想沈梦远用力一抓，文熙没站稳，一下扑到了他怀里。

时间仿佛静止了两秒钟，他们四目相对，嘴唇也靠得很近，彼此能听到对方的心跳……沈梦远回过神来，连忙松开文熙的双手，轻轻把她推开，然后不自然地咳嗽了两声。

文熙望着沈梦远，她的心还在怦怦跳着。其实，她隐隐在期待什么，而沈梦远这轻轻一推，让她有一丝落寞。就像拖沓的剧情，老是达不到高潮，看着着急。

自从沈梦远照顾生病的文熙那晚后，沈梦远和文熙的关系好像有了实质性突破，虽然什么都没挑明，却很暧昧。有些只有恋人之间才有的亲昵举动，在他们之间也成了自然而然。

可是沈梦远却不敢再进一步，对于感情，他从来不是主动的一方，他怕冒犯对方，他怕抓不住未来。

许愿和张宁远公司的合作事宜也在推进。

张宁远又接到了许愿电话。他们先聊着那个投资项目，聊着聊着，两个人有了更多的共同语言。他们都在旧金山待了好几年，算起来张宁远在伯克利读书的时候，许愿就在斯坦福念书，而且他们还同在硅谷工作过，竟还有共同认识的人，那人今年也回国了。

"现在越来越多的人都回国了，你觉得国内怎么样？在美国待得好好的怎么就想着回国了，你们在美国也同样抢手啊。"许愿连续发问。

"其实我回国的时候并不太情愿，因为……"张宁远停了停，当时是他父亲逼他回来的。但他不能说，也不愿说，连沈梦远都不知道。

"因为种种原因，"张宁远只能这么含糊着一带而过，"但还是觉得回来对了。国内创业的环境很好，市场很大，尤其人工智能这一块，现在基本和国外在同一条起跑线上，而且是人才的净流入地。"

"法治环境怎么样，你觉得？"许愿着急地问。

"不错啊，世界银行发布的营商环境报告，中国的排名这几年进步很快，法治进步功不可没。其中'司法程序质量'指数雄居全球第一，'执行合同'指标全球第五……"

"你一个搞技术的，怎么把这些记得这么清楚？"许愿扑哧笑了，转而又道，"也是的，你是搞法律人工智能的嘛，必须要知道这些指标。"

"对呀，其实从中国大力推动法律科技发展也可以看出中国要建设法治国家的决心，因为法律与AI的结合，客观上必然促进法治进步。"这话要从别人嘴里说出来也许有豪言壮语的感觉，但从张宁远这个搞技术的人口中说出来却让人感到特别实在。

"那就好，但愿如此。"许愿吐出这几个字后沉默了好长时间。

张宁远像想起了什么，吞吞吐吐地说："听沈梦远说，你之所以对我们这个项目感兴趣，是因为你们家遭遇了司法不公，所以你……"

"是啊，所以我看到这个项目眼前一亮。刑事案件是最让人恐惧的，我父亲两次被抓，这对他自己和家人身心的戕害摧残，没有亲身经历过，是无法体会的。"许愿幽幽地说。

张宁远安慰了她几句，然后说自己其实也是理解的，因为母亲在检察院工作，从小就经常听到大人谈论这方面的事情，知道冤假错案对一个家庭是毁灭性的打击。现在搞法律人工智能这个有点儿偏冷门的东西，肯定有此渊源，母亲也特别支持鼓励他研发这套刑事智能辅助办案系统，给了他很多启发。

"啊，原来你还有位这么伟大的母亲！"女强人总是对女强人感兴趣，"都说成功男人背后都有一个伟大的女人，原来你背后的伟大女人是你妈妈。"许愿笑道。

"我哪里成功啊，差得远了。"张宁远谦虚地说，"但是我妈妈的确是个很有正义感的检察官，她手上就平反过冤假错案。"

"你妈妈在上海的检察院吗？也是学法律的吧，不会和沈梦远是校友吧？"许愿开着玩笑。

"不是，在北京，她是北大法学院毕业的。"

"哦，那你是北京人？你怎么不在北京要去上海呢，北京中关村不是相当于中国的硅谷吗？"

"我是北京人，这个，很多原因……"张宁远经常被问到这个问题，他多是这样回答。

"你爸爸呢，你爸爸是做什么的？"许愿随口问道。妈妈都这么优秀，爸爸自然也不会差。

"他，这个……他就是普通的公务员。"

听张宁远吞吞吐吐，许愿马上找其他话题岔开了。她以为可能张宁远的父母离了婚，他是跟妈妈一起生活的。不只是许愿有这种感觉，很多认识张宁远的人都这么认为，但绝不会说破。

明天晚上，妈妈和爸爸就要来看自己了。想到这里，张宁远心中涌起几丝不爽，因为父亲在他心中就是个不祥之兆。

和解方案最终完成，沈梦远和文熙伸伸懒腰，满意地相视而笑。

"要是你不走该多好啊！"沈梦远脱口而出，眼光中有一丝不舍。

"那你请求我留下啊！"文熙不失时机地开玩笑。

"不敢。"沈梦远低下头。

"为什么？"文熙盯着沈梦远，真想看透他。

"不为什么。"沈梦远终于抬头看着文熙，羞涩地笑笑。

"沈大律师在谈判桌上和法庭上的雄风呢？有什么不敢？"文熙继续盯着沈梦远，有撩拨的意味。

"因为不可能。"沈梦远也看着文熙的眼睛，既然她已经说到这儿了，就不妨直说吧。

"你又没试过，怎么知道不可能？"

"那我现在说，你会留下吗？"沈梦远认真地看着文熙，也不知道自己哪来的勇气。

他真是舍不得她走。

这下轮到文熙吃惊了，一下子不知说什么好，她没料到沈梦远会这么说。再看沈梦远的表情，严肃、认真、紧张、期待，喉结一鼓一鼓的，她显然不能在这个时候拒绝他，那会伤了他的心。

文熙对沈梦远甜甜一笑，说："好啊！我毕业了就来，寒暑假也可以来。"

"真的吗？"沈梦远舒了一口气，表情变得柔和，心中暗自高兴，可眼睛还是没有离开文熙，想从她的脸上得到确认。

"真的！"文熙伸出手，放在沈梦远的手上。两人击掌为誓，都觉得像做梦一样。

沈梦远就此给文熙规划起未来的中国职场生涯，什么美国律师所的中国代表处呀，跨国公司呀，著名大学或官方机构的全球人才招募呀……

文熙问大法官可以吗？

沈梦远说那你得先取得中国国籍。

下午，沈梦远来到迅达公司参加一个会议。

这个会议由云舒主持。被沈梦远拒绝后云舒一直耿耿于怀，也一直找机会想再见到他。反正他是公司的法律顾问，办法有的是，私事见不了，公事还不行吗？

"怎么没带你女朋友？"云舒见沈梦远带了个男生过来有些诧异，但随即心里窃喜，可能文熙不是他女朋友，所以带来怕穿帮。

沈梦远故意带了王冬阳一起来，为了避免以后与云舒的频繁接触，他决定以后主要由王冬阳来对接迅达公司。

王冬阳显然听清了云舒的话，脸上一惊。云舒又从王冬阳

176

的神情上得到了印证。

"以后就主要由王冬阳律师具体对接你们，他跟你们这边都比较熟了，林弘知道。"沈梦远给他们做了介绍。

今天的会议主要讨论"深度合成"技术的法律和伦理风险以及如何治理。

深度合成技术是人工智能发展到一定阶段的产物，其发展可能会带来一些全球性问题。迅达公司不愧是领先的人工智能企业，已经率先关注该如何构建良好的治理框架，促进该技术的妥善应用以及向上、向善发展。

"……以往社会上爱用'深度伪造'（deep fake）这个词来替代'深度合成'（deep synthesis），这是很不科学的，它强调这个技术潜在的欺骗性，容易给技术发展带来污名化影响，也不符合科技向善的特点……"云舒是今天会议的主持，因为她在这个问题上比林弘更熟悉，这份熟悉让她显得气场十足，游刃有余。她不时地瞟向沈梦远，看看他在做什么，他在注意她吗？在倾听她的讲话吗？

此时的云舒充满了优越感，她想她一定比那个文熙更优秀，更闪亮吧。沈梦远不喜欢绣花枕头，他喜欢优秀且充满智慧的女生。她就是要多叫他来开会，让他欣赏她，不由自主地靠近她。

沈梦远自然是在认真听她讲，也为她高兴。不管怎么说，他希望看到她进步，看到她学成归来，看到她成功。从上次的谈判，到这次的发言，平心而论，云舒的确已经非常成熟老练。她加盟迅达，也是迅达慧眼识才，得到了一员虎将。

第十五章
我喜欢你

张宁远在机场接到了几个月不见的妈妈。

妈妈侯雪梅在北京工作，是一名优秀的检察官，曾获得过"全国十佳优秀公诉人"称号。今天来上海是下周一要在上海参加一个会议，因而特地提前来和儿子一起过周末。她穿着一身深蓝色西服套裙，稍微卷曲的短发，干练而不失优雅。

"我看看，好像又瘦了，你要好好吃饭。"侯雪梅疼爱地端详着儿子。

"这段时间太忙了，公司在融资。您看起来精神还不错。"张宁远随口说。

"再忙也要注意身体……"

"我朋友爸爸看病的事怎么样了？"张宁远没等妈妈把话说完就急切地问。许愿跟他聊天中说到医生建议她爸爸去北京的医院看看，正好张宁远的舅舅在协和医院，他就主动帮忙联系。

"你舅舅联了两家医院的专家，随时都可以去，他们这两周都在，提前联系就可以了。"妈妈说。

"谢谢妈妈！"张宁远高兴之余又吞吞吐吐，"您……可以去机场接他们吗？还有，订个酒店？他们人生地不熟……"他跟父母说话显得很生分，还没有跟朋友来得直接。

"当然可以啊！儿子，你想让妈妈做什么你就说，不要不好意思。"张宁远妈妈的脸上堆满笑容，又有点儿埋怨的意味。这个儿子真像是别人家的儿子，对他们总是客客气气，缺乏亲热感，更不会撒娇，也不轻易向他们提要求。

张宁远带妈妈上了车，又郑重其事地解释："主要是我这个朋友对北京不熟，很多年没回国了，而且又是个小女孩，还带着生病的父亲，所以才麻烦妈妈。"

"是个小姑娘？你的朋友？"侯雪梅一下子瞪大了眼睛，自从张宁远上初中有了男女界限的认识以来，他的朋友中何时有过女孩子？

"不是那种朋友。"张宁远马上纠正，生怕妈妈误会，"也不是很小，二十八九岁吧，反正比我小。是我同学的表妹，她在美国的一家投资公司工作，这次主要是回国考察我们公司。"

在张宁远心里，他帮助许愿，并不完全因为她是投资方，而是觉得这个小妹妹比他们小了好几岁，很可怜，也很优秀。小小年纪出国，独自一人在国外打拼，有家难回，但是感觉性格比他阳光，直来直去，让人不用费心思去琢磨，而且还那么帮他。不管最后成功与否，他都感谢她的帮助。

"对了，妈妈，她听说您是检察官很崇拜您。"张宁远难得跟母亲说笑，也难得打开话匣子，就把许愿对他们的法律人工智能系统感兴趣的原因，以及她家的遭遇，简单讲了一遍。

"是吗？妈妈还高兴了一下，以为我儿子有女朋友了呢。"侯雪梅笑起来。

难得儿子开金口，妈妈马上表态："一定好好接待。小姑娘孝心可鉴，对其家庭不幸也深表同情，而且还是好朋友的表妹，怎么也会替儿子好好尽地主之谊，至少带他们尝尝北京烤鸭。"

"妈妈，您真可爱，太接地气了！"张宁远知道，妈妈的性格本来就豪爽率直，是有人情味的，都是因为爸爸不好。

"他不在身边也好，如果他在您的生活一定很受拘束吧，等他退休了您再跟他一起生活吧。"张宁远一高兴，口不择言。说实话，以前他真希望母亲能和父亲离婚，还对母亲说过这样的话，但被母亲严厉批评了。

在他的印象里，父母是不会离婚的。平时，亲朋好友想请他们吃个饭都难，父亲好像随时都警惕着谁会去腐蚀他们，他和母亲好像也没什么朋友。母亲的性格以前还是开朗乐观的，后来也和父亲一样了。

父母是北大同学，毕业后一起去了检察系统，后来父亲因工作需要调到另一系统工作。父子之间见面很少，也很少交流，难得坐下来聊聊天，大多是父亲对他进行传统教育和廉政教育，还不让他对外说他爸爸是谁。这一直让张宁远很憋屈。

家是家人团聚的地方，是爱的港湾，但他家是严肃的，甚至是冰冷的。爸爸对他说教和训斥时妈妈从来不帮他，感觉妈妈也怕爸爸，或者二人之间并不幸福。家和实验室相比，他更喜欢实验室；人与机器相比，他更喜欢机器；现实世界与虚拟空间相比，他更喜欢虚拟空间。

清华本科毕业他就逃离了那个家，以全额奖学金去了伯克利大学读书，并打定主意以后就留在美国。没想到三年前，父亲给他下了回国的死命令，还让妈妈飞去美国硬把他拖回来。在妈妈的泪水攻势下，他无可奈何地随母回国。

既然回国了，本以为可以在北京安居，可父亲做了个更不近人情的决定，告诉张宁远，如果想创业就必须离开北京；要留在北京可以，不许创业，理由是远离北京没人知道他是谁的儿子。

这个决定，连一向对父亲百依百顺的母亲都觉得不可思议，跟父亲大吵了一架。张宁远更是对父亲撂下狠话："我会离开北京，但不是为你离开的，是为了证明自己离开的，我们断绝父子关系！"

于是，张宁远南下去了上海，白手起家，也有了今天的事业。但没想到的是，今年父亲竟然调来华东的 A 省任副省长，又希望他离开上海，离开华东。

"在儿子心中妈妈竟然是这样的人吗？那可不好，妈妈要改正。"看儿子心情好，侯雪梅非常高兴，就想试着和他多说几句。

张宁远觉得今天真畅快，想什么都一股脑地说出来："您退休了就到上海来跟我住在一起，别跟爸爸住，等他退休了再说。"

"好，听儿子的。"侯雪梅笑笑，手背手心都是肉，两个人都犟，她只能夹在中间，两边受气，也两边做和事佬，"你爸爸说他约过你几次，想一起吃个饭，你都不见他。"

"有什么好见的，见了肯定吵架。"张宁远没好气地回答。父亲调来 A 省快一年了，就是母亲来时见过一次。

"你们之间有必要这么剑拔弩张吗？再怎么说也是父子

啊。"侯雪梅无奈地笑笑，又语重心长地说道，"你爸爸每次打电话都在问你的情况，关心你有没有女朋友啊，公司运转怎么样啊，身体怎么样啊，叫你不要太透支身体……"

"妈妈，您可不要跟他透露我的任何情况，否则我以后就不跟您说了。今天说的这件事您也不要跟他说，公司的事您也不要跟他说，我怕本来好好的事情他知道了反而不好了。"张宁远对父亲抱有戒心。

"不说不说……但是你也不要这样批评你爸爸呀！他是严格了点儿，甚至有些不近人情，他有他需要改正和克服的地方，但他没有大错。你也看到了很多案例，有的人腐败，是一家一家地倒下，即使只倒下一个，也是一家人甚至一个家族的厄运，两相比较，你想有个什么样的父亲？"妈妈继续苦口婆心地劝他。

"我想有个正常的父亲。"张宁远在红灯处停下车，认真地看着妈妈。

但是，他心里郁闷的是，明明讨厌一个人，但理智告诉他那个人又没什么错，公正无私严以律己错了吗？但是自己也没错，要怪就怪自己生在这样一个家庭吧。

时间过得真快，转眼又到周末了。

下午快下班时，文熙接到大哥的电话，约她晚上一起吃饭，说有些重要的事情要谈。

文熙可舍不得晚上去和他吃饭，她想和沈梦远在一起，沈梦远说了今天晚上要跟一个重要客户吃饭。文熙就跟大哥撒谎说美国有个好朋友来上海了，约好了今晚吃饭，要么她晚上回去跟他通电话，要么明天找他。

大哥想了想，叫她干脆今晚回家住，他们和父亲来个视频会议，一起讨论几个问题。

大哥告诉文熙，这几天真是忙坏了，他亲自带队给反垄断调查机构汇报情况，还飞了深圳和北京两个城市与大客户商谈禁止令的应对方案，现在大客户的存货基本上全部用完了，双方都很着急。

文熙答应了，她也正想找机会说服父亲和大哥接受与天华的和解。

今晚饭局是朋友介绍的，有家公司要和沈梦远谈IP尽调（知识产权尽职调查）。

到了吃饭地点，文熙第一次见到了沈梦远的专利事务所的负责人任海鹏，也是个男生，年龄比沈梦远大一点，戴个眼镜，非常精干。对方是三个人，分别是公司总经理、法务部长和知识产权专员。

"身边有的企业因为知识产权问题遭遇重大损失，甚至灭顶之灾，这给我们敲响了警钟，一定要专门做一个IP尽调，而且是全球的。"落座不久，总经理便开门见山。

"很多公司把知识产权纳入法律尽职调查范围内，您能主动想到这一点，真是高瞻远瞩。"沈梦远说。

"不重视不行啊，我身边就有活生生的案例。把知识产权纳入法律尽职调查范围内，其实调查内容还是很有局限的。"

"是的，"沈梦远接过话，"专业的IP尽调要依托懂技术、市场、法律和知识产权的专业团队进行调查，内容非常广泛，不仅要调查传统的知识产权数量、有效性、权属、已有纠纷，还要预测知识产权纠纷风险、技术成熟度、可实施性、技术发展趋势、核心专利解析等等。"

"沈律师确实很专业，这正是我们想要的。我们也想要客观、科学地评估知识产权价值，为项目顺利实施提供知识产权战略规划等专业意见。"公司知识产权专员称赞。

沈梦远在这种场合总是能展现他的专业和经验。但他想不到的是，云舒此时也正好在这栋大厦有个公务应酬，饭桌上，她优雅自信地跟大家交流着。

沈梦远与对方一拍即合，兴致高涨。

晚餐结束，沈梦远和文熙说说笑笑往停车场走去，成功的喜悦让两人情绪高昂。

"说你是我们团队的，不介意吧？"沈梦远问。

"本来就是啊。"文熙调皮地笑。

"不要反悔哦，说了读完书回来的。"沈梦远小声地说，却不好意思看文熙。

"哦，我明白了，就是想让我为你工作。"文熙故意这么试探沈梦远，侧着身子看他的反应。

"不是的。"沈梦远扭头望着文熙，生怕她误会。

"那是什么？"文熙狡黠地一笑。

沈梦远没有回答，害羞地平视前方。不经意间，他看到云舒向这边走来，而云舒也看到了他们。

文熙见沈梦远的表情有点儿异样，顺着他的视线看去，那不是上次撞他车的漂亮女部长吗？

沈梦远一把揽过文熙："看什么，我脸上有东西吗？"

这反倒把文熙搞蒙了，看着他放在自己腰上的手，还有暖昧的笑，暗想怎么来得这么突然，这不是沈梦远的风格呀。

"不要动，不要说话。"沈梦远使劲眨了两下眼睛。

文熙马上会意，也堆起笑容。

但是为什么是云舒呢？她不是刚从美国回来吗？而且刚认识沈梦远。沈梦远女人缘这么好吗？不管那么多了，反正被沈梦远搂着的感觉很幸福。

"沈律师，这是你女朋友吗？原来上次撞的是你女朋友，真不好意思，得罪了。"云舒和他们打招呼，表情很怪，尤其是看到沈梦远的手搂着文熙的腰，更是上火。自己和他认识两年，也只不过牵牵手而已。

沈梦远把手放下来，彬彬有礼地说："没关系。"

云舒却突然对文熙说："你知道吗？好几年前我也做过他的实习生，不，准确地说是他师父钟华政的实习生，基本上每天都和他在一起，就像现在的你们。"云舒特别强调最后一句话，伴有挑衅的眼神。

沈梦远难以置信地看着云舒，不相信她会说出这样的话，然后又望向文熙，不知说什么好。其实最尴尬的还是文熙，她压根不知道沈梦远和云舒以前的关系，又被无辜地扯进了一出恩怨大戏，但是既然沈梦远给了她暗示，她就要扮演好自己的角色。

"云总，谁都有过去，珍藏在心底就好，有的话没有必要说出来。我们祝福你！"文熙落落大方地说，然后很自然地挽着沈梦远的胳膊。

沈梦远厌恶地瞟了云舒一眼，挽着文熙而去。

云舒望着他们的背影，眼光中有嫉妒，有惆怅，有后悔，有自取其辱后的报复欲。她怒气冲冲地上车，从他们身边经过时故意按了一声喇叭，让车子替自己发泄。为什么他们分手了沈梦远能过得那么好，自己却那么不幸，这不公平！为什么一个刚从美国来的小女生就能马上跟他好，而自己却不能，自己哪一点比不上那个女孩？

到了车上，沈梦远没有发动车子，默默地坐着，他觉得应该给文熙一个解释。

文熙也静静地坐着，有一丝失落。虽然沈梦远跟她说得很清楚，是配合他演戏，但她却真的入戏了，有被男朋友的前女友挑衅的不悦，还有一丝羞辱感。

"对不起，让你难堪了，我……"沈梦远小声地说。

"没关系，反正是演戏嘛。"文熙笑了笑，有点儿苦涩。

沈梦远感到心好疼，文熙显然是误会他了，以为他利用她来摆脱前任的纠缠。可是她不知道男人往往是用玩笑来表达自己的真心，如果让文熙误会，让文熙难过，他就豁出去了。

"不是的，不是演戏！"沈梦远终于蹦出这句话，声音有些激动。

"那是什么？"文熙步步紧逼，像对男朋友生气埋怨的语气，盯着沈梦远微微发红的双眸。

沈梦远没作声。

"那是什么？"文熙很执着，把脸凑得更近。

"我喜欢你！"沈梦远再也不想控制自己的感情，"你刚刚不是问我，希望你留下不是为了工作是为了什么，我不敢说，我喜欢你……"沈梦远不再躲避文熙的目光，反正准备豁出去了。

他喜欢她，不知从什么时候开始就喜欢她，喜欢跟她在一起，喜欢跟她讨论各种问题，喜欢她静静地坐在旁边，喜欢跟她一起上班下班，一起吃饭，喜欢她望着他的眼神……可是他不敢多想，更不敢说，她就是来过一个暑假，而后便会离开，因为她是美国人……他们之间是不可能的，也许他们之间又会上演他和云舒那样的故事，那是他不想走的那一步。

终于逼沈梦远说出了这句话，文熙心里咚咚直跳，一方面充满甜蜜和满足，另一方面却不知所措、忐忑不安。

她也喜欢他，可她是要走的，而且他们之间基本是不可能在一起的，她自己明白，而沈梦远却不知情。如果她不逼他，照沈梦远的性格，永远都不会说出来，他们都会把这份喜欢埋在心底，他们以后或许会成为朋友。可她现在逼他表白了，她该怎么办？

她既不能拒绝他，也不能欺骗他。

不能给他任何承诺，却又给他希望。

她这时真的非常讨厌自己，明明不可能，却非得逼别人表白，真是不道德。沈梦远是认真的，他一定会受伤吧？他以后知道了实情会恨她吗？

沈梦远看到文熙眼中的惶恐和不安，只以为是突然的表白吓住了她，连忙说"对不起"。自己怎么会这样，竟然对认识不到一个月的女孩说喜欢她，沈梦远觉得自己是疯了！你以为人家真的喜欢你吗？

"对不起什么？因为喜欢？"文熙看到他额头的汗滴，扯了张纸巾给他擦汗，开了句玩笑，"不至于说个喜欢你就紧张成这样吧。"

"哦，忘了开空调。"沈梦远傻笑，启动车子。

一路上，两人反而变得沉默，不像以前在车上有说不完的话。但是这沉默不是那种令人压抑的沉默，而是有点儿害羞的小温馨。两人不时偷偷地瞟对方一眼，又很快收回视线，目光中满是柔情。

"在我的怀里，在你的眼里，那里春风沉醉，那里绿草如茵……多少年以后，如云般游走，那变幻的脚步，让我们难牵手……多想某一天，往日又重现，我们流连忘返，在贝加尔湖畔……多少年以后，往事随云走，那纷飞的冰雪，容不下那温柔……"

车载音乐中传来李健的那首《贝加尔湖畔》，这首歌是文熙在沈梦远的车上听会的，第一次听到就觉得音乐犹如天籁，歌词犹如诗歌，她还在手机上下载了。今天这个音乐一响起，两个人心里都震了一下。

沈梦远对这首歌可以说是非常熟悉，但没有注意过歌词，今天才第一次听懂了这首歌的含义。他和文熙会如这首歌所唱，"那变幻的脚步，让我们难牵手"吗？

文熙也是，今天她第一次听懂了这动人旋律背后的忧伤和无奈。是的，多少年以后的某一天，他们还会想起现在吗？还会希望往日重现吗？

"明年暑假我们去贝加尔湖吧？"沈梦远首先打破沉默。

"可以吗？你不是没时间吗？你不是从不旅游吗？"文熙很惊喜，没想到沈梦远会主动约她出游，还是去国外。

"突然想了。"沈梦远不好意思地笑笑。

"好，我先来中国，我们再一起去贝加尔湖。"文熙兴高采烈地说，又小声补充道，"可是我还想在这次回国之前先去西部旅游，敦煌、九寨沟，你陪我去吧？"然后可怜巴巴地望着沈梦远。

"你还有什么愿望？好好想想，都列出来吧，我想尽量满足你！"沈梦远很豪气。

"真的吗？太好了！"文熙乐得鼓起掌，"想和你看电影，逛街，还想吃你妈妈做的川菜，还想去参观法院……"

"好，这几个都没问题！就是去西部旅游真的够呛，我看看能不能安排出时间。"

文熙叫起来："你太狡猾了吧，我说怎么这么好，叫我都说出来，原来你只想选简单的做！"

沈梦远说不是，真的是这段时间都安排满了，他尽量去调时间，如果这次实在调不出来，那就明年暑假一起去。

"那明年一起去可要花很多时间哦，至少要半个月，你可以吗？"文熙用怀疑的目光望着沈梦远。

"不知道啊。"

"不知道你还说明年一起去，你好坏呀。"文熙嗔怒地打了一下沈梦远的胳膊。

沈梦远叫道："不能攻击掌控方向盘的手！"

两人打情骂俏了几句，文熙又问沈梦远有没有什么愿望希望她在离开之前为他做的。

沈梦远想都不想便说："多着呢，促成许愿回国，人工智能投资，海外尽调，最最希望的是天华与 LR 纠纷妥善解决。"

"你真是不客气呀，全是难度这么大的事，而且全是工作，还说希望我留下不是为了工作。"文熙假装生气。

沈梦远连忙否认，见文熙只是开玩笑，才说："你自己问我的愿望，我只有老老实实地说，我脑子里就想到这些。"顿了顿，沈梦远又开了句玩笑，"工作之外的愿望不是都被你安排了吗？我照单全收。"

文熙真希望自己能帮到沈梦远，晚点儿一定要在父亲和大哥面前好好表现，争取促成沈梦远的愿望。

文熙回到许愿家后又悄悄出门打车回到自己家，跟哥哥先交换了意见，就等着约定时间父亲上线。

"爸爸早上好！"陆文隽兄妹跟父亲大人打招呼。

"你们晚上好！很难得呀，你们兄妹一起跟我讨论。文熙在外面住得还习惯吗？现在回来和大哥一起住吗？"陆天皓早上起床看到陆文隽的留言就赶到会议室。

"她在外面习惯得很呢，我见她一面都难。"陆文隽告了妹妹一状。

三人拉了几句家常，很快切入正题。陆文隽召集这次视频会议主要还是想讨论 LR 与天华和解的事情。

从 S 市回来后，陆文隽也给父亲做了汇报，LR 公司也就与天华的和解问题做了初步分析。过几天，二叔就会去 S 市，陆文隽又将陪同前往，他迫切需要在天华的问题上有个明确的态度，如果能有个方案就更好了，而文熙刚好跟父亲表达了这一想法。

文熙分析了目前 LR 公司四面楚歌的局面，指出与天华的和解与合作才是最佳选择，其他的办法都是杀敌一千自损八百，实际是两败俱伤。

"所以这是双方都应该极力避免的。天华也意识到了这个问题，尤其是 S 市政府的斡旋，让双方都有了台阶下。我也在一直给沈梦远律师灌输和解的观点，我们俩在这个问题上有高度共识，而且已经共同完成了一个和解方案。"文熙说。

"哦？"父亲和大哥都同时望着文熙。

"效率快吧？"文熙得意扬扬，"我是谁呀！"

"说来听听，别吃里爬外呀。"父亲喝着牛奶，一脸轻松，他对这个女儿一向是很信任的。

"我绝对是站在不偏不倚的公正立场，要做大法官的人嘛。"文熙嘻嘻笑着，"第一，双方撤诉，一撤到底，重要的是天华不能上美国商务部的实体清单。第二，天华负责让 LR 公司反垄断调查达成和解。第三，天华与 LR 公司展开合作，要么成立合资公司，讼争的技术只在该公司使用；要么天华公司赠送天华的股份给 LR，天华继续使用该技术……"文熙简明扼要地介绍着。

"对反垄断调查的和解，天华怎么负责？天华与 LR 成立合资公司，LR 占多少股份？不成立合资公司，又赠送多少天华股份？"文隽追问，这才是关键。

"天华不仅会自己向反垄断机构撤回申请，还会说服其他公司撤回申请，这就会涉及费用支出，还有为 LR 省下的巨额罚金，这笔账也是要算入的；成立合资公司的话 LR 占 40% 股份吧，不成立公司天华赠送 5% 的股份给 LR。"

"知道上了美国商务部的出口管制实体清单，对天华意味着什么吗？"陆文隽问文熙。

191

"你认为是什么，会死掉？"文熙反问。

"差不多。所以天华给出的筹码还不够。"陆文隽笑道。

"不像你们想象的那样。就像宇通，美国刚宣布制裁，宇通就宣布启用'备胎'，天华也有备胎，而且他们大量采购了日系、韩系等设备和原料，即便美国断供，他们也可以小量生产。制裁宇通，就把宇通逼入绝境了吗？不，更先扛不住的是我们，现在 LR 肯定坐不住了吧？"文熙回敬道。

"天华岂能和宇通相比？宇通是巨无霸，制裁宇通真的可能是'杀敌一千自损八百'，但对于天华，可能最多自损两百。"陆文隽一副轻松的表情。

"错了，你们太轻敌了，他们那个完全自主知识产权的 AI 芯片就很厉害，没那么容易倒掉。再说你的目的就是想让它死吗？那何必劳神费事地打诉讼战，一开始就去游说制裁好了。"

"不多制造几起诉讼让矛盾升级，如何让政府出手？"陆文隽故意继续跟妹妹抬杠。

"天华真死了对 LR 有什么好处？损人不利己，两败俱伤。可是现在中国的半导体企业如雨后春笋，中国政府上万亿的半导体产业基金扶持，死掉一个天华算什么？可陆家只有一个 LR，输不起的是我们。中国芯片国产化的潮流不可阻挡，美国的遏制，反而会促使中国的自主研发提速，加快去美国化。LR 唯有闷声与中国企业合作才是出路，绝对不能牺牲自己把天华挑下马。"

……

文熙和大哥唇枪舌剑，陆天皓听得频频点头。争辩，让真理越辩越明。

陆天皓和陆文隽都不太主张走到制裁的层面，那是最后的底牌。如果那样，就不是两个企业的事了，而是走向两国间的政治法律战。LR既不想当英雄，也不想当牺牲品，何况陆家在中国还有那么多投资。

"刚刚你大哥说的那些是跟你讨论，未必是他的观点。宣布制裁宇通公司这一周多下来，全球芯片股的暴跌，对整个股市的拖累，大家都看到了。营收方面LR公司预期一个季度将下跌40%左右，而利润可能下跌90%左右，所以在目前的处境下与天华和解不失为上策。如果加上台湾工厂事故的损失，中国市场禁止令的损失，也许今年的利润连支付反垄断机构开出的巨额罚单都难。"陆天皓说了大实话。

"我这几天接触了两家反垄断调查申请人企业，要跟他们和解难度很大，一方面压低价格，另一方面还要允许他们免费使用部分专利，还不如把这些工作都交给天华去做，前提是他们能真正做好。他们行吗？期限多长？会不会只是他们的拖延战术？"陆文隽有些担心。这段时间他被反垄断调查的事搞得头疼。

陆天皓也望着文熙，这同样是他担心的事。文熙看看他们俩，说："既然天华承诺了就肯定有办法做到，一方面是市场化手段，另一方面是行政手段，这是他们寻求和解的重要筹码，他们是有底气的。期限问题，在合同中可以约束，我们可以设计条款来予以保障。"

"商场瞬息万变，见好就收最重要，时间拖得太久，结局也许就完全出乎意料。"文熙又强调。言下之意是LR应该尽快达成与天华的和解，否则过了这个村，就没有那个店了。

陆天皓突然想起什么，叮嘱文熙赶快离开沈梦远。

"别一不小心反而给别人当了人质。"父亲开玩笑道，然后叫文熙过几天和陆文隽一起回国。

"我还没去西部旅游呢！我自己回去。许愿马上要回国，我们俩一起去旅游。"文熙连忙说。她有自己的小算盘，如果她真的去旅游了，这样她还可以继续跟沈梦远在一起，可即使这样，她最多一个月后也得回国。想到这里她又黯然神伤，想多为沈梦远做点事。

文熙又跟父亲谈到对中国的法律人工智能项目投资的设想。陆天皓说真巧，文宸说他和妈妈准备来一趟上海，看看文熙，然后跟陆文隽一起回去。听说二哥会来上海，文熙感到人工智能投资的事成功了一半。

第十六章
唯有美食与爱不可辜负

沈梦远正陪奶奶在客厅看电视聊天，父母在厨房忙活着。他一回家就跟他们说想明天中午请许愿的好朋友来家里吃饭，要妈妈多做几个拿手菜。

妈妈很高兴，说早就该请人家了，一个小姑娘孤身一人在异国他乡可真不容易。

沈梦远点点头，跟父母也不再多说什么，只是一口气点了好几个传统特色菜，难度都比较大。

"妈妈，钵钵鸡的调料不要太麻了，比我们正常的稍微少放点儿花椒油，她吃辣的还行，但是麻就一般了。另外，麻婆豆腐和青椒肉丝都不要，在外面都可以吃得到。"沈梦远想着想着又进厨房给父母交代两句。

"知道了，做外面吃不到的。"妈妈正在淘米，是糯米。儿子点的第一道菜就是三合泥，这道菜主要是由糯米、芝麻、核桃三种主材文火炒熟，但是糯米需要提前一天泡。

"儿子，去夹点核桃出来。"妈妈吩咐沈梦远。

"好，还需要我做什么？"沈梦远问。

"不需要了，我和你妈妈弄。"父亲在一旁说，他正在用剪刀剪干辣椒。川菜需要准备的调料太多了，辣椒、花椒、香料、姜、蒜等等。

看沈梦远出去了，父母窃窃私语。这次儿子可真够重视的，不仅亲自点菜，还叮嘱这叮嘱那，以前从来没见儿子这样过。

文熙回到自己房间，首先给许愿打电话。许愿正在忙，说晚上打给她。

文熙又想沈梦远在干什么，虽然他们分手才几个小时，而且明天中午又要见面，但是她就是想他。

可是打电话给他说什么呢？纠结半天，没找到理由，就给他发了个试探性的信息："睡了吗？"

"没有。"沈梦远秒回。其实文熙想做的事也是他想做的，只是他更害羞罢了，他只能期待文熙主动联系他。

"在看书吗？"文熙问。

"在为你准备明天的午餐。"沈梦远回复。

"谢谢！这么早准备？"文熙真是感动。

"有的需要提前。明天见，早点儿睡。"沈梦远就此打住。如果继续跟她聊下去，估计文熙觉都可以不睡。

"好的，晚安！"就这么短短地说了两句，文熙也觉得心里踏实了，不牵挂了。

沈梦远一句"在为你准备明天的午餐"倒是提醒了她，是不是明天也应该准备一个礼物上门？想来想去，她决定亲自露一手，烤个樱桃蛋糕带去当作甜点。

第二天一早，文熙回到了许愿家，拿出之前买好的材料开始忙碌起来。本来她是想在离开之前做一次带到律所给沈梦远他们吃。

　　手忙脚乱之际，许愿如约来了电话，可文熙说了一句"一会儿打过去"就挂了。许愿心想，这人神神秘秘的在忙什么呢？好像开心得很。要是告诉她最近自己就要回去，那她得更高兴啦！上司已经同意了她的考察计划，接下来她就要和张宁远敲定具体时间了，还有带父亲去北京看病的时间。

　　没过多久，文熙的电话拨回来了，一向口齿伶俐的她有些吞吞吐吐："那个，那个，跟你说个事，你要淡定，不能尖叫……"

　　"什么事啊，张宁远公司的事吗？"许愿完全没想到别的。

　　"沈梦远……"

　　"沈梦远什么，他不会欺负你了吧？"

　　"没有，他说他喜欢我！"文熙终于利索地说出来了。

　　"啊……怎么会这样？"许愿感到难以置信，"你慢点说，这……来得太快了，我反应不过来。"许愿也结巴起来。

　　文熙就从头拣重点讲了一遍，中间不停地被许愿打断，许愿还是觉得不真实。

　　"你就是看他老实，你不敢挑逗别人，怕引火烧身，所以你挑逗他；你去给他当实习生，就是去寻求浪漫刺激的；你看他长得帅，又没有女朋友，所以你要住我的房子，也是为了接近他。"许愿说得够毒。

　　"你把我说得这么猥琐不堪，我是这样的人吗？"文熙笑道。

"是，你是天使，你没有这样过。正因为没有这样过，所以天使动了凡心，你渴望去一个没人认识你的地方去尝试一次，来场浪漫的邂逅。沈梦远不幸成了你的试验品，盘中餐。"

"我没有玩弄他的感情，我是真心喜欢他的。"

……

闺密之间无话不说。许愿突然想起什么，对文熙说："你记得你演过的话剧《罗马假日》吗？你这是要来一出《上海假日》呀，只是可怜沈梦远了。"许愿长长地叹口气，有点为沈梦远打抱不平。

"那我该怎么办？所以我急着告诉你……我也不想欺骗他，那我现在是不是该和他保持距离？"文熙有些苦恼，在她逼着沈梦远说出"我喜欢你"之后就后悔了。

"嗯——"许愿想了想，"你做得没错，你又没谈过恋爱，随自己的内心好好爱一回，不想将来。也许有的人走着走着就散了，有的人走着走着就成了一家人，谁说得清楚，所以不用想那么远。"许愿安慰文熙。

到底是闺密，两人想法差不多。

许愿知道，文熙是很难喜欢一个人的，最多是朋友般的欣赏，哥们儿一样的情分。现在好不容易动心了，喜欢了，为什么要顾虑那么多？先喜欢了再说吧。

"你真是个婚恋专家，我也这么想，反正我也没男朋友，他也没女朋友。"文熙得到了鼓励，更理直气壮了。

"婚恋专家？瞧你说的，好像我连续不断地在交男朋友一样，我也只谈过一次恋爱啊，还是被分手的那一个。"许愿自嘲。

文熙哈哈大笑，说先这样，自己要梳洗打扮了，马上去沈梦远家吃饭。

许愿笑他们真快，都上门见父母了，然后提醒她不要穿短裙，中国的父母都比较保守。

文熙选了条很知性和学生味的米色连衣裙，在约好的时间匆匆跑下楼。

没想到沈梦远见到她的第一句话就是："哇，穿得这么正式啊？"在沈梦远眼中，这好像隆重了点儿，像什么什么上门一样，不过就是吃个饭而已。他接过文熙手中的蛋糕盒，问："这是你做的蛋糕？"

"是。那怎么办，我回去换，穿牛仔裤行吗？"文熙急急地说。

"不用了，按你自己的风格吧，我也就是随便一说。"沈梦远呵呵一笑，"你就是你，做你自己，自己喜欢的就是最好的。"

文熙发现沈梦远真的有些无趣，什么事都太认真。难道他不明白这是种爱的表达吗？

沈梦远不是不知道，但是他很怕别人依靠自己，或者还不习惯被一个女孩所依赖。他认为相爱的两个人也要彼此独立，无须刻意为对方改变什么。

他也决定在文熙面前呈现真实的自己，不逢迎，不伪装，因为他们之间有很多不同之处，文化背景、成长经历、家庭、教育……就连脾气、性情、三观是否相投也不知道。他们的喜欢也许仅仅只是因为他们朝夕相处，也许更多的是欣赏和好奇，分开了还会彼此喜欢吗？尤其是文熙，回到了她自己的世界，还会坚持吗？他昨晚想了很多很多。

　　其实，许愿放下电话后也蒙住了。之前有一次她闪过文熙可能喜欢沈梦远的念头，就是文熙说以拍照来要挟她那一次，但下一秒马上就自我否定了。现在虽然文熙口口声声很确定地说他们互相喜欢，可许愿依然觉得像在梦中一样。

　　许愿在电话中对文熙说的那些话都是她的真心话，说文熙只是瞬间动了凡心闹着玩是真的，要她顺从自己的内心也是真的。但是沈梦远是无辜的呀，是不是该提醒他呢？

　　提醒他什么，怎么提醒？提醒，是不是就意味着无情地戳醒了别人的美梦，给一份美好纯真浪漫的感情蒙上了一层丑陋的面纱？是不是让它悄悄地来又悄悄地去最好？

　　许愿纠结极了。想着想着，她突然想到给沈梦远的好朋友张宁远打个电话，希望从侧面了解一下沈梦远和文熙的情况；再说，本来也要跟他确定具体的回国时间。

　　张宁远正陪着妈妈找地方用餐。父亲又放妈妈的鸽子，说昨晚过来却没有过来，今天也来不了，可能要明天了。

　　接到许愿的电话，张宁远的手微微发抖，昨天许愿说今天可以知道结果，是好消息，还是坏消息？

　　一听到许愿的"好消息"三个字，张宁远兴奋地握起拳头。儿子激动高兴的情绪马上传染给了身边的侯雪梅，侯雪梅用宠溺的目光看着儿子。

　　"那等你把北京那边的时间敲定了通知我，我就马上回去。"许愿又跟张宁远闲聊了几句，然后说道，"人家文熙可是大力推荐了你们这个项目，她那天去你们公司还在生病呢。"

"是的，她感冒了，沈梦远说她头一天还在发烧，我们都很感动。"张宁远说。

"沈梦远照顾她吗？对她好不好？"许愿终于说到了核心部分。

"挺好的，沈梦远叫她不要对着空调吹，吃饭时还叮咛给她点鸡汤治感冒。"张宁远说。

"那就好，我拜托了沈梦远的。那文熙对沈梦远呢？他们关系还好吧？"许愿假装不经意地问。

"挺好的呀，而且感觉沈梦远的朋友也和文熙很熟。"张宁远答道。

"为什么？"许愿饶有兴趣。

"晚上，沈梦远的朋友徐智勇，是个法官，过来一起吃饭，还一直在跟文熙开玩笑，感觉他们三个像老朋友一样。"张宁远说。

许愿听到这些说法，更加确信文熙说的话。这世间的缘分真是难说啊，只是，这段感情会不会是昙花一现？

听到好消息的张宁远马上给沈梦远打电话，还要他帮忙谢谢文熙。

沈梦远诧异地望着文熙，问她是否知道。文熙摇摇头。

沈梦远说，那就怪了，第一个知道这个消息的居然不是你，也不是我。

文熙说，这有什么好奇怪的，具体是他们俩在联系，也许有一天他们俩比我们俩更好呢。

"嗯？你是说他们俩也像我们俩？"沈梦远有些蒙，这也太快了吧。

"为什么不可以？"文熙瞪了沈梦远一眼。其实她心里明白，可能因为早上她们在集中火力聊沈梦远，许愿就把这事忘了。

"开饭喽！"沈梦远的父母又从厨房端出几盘菜。

餐桌上已经有很多菜，很多文熙都是第一次看到，一一拍了照。

她到沈梦远家见了他奶奶和父母，本来想在厨房学习做川菜，被他父母赶了出来。

沈梦远的父母真是大厨水平，不一会儿工夫就做好了一桌菜，让文熙大开眼界。她本来是在拍照，后来干脆改为录像，这样以后才对得上，叫得出菜名。

"这是红油兔丁，兔子煮过凉拌的；这是尖椒鸡，用尖椒和花椒来爆炒；这是家常鲫鱼，用四川豆瓣酱、芹菜、大葱来红烧；这是泡椒鳝片，这是粉蒸肉，香辣虾，酸萝卜老鸭汤……"沈梦远妈妈一一介绍。文熙看着色香味俱全的菜品，感到自己口水都快流出来了，恨不得每样先尝一口。

"快吃吧，快吃吧，边吃边聊。"沈梦远爸爸提醒大家菜凉了就不好吃了。

沈梦远的奶奶和妈妈也叫文熙不要客气，喜欢什么就多吃什么，然后用公筷给文熙夹了好多菜，文熙的碗里一下就堆成一座小山了。沈梦远给每个人单独盛了一碗老鸭汤。

"谢谢叔叔阿姨，辛苦了，谢谢奶奶！"文熙微微俯身一一致谢后才开始动筷子。

"啊，太好吃了！我从来没吃到过这么好吃的川菜……"

文熙每尝一道菜都是那么兴奋和享受，然后就送上一大堆的赞美之词，虽然这些鸡鸭鱼都吃过，但这种做法却真的没见过。

"好吃就多吃点，不要客气啊。"

"以后就跟梦远来家里吃吧。"

"是啊，你一个人怎么吃饭呀！你们年轻人老是吃外卖，不好，来我们家吃，反正离得近。"

三个大人高兴得合不拢嘴，主人做的菜客人喜欢吃，那就是最大的成就感，再苦再累都愿意。而且，沈梦远在家里吃饭的次数也很少，一周只有两三次。

"这些都是梦远点的菜，他说那些外面能吃到的麻婆豆腐、青椒肉丝、回锅肉、宫保鸡丁之类的川菜就不用做了，要做外面没有的。"妈妈替儿子表达着心意。

"谢谢。"文熙冲沈梦远含情脉脉地一笑，然后向梦远妈妈讨教调料的用法。

梦远妈妈就认真地给她讲川菜中凉拌菜的调料配方，比如最重要的姜葱蒜、红油辣椒、花椒，糖、醋、豆豉，而且还要注意比例，比例不同，味道完全不同……说得文熙一脸茫然。

沈梦远打开手机百度给文熙看，说网上都有的，回头都发给她，照这样介绍下去，不知要多久。然后对妈妈说中文是文熙的外语，英文才是她的母语，所以太专业的东西她听不懂，但是日常交流没问题。

妈妈不好意思地笑笑，说自己就这点拿得出手的东西，所以才滔滔不绝的。

哪知文熙冷不丁冒出一句："不，阿姨，您有很多拿得出手的东西。"

大家都望着她，不知道她要说什么，尤其是沈梦远，以为她可能没有准确理解"拿得出手"这个词的含义。

"您看您这么漂亮，叔叔，您说能'拿得出手'吧！而且还有个'拿得出手'的儿子，帅气、优秀，还很孝顺！"

"哎哟！"文熙还没说完话，父母和奶奶就异口同声叫起来。奶奶说这是哪家的姑娘，嘴巴这么甜，真叫人喜欢，叫梦远学着点。

妈妈和爸爸相视一笑，合不拢嘴。

"我还漂亮啊！老了，不过，我儿子倒是优秀、孝顺、帅气，拿得出手哈！"妈妈呵呵地笑。爸爸在一旁说哪有自家夸自家小孩的。

沈梦远则害羞地瞟了一眼文熙，嘀咕道："我有那么拿得出手吗？"

梦远妈妈再过两年就六十岁了，虽然没有刻意保养，但看起来依然年轻，皮肤细腻，五官姣好，脸庞基本没怎么下垂，身材很苗条，一点也没发福，年轻时一定是个美人胚子。

"我们梦远又优秀，又孝顺，又帅气，可就是找不到女朋友，我们着急啊！"奶奶念叨起来，笑眯眯地盯着文熙看，把文熙看得不好意思。

"就是，就是，他那些同学小孩都几岁了，就他一个人没结婚，还一点儿不着急。"母亲也加入进来。

"张宁远不也没结婚吗？也没女朋友。"沈梦远低声争辩道。

"你不要提张宁远了。"妈妈马上挡回去，"他说他是向你学习，说你都不交女朋友他也不交，他陪你。"

"人家张宁远有张宁远的特殊情况，你不能跟他比。他一直在国外，没安定下来，现在回国才两三年。而你呢，你在上海这么多年了，一直很稳定，现在事业也不错，该成家了。"爸爸也加入进来。

他们只要一提到这个事，肯定会一致开成沈梦远的批斗会。沈梦远怕文熙难堪，就拉妈妈去做他"钦点"的三合泥，那个需要用文火炒制很长时间。奶奶望着他的背影念叨："你看吧，什么都好，就是这个问题让我们操心。"

那天，文熙觉得是自己到上海以来最快乐的一天，去了喜欢的人家里，吃了最好吃的美食，下午还跟沈梦远去看了电影、逛了超市、打了羽毛球。

完美的一天！

第十七章
一花独放不是春

第二天一大早，沈梦远便去了专利事务所。昨天为了陪文熙，他把所有的事都推到了今天，而且今天还有件重要的机密事件。公安民警约好来见他，希望他能为一起案件提供帮助，并强调不要有第三者打扰。

文熙的好心情持续爆棚，周日正好在家把那篇帮沈梦远修改的论文最后再过一遍，然后为那家公司的海外知识产权尽调先收集些资料。

许愿又来电话了，文熙大概猜到了什么事，所以听到许愿说她马上要回来，一点也不吃惊，反而酸酸地说昨天就知道了。

"我本来昨天要跟你说的，被你一口一个沈梦远岔开了。你怎么一点不热烈，那我不回去了。"许愿故作生气。

"不不不，我怎么不热烈，昨晚都激动得睡不着呢！"文熙连忙安抚。

"因为沈梦远睡不着吧！昨天去人家家里吃饭怎么样啊？怎么不主动汇报？"许愿审问文熙。

"太好吃了！你怎么不早点叫他请我去他家吃饭呢？"文熙

称赞道，然后把昨天那些菜名都报了一遍，问许愿吃过没有。许愿眼红地一个劲儿说沈梦远和表姨不公平，好多菜都没吃过，听都没听过，像什么红油兔丁啊，三合泥啊。

"我在网上查了一下三合泥，说这个小吃几乎绝迹了。你不知道有多好吃，这是我吃过的最好吃的甜点，还很健康！"文熙高声嚷嚷，许愿听得直流口水。

"主料是糯米、核桃、芝麻，都炒香，再打成粉，他妈妈说辅料有十多种……"文熙绘声绘色地说。

"不要再说了，再说我明天就飞回去了！"许愿吞了吞口水，说，"难怪不做给我吃，工艺这么复杂，看来沈梦远是真的喜欢你，看家本领都使出来了。你那么喜欢吃他妈妈做的菜，不如就把他'娶'了吧，这样你不就可以天天吃了吗？"许愿开着玩笑。

"许愿！"文熙娇滴滴地呵斥一声，无意中从镜子里看到自己的脸红到了脖子根。

"好吧，好吧，跟你说正事，否则又忘了。"许愿接下去谈了她的回国计划，包括张宁远帮她父亲找医院的事。

文熙把张宁远表扬了一番，说他看起来特别踏实、沉稳、单纯，典型的理工男。

许愿也接过话说他家教应该很好，他妈妈还是检察官呢。

两人把张宁远八卦了一阵，文熙突然尖叫一声："你不是喜欢 IT 男吗？他可是标准的 IT 男哦！"

许愿吓了一跳，叫她不要一惊一乍的，然后说她中毒不浅，喜欢沈梦远，连他的朋友也一起喜欢，巴不得都拉到一起。

"又不是不可能，你们俩都是单身。"文熙说。

许愿叫文熙不要在别人面前开这种玩笑，她是张宁远的投资人，要避嫌。

文熙说，你干脆投资他一生好了，他真的很不错，我的眼光你还不相信吗？

张宁远正心情大好地在公司跑步机上跑步，还开着音乐。不一会儿有个电话进来，张宁远一看是父亲的电话，就没接。他知道父亲张国强今天会来看妈妈，为了避免见面，他一早便来了公司。

马上，父亲的电话又打过来，看来是躲不过去了。

"什么事？"张宁远冷冷地问。

"中午早点回来一起吃个饭，咱们一家人好久没见了。"张国强说，语气中有故意讨好的成分。

"可是我没空，加班。"张宁远还是冷冷的。

"加班也要吃饭嘛，我们都好好陪陪你妈妈，你妈妈难得来一次。"爸爸近似于乞求。

"我昨天陪过了，今天你陪吧，她是你老婆，你才是最该陪她的人。"

"我们可以同时陪她嘛，你这孩子怎么这么说话？"爸爸有点生气，看了身边的夫人一眼，走远几步，压低声音，"你懂点儿事吧，就算为了你妈妈，让你妈妈开心一天好不好？老公儿子都在身边，对于你妈妈来讲是最幸福的事。"

"你什么时候在意过妈妈的幸福了？别拿大道理教育我。"张宁远"哧"了一声。

"我在意，就像我同样也在意你。我也这么久没见你了，我跟天下所有的父亲一样，想跟儿子吃个饭聊聊天，这是父亲对儿子的思念、关心。"父亲有些激动。

"思念？关心？假大空的辞令说顺了吧？"张宁远毫不客气地反击，并挂断了电话。

这就是父子之间的对话，好像有多大的仇怨。

张国强不再说话，懊恼而无助地望着窗外，眼睛竟有点儿微红。他高高的个子，瘦削的身材，花白的头发，戴着眼镜，一看既像学者，又像官员，不怒自威，是让人觉得不好亲近的那种类型。

儿子这样说话，实在让他难过。

侯雪梅沮丧地陷在沙发里，表情木然。张国强过来拍拍她的肩膀，二人都无话可说。

专利事务所，沈梦远在两位公安民警说明来意后惊呆了，气氛变得沉重和凝滞。

原来，两位警察找上门来竟是为了找沈梦远了解云舒的情况。作为律师的他自然知道这意味着什么。

"需要我做些什么？我们早就分手了，现在接触也不多，实际上她是我想躲避的人。"沈梦远慢慢缓过来问道。他真的太震惊了，比上次在迅达公司与云舒不期而遇还要震惊。

"云舒很善于自我保护，反侦察能力也很强，只有能让她敞开心扉的人，她身边很亲近的人，也同样具备一定侦察能力的人，才能胜任这个工作，没人比你更合适。"张警官回答。

"我们知道这很让你为难，可是你从大义的角度想呢，如果她真的是冲着迅达公司的技术秘密而来，你就忍心看着我国的世界领先技术泄露吗？你比我们更清楚目前的科技战。"张警官的这句话击中了沈梦远的七寸。他为什么要选择这个职业，他的理想以及他所要捍卫的不正是中国的知识产权吗？而目前发达国家最觊觎我们的不就是人工智能和5G等技术吗？

见沈梦远有些松动，另一位年轻的王警官及时补充道："但是鼓励优秀人才回国创业，也是我们国家现在积极倡导和推动的，所以我们目前也不好惊动迅达公司，怕处理不慎会伤害海外学子回国的积极性。云舒可能也真的没有什么，那你正好证明她的清白。如果她真的有问题，你也可以及时挽救她，让她悬崖勒马，说服她自首。"

沈梦远不由得点点头。

王警官进一步补充说，其实云舒也是受害者，她曾经遭受了未婚夫的家暴，也遭遇了其他威胁，如果真有什么问题，她可能也是受到了胁迫。

沈梦远听到这些，再一次震惊不已，他没想到光鲜亮丽的云舒身后还有这些"悲剧"和秘密。他反思自己对她的态度是不是太过了。

从专利事务所出来，两位民警上了车，有种不虚此行的感觉，滔滔不绝地聊着天。

"张队，你这张深明大义的牌还是很打动他的，我估计沈梦远会上心的。"王警官赞许道。

"你那张感情牌也不错啊，这是个善良的人，他也不希望前女友滑向犯罪深渊，锒铛入狱。我看到你打出感情牌的时候，他的心应该是震颤了一下，眼里满是同情。"张警官夸奖道。

"是啊，沈梦远需要考虑很多因素，还有他的师父钟华政，他可是云舒进入迅达公司的介绍人。希望云舒不要这么糊涂，害人害己。"

周一总是非常忙碌。文熙一大早便把那篇沈梦远请她修改的参会论文《中美知识产权保护的差异》给他看，这篇文章在她手上已经很长时间了，拖稿不是她的风格。

两人你一言我一语，时而凝视电脑，时而注视对方，有默契，也有争论……沈梦远突然发现文熙真的很美，那么认真、专业、投入，让漂亮一下有了灵魂。她闪亮清澈的眼睛、高高直直的鼻梁、微微上翘的嘴唇，一颦一笑都是那么美丽。

现在的漂亮女孩太多了。漂亮未必打动人心，而美丽就不同了，像一块磁铁，如眼前的她。有句话怎么说的，"好看的皮囊千篇一律，有趣的灵魂万里挑一"。

"看着我干吗？"

"没有啊。"沈梦远回过神来。

"现在中国政府对知识产权保护的基调真如宣传所说的'强保护'吗？中外平等保护？"文熙望着沈梦远，目光中有一丝怀疑。

"当然，为什么不！你要知道中国正在向科技强国迈进，也由重要的知识产权消费国变为重要的知识产权生产国。"沈梦远充满自信地说，"你看 5G、人工智能等领先科技，我们也怕别人来偷技术偷商业秘密呀。"沈梦远幽默地眨眨眼，突然又想到了云舒。她是来偷技术的吗？

文熙赞许地点点头，问天华与 LR 的和解是否启动了。这才是她最关心的问题。

"LR 应该今天会看到天华的方案吧，昨天已经给了 S 市政府。"沈梦远答道。周末，天华公司也加班加点地对沈梦远提交的方案进行了讨论修改。

美国，LR 公司总部。

所有高管正在讨论天华公司草拟的和解合作草案。其实，陆天皓前几天已经提出了这一观点，但高管层反应平平。

对于一家擅长主动打诉讼战的企业来讲，法务部就像一只凶猛的猎鹰，没有捕杀到心仪的猎物是绝不会停止进攻的，但当危险来临，他们也会狡猾地装死，寻找下一次出击的机会。

在业界，LR 就是这样的公司。他们虽有好战之名，但既善于出击，又善于撤退，所以这次能否达成和解，要看天华拿出的筹码是否有足够的诱惑，又是否已把 LR 逼入困境。

"把天华打垮了，LR 也损失惨重，而且这会给中国其他芯片企业上一课，让它们纷纷抛弃美国技术、设备和原材料，主动转向韩系日系和国产，大力推进自主研发，这反而把美国的芯片产业逼到危险的境地。"

"这次对宇通的制裁让我们看到，限制了中国半导体 A 领域，马上 B 领域就有了发展，再去限制 B 领域，C 领域又会发展。我们最怕的是这种全产业链的对抗，这是中国的优势。"

"中国现在举全国之力发展芯片产业，与当初的日韩一样，政府承担了新技术开发的几乎所有风险，这是我们最大的劣势。不排除中国牺牲掉天华的可能，而 LR 呢，干掉了天华一个对手，又会有新的竞争对手成长壮大，所以不如和天华携手合作。"

"商业秘密也是一种手段，如果用其他手段能获得更大的利益，何必再抱着不放呢？"

……

看了天华的方案，大家纷纷赞成，却突然传来反对声："我坚决反对不区分责任的和解！"他是 LR 公司第二大股东、董事、副总裁托马斯，绝对的鹰派人物。

"王逸和天华就是偷窃了我们的商业秘密，侵犯了我们的知识产权，他们必须认错，这是一个是与非、对与错的原则性问题，不能回避。"托马斯强硬地说，"只有这样，我们才能对更多的中国企业和其他外国企业起到威慑作用，也能与国家共进退，亮明我们的立场。他们可以选择和解，但不是与我们 LR 公司的和解，而是与美国政府的和解，是认罪认罚，是钉上耻辱柱。"

"天华与去年腾飞公司的情况截然不同，美国司法部要对天华做出刑事指控或者商务部要制裁天华，都是有难度的，我们下大力气去游说还未必能成功。"马上有人反对。

"我们不是快成功了吗？现在政府正想找一些中国高科技企业开刀，遏制中国科技崛起，我们正好送上了一个靶子。"托马斯又马上发声。

"我不赞成 LR 公司钻入政客预设的陷阱，LR 公司的利益和硅谷的利益都并不代表美国政府的利益，美国政府也一定会以国家利益为由毫不犹豫地出卖硅谷的利益。"一直没有发言的陆天皓终于说话了，他叫大家不要忘了二十世纪日本和韩国半导体企业相继崛起的过程，当时多少著名企业轰然倒地，"每个生死存亡的重要关头，我们都活下来了，因为我们每次都准确地把握住了时机，该出击的时候出击，该停战的时候停战，该合作的时候合作。"

"是的，其实现在的形势对 LR 是很严峻的，我们不能低估。"战略发展部负责人威尔逊接着说，"中国公司大举杀进半导体行业是很恐怖的事，否则我们也不会起诉天华。中国公司太有韧性了！我们不是在跟天华一家公司作战，我们的对手是中国公司结成的群体，还有韩国公司、日本公司。"威尔逊感慨道。

陆天皓再次定调，希望大家回到这个和解方案讨论。

艾伦这次也不再坚持，倒是首先提出一个和解原则："天华公司肯定意识到它是下一个宇通，但是它没有备胎，只能处于濒死状态，所以我们应该以此为基准来测算对价，而不是以我们最初诉讼请求的标的测算。而且在反垄断调查和解的问题上，我们绝对不能与反垄断机构和解。"

"你太黑了，坐地起价。"销售副总裁打趣道，"人家天华还是有一定实力的，哪里就濒死了？他们的专利布局有的跟咱们 LR 交叉，我们也需要别人的授权。这次在中国的诉讼我们不是等于先输了吗？如果一下把天华打跑了，我去找谁来弥补损失？这已经快到我们无法承受的压力线了。"销售副总裁是个印度人，洒脱幽默、直来直去。他自然是最着急的人，面对 LR 销售额的断崖式下跌毫无办法，和法务部想了很多办法想绕开制裁，目前还没成功。

首席财务官也着急，说按目前的情形 LR 只能再撑一个季度，就会消耗完之前的利润，天华这么做无疑是为了拯救自己，但也拯救了 LR，所以不能对天华提出太过分的要求，但也不能便宜了他们。

"他们的底线在哪里呢？你们看看，他们已经把我们的损失与获利算出来了，我觉得还算得很专业嘛，应该内部有高人。"首席财务官说。

"确实，平心而论，这份方案对双方都还算比较公平合理，也设想得很全面，很巧妙。但不管怎么样，我们肯定要在此基础上再争取更大利益。"又有人接过话。

大家都笑了笑，窃窃私语。

听着大家的赞扬，陆天皓窃喜，当然公平合理了，自己女儿设计的嘛，当然是高人。派几个孩子去中国锻炼，也是希望他们了解中国，更好地融入中国的发展。文宸和芷兰今天也去上海，他们是该多去中国走走看看，尤其这次文宸还要考察上海的人工智能项目，很好。

第十八章
静待天外云卷云舒

　　陆文宸和妈妈正在飞往上海的飞机上。这个儿子跟母亲最亲近，也最听话，性格温润如玉，长得也像母亲，眉清目秀、皮肤白皙，小时候很多人都说他是女孩。好在个子高高的，又戴个眼镜，还稍微有点儿男人味，但还是稍显稚嫩了一点儿。文宸从小好静，钢琴弹得很好，只是后来读大学了就不怎么弹了。而文隽和文熙都喜欢骑马，不喜欢钢琴，尤其是文熙，凡是男孩子喜欢的她都喜欢。林芷兰希望她像个淑女一样练习钢琴和芭蕾，她却像个小猴子，林芷兰常说文宸和文熙的性格互换一下就好了。

　　林芷兰觉得这次出来是对了，如果不是在这个近似于封闭的空间，他们母子俩怎么会有机会做深入的交流，他们讨论了关于爱情、家庭、人生的很多话题。

　　聊天过程中，文宸还告诉妈妈文熙在上海神神秘秘的，不仅不敢暴露自己的身份，还叮嘱他去公司考察的时候除了问专业问题不要多说话，不要照相，不要说自己的姓氏。

　　林芷兰早就察觉了文熙的神秘，文隽也说过，文熙好像对那个律师有点动心。这是绝对不允许的，她这次来就想把她抓回去。

"你好好观察一下，看文熙和那个律师是不是真的有情况。"林芷兰给儿子交代了任务。

文熙和沈梦远正在电影院看电影。文熙本想选一部惊悚恐怖片，那样不就可以……可天不遂人愿，最后文熙挑了一部让沈梦远大跌眼镜的《红星照耀中国》，这部影片改编自美国记者斯诺1936年根据自身经历创作的同名报告文学。

"你确定对这个感兴趣？"沈梦远难以置信地望着她。

"知道啊，斯诺，延安。忘了我本科是学什么的吗？"文熙侧着头一笑，有些得意。

沈梦远这才想起她以前是学政治的，跟她开了个玩笑，说别人是黄皮白心，她是黄皮红心。

电影开始了，黑暗中，两人兴致勃勃地观影，时而头靠头窃窃私语。

文熙对那个年代那段历史那些人物，只是知道，谈不上了解，因此饶有兴趣，而这方面正是沈梦远的强项，也就认真地当起了老师。两人不时又瞟对方一眼，甜蜜一笑。

突然，沈梦远的手机亮起来，有来电。沈梦远瞟了一眼，是云舒的电话，连忙把手机翻过去，不想让文熙看到。

文熙并没有在意，沈梦远电话多是常事。

沈梦远却不淡定了。警察找他后，他还是想帮助他们，帮助云舒，帮助师父，只是还没想好怎么入手，以及能做到什么程度。云舒找他什么事呢？这应该是机会吧，乘她主动找他，给两人一个破冰的机会。毕竟自己也不能做得太明显，突然

180 度的大转弯会让人生疑，要慢慢来。

云舒又在酒吧喝酒。有个外国歌手唱着如泣如诉的歌。云舒真想在这样的环境中与沈梦远喝酒、倾诉、对视，她太需要有个朋友了，而这个人她认定了就是沈梦远。在他面前，她放心、安心、宁静，哪怕什么也不做，也可以抚慰自己的心。

她不甘心，继续给沈梦远打电话，就这样一直拨着，尽管知道他接听电话的希望很渺茫。

终于沈梦远接电话了。"我想见见你！"云舒在电话接通的那一刻分外惊喜，脱口而出。

沈梦远已经走出了放映厅，但没有回答，他还没想好说什么。既不能马上答应，也不能马上拒绝。

"我想见见你，哪怕几分钟都可以……"云舒带着哭腔。

"你在哪里？有什么事吗？"沈梦远平静地问。

"我在酒吧，心里难受，真的想见你。"云舒提高了声音，她只想见到他，就犹如酒瘾犯了的人想要那杯酒。

"高端人才，有钱、有才、有貌，人生赢家，哪一点会让你心情不好？你们这些女生，越优秀越矫情。"沈梦远故作轻松地开着玩笑，试着去走近她。她心情难受肯定是有原因的。

"你不理我，我难受，你快过来吧。"沈梦远还能和她开玩笑，云舒看到了希望。

"我现在真的过不来，在跟别人谈很重要的事。"沈梦远想这是第一次陪文熙看电影，不能放她鸽子。

"不，你快点儿过来，就这一次好吗？就当作是迁就我一次。"云舒语气更加急切，近似于哀求。一个人如果在乎另一个人，他一定会在她最需要的时候克服一切困难到她身边，他会心疼，会着急。

沈梦远想也许这个时候关心她，更能打开她的心结，也不至于让她怀疑。文熙那边，相信她会理解的，于是半推半就说道："那仅此一次哦，你保证。"

"我保证！"云舒喜出望外。

沈梦远就给文熙打电话道歉，说有个客户有很急的事找他，他必须马上去，让她看完电影自己回家。

文熙一下蒙了，虽然沈梦远出去接电话时她就有一丝不安，但没想到有那么重要的事需要他马上就去。

"对不起啊，改天一定补上。"沈梦远又说了一句。

"没关系，你快去吧。"文熙轻声说。他要扔下她走一定是迫不得已，以工作为重是应该的。

"注意安全，回到家别忘了给我打个电话或发个信息。"沈梦远不放心地交代着。

"嗯。"文熙心里一阵暖意，继续认真地看着电影。第一次看这样的影片，真新鲜。文熙想，以后去西部旅游的时候，也可以到延安看看，如果自己生在那个年代，恐怕也会是个奔赴延安的热血青年吧。

酒吧里，幽暗的灯光，迷离地滴落在盛着五光十色液体的酒杯中，变幻，沉没……

在这暧昧的气氛中，云舒只想跟沈梦远静静地坐着。她用哀怨的、可怜的眼神望着沈梦远，有些苦，其实没法诉说。沈梦远则努力找话说，来打破这暧昧的气氛，他一向不喜欢酒吧这种活色生香的地方，香艳而颓废。

"你不是一直有话要跟我说吗？怎么突然想着回国了，这些年在美国都还好吧？"

"想父母了。"

"之前听师父说你不是快结婚了吗？"

"后来分手了。"

"现在如愿回来了，你就该开心呀。为什么总是一个人出来喝闷酒，陪陪父母不好吗？"

云舒不作声，眼睛盯着酒杯，露出苦涩的笑。

"你父母还好吗？"沈梦远只好转移话题。

"好。"云舒还是惜字如金。

"那你心情难受什么？骗我来的吧？我要走了哦，我还要赚钱养家，没时间陪大小姐喝酒。"沈梦远开着玩笑。

"不是的，没骗你。"云舒认真地看着沈梦远，生怕他走了，"我并不是你想象的人生赢家，那些都是表面罢了。"云舒痛楚地看着沈梦远，将杯中酒一饮而尽。

沈梦远给云舒的空酒杯倒上酒，然后碰了一下她的杯子，自己也一饮而尽，对云舒说："今晚我陪你喝吧，只是今晚，有什么苦就倒出来，以后就不要喝了，好吗？"沈梦远希望自己的这一举动能让云舒敞开心扉。那天从两位警察那里了解了她的一些情况，他震惊于她的不幸，对她少了些厌恶，多了些同情，也希望能够帮助她从痛苦和不幸中走出来。

"嗯。"云舒的眼泪一下流出来，听话地点点头，曾经熟悉的那个小妹妹又回来了。

云舒开始诉说着，激动之处，啜泣不已。沈梦远静静地听着，不时给她递过纸巾，不时一声叹息。

云舒未婚夫的父亲是国内一家央企的老总，因腐败问题落马后，未婚夫和其他亲戚也受到牵连，有的亲戚上了红通名单。云舒马上提出分手，未婚夫对她不仅家暴，还索要分手费，他后来又吸食大麻，并陆续曝出了一些违法勾当……

突然沈梦远的手机响了，沈梦远一看是文熙的电话，说了句"不好意思"，马上往外走，可不能让文熙听出他在酒吧。

云舒愣愣地望着他的背影，有种被打断的失意，继而是醋意。一定是文熙吧？

"你到家了吗？"沈梦远找到一处相对安静的地方问道。

"到了。你还在忙吗？"文熙反问。

"嗯。那你早点休息吧，明天不是还要接你的家人吗？"沈梦远说。

"明天下午你一定要来啊！"文熙强调。明天下午她会带二哥去张宁远的公司考察，跟沈梦远约了叫他也去，但他没有完全答应。

"我尽量。不跟你说了哈，别人还在等我。"沈梦远挂了电话。

回到座位，云舒可怜兮兮地望着沈梦远，醋味十足地冒出一句："是文熙吗？"

沈梦远尴尬地笑笑，不置可否。

"她知道你跟我在一起吗？"

"不是。另外有点儿事。"沈梦远感觉怪怪的，好像自己脚踏两只船一样，两边都要撒谎。他也真佩服了那些真正脚踏两只船的人，游刃有余地走钢丝，还不会掉下去。

对于妈妈和哥哥的到来，文熙自然非常高兴。可又犯了难，因为许愿也马上要回来，而且也是这几天，她纵有三头六臂也分身乏术呀。

　　今天她起了个大早。上午要去机场接妈妈和二哥，管家会先到这里来接她。文熙先给许愿打电话说明情况，许愿说没关系，她这次回来还要去日本和韩国考察，而且会在家里休个年假，时间肯定可以错开。

　　许愿邀请文熙跟她一起去日本和韩国玩，文熙断然拒绝。她现在才舍不得离开沈梦远，自己已经在倒计时了，这几天都在筹划怎么跟沈梦远好好度过最后一个月的时光。

　　想天天跟他腻在一起，这就是喜欢一个人的表现吗？这就是爱？反正她以前从来没这样过。

　　虽然每天白天都跟沈梦远在一起，但是一分开就想他，尤其是晚上回到家。沈梦远虽然也说出了"我喜欢你"，但他们的关系并没有太大的改变，沈梦远对她还是彬彬有礼，保持一种有点儿生分的礼貌。晚上最多送她到楼下，也不送她上楼，甚至有一次文熙叫他上去坐坐，他迟疑了一秒钟，还是没有上去。文熙都怀疑他是不是真的喜欢自己。

　　"你帮我分析我跟沈梦远的关系吧。"文熙见时间还早，就求助于许愿。

　　许愿哈哈大笑，说："没想到你也有今天，你不是很洒脱吗？"

　　"不许笑我，很好笑吗？"文熙大声说道。

　　"他肯定是喜欢你，但好像没到爱得疯狂的程度，而且他应该是很理性的人吧，又很爱扮酷。"许愿分析。

"那如何让他疯狂呢？"文熙急着问。

"搔首弄姿呀，展示你性感的身材，迷人的大腿……"许愿有声有色地开着香艳的玩笑。

"展示了，人家不来电。不，是被吓着了，隔着门和我说话，然后再也不敢到家里来了。"文熙也一唱一和地说笑，脑海中浮现出那次她发烧沈梦远隔着睡衣帮她擦汗的情形，生怕碰到她的敏感区，而第二天一早却无意中撞了一下，自己的睡裙还垮了一肩下来……

许愿听到她一句"展示了"就忍不住大笑，直接开喷："不至于吧，你这么失败？看来你是陷入情网了。他有那么大的魅力吗？可能他真正的迷恋你，你倒不会对他在意了。"

"也是哈，你说他爱扮酷，可是我就喜欢他一本正经扮酷的样子。"文熙也呵呵呵地笑。

"那没办法了，他是你的菜！"

"那我怎么才能是他的菜？我也装？两个人都装，装到什么时候呢？"

许愿想了想，说："那是要想想办法，可不能给你的上海假日留下遗憾，不说要疯狂，至少要先来电吧。"许愿说着说着就笑起来，"我想想，好像现在国内有个流行语叫'骚操作'，直击你的小心脏那种。"

"怎么骚操作？"文熙的很多中文流行词汇都是从许愿那里学的，很多她也不知道怎么写，对意思也似懂非懂。

"要不这样，我们四个周末出去短途旅游，在外面住一晚或者两晚……"

"真的吗？我爱你，许愿！"还没等许愿说完，文熙就叫起来。

"书上不是说想知道一个人爱不爱你，值不值得你爱，就和他一起去旅游吗？"许愿说。

"对对对……"文熙高兴地说，但又担心他们没时间去，沈梦远和张宁远都是大忙人，有可能他们这个周末已经有事了。

"必须去！"许愿掷地有声，"我都那么远从美国回来了，眼下陪我们才是最大的事，还想不想要投资呀？"

文熙美滋滋地挂了电话，思绪已经飘远了。要是能跟沈梦远出去度假，该是多么美好的事情，可惜她以前只顾得叫他陪自己去西部旅游，怎么没想到先在附近玩玩呢，哪怕就在外面过一个晚上也好。不过，如果只是他们两个人的话，沈梦远多半也不会去。许愿回来得真是太及时了，真是自己的幸运星。

许愿先跟沈梦远通了电话，说了自己近期回国的计划，然后就说周末的安排，完全不容商量的口吻。

她说话从来都这样，沈梦远也习惯了，平常也懒得理她，但这次却答应得很爽快。虽然周末已有安排，但无论如何要推掉，就当是弥补文熙的西部之旅吧。

"你觉得文熙怎么样啊，不后悔收下她做实习生了？"许愿试探地问。想当初沈梦远先是拒绝了她，说自己从来不带实习生，后来她以断绝关系相逼，沈梦远才答应，但有一次他说漏了嘴，说自己其实正好需要中英文都很好的助理。

"很好啊，谢谢你。"

"你是该谢谢我，或许哪天还要大谢呢！"许愿瞬间抢话。

"大谢什么？"沈梦远心里一惊，但还是装得很平静的样子。

"装吧。有的人是不是很喜欢别人啊？还叫人家以后来中国发展。"心直口快的许愿一语道破。

沈梦远心里再一惊，看来文熙已经跟许愿说了，女生之间都这样吗？第一时间就要给闺密汇报？

"呵呵，你还知道什么？"沈梦远这次竟然没有否认。

许愿也觉得意外，印象中这是沈梦远第一次用这种语气说话。她老感觉这个人始终是绷着的，哪怕他们还是亲戚，也一本正经地装模作样。现在看到他这么放松，真是难得，索性就跟他开开玩笑："不错啊，能让文熙这么骄傲的公主动心，作为妹妹，我为你骄傲。"

"哦，这好像是你第一次夸奖我，但这更多的是在夸奖她嘛！"沈梦远略带醋意。

"当然，你慢慢地就会发现，她是个宝藏女孩。"许愿绘声绘色。

"哦，宝藏啊？那她来中国发展的可能性有多大？家里会不会愿意？"沈梦远其实最在意的是这个问题。如果她不能来中国，那他俩基本上就是不可能的，他从不会去想那些虚无缥缈的事，浪费时间和感情。虽然文熙说她愿意来中国，但他还是想从许愿身上得到印证。

"那要看你的吸引力有多大。"许愿一句话巧妙地回避了问题。

其实她内心有些矛盾，怕沈梦远用情太深而受伤，怕他埋怨自己没有告诉他真相，可她一旦说了沈梦远肯定就不会再理

225

文熙了。年轻人不去为自己的爱情做一次冒险又有什么意思？虽然让花谢的是风雨，但让花开的也是风雨呀。

沈梦远听懂了许愿的话。他其实很想多了解文熙，了解她的家庭、生活、学业、爱好……但他感觉文熙并不愿意谈自己的情况，而许愿的回答也是把问题交回给了自己。

算了，她想说的时候自然会说，不想说也不用去打听。况且现在讨论这个问题为时尚早，喜欢到爱情还有很长的路。

但是，他脑子里突然闪过一个问号，由云舒引出的问号，文熙没问题吧？于是他开玩笑似的叫她千万不能坑哥，问她文熙是否值得信赖。许愿说文熙当然值得信赖，否则自己也不会介绍给他，还笑问沈梦远是担心被劫财，还是被劫色？

沈梦远心里笑了笑，怎么被云舒弄得草木皆兵了，就回到了周末的话题："周末的事我跟张宁远商量一下，他肯定也没问题，就看去什么地方好。"

"我查了天气预报，上海很热呢，我们最好去个凉快的地方避暑。"

许愿随口说的一句话，可难倒了沈梦远和张宁远。他们俩都不是擅长吃喝玩乐的人，也很少出去旅游，不知道哪里凉快，哪里好玩。可怠慢了两位大小姐，那可不得了。

关键是许愿给沈梦远打了电话后仍不放心，她总觉得沈梦远是乡下来的，而且还是西部的大山沟里出来的，一看就不是会玩的人，他选地方、选酒店能让她们满意吗？

她就又给张宁远去了电话，嘱咐他要选个既有情调又浪漫的地方。张宁远毕竟是硅谷回去的，家庭出身也不错，品位不会差太多吧。

两个大男人仿佛被赶鸭子上架，尤其是张宁远感到责任重大。你说人家都明确提了要求了，又对你寄予了厚望，还说了AA制，如果还不能让一个为他的事不远万里专门从美国回来的女孩满意的话，那还有什么脸面见人？

　　他们纷纷咨询身边的朋友，还用上了大数据，找出了三个备选。华东地区两个，一个是黄山，一个是庐山；再远一点，飞到大连去度个周末也不错。

　　张宁远是很想选庐山的，宋美龄偏爱在庐山避暑，现在庐山还有她住过的"美庐"别墅，而许愿和文熙正好是宋美龄在韦尔斯利学院的校友。

　　庐山不仅风景优美，气候凉爽，而且中西合璧。庐山牯岭号称"东方瑞士"，当年就有上千栋欧美风格的别墅、教堂，宛如万国建筑博物馆，她们应该会喜欢的。但问题是庐山太火爆，他们看中的酒店目前只有一间房，再晚点儿，说不定一个房间都没有了。

　　沈梦远让张宁远负责跟许愿确认，他马上要开会了。

　　这段时间张宁远和许愿倒成了热线，一两天就通一次电话，从刚开始的陌生拘谨，到现在像好朋友似的。

　　许愿这边是晚上，此时她正在购物，要回国了，给父母和三姑四婆买点儿礼物。

　　张宁远的电话进来，许愿有点儿小激动，这离她跟他们提要求的时间才过了一个小时而已。他们挑选的什么地方呢？

　　张宁远给她讲了几个备选地点以及酒店的情况，许愿听个开头就很高兴，他们太用心了。她以为就是上海周边开车出去一两个小时的地方，没想到全是著名景点，还要坐飞机，这当然好。

"……一间房倒是也没太大关系，可以你和文熙住，我和沈梦远可以睡帐篷。"张宁远如实报告情况并主动表明立场。

"可以啊，我们也可以睡帐篷啊，那快把这一间定了吧！"许愿心花怒放，只剩一间房岂不是天助我也，睡帐篷多浪漫啊，到时候给文熙和沈梦远多制造点儿机会。

一个心血来潮聊起的计划这么快就要变成现实，四个人在接到航班和酒店信息的那一瞬间都很兴奋，也都各自憧憬着。

尤其是张宁远和许愿，面都没见过，却马上要一起去旅游，而且感觉像老朋友一样，他们自己都觉得不可思议。文熙和沈梦远反而有些紧张，心扑通扑通乱跳。

沈梦远没有时间多想，他此时正在迅达公司与林弘和云舒等一大帮法律和知识产权部的人开会。

迅达公司准备启动一项重大的投资和收购计划，今天迅达公司的所有外聘律师悉数到场。

第十九章
没有调查就没有发言权

文熙正在去往机场的路上，管家在给她讲这几天的行程安排，她心不在焉地听着，满脑子想的都是庐山之行，马上在手机上查阅庐山的信息。

文隽的飞机刚刚降落。这几天他也在中国各地飞，先陪二叔去了S市，之后去深圳与LR的一个大客户进行会谈，再去香港分公司视察，最后到了北京，为清华大学人工智能实验室颁发由LR基金会创立的"人工智能创新奖"。他特意安排这个时候飞回上海，比妈妈和文宸早一点点。

在机场贵宾室等候的时候，文熙请求大哥让LR公司投资张宁远公司，反正人工智能是LR以后的重点发展领域，而且LR又青睐初创企业。

大哥说文宸觉得行就没问题，然后冲文熙眨眨眼："知道你拉文宸来的意思，你这么看中这个项目是为了帮助某人吧？等文宸帮你把关后用你的私房钱自己投呗，少投点儿试试手，来个五百万美元。"

文熙一听乐了："我怎么没想到，好主意！"

"血本无归可不要哭鼻子哟，小心嫁妆都没了。"

"没了就问大哥二哥要。"

兄妹俩嬉笑之际，妈妈和文宸出来了，四个人高兴地拥抱在一起。这次来上海完全不在计划中，正因为这样，才如此惊喜。

妈妈抱着文熙，从头到脚地打量她。文隽和文宸也紧紧拥抱。其实他们在美国经常一分别就是两三个月，重逢时也不会这样。

一路上，一家人你一言我一语地就没停过，妈妈又提起叫文熙跟他们一起回美国。文熙一阵撒娇，坚决不回去，说是爸爸允许的，她马上要和许愿去西部旅游，这才是此次来中国的重头戏。

文宸和大哥讨论回去的时间，想后天晚上就离开，因为他只有一周的假期。

下午，文熙要陪文宸去张宁远公司考察，张宁远忙完了订酒店订机票的事就来到公司，和同伴们做着准备。

文熙也和张宁远说了实话，说来的人是她哥哥，是作为专业人士替她的同学来调研，如果他认为可以，她同学就会投资。

听说来人是专业人士，张宁远和林永翔特别高兴，这样大家更好沟通，也能充分理解这个投资项目的"硬核"所在，他们对自己的产品是有充分信心的。

文熙一家在别墅用完午餐，稍事休息后便兵分两路。文熙陪文宸去张宁远公司，文隽陪妈妈去逛几个上海著名的文创园区，傍晚在老码头会合坐私家游艇夜游黄浦江。

到了公司，文熙给他们互相做了简单的介绍之后就叫张宁远直奔主题，其实她最怕的是他们问来问去，问出共同的熟人来，那她的身份就穿帮了。而文宸呢，则应文熙的要求保持距离，也不敢随意说话。

因为是同行，张宁远和林永翔的介绍与上次给文熙的介绍完全不同，他们知道文宸想要什么东西，他关注的点在什么地方。一家公司的产品如果只有概念而没有应用场景，无法打通资金链，就不能打动投资人。

"我们将人工智能与法院具体业务场景相结合，打造办公、庭审、合议等一体化智能应用……"张宁远介绍。

文宸吃力地听着，尴尬地朝文熙努努嘴："能说英文吗？或者你翻译。"他的中文只能是日常交流，涉及专业词汇基本不行。

张宁远说声抱歉，马上改用英文，他和林永翔的英文都没问题，和文宸交流很顺利。

"这套智慧法院的整体方案能实现怎样的赋能效率？"文宸问道。

"可以让法官事务性工作剥离约 40%，书记员事务性工作减少约 50%，案件平均审判效率提高 30% 左右。"

张宁远又给文宸介绍他们的得意之作：刑事案件智能辅助办案系统。

"人工智能最重要的三个环节——专家经验、模型算法和海量数据。我们有来自法院、检察院、公安局的业务骨干组成的专家团队来制定机器学习的规则，从统一证据标准、制定证据规则、构建证据模型三方面入手……"

"你们的主流算法模型还是深度神经网络模型？"

"是的。"

文宸扭头对文熙介绍："这个模型的优势是可以自我学习，可以对学习过的知识联想学习，但是训练这个模型需要海量数据。这应该就是中国的优势，在美国做起来就比较难。"

在观看产品真实应用场景的视频时，文熙看着看着就走了神。她在想沈梦远何时才过来，想他怎么一天都没消息，是不想她，还是不想打扰她？或是被云舒缠上了？她越想越坐不住，就给他发了信息：

"何时出发？"

沈梦远今天在迅达是全天会议，这次的收购计划直接关系到迅达公司的一个重大布局调整，就是介入现在最吸引眼球的概念"脑机接口"，让它实现商业落地，所以讨论异常激烈。

前几年已经有专业公司涉入了这一领域的研究和商业化，迅达公司在去年与中国某大学合作成立"脑机接口"实验室之后，今年筹划投资和收购专门公司。

"……目前中国企业虽然专利申请量最大，但针对关键技术布局力度仍不够，而且尚未进行海外布局，同时'脑机接口'的国际专利布局也还未大规模启动，我们应该加强海外专利申请以赢得先机。所以我建议一方面投资或收购一家海外公司，另一方面加大与国内高校的合作力度，尽快实现产学研对接，推动自主研发和科研成果的应用转化。"

沈梦远发言后瞟了一眼手机，看到了文熙的信息，而且还是两条，时间间隔半小时。他一看现在的时间，已经快下午四点了，如果现在赶过去，还可以见上一面。但去还是不去呢？沈梦远有些纠结。

文熙肯定是想他去的，昨天也已经说好了，他自己呢，却有点不好意思，如果来的不是文熙的哥哥，他肯定说什么都会去。俗话说"心中无冷病，不怕吃西瓜"，他确实怕见到她哥哥会难为情，尤其是早上接了许愿的电话，更是怕文熙跟哥哥也说了什么。

于是，沈梦远试探着回了一句："可能结束还早，我就不过去了，行吗？"他决定如果文熙没有强烈地要求他去，他就不去了。

文熙一看，顿时像被泼了凉水，她等待的不是他来与不来的回复，而是何时来。

昨天不都说好的吗？怎么变卦了？失望和不悦都涌上心头，文熙想着该怎么回答他，绞尽脑汁想了很多个版本，"不行，昨天说好的"，"我还是想你过来"，"随你便吧"，每一条都写了又删。

沈梦远见文熙很久都没回复，有点儿坐不住了，也发了第二条信息："怎么不回答？"

文熙想，我的回答那么重要吗，你会听吗？

她怎么想就怎么说，发送出去后心里很解恨。

沈梦远急了，秒回："重要，会听。"

文熙破涕为笑，回复："快来吧！"

"现在出发！"沈梦远马上收拾东西，给王冬阳交代了几句，就悄悄地离开了会场。

文熙的要求，其实也让沈梦远心里暖暖的，喜欢一个人不就是这样吗？随时想着他，经常提到他，渴望这个人随时在眼前出现，愿意把他带给亲人和朋友……他其实不也是这样吗？

他也带她去家里吃饭了，她不在身边的时候会想她。早上他一个人开车上班就觉得身边空空的，时不时会习惯性地往右边看看，脑子里想起什么便想讲给她听，同时听她的意见。

　　在张宁远公司的会议室，文熙和文宸认真地听着他们的介绍，随时就感兴趣和不解的地方提问互动。因为是专业人士，文宸和他们的交流非常畅快，其实文熙给他看了公司的介绍后，就引起了他的兴趣，他还认真琢磨了一下这些问题，并请教了研发过法律 AI 产品的朋友。

　　在美国的法律人工智能领域，引起最广泛讨论的问题聚焦于算法在刑事诉讼程序中的应用。负责设计这些算法的公司拒绝公开算法和算法所考量的要素，同时，对这些算法的使用也没有任何规则和标准，这就造成了所谓人工智能的'算法黑箱'，使用机制不公开不透明的算法来取代法官的自由裁量也引发了质疑和批评。

　　"中国有这方面的情况吗？如果公众反对的声音大，会不会影响法院对法律 AI 的推广使用？"文宸问。

　　文熙在旁边点点头，说自己上次也想问。美国还有被告质疑算法的偏见，要求法院公开算法的案例。

　　"你问到了一个很重要的问题。我们知道，所有的技术都将植入发明者的价值观。对于法律 AI，我们认为公正是应该排在效率之前的，而且法律 AI 不能代替法律人，所以我们的每一款产品都叫'智能辅助系统'。刚刚你都看到了，我们主要做一些基础性的、程式化的法律工种，来提升效率并促进司法透明和司法公正，而且我们的算法可以有限公开，让民众信服。"林永翔解释道。他特别强调中国社会和美国不同，中国民众信任法律 AI，认为机器比人更客观更公正更没有偏见，目前还没有听到多少对公正性的质疑。

"这确实是中国发展人工智能的优势，所以这两年能取得长足进步。不像欧美社会的民众，天生对新科技抱有各种各样的质疑，认为这是政府和有钱人设计出来替他们谋取私利的工具，再加上用户隐私保护的严苛，给欧美人工智能发展带来了巨大的瓶颈，所以现在有的公司把顶级实验室搬到了中国。"文宸感叹道。

"对，我们在人工智能深度学习、大数据层面优势明显……"

张宁远正说着，沈梦远悄悄进来了，文熙最先看到，立刻站起身。文宸顺着文熙的视线望去，见到一名青年男子，这就是传说中的沈律师了吧。

"这是沈律师，我同学许愿的远房表哥，张宁远的大学同学。我二哥，文宸。"文熙给沈梦远和二哥做了介绍。

文宸和沈梦远握手的时候仔细端详了对方一眼，手也握得很有力。妹妹果真是外貌协会的，这个沈律师长得一表人才，英姿勃勃，五官标准立体，看起来稳重内敛，纯黑色 polo 短袖 T 恤衫扎在同色西裤里，简洁大方。原来这就是文熙的菜呀，不是有点儿文隽的味道吗？

与文熙的哥哥面对面，沈梦远内心十分忐忑，却装得淡定自若，同文宸礼貌地握手，没有盯着对方看。虽然他极力想做到若无其事的样子，但是文熙还是看出了他的难为情，就连忙招呼大家坐下继续讨论，让文宸有什么想问的快点问。

大家都重新落座后，沈梦远才忍不住偷偷打量起文宸来，文熙在他心中像团谜，也许从她哥哥身上能感知一二吧。

文宸今天穿得很随意，灰色 T 恤衫配白色休闲裤，学院风黑框眼镜，整个人看起来干净又时尚。五官清秀，书卷味很浓，比张宁远还浓。他和文熙有几分相像，尤其是眼睛、鼻子和皮肤，一看就是一家人。他说话不疾不徐，神情从容淡然，虽不傲慢但是有一切尽在掌握中的自信，与文熙的高贵如出一脉。沈梦远觉得，他们这种气质应该是与生俱来的，由此推断他们的父母也应该很优秀，从小生活环境应该很优渥。

想到这里，沈梦远有点儿自卑起来。

文熙看了看手表，挪到沈梦远身边，一会儿她就要和文宸离开了，还没和沈梦远说上话呢，而且又有两天见不到。

"今天在迅达顺利吗？怎么不给我打电话？"文熙在纸上写道。

"顺利。"沈梦远写道，两人在纸上对话。

"又有两天见不到你，你想我吗？"

沈梦远没有回答，他正假装一本正经地看着张宁远、林永翔和文宸的讨论，总不能旁若无人地和文熙卿卿我吧。这个问题自己怎么好意思回答呢，还白纸黑字的？假装没看见吧。

文熙以为他没看见，就用胳膊肘碰了碰他，使了个眼色。

沈梦远看赖不过了，就写道："这两天很忙，要忙工作，还要做去庐山的准备。"

文熙嗔怒地杏眼一瞪，挪了两个位子不理他了。

看到文熙生气，沈梦远坐不住了，心想怎么女生在恋爱中都这么弱智而小气，她难道感受不到他的心吗？非要他说出来？

算了，她想听，那就说吧。

他在纸上写下两个字："想你。"递给文熙。

文熙看后冲沈梦远赌气一笑，好像他是个做了错事的孩子，又写道："我们需要做什么准备吗？"

"晚上我和宁远商量看。"沈梦远回答。

的确是这样的，沈梦远赶过来还有一个重要任务，是要和张宁远商量庐山之行的细节，他完全没有这样的出门经验，可能张宁远好一点。

过了不久，文熙兄妹就告辞了，该了解的都了解了，而且还聊到了无人驾驶的人工智能芯片问题。这是目前文宸的研究重点，明天上午他会去上海交大人工智能研究院考察并讨论合作事宜。

"以后你和你的公司如果想介入这一领域，我们也可以合作。"文宸上车时对张宁远说，并叫文熙把自己的电话和邮箱给他，平常可以交流。

沈梦远和张宁远送走他们兄妹，回来马上在办公室讨论起庐山之行，时间很紧了。两人一人抱个手机认真查找相关信息。

"这两个月是旅游旺季，不能自驾车进景区，只能坐观光车。"张宁远把他查到的信息给沈梦远看。

"帐篷我看还是买好带过去，旅游旺季，酒店都订不到，帐篷万一也被抢空了呢。"沈梦远说。

"走吧，现在就去买！"张宁远马上响应。

两人一合计就立刻行动，边出门边商量去哪个商场。就在开车去往商场的路上，文熙来信息了，沈梦远迫不及待地点开阅读："二哥认为可以投资，OK 了！"

"成功了，文熙说他二哥认为可以投资！"沈梦远冲身旁的张宁远大声叫着，激动地用手拍着方向盘。

"哇，太好了！"张宁远也激动地拍打沈梦远，叫着晚上要喝一杯，庆祝一下。

沈梦远想起了徐智勇，每当他有什么事，总是想跟这哥们坐坐，喝一杯。当然徐智勇对他也是如此。前天晚上，徐智勇还来电话跟他聊了很久，让他抓紧时间追文熙，争取在她回国前搞定，还寻思着为文熙专门搞个亲友团活动。沈梦远想，正好邀请徐智勇来为庐山之行参谋参谋。

第二十章
神秘偷拍也心惊

"中国的应用层很厉害，像计算机视觉、语言处理、语音识别、智能机器人等完全可以和美国抗衡，还有应用场景和海量数据的优势，最重要的是中国市场的规模是全球第一。无论是企业投资层面，还是基础研究层面，巨大的市场需求必然会刺激供给端的快速提升，所以，中国市场一定是要抢占的。虽然法律 AI 还比较小众，也不是 LR 公司的投资重点，但完全可以少投一点，先介入这一领域。"文宸上车后还意犹未尽。

文熙频频点头，坚定了投资信心。

到了老码头，文宸一下车就指着对面惊叫："那不是厨房三件套吗？"

"二哥，你怎么像小孩子一样，就对那个感兴趣。关于上海你就只记得这个吗？"文熙笑得花枝乱颤。

"不是啊，黄浦江两岸很美呀，我记得呀！这里也很美，以前没来过。"文宸笑道。

"我也没来过，这里像是与外滩同时期的老建筑群吧？"文熙自言自语道。

兄妹俩对这片建筑感到很新鲜，都拿出手机来拍照。陪他们来的 LR 上海公司秘书过来，边帮忙拍照边介绍，说这一片都叫"老码头"，现在是集观光、娱乐、休闲、餐饮、艺术公园等于一体的沪上新锐时尚生活的新地标。这里位于南外滩十六铺区域，有历史上著名的王家码头和杜月笙的库房，还有石库门建筑。

大哥朋友的游艇就停泊在这里的游艇俱乐部，一个饱览黄浦江两岸美丽天际与江景的绝佳之地。兄妹俩在秘书的带领下登上了一艘乳白色的豪华游艇。

妈妈和大哥已经到了一会儿了，正坐着吃水果。文熙过来先抓了两颗葡萄扔嘴里，再过去抱着母亲撒娇，问她累不累，下午好不好玩。林芷兰疼爱地拍拍她的肩膀，说她一身的汗脏兮兮的，叫她先去洗手，又叫秘书去厨房帮忙。

等文熙和秘书都走了，林芷兰马上叫文宸坐到身边："怎么样，见到没有？"林芷兰本来有些疲惫的脸上立刻有了光芒。

"见到了，都快结束了才到的。"文宸说。

"怎么样？侦察到什么情况没有？"林芷兰的眼中充满期待和兴奋。

"是个帅哥。"文宸冲妈妈和大哥呵呵地笑。

"帅哥？比你和文隽还帅？"林芷兰哈哈大笑，觉得这孩子怎么这么评价一个男生，太肤浅。

"那你看他们俩之间是不是有点儿那个？"

文宸想了一下，可不能出卖妹妹。文熙那么明显，傻瓜都看得出来，但是他又不忍心骗妈妈，就说："不知道，没太看出来，我对这个真不擅长。"文宸抱歉地傻笑一下，希望妈妈放过自己。

"那你看他这个人怎么样呢?"林芷兰紧追不放。

"感觉挺老实的吧,他来得很晚,也没说什么话,除了长相,其他看不出来。"文宸算是一五一十地汇报。

文宸想了想又对妈妈说:"我感觉他是一个内心高傲、很有自知之明的人,包括他的朋友张宁远,都是那种内心简单、专注于专业本身的人,就像你儿子我。"

"那就好。"林芷兰松了口气,补充道,"我就怕 CiCi 一个人在这里被人骗了,或者是被一些表面东西迷惑,要知道我们家必须是门当户对的婚姻。"

"妈妈,我们总是防着别人,其实别人也在选择我们,不是所有人都想高攀,也许我们喜欢的人并不喜欢我们的家庭。"文宸竟有点儿伤感,他想到了自己。

张宁远和沈梦远很快选好了一顶野营帐篷,防晒、防风、防雨、防蚊。

"对了,再去买两副扑克吧,还有风油精什么的,是不是还要给她们女生买点儿零食,她俩应该是没有时间准备了。"张宁远说。

"对对,"这倒提醒了沈梦远,看来还是张宁远经验丰富些,"文熙有低血糖,要给她们准备点儿零食。"

两人边聊边往超市走去。

突然,张宁远电话响起,是妈妈。

妈妈关心地问儿子吃饭没有,儿子的朋友何时去北京。

张宁远就跟她讲了周末要去庐山旅游的事,顺便问她去过没有。

妈妈一听非常开心，这几年儿子几乎是不出门的。每年夏天她休年假，都叫儿子出去旅游，一方面是强制他休息，一方面是母子相互陪伴，但他从来不去，也没听他说跟朋友去过。

"真是太好了，你怎么想通了？年轻人就要多出去走走。"妈妈说。

"是他表妹提的要求，我们当然得满足人家。"张宁远呵呵一笑。

"去过，我晚上整理一个攻略发你微信上。"儿子要去旅游，而且是和女孩子一起，还这么重视，亲自筹划，侯雪梅太高兴了，一定要再咨询一下江西的同学。

侯雪梅放下电话，想索性再关心关心丈夫，也让他高兴高兴。

张国强此时正在办公室加班批阅文件，听夫人这么一说，确实高兴，放下了手中的笔，站起身。

自从儿子回国又被自己撺到上海之后，侯雪梅生了一场病，之后精神一下就垮了，只有对儿子的歉疚和对他的埋怨。他真希望她还是那个对事业热忱执着、刚正奉公、不懈钻研的铿锵玫瑰，那个办案能手，那个业务专家，如果都不行，那她能够快乐也好。

"聊聊吧，可以聊半个小时，我边说边走走路，你不是叫我要锻炼吗？半小时后我还有一个会议。"张国强也兴致高涨，希望她天天都能这么开心。

"今天怎么了，平常打电话也就几分钟，甚至几秒钟。"侯雪梅调侃道。

"难得看你这么开心啊！"张国强认真地说，"真希望儿子快点儿恋爱结婚，那份开心、幸福能弥补我这个父亲缺位的伤害。"

"你自己知道就好，要让他恋爱结婚，你就打消让他离开上海的念头吧，漂泊不定怎么去恋爱？"侯雪梅抓住机会劝导张国强，"你的逻辑很可笑，党纪和国法都没有这样的规定，这个你比我更清楚，我们要做的就是如实向组织汇报。你放眼全国，有你这样的人吗？你这样做也不是真正从工做出发，而是从你的私欲出发，你不就想成就君子圣贤的完美人格吗？"侯雪梅这个北大才女、优秀检察官，讲起道理也是一套一套的，而且是情、理、法的统一。

"自主创业是党和政府鼓励的，尤其是高科技企业，现在中国最缺的是什么？是高科技人才。如果儿子的公司以后成了中国一流乃至世界一流的高科技企业，而你又把他赶出了上海，那你真是上海的罪人。"侯雪梅亦庄亦谐，开起玩笑。

"你说这些都对，他要创业我也没反对，我们还全球招募人才、引进技术。但他是我儿子，我怕这层关系曝光后他遭到别人的算计，他涉世未深，谁能保证他能抵抗各种诱惑和陷阱？这些你都懂的，作为一名检察官你很清楚，你能保证吗？不能。连我们这些久经考验的老兵都不敢放松警惕，只能拔高要求来预防，提前斩断可能的风险，我们这是真正地爱护他。"张国强这次倒说得语重心长。

"你的逻辑有问题，我不认同。法治社会中的每个人都有法律风险，张宁远没有你这个爹他自己也有法律风险，公司也有法律风险。事在人为，我们只要警钟长鸣，坚守好法律底线就行了。张宁远只要不打着你的旗号去谋求利益就行，这么多年外人连他父亲是谁都不知道。"

"可是总会知道的，他以后越成功，就越有人来扒他的父母，会给他增加不必要的困扰。不说远了，像他们现在在 A 省的项目，如果别人知道他是我的儿子，别人会怎么说，百分之一百都会说他靠的是我的关系，这是害了他。他本身优秀，去哪里都优秀，中国这么大，不需要画地为牢。他能主动回避，不是更显出他的优秀吗？何必落人口实授人以柄呢？"

"你这是道德洁癖，总想占据道德的制高点，做一个道德完人！说到底也是一种私欲。"

……

这对夫妻，两个北大法学院的高才生，各执己见，进行了一场深度的灵魂对话，不像往常，说几句就置气各自走人。

侯雪梅对张国强下了最后通牒，离不离开上海完全取决于儿子本人，她会坚定地站在儿子一边，绝不会让步。

张国强哈哈大笑，说："我知道了，你们会把我扫地出门的。"

"我们不妨碍你做圣人，你把家舍了吧，你反正六亲不认。你说当初要知道你是这样的人，我怎么可能跟你结婚呢！"侯雪梅越扯越远。

"嘿，你应该庆幸。我记得当时某人也是追求过你的，你如果选他，老公儿子都在监狱。你选我多好，老公虽然不怎么样，但儿子优秀啊。"张国强不严肃的时候也很可爱。

侯雪梅被逗笑了，真没想到学生时代的张国强又回来了，风趣幽默。他们俩好久没这样聊天了，也很久没有这种触及心灵的交流，以及久违的夫妻感觉了。

侯雪梅在心里感谢起那个没见过面的女孩，因为她，张宁远有了这次旅游；因为儿子的快乐，有了自己和丈夫之间愉快的交流，彼此又有了家人的感觉。侯雪梅期待着许愿的北京之行。

"快说，你和文熙同学进展怎样？"张宁远一走，徐智勇就开始"审问"沈梦远。

沈梦远老老实实地做了汇报，包括马上要去庐山的事情。

"人家这是在主动追你呀，你们这速度简直超出我的意料！"徐智勇一听，眼睛睁得圆圆的。

"出去旅游不是她提议的，是我表妹说的，她说上海太热了，找个凉快地方。"

"你怎么知道不是文熙的意思，你难道还想让人家女孩子厚着脸皮说'我们出去旅游吧'？"徐智勇一副很老练的样子。

"她说过的，她叫我陪她去西部旅游，什么敦煌啊，九寨沟啊。"沈梦远认真地说。

"啊，已经说过了？"徐智勇再次大跌眼镜，"看来人家真的很喜欢你哦，你怎么回答的？"

"我说没时间，是真的没时间。"

"对呀，这不就结了，人家想，去西部没时间那周末两天总有时间吧。"

沈梦远不作声，一丝羞涩的表情。其实文熙的心意已经很明显了，只是恋爱中的人总是不相信自己的感觉，还想从别人的口中得到印证，对方真喜欢自己吗？喜欢多少？自己该怎么办？再有主见的人好像都会这样。

徐智勇也没去过庐山，但叫沈梦远一定要去那里的电影院看一部电影《庐山恋》，并说是自己的夫人去年夏天去了庐山后回来告诉他的。

沈梦远马上百度，念出声来："这部意义非凡的老电影在庐山葱翠间一放就放到现在，创造了'世界上在同一影院连续放映时间最长的电影'的吉尼斯世界纪录。"

"是吧，所以你们真是选了个好地方。去庐山吧，去庐山恋爱吧，一定要手牵手走进电影院！"徐智勇像喊广告语。

这时，沈梦远的手机响了，是云舒的电话。现在她的电话沈梦远都会接，可刚"喂"了一声，她就挂了，然后发来短信："看微信吧，看你的女朋友。"

沈梦远有些纳闷，点开云舒发给他的微信。首先映入眼帘的是几张照片，除了文熙，他认得其中一个是下午见过的她二哥，还有一个男子应该就是她大哥吧，女的当然是她妈妈。四个人在一艘游艇的甲板上赏景聊天拍照，亲密无间。

从照片的角度看，应该是云舒在另外一艘游艇上拍过去的。照片下面的信息是这样写的：我一直以为沈梦远会嫁给爱情，没想到是嫁给了豪门。

像云舒这样见过世面的人，自然知道文熙他们乘坐的那艘游艇价值不菲，也知道肯定不是普通运营的游艇，也看得出船上的四人应该是一家人。文熙挽着两个男孩亲密合影，打闹嬉戏，两个男孩搂着的中年妇女，应该是他们的妈妈。

云舒曾经打听过文熙的情况，知道她是美籍华人，是沈梦远表妹的同学，而且知道他们认识的时间很短。被沈梦远这么短的时间爱上的人，肯定有她的过人之处，不管是真爱还是假爱。云舒今晚和几个美国回来的朋友聚会，也在一艘私人游艇上，她看着对面的文熙，眼睛中闪烁着妒火：她为什么处处受宠爱，而自己同样漂亮、聪慧、优秀却不行？

现在看来，沈梦远还是拜倒于富贵！想来也合理，他本来就是偏僻大山出来，想要在大上海立足并跻身上流社会的人。他的目标一直很明确，很专注，为此他当然可以不择手段抓住一切有利机会。想到这里，云舒嘴角泛起一丝冷蔑的笑，现在轮到她在精神上鄙弃他了，不过是个"于连式的人物"而已。

可是他昨晚也到她身边了，是不忘旧情，或是恻隐之心？她觉得单从感情来讲，她也许是可以打败文熙的，毕竟他们认识的时间那么久，毕竟沈梦远这么多年都没有交女朋友，不是忘不了她又是因为什么？而且文熙毕竟是美国人，她和沈梦远其实在很多方面都有不同和分歧，时间长了自然就会有矛盾。想到这里，云舒暗暗下决心要从文熙手中抢回沈梦远。

看了照片，沈梦远神色黯然地笑笑，其实这也是他今天晚上想找徐智勇聊聊的原因。

他总觉得文熙很神秘，他根本不了解她的世界，她的生活。每天在一起看似真实，实则虚幻。她说她来自普通的中产家庭，但感觉不像，她对她读的学校都不敢提，她还有那么高的法律专业水平……

徐智勇听着沈梦远的倾诉，认真地研究着云舒发过来的照片。

照片上的这几个人的确一看就非富即贵，也许平常光看一个人还不觉得，但他们在一起，一下就看到了这个家庭不同于普通家庭的气场。但这又能说明什么呢？沈梦远凭什么就不能融入这样的家庭？加一个沈梦远进去也没有违和感呀。

"她是你表妹的同学、好朋友，你应该相信你表妹，就算她也撒了谎，但她不会害你吧？也就是说这个谎言说到底无关紧要。"徐智勇分析。

沈梦远不作声，淡淡一笑。

"一个女孩子孤身一人到异国他乡，就算对自己的真实身份有所隐瞒，也是一种自我保护，是女孩子很好的品性，尤其我们搞法律的更该理解。再说，出身富贵也不该成为一个人的缺点呀，而且你不也是钻石王老五吗？"徐智勇进一步开导。

"我是钻石王老五？呵呵，现在都到了这层关系，也应该坦诚相待了吧。"沈梦远摇摇头，还是想不通，一双深邃的眼睛中闪着幽幽暗暗的惆怅。

"哪层关系了呀？"徐智勇四两拨千斤地开着玩笑，"那就说明还缺点儿火候，你还得加把火。"

徐智勇那天晚上和沈梦远交流了很多，他认为沈梦远总是用理性去对待不能全讲理性的感情，总是像办案子一样从一开始就想到了最后。一看到可能出现不好的结局，自己就先索然无味，所以老是不能投入感情。

"爱情是相互的，一个老是怕受伤害、怕浪费时间和感情的人，怎么可能好好地爱别人和感受别人的爱呢？不如跟着内心的感觉去踏上一段爱的旅程。船到桥头自然直，到一定的时候该来的都会来。"徐智勇大胆预测，说文熙最迟在离开中国的时候什么都会说的。

"也还有一种可能，回国就慢慢杳无音讯了。"沈梦远说。

"不要想那么多，抓不住现在，就无所谓将来。少想，多做。"徐智勇如兄长般开导。

文熙和妈妈、哥哥们在游艇上玩得很开心。

在船上看黄浦江两岸的灯光又别有一番感受，像徜徉在璀璨的星河，绚丽夺目的霓虹灯不断扑向你的视野，又退出你的视野，令人目不暇接。

文熙又想起了沈梦远，于是给他发了几张夜景美图。要是他在就好了，美好的风景，美丽的心情，是想跟特别的人分享的……

第二十一章
启动谈判之际

美国，清晨。

陆天皓早上一醒来就想看看夫人孩子们在干什么，马上给夫人拨了视频电话，如果自己有时间，多想和他们共享天伦之乐。

给陆天皓看了黄浦江夜景后，林芷兰就向陆天皓抱怨，说他让孩子们到中国成了中国通，现在可好，他们干脆想留下做中国人了。

陆天皓哈哈大笑："做中国人好啊，你不是中国人吗？"

如果儿女们真的想往中国发展，他倒是赞成的，甚至求之不得，相信父亲和爷爷九泉之下也会欣慰。

爷爷早年留学哈佛，是国民政府的高官，曾担任过部长职务。父亲在南京出生，几岁就随父母迁往重庆，在那里度过了抗战时光。抗战结束后父亲没有随爷爷回南京，而是直接到了美国读书，然后就一直待在美国，娶妻生子，成家立业，创办LR公司。而爷爷则携一家人于1949年随国民政府迁往台湾，几年之后，又迁往美国。

从小爷爷和父亲就给他们讲，他们的根在中国，他们是中国人，而且规定陆家人相互之间必须讲中文，陆家子孙只能和华人结婚，以保证血统的纯正，并希望他们可以寻找适当的时机回中国，做中国人。

陆天皓的父亲去美国的时候十五岁，十六岁就考进哈佛，之后又读过麻省理工和斯坦福，成为第一代芯片人。二十世纪九十年代以后，父亲回国陆续投资了一些产业，包括千禧年之后 LR 在中国创立第一家分公司。父亲去世后，陆天皓和姐妹弟弟们谨遵父亲的教导和遗愿，继续加强对中国的投资和各种捐助。迄今为止，陆氏家族在中国的投资已经超过千亿美元。

陆天皓又和文隽就 LR 与天华的问题单独聊了几句，今天他会去公司，进行最后一轮讨论后就会启动和解方案的谈判了。文熙在文隽旁边不动声色地听着他们的谈话，启动谈判就是好事，真希望在她回美国之前能达成初步协议。

陆天皓到了公司，移动产品事业部总经理罗斯已经在等候他，看罗斯满脸笑容，心想一定是有什么喜事。

他猜得完全没错，罗斯告诉他：他们针对 5G 和 AI 系统运用而研发的业界首款低功耗 D 芯片已经流片成功。与前代产品相比，数据访问速度提高了近 50%，但功耗却降低了 20% 左右。

"太好了！"陆天皓听到这个消息重重地捶了一下桌子。这正是他们看到了全球将大规模部署 5G 网络和人工智能的广泛运用而提前做的布局，它将有效应对汽车、客户端电脑、5G 和 AI 应用专属网络系统对于更高内存和更低功耗的需求。

"这款芯片能使 5G 智能手机以高达 6.4Gbps 的传输速度处理数据，对消除 5G 速度瓶颈将起到关键作用，也可满足诸如汽车自动驾驶等其他新兴科技的需求，现在这个更大更宽的内存子系统可以支持实时计算和数据处理……"罗斯抱着一沓资料给陆天皓汇报。

这算是近段时间坏事连连以来的第一个好消息，这个消息足以扫去密布在 LR 公司上空的乌云，陆天皓感觉精神抖擞不少。这是 LR 的运势要迎来转机了吗？

罗斯走后，陆天皓叫来了艾伦。

"我们现在要收缩法律纠纷的战线，把主要精力投入 D 芯片上，有可能这个产品以后的主要市场又是中国。中国正在大力布局 5G 和 AI，我们一定要注意中国民众的情绪，关注网络这个重要的舆论阵地。中国网民爱国热情高涨，如果伤害了中国人的感情挑起民族情绪，在全网受到抵制和攻击的话，我们将失去中国市场。"陆天皓郑重地给艾伦强调，作为华人，他比艾伦更能清楚地认识到这一点。

"是的，网民的情绪甚至有时会影响司法，这的确也是我们应该注意的。他们呼吁要降低对外国科技的依赖，加速争取关键科技领域的全球领导地位，他们的本土科技公司会越来越有竞争力。"艾伦耸耸肩。

"所以我们一定要占有中国这个市场，如果现在出局了，以后进去就更难了。与天华公司的谈判也可以启动了。"陆天皓交代。

"好的，我去安排。"艾伦说。

"对了，我们对宇通公司的供货许可证进展怎么样了？"这也是陆天皓关心的大事。

"还没下来，好多家公司都提出了申请。经过努力，LR 获得首批许可应该问题不大，我们还在加紧游说。"艾伦说。

刚到国昊办公室，沈梦远便得到了 LR 公司同意启动谈判的消息。

沈梦远第一时间把这个消息告诉了文熙。文熙假装惊喜万分，并预祝他们谈判顺利。

天华公司律师团马上和天华公司总部相关人士召开视频会议，沈梦远神采奕奕地上线。

这次 LR 的及时回复，以及同意启动双方谈判的表态非常令人高兴，但是开出的苛刻条件则充分地暴露了其"嗜血性"。

"这还有什么谈的必要呢，不如背水一战，还有一丝赢的希望。再说，美国商务部也未必制裁天华公司，美国司法部也未必能对天华进行刑事指控。美国毕竟是法治国家，凡事要讲证据，天华的产品还没有在美国销售。刑事指控更不该针对天华，即便王逸个人罪名成立，也跟天华公司没有关系。"之前一直反对和解的律师又抛出了他的观点。

天华公司的一名高管马上表示支持："美国与中国进行科技脱钩的话，其他国家的公司，甚至美国公司自己也会选择与美国政府脱钩。科技战一旦升级到一定烈度，美国企业的业绩和科研创新将下滑，拖累美国整体竞争力。而且如果技术脱钩，中国发展出一套自己完全独立的系统，那美国将变得更不安全。"这个观点之前在天华公司内部很主流，宇通事件发生后，多数人抛掉了幻想，但也有人坚持。

"要不要走和解之路是上次会议已经充分论证过的问题，今天是不是就不用再争执了？又是禁售令，又是巨额反垄断罚金，LR 公司肯定会假美国政府之手实施报复，对冲损失。我们不能有侥幸心理，只能做最坏的打算。"一位坚定支持和解的律师马上接过话说。

沈梦远不动声色地听着大家的意见。

"对的，已经论证过的问题就不用讨论了，大家还是聚焦到和解的内容上来吧，多听听律师团的意见。"天华公司副总裁定了基调，并点名钟华政先发言。

"听说一些美国公司在计划将研发部门迁出美国，以规避风险，确保与中国市场的联系。其他国家的企业因为担心产品供应链被美国政府掐断，开始减少与美国企业的贸易往来，转而增进与中国的合作，以确保在中国市场的一席之地。所以我相信 LR 公司还是有和解与合作的诚意的，在这个判断下，我们再来权衡度的把握。"钟华政不愧是老江湖，先抓要点。

"我和沈梦远律师前几天跟另外几家申请反垄断调查的公司进行了试探性磋商，效果还不错，大家愿意同舟共济帮助我们化解危机，难点还是要让 LR 回到谈判桌上。我们可以对这些公司做出补偿，但今后的降低专利费以及取消绑定等承诺还是必须由 LR 做出。上次开会讨论的谈判筹码问题，公司讨论的怎么样了？"钟华政问。

上次会议，律师团建议公司要同时进行与其他国际大厂的合作谈判来虚张声势，作为与 LR 谈判的筹码。

"我来交个底吧，各位也是自己人，也需要你们出谋划策，我们真的不排除与日本的一位元老级人物合作。这位老先生曾经被 LR 公司钉在了耻辱柱上，他也想再度出山，不想作为一个失败者结束人生。"天华副总裁道出公司另外一个计划。

原来在与 LR 的法律战愈打愈烈之际，天华就想到了昔日在美日芯片战争中含恨落败的日本芯片元老小林光夫，于是邀请他和日本的半导体精英人才加盟。历史何其相似，而对于他们来讲，也正好借中国的崛起，向美韩展开"复仇"。

"这计划好！想当初美国扶持韩国，以摧枯拉朽之势打掉了日本的芯片产业，现在正好有机会报一箭之仇。"大家情绪高涨，议论纷纷，对于如何谈判，又有了新的策略。

那天上午的讨论没有最终结果，只是初步定下了大的原则。具体事项还是先由律师团出方案，再交给公司，且在这个周末完成，下周一就在上海正式启动谈判，而草拟这个方案的任务自然又落到了沈梦远头上。

沈梦远皱了皱眉头，答应了文熙和许愿的庐山之行不能变卦，草拟方案的工作只能交给程雪和王冬阳来完成。

大哥和二哥去上海交大考察和座谈。文熙和妈妈则到杭州参观 G20 峰会的会场，品尝楼外楼美食。下午一家人在苏州会合。

妈妈祖籍苏州，很喜欢苏州小桥流水人家的韵味，每次回国，至少要在苏州住上一天，听听评弹，品品采芝斋的点心。这次也不例外。他们今天晚上要在舅舅买的一处老宅住一晚，第二天上午去乌镇，下午回上海后直接去机场。

林芷兰好说歹说也没能把文熙拉回美国。文熙有个很充分的理由，她要和许愿一起去中国西部旅游，陆天皓也表示同意。

许愿终于要踏上回国的旅程，心里非常激动，这两天都睡不好，一遍一遍地梳理回国后每天的日程，要见哪些亲朋好友，准备什么礼物。她想起什么便马上在笔记本上列出来，落实之后又一个一个地划掉，生怕漏了什么。

　　许愿不想睡觉，给父母打电话聊了聊回国的一些安排。父母听到张宁远的妈妈是一位检察官，还要请假亲自陪同他们去看病，很是感动。"一定要给张宁远的妈妈和舅舅选个礼物哦！"母亲叮嘱道，她怕许愿长期在国外不懂人情世故。

　　"已经选好了，放心。"许愿说。

　　父亲在一旁插话，叫许愿还是不要麻烦张宁远妈妈了。

　　"人家是检察官，哪能让人家请假，这样不行，我们自己去！"在父亲心中，检察官、法官都是很神圣的，也是很忙碌的。

　　"我说过了，但张宁远坚持说他妈妈每年都是这个时候休年假，之后还会去上海看他。"许愿解释。

　　"行吧，反正尽量不要给别人添太多麻烦。而且你本来是他的投资人，这样好不好，需不需要避嫌？你自己考虑。"许巍然毕竟是老江湖，想得比较多。

　　"没什么，就是介绍医生而已，又没有利益输送。"顿了一下，许愿又说，"我觉得张宁远挺不错的，他叫我不要有心理负担，投资的事成不成都没有关系，他就是因为我们是沈梦远的亲戚才帮我们，而且也是举手之劳。"

　　女儿一番话，听得许巍然夫妇大发感叹。说张宁远这个孩子真懂事，真善良，肯定从小家教很好；又夸沈梦远这孩子踏实靠谱，结交的朋友也不错。

傍晚时分，沈梦远正在忙碌着，却接到了妈妈的电话，叫他务必回家吃饭。沈梦远纳闷："早上不是说了这两天晚上都要加班到很晚才回去吗？"

"我没忘呀，但远方来客人了，重要客人。你先回来，吃了饭再加班。不说了，我做饭去了。"妈妈扔下一句话挂了电话。

是重庆万盛老家来人了？沈梦远也没多想就做着回家的准备，妈妈叫他回去总是有要紧事。

回到家，沈梦远傻眼了，这个重要客人居然是云舒！

原来云舒开始打"亲情牌"了。她知道沈梦远孝顺、听话，一旦他的父母和奶奶认可了她，还怕他不乖乖听话？于是她凭着多年前的记忆找到了这个小区，又费尽周折查到了沈梦远家的门牌号，马上就拎着大包小包的东西上门了。

"我来看奶奶和叔叔阿姨，对不起，事先没告诉你。没吓着你吧？"云舒调皮地笑着，表情非常自然，像主人一样，反倒把沈梦远弄得很尴尬，像个客人。

"人家云舒是要给你一个惊喜，你看云舒回来这么久了你都不邀请她来家里吃饭，也不告诉我们。"妈妈连忙拉沈梦远，给他使眼色，完全是被云舒搞定的样子。

"大家都很忙，呵呵。"沈梦远尴尬地笑笑，真是佩服云舒的大方和心机，她以前怎么可能这样？

"她都还记得上次来我们家吃饭的那些菜呢，说想得都流口水，你以后要经常带她来呀。"奶奶也发话了，眉开眼笑的，又对云舒说，"你自己有空了，想奶奶和阿姨了，想吃川菜了，就过来。"

"谢谢奶奶！"云舒亲热地搂着奶奶。

等父母一进厨房，沈梦远连忙把云舒拉到阳台上。

"你不要让他们误会，我跟你说过，我们已经回不到从前了……"沈梦远考虑着措辞，他不想因为要亲近她而让他们之间的关系罩上暧昧的外衣，也不想太冷漠和决绝让她伤心。

"但是，我还是会把你当好朋友，我希望你过得好，希望你幸福，希望你一直优秀。"沈梦远诚恳地说。

云舒看着沈梦远的眼睛，那曾经熟悉的笃定目光，如今又多了一份持重和自信。他此时正微笑地看着自己，那笑容是发自心底的真诚和善意，这让云舒感动。凡事都有一个过程，云舒想，只要他不拒她于千里之外，只要还能做朋友，那他们就还有机会。

"嗯，谢谢。我对国内不熟悉，希望你多帮助我。"云舒大方地说。

"我对国外不熟悉，要多向你请教。"沈梦远趁机跟她聊起与迅达同类型的国外人工智能公司技术创新的情况，并与迅达公司做比较。

云舒确实很熟悉情况，她侃侃而谈，甚至有点儿卖弄的意味，这让沈梦远得到了不少有用的信息，并一步步把她引入预设逻辑："所以说美国有的公司也在觊觎我们的技术，我们的头部企业需要进一步在商业秘密和专利保护上做好防范？"

"那肯定，我们的领先领域越来越多了，现在我们要防止别人来偷技术。"云舒说。

"那你要小心了，你属于重点目标。"沈梦远不失时机地开着玩笑，巧妙提醒她一定要注意以前美国的同事和朋友，不要无意中被别人利用而泄密。

　　云舒尴尬地挤出一丝笑容。

第二十二章
归国

清晨，天气很好。

碧澄如洗的天空，太阳微微张开笑脸，橘红的阳光透过蓝天洒向大地，照在张宁远的窗前，热情而不热辣，甚至还有丝丝凉风。

张宁远醒得很早，拉开窗帘后又返回到床上躺了一会儿，捋了捋这几天的安排，尤其是今天的行程。

盼了那么久，终于要来了，张宁远心里忐忑不安，像在迎接一次大考。人生虽然每一步都重要，但有几步会更加重要。公司的法律 AI 项目如果这一轮不能拿到投资，那他们可能就不会在这条道路上坚持走下去了。而能不能拿到融资，今天就应该能见分晓。

张宁远对着镜子认认真真地倒饬一番，胡子刮得干干净净，头发打了点儿啫喱显得更有型。他今天穿了白衬衣，纠结于要不要打领带，打了脱，脱了打，反复了好几次。他灵机一动，打电话找沈梦远当参谋吧，他了解许愿，又很会穿衣服。

"又不是去相亲，那么重视干吗？"沈梦远笑话他。

"废话，这比相亲重要多了！"张宁远抢白。

"重要不在于穿着，而是你们的产品和介绍。"沈梦远呵呵笑道。

"第一印象也很重要吧！产品很好，在这方面失分就太可惜了。"张宁远还是有点儿紧张。也是，其他人来考察，他也没有刻意穿什么。

"不会的，放心，许愿不会这么浅薄，而且她是男孩子性格，不会在意这些外在的东西。"沈梦远急着要出门上班，今天事情太多了，没时间跟他讨论，又怕他还拿不定主意，就补充说，"不要打领带了，实在不行就放在车上，如果她穿西装，你再打领带。"

这主意好。张宁远很高兴，这小子，一套一套的，律师还真是见多识广。

经过一夜的飞行，许愿乘坐的飞机准时降落在浦东国际机场。时隔七年，终于踏上故土，一切可会安好？许愿内心激动又忐忑。

张宁远早已在到达处等候着，一直有点儿紧张，也不知道为什么。可能在沈梦远的口中，许愿又凶又恶难伺候，生怕一不小心得罪她，或让她哪里不满意。

本来他是想叫上比他更善于应酬的林永翔一起来接机的，但想到又要送许愿到家，还要到沈梦远家吃饭，怕多一个外人许愿不喜欢。

但是在见到真人的那一刻，张宁远惊呆了。

"你好，我是许愿。"一个漂亮女孩落落大方地伸出手，笑盈盈地看着他，完全像个邻家小妹。她穿着一条工装背带裤配

T恤衫小白鞋，一头短发，看起来又酷又飒，但是五官却很秀气，眉毛弯弯的，眼睛亮亮的，嘴唇的线条很好看，笑起来像新月，露出整齐洁白的牙齿。

"您好，您好。"张宁远怔了一下才反应过来，想要握手，却手足无措。

许愿忍不住再打量了他一眼，心想这个人怎么这么害羞，好歹也是个 CEO 嘛。

"来，我来，辛苦了。"张宁远这才想起帮许愿推行李车。

说实话，许愿的靓丽让他不敢直视。好在许愿落落大方，又擅长调动气氛，两个人在车上聊着聊着，张宁远也就慢慢放轻松了。

中午两人在沈梦远家吃饭。这次许愿终于吃到了文熙介绍的三合泥，两天前她就跟沈梦远说了，一定要照着上次文熙在他家吃饭的菜谱来，否则她就不去张宁远的公司。这个小祖奶奶，惹不起，沈梦远回忆了菜谱，要妈妈无论如何照单全做。

张宁远以前也去沈梦远家里吃过饭，不仅喜欢他家的菜，更喜欢他家的氛围，所以只要是沈梦远叫他，他准去。

"怎么好长时间没来家里玩了？经常过来吃饭呀。"沈梦远妈妈问张宁远。

"沈梦远没叫我。"张宁远老实地说。

许愿扑哧一声笑了，想这人说话怎么这么实在，表情竟还有点儿像个可怜的小孩。

许愿把跟沈梦远父母和奶奶的合影，以及那些让人垂涎的菜肴照片发给文熙，说："沈梦远和你都不在，倒是我和张宁远在他家吃饭，有意思！"

文熙此时也正和妈妈哥哥们在乌镇吃饭，问："沈梦远怎么没回去吃饭？"

"说忙，也许是因为你不在呢。"许愿回信息，加了个调皮的表情。

虽是开玩笑，文熙听着心里也很甜蜜，一切都挂在脸上。今天早上跟沈梦远通了个简短的电话，他就说这两天特别忙，要针对 LR 回复的方案为下周一的谈判做准备，而且明天还有两个事先定好的论证会。

文熙想到晚上就要见到许愿和沈梦远，明天又要去庐山，幸福得要飞起来。而且昨天晚上已经和两个哥哥商量好了对张宁远公司的投资计划，他们三兄妹一人投三百万美元，合计九百万美元，具体由陆文熙大律师来操作。

这也是三兄妹小试牛刀，以个人名义在中国做的第一笔投资。大哥的意思是，成功了固然好，失败了也没什么，权当为中国的法律科技事业做贡献了。文熙还笑他，那与天华的谈判也不用太苛刻，权当为中国的半导体事业做贡献。

吃完饭，许愿回家去换了一身职业装，上面是有飘带的V 领白色重磅真丝衬衣，飘带镶满水钻，下面是长至小腿的黑色裹裙，脚蹬黑色高跟皮鞋，手挽一只黑色的 Delvaux brilliant 包，既干练又不失女性的妩媚。

换了装扮的许愿让张宁远眼前一亮。女生的切换真是自如，一下由邻家小妹变为职场精英。

"你看我这样行吗？要不要再正式点儿？"许愿问张宁远。

"这样可以啊！"张宁远从上到下认认真真地打量了一下，

有点儿不好意思。因为从来没有哪个女孩问过他穿着行不行，这得多亲密的关系啊，看来这个许愿是挺大方的。

"毕竟是头一次去国内的政法机关，不清楚该怎么穿着，要不要穿西装？"许愿笑笑。

张宁远才发现自己意会错了，也自然了许多，说："不用！又不是出庭，只要不是奇装异服就可以吧。"

他们驱车前往一个小时车程的A省某公安分局，林永翔和另外一名同事已经等在门口。张宁远给他们做了介绍后，大家一起进去。

在公安局考察的是刑事案件智能辅助办案系统，其实许愿对这些内容都非常熟悉了，但在实际的场景应用中来看更直观，而且很新鲜。这也是张宁远主动提出来的，那个有投资意向的人工智能头部公司来考察他们公司后，就提到想到实际试用的场所看看，看完之后对他们的项目就更有信心了。

"我自己就曾经遇到过侦查阶段证据不合规，最后在审判阶段被告人当庭翻供的情况。现在有了这套系统，就不会出现这种情况了。"负责演示的王警官边讲边演示，"你看，现在证据标准、规则指引和证据校验的相关功能都嵌入了系统，对每一项工作进行相应的指引提示，这个证据就不合规，系统发出了警示，黄灯亮了，看到了吗？"

许愿点点头，确实一目了然。证据是诉讼的灵魂、裁判的基石，证据能把好关，就能减少甚至杜绝她父亲那样的冤案，促进司法公正。

"我试试！"许愿跃跃欲试，她是想把父亲被抓的那个案子的证据放上去，却又不知道怎么表述。王警官就又给他演示了几个证据，有通过的，有没通过的。

"全程规范、全程留痕、全程透明，这就是冤假错案的克星，大家都看得到，阳光是最好的防腐剂。"张宁远概括道。谈论人工智能他可一点儿都不紧张。

这两年专门投资人工智能的许愿当然清楚，利用人工智能技术为行业或某一特定职业人群进行赋能，是技术落地的最佳体现之一，张宁远他们的这套系统的确准确地抓准了行业痛点，应该很有前景。

之后他们去了检察院和法院，许愿还在张宁远的指导下自己试用，过了一把瘾。

"防止冤假错案值得投入这么大吗？中国政府真的在打造司法公正上不惜血本？"在检察院，许愿认真地问道。她从张宁远给她的材料中看到，这套系统已经在上海的五个区和 A 省的七个地级市试点，明年就会全市全省铺开，还有几个省也已经来考察对接，准备投入试点。

她关心这个问题，不仅是为了投资决策，更是作为一个中国人，作为一个家里曾有冤假错案的公民的关心。她相信这套系统对于防止冤假错案的价值，可是值得政府斥巨资大范围推广吗？在美国，法律科技更多的是赋能于法律服务的变革与创新，听到的是法律 AI 将在多少年内取代律师助理和初级律师，服务客户主要为消费者、律师、律所、企业法务，之后才是司法机构、公共机构、法学院等。

"那当然，公平正义是全人类追求的永恒价值目标，也是法治的核心价值，是必须坚守的底线。中国建设社会主义法治国家，更要让人民群众在每一起案件中感受到公平正义，对冤假错案必须零容忍，而科技是破解难题的利器，所以各级政府加大投入，让司法插上科技的翅膀……"检察官的介绍铿锵有力。

父亲的这个案子宣布再审之后，许愿特别关注中国法治领域的消息。沈梦远和爸爸有时也会跟她讲，后来张宁远在介绍项目的时候也会讲这些政策背景，可她仍旧半信半疑，不敢抱有太多期望。但是也不是完全质疑，因为父亲案件启动再审，本身就是一个有力的证明。

"如果大家都这么说，那应该就是真的了吧。而且，政府真金白银地投入，也是一个佐证，资本不会说谎。"许愿心里想。

忙了一天的沈梦远终于从专利事务所出来，开车赶到老码头和许愿他们吃饭。

老码头这个地方是文熙替许愿挑的，那天坐游艇后，她就嚷着要沈梦远到那里请许愿吃饭。而具体的餐厅是张宁远公司订的，今晚还轮不上沈梦远请客。

这是一家上海菜餐厅。沈梦远进到包房，正对门口坐的许愿一眼看到了他，皱眉瞪眼起身跑过去，站在他面前也不说话，两手胸前一交叉，眼睛恨恨地怒视着他。

沈梦远见状，连忙赔笑，一连两个"对不起"，说因为要陪她出去旅游，所以今天要加班加点工作，没能去机场接她。

"哦，那还是我的错呀？或是我要感激沈大律师陪我出去旅游？"许愿继续抬杠。

"我的错，能陪许大小姐旅游是我的荣幸。是吧，宁远？"

沈梦远巧妙地转移到张宁远身上。

"对，是的。"张宁远赶紧接过话。刚刚他可见识了沈梦远口中许愿的"凶"。另外两个人，林永翔和那个同事也略为尴尬地赔着笑。

沈梦远这招管用，在不熟悉的人面前，许愿也不好意思刁蛮无理。

"怎么样，下午去政法机关的实景考察还满意吗？"沈梦远拉到正题。林永翔则招呼大家入座。

"满意，想了解的都了解了，还附带上了一堂法治课。"许愿开玩笑。

"那我可以认为这件事就成了？"沈梦远也开着玩笑。

"保密。"许愿眨了眨眼睛。

沈梦远说："概念能实现场景落地，使用价值又高，应该能在你这个 AI 投资人这里拿到高分了。你们不赶快投，别人就投了哈。"说完，哈哈大笑，端起酒杯开席。他既是牵线人，又是许愿的亲戚，自然由他来主持。

中午吃了沈梦远妈妈做的正宗川菜，现在又吃地道上海菜，对于许愿来讲全是久违的饕餮盛宴。

觥筹交错、大快朵颐中，许愿又主动谈到了工作，说这样明天在公司的行程就可以简化，可以晚点儿起床。倒时差，早上真是不想起，文熙估计也是，今天晚上她俩肯定聊到大半夜。

沈梦远也赞成他们边吃边聊，明天她和文熙睡个懒觉，晚点儿去他们公司参观一下，再看看他们的秘密武器就可以了，一两个小时就能搞定。

许愿饶有兴趣地问是什么秘密武器。

沈梦远卖个关子，说去就知道了。

坐在身边的张宁远把手机递给许愿看，一个小机器人，萌萌的。张宁远说道："你不是问我们为什么都是司法机构的产品而没有法律服务 AI 吗？这就是。"

"好可爱呀！你们都没说，文熙也没说。"许愿眼睛里闪着光。

"文熙没看到，是张宁远专门给你做的，送给你的礼物。可爱的小人儿。"沈梦远一本正经地说。

"真的假的？专门给我做的吗？"许愿半信半疑地看看沈梦远，又看看张宁远。

这丫头如此精明，也有傻的时候。沈梦远憋不住笑起来。

"你真是越来越坏了，骗人！"被戏弄的许愿一掌打向沈梦远，沈梦远一闪，却打在了张宁远手上，连同杯子也打飞了，他正过来给沈梦远倒酒。

许愿连忙站起来向张宁远说"对不起"，满脸的尴尬，然后把头蹭到笑得前俯后仰的沈梦远面前，低声说："等着，今天晚上我要到文熙那儿告你！"然后狠狠地在他胳膊上拧了一下。

许愿拿起手机给文熙拨电话。

文熙刚送走妈妈哥哥们，正急着往回赶。

"你还不来吗？他们欺负我，我要回去了！"许愿有气没处撒。

"谁敢欺负我们许愿呀，谁敢？"文熙笑了。

"沈梦远！"

"他吗？那我们晚点儿收拾他。"文熙本来想说是许愿先欺负沈梦远，又怕许愿骂她重色轻友，还是先组成闺密联盟吧。

许愿得意地跟沈梦远回家了。

此时，文熙也到了，两姐妹一见面就抱着、亲着聊个不停，把沈梦远晾在一旁。

沈梦远就在旁边静静地看着文熙，不忍挪开视线。文熙叫他一定要等她，他何尝不是这么想的，即使她不说他也会等。两天不见，真的很想她。而想着她不久就要离开上海，突然心紧了一下，有些许惆怅，如果不走多好……

"我先去洗个澡换身衣服，跑了几个地方，一身汗很不舒服。"许愿拉拉衣服，扭扭脖子走了。

"这两天玩得高兴吗？"沈梦远与文熙四目相对，心里咚咚直跳。

"高兴……就是……太累了。"文熙吞吞吐吐的，不知道说什么好。其实好想撒撒娇，说声"好想你！你想我吗？"思念才是核心，好不好玩都不是主题。

"那明天去庐山会更累，你们今天晚上不要聊太晚了，早点儿休息。待会儿许愿出来，我就走了。"沈梦远说。

"你早上不是说我们晚上在露台聊天喝咖啡吗？"文熙嘟着嘴，满脸不情愿。自己兴冲冲地回来，就是想跟他在一起，他却马上要走了。

沈梦远望着她，一副欲言又止的样子，弱弱地憋出一句话："许愿在这里，也不方便。"

"你真坏！"文熙一下被逗笑了，嗔怒地扬起拳头打向他，被沈梦远一把抓住。文熙没有站稳，倒在他的臂膀里。两人凝视着对方，有一丝惊慌，有一丝期待，仿佛时光凝滞，听到了对方的心跳声和呼吸声。

沈梦远放开她，往许愿的房间努努嘴，羞涩地一笑，迟疑了一秒钟，然后拉着文熙的手。这是他第一次牵文熙的手，这一牵手，心里已把她当成了女朋友。

文熙更是似一股电流通过全身，这可是他们第一次牵手啊！像恋人一样牵手，以一种猝不及防的姿势到来。

时光仿佛定格在这一刻。

她含情脉脉地看着他，主动用手指扣住他的手指，妥妥地十指相扣，往露台走去。

沈梦远觉得自己真可笑，平常文熙一个人住这里自己不好上楼来，怕孤男寡女的不好，今天许愿在他倒上来了，又觉得有外人不好？到底怎么才好呢？

文熙就这么乖乖地跟着他走，希望这段路很长很长，不要停下来，或者停下来之后又是新的剧情……

沈梦远则想起了过去，脑子里像放电影一样浮现出很多画面：第一次见面文熙晕倒在他怀里，打羽毛球他搂住了要摔倒的文熙，他在她脸上拂去他滴下的汗滴，他们深夜在雨中奔跑，他为病中的她擦汗，他在云舒面前把她拥入怀中……

来到露台，沈梦远松开文熙的手，恢复正常。男人不能老是卿卿我我，他需要向文熙交代一些事情。

"明天上午十点钟张宁远会来接你们，你们要把所有的行李带上车，就不回来了。下午直接去机场，我们在机场会合。"沈梦远说。

还在期待下面剧情的文熙一时还没醒过神来，让沈梦远又复述了一遍。

"你准备带什么衣服出去，什么颜色？"文熙问。

"干什么？"

"和你穿情侣装！"

"我不是说过嘛，我的衣服不是黑的就是白的。"

文熙想起来了，他是说过，后来还说要一起去逛商场买衣服，她会帮他选购一些其他颜色的，但还没抽出时间去。

"你一定要带件薄外套，山上山下温差大，山上海拔一千米以上，早晚凉……"沈梦远继续交代。

"知道了，做了攻略了。"文熙抢过话说，"山上平均气温22℃左右，早晚15~20℃，你要记得戴墨镜和太阳帽哦。"文熙反过来提醒沈梦远。

"好，我知道了。"沈梦远朝文熙投去赞赏的目光。他很欣赏这样的女孩，虽然你会为她操心，但其实她不需要你的操心，甚至她还能给你一些提示和指导。

"你回去把衣服收拾好，拍个照片给我，我检查一下行不行。"

"还要检查啊？穿的不对不许出门？那我明年还敢和你去贝加尔湖旅游吗？"沈梦远做了个夸张的惊讶表情，"这么复杂！"

"可能我用词不当吧，不说检查该说什么？明年去贝加尔湖你就不要操心了，我都帮你带来。"文熙笑。

"你一个人，想怎么穿，跟她没关系，但你跟她在一起，想怎么穿，就跟她有关系。听明白了吗？"许愿不知什么时候出来抢过文熙的话。

"唉，男人可怜。"沈梦远假装沮丧。

"得了便宜还卖乖，有人管你，是你的福分。"许愿道。

"是，被管者要对管理者充满感恩之心。"

沈梦远不敢再逗留，赶紧逃走了。他晚上还要熬夜加班，只是没对文熙说。

第二十三章
一场说走就走的旅行

期待的日子终于到了，两对俊男靓女登上了上海到九江的飞机。

文熙是最兴奋的，只要跟沈梦远出去，去哪里都好，何况庐山还那么美。

许愿虽然主要是为了撮合好友而去，但毕竟是出游度假，既有好友相伴，又有护花使者，也如出笼之鸟，而且还有种光荣的使命感。

沈梦远呢，不用说了，兴奋加小紧张。如果就他和文熙两个人，他还不敢去，但人多壮胆，自然不怕了。

张宁远呢，简直不知道这个好事是怎么降临的，投资人来了，是个大美女，还邀请出去旅游，他只好一个人偷着乐了。

文熙和许愿像两朵姊妹花，都是紧身短袖、阔腿裤、老爹鞋，腰以下全是吸睛大长腿，都扎着丸子头，帽子扣在了包包的带子上，墨镜扣在衣领上，潇洒、仙气，走路都带着风的感觉，而且是帕玛尔水的香风。

沈梦远穿的是白色圆领 T 恤衫配黑色休闲裤、白色球鞋，昨晚文熙帮他搭配的。

张宁远当然没谁要求他穿什么，他最休闲，直接穿了套运动服。

许愿和文熙走在前面，找到座位后，文熙挨着许愿坐下。屁股还没沾到椅子，许愿就叫她不要坐这里，而是一把拉住走在后面的张宁远："你跟我坐吧，我们正好再继续讨论一下。"

"哦，哦，好的。"张宁远显然没想到，有些错愕地看了看许愿和文熙，对沈梦远说，"那我坐这儿了。"

"什么情况？"沈梦远冲文熙瘪瘪嘴一笑。

"不知道啊！"文熙假装懵懵懂懂的表情，心里高兴无比。许愿真是亲姐妹呀，她当然明白这是在给她制造机会。

"需要毛毯吗？"两人落座后沈梦远问文熙。

文熙说要。沈梦远就请空姐拿来一条，然后打开手机。

"不好意思，我要回几个工作信息，有点儿急。"沈梦远冲文熙抱歉地示意。

"你忙。"文熙也拿出手机浏览，看有没有什么重要的事。

与大哥二哥确定了投资计划后，她马上就着手落实，找一个朋友的公司代他们投资。这不，朋友看了她的方案后修改完又发给了她，其实这些尽调报告也是张宁远提供的。

"啊！好消息，好消息！"沈梦远突然用手肘碰碰文熙嚷道，"叫许愿请客！"

"什么好消息？"文熙还很少见到沈梦远这么激动，见他头也不抬地盯着手机，也凑过头去。

"许愿爸爸的案子宣判了，胜诉了！"沈梦远说。

文熙一听兴奋地抓着沈梦远的手使劲摇晃着，口里念叨："太好了！太好了！还这么及时，好像算准了许愿回国，是欢迎她回国。"

"我马上告诉她。"看大家都安安静静地等待起飞,文熙就给许愿发了个信息。

文熙见许愿没有马上回她信息,就挺直身子往前看,嘿,这两人头碰头正聊得热火朝天,根本没注意手机。她马上抓拍了一张他们的背影。

许愿和张宁远正在讨论到达机场后的交通食宿问题,张宁远把做的攻略一一给许愿看,让她来定夺。许愿也不推辞,反正她喜欢拿主意,怎么坐车,到哪家吃饭,包括点什么菜,住宿预案……都定了下来。

张宁远心里想,这么干脆的女生,要是能和她合作成功就好了。他最不喜欢婆婆妈妈,什么事都要你来拿主意的女生了。

飞机起飞,沈梦远和文熙彼此含情脉脉地看了对方一眼。此时无声胜有声,在目光的交汇中,他们仿佛能读懂彼此的心,而且都不想说话,怕一说话就打破了这气氛。

长这么大,这是沈梦远第一次和一个女孩儿远游,而且是两情相悦的女孩,算女朋友吧。以前,他老是觉得文熙是个不太真实的存在,哪怕她就在他身边。而这一刻,他感觉很真实,褪去了一切,没有工作、没有讨论、没有师父、没有实习生、没有国别,只有他们两个人,就这么靠在一起。他愿意靠近她、愿意呵护她、愿意为她遮风挡雨、愿意陪她喜怒哀乐……

"冷吗?盖着吧。"沈梦远为文熙盖上毯子,又伸手往空调出风口试了试温度。

文熙朝沈梦远调皮地一笑，把被子拉开，试探着给他也搭过去，盖住了他的两只手臂。沈梦远没有推开，盖住就盖住吧，像小孩藏猫猫一样。

文熙在毯子下面开始小动作，先是放下了隔在他们之间的座椅扶手，然后缓缓地移过去。她想去握着他的手，可又不好意思，应该是男生主动吧。她用眼角瞟了他一眼，发现没有主动的迹象，于是闭着眼睛，说困了想睡，扭动了一下身子，她的手碰到了沈梦远的手，便不敢再动了，而是等待，等待像昨晚那样，他牵着她的手。

沈梦远感觉到文熙的手触到了他的手，有种暗流下交融的心悸。毯子是最好的道具，他慢慢地、轻轻地抚摸到她的手，直至把她的手整个握在自己的手掌中。

文熙睁开眼，含情脉脉地看着他。

"假睡。"沈梦远轻声说。

文熙立刻报复性掐了他一下，沈梦远冷不丁"哎哟"一声。

"对了，下周一的谈判准备好了吗？"文熙突然想起来。

"不谈工作。好好轻松两天，可以吗？"沈梦远不想转换频道，靠在文熙耳边温柔地说。

"一言为定。"文熙毯子下的小拇指和沈梦远拉钩，她自己肯定做得到，就怕沈梦远做不到。

两人自然地头靠头，都闭着眼睛，沉浸在幸福中……

文熙把手机音乐打开，一个耳塞放进沈梦远的耳朵，一个塞进自己耳朵……

"我现在发现，其实放下也不是那么难的……"随着婉转柔情的音乐，沈梦远低声诉说。

以前，他从不敢休假，从不敢在确定的事情上做任何的改变，总觉得自己没有时间休息，没有时间喘气，没有时间享受生活，属于他的唯有工作、唯有打拼、唯有赶路。

不过，现在能够放下，也多亏了冬阳、程雪和专利所的兄弟姐妹们。有他们在，他现在可以考虑去美国进修了，可以启动这个想了很多年却不敢去实施的计划。

此时，云舒正在办公室加班，她的脑海里老浮现出文熙一家人在游艇上的画面，她总觉得其中年龄大一点的那个男子有点面熟。她对文熙充满了好奇，既有一个漂亮女孩对另一个漂亮女孩的好奇，又有前女友对现女友的好奇，尤其是现在决定了要跟她抢沈梦远，更要做到知己知彼。

云舒感觉在哪里见过那个男子，至少见过照片。那么可能是谁呢？她首先想到的是和她一个圈子的律师，或是新闻里的人物，新闻里看到华人面孔她总是会特别留意一下。

于是她在网上查找起来。

飞机上，空姐广播飞机将于半小时后降落。许愿小睡了一会儿，睁开眼，突然想起了那两个人，就站起身往后看。天哪，许愿大吃一惊，这未免发展得太快了吧！合盖一条毯子，共用一副耳机，都闭着眼、头靠头，还有，文熙简直就在沈梦远怀里了……那种甜蜜、幸福、陶醉，标准的热恋中人。

许愿不动声色地把他们拉近拍了好几张照片，还有特写。

飞机降落后，许愿把手机调回正常模式，这才发现文熙发给她的信息。天大的好消息，许愿唰地从座位上站起来转向文熙和沈梦远，正好文熙也在注视着她的方向。两人都指着手机示意，许愿激动地做出 V 的手势。

"太高兴了！太高兴了！我爸爸的案子胜诉了！！"许愿抑制不住激动对张宁远叫道，还抓着他的手用力地摇了摇，然后拿手机给他看，"文熙起飞前就给我信息了，我没注意到！"

"太好了！太好了！"张宁远也非常惊喜，都不知道该怎么表达好。

许愿马上给父母打电话，父母已经从王冬阳那里知道了，此时正在和另外几个股东庆祝。

四人一路欢天喜地到达庐山牯岭镇，正是夕阳西下。橘红色的晚霞挂在石灰蓝的天空上，映照着层层翠绿的峰峦，有种摄人心魄的美。

一行四人首先去酒店办理入住，一打听，确实没有多余的房间。前台服务员告诉他们，整个庐山七八月份的周末都是一房难求，他们能够提前几天订到一间房算是非常走运了。

唯美食与美景不可辜负，大家把行李往房间一扔，便马上飞出去觅食。

来之前许愿在网上预订了餐厅。大家坐下的时候，张宁远又习惯性地要和沈梦远坐在一起，许愿直接把他拉过去："过来，我们俩坐。"

张宁远当然不明白许愿是什么意思，一下脸红了。

"什么情况？"沈梦远望着文熙，趁许愿和张宁远正在点菜，沈梦远轻声在文熙耳边嘀咕道，"怎么感觉他们俩比我们俩还好。"

许愿把庐山的特色，所谓"三石一茶"全点上了，然后豪气地说："今天我埋单，谁都不能跟我抢，随便吃，随便喝！"

文熙此时感触颇多，许愿回来了，一下就热闹了，不仅有了这趟旅游，还有这么多美好的感受，让文熙看到了沈梦远的另一面。他也是可以闹腾的，可以幽默的，可以浪漫的……人生在世，一爱人，一知己，三两朋友，有自己的事业，平凡而快乐……那一刻，她觉得做不做大法官，做不做杰出人物都不重要了。

"三石一茶"陆续端上来。茶是庐山云雾茶，宋代就被列为"贡茶"；庐山石鸡，一种生长在阴涧岩壁中的青蛙，因其肉质鲜嫩，肥美如鸡而得名；庐山石鱼，生活在庐山泉瀑岩石缝的一种体色透明，长度只有几十毫米的鱼；庐山石耳，与黑木耳同科，野生在人迹罕至的悬崖峭壁。

三种特色菜全部用新鲜红辣椒烹饪，里面还放了碧绿的大葱、黄瓜，色香味俱全。

"啊，好吃！好吃！"两姐妹由衷地发出赞叹，然后催两位男士快吃。

相比之下，两位男士就太绅士了，还端着茶碗准备先碰一下杯。

文熙只顾和许愿先饱口福，还讨论着哪个菜最好吃。两个男士被冷落得有点尴尬，只好动筷，附和着"好吃，好吃！"

沈梦远叫来服务员，让每个菜再来一份。服务员说，对不起，没有了，因为本店的"三石一茶"都是野生的，食材稀有。沈梦远问："可以预定明天的吗？"服务员说："不行，先到先得。"

饥饿营销。或许真的稀有。

不管怎么样，反正沈梦远豁出去了，直接从文熙碗里夹了两块，还叫张宁远也不要客气。

张宁远怎么好意思从许愿碗里去抢，傻笑着不动。许愿倒很大方地从自己碗里给他夹菜，张宁远客气地说不要，明天早点来。许愿说怎么能等明天，大家一起出来，要有福同享，有难同当；还说他比沈梦远老实多了，问平常沈梦远会不会欺负他，如果欺负他的话就跟她说，她可以治沈梦远。

许愿和文熙捂嘴笑起来，四个人有说有笑地闹腾着。

"对了，我们要露营，这么美的地方住酒店多没意思。"许愿说。昨晚文熙就跟她商量一定要和他们露营。

"对，网上说有几个热门的露营景点，早上好看日出，尤其是那个什么口？"文熙立刻加入。

"含鄱口，可以看鄱阳湖，庐山最佳观日处，水天一色。吃完饭去看看有没有帐篷卖吧，再买一顶。"张宁远说。他这次是认真做了攻略的，当然有的是妈妈给他隆重推荐的，比如这个含鄱口。

"买不到也没关系，你们的帐篷不是睡四人的吗？"

"不行！"没想到沈梦远却冒出两个字，"你们没看天气预报吗？今天晚上有雨。"

"看了呀，说是小雨，明早日出更美。"许愿说。

"真的不行，你们俩都是千金之躯，万一你们感冒了，或是被害虫咬了，我们作为护花使者担不起责任。"沈梦远又找了个理由。

"我们又不是林黛玉，再说我们根本就不需要你们俩担责。"许愿抢白。

"不需要不等于不对你们负责，上次文熙不是淋雨后就发烧吗？再说你们两个大美女，现在外面坏人又多，你们俩睡帐篷的话，我们俩一晚上就别睡了，只能在帐篷外面守夜了。你说是不是，宁远？"沈梦远还不忘把张宁远拉下水，并用眼神向文熙求助。

"算了，许愿，他们不愿意，我们也不强求。"文熙悻悻的。

沈梦远看到文熙的表情，又有点儿不忍心，说道："要不今天晚上我和宁远先体验一下，如果不受罪，明晚你们再睡。"

"是，今天晚上如果你们休息得不好也影响明天的行程，明天再尝试也好。"张宁远当着和事佬。

四个人回到酒店。一关上房门，许愿便从手机里找出她在飞机上拍的文熙和沈梦远的照片，质问文熙："说，你们怎么样了？你看你都在人家怀里了，简直跟同枕共被差不多……"许愿添油加醋地说。

"才不是，你们不也差不多！"文熙也甩出了她拍的许愿和张宁远的背影，"你看你们俩，才认识几天呀，脖子扭着没有？"文熙伸手去捏许愿的脖子。

"嗨，你有没有良心，你们俩一上飞机就负责谈情说爱，我们俩负责为你们做后勤保障。我们那是在安排吃、住、行，否则你一出机场就有车在那里候着，你以为是你们家呀！"许愿可不示弱。

"但是……我说不清楚，反正你有点儿怪怪的。"文熙把脸凑到许愿面前，狡黠地观察她的表情，像狗鼻子一样嗅来嗅去。

　　"你还想不想我为你支招呀，你不是想露营还没得逞吗？"许愿使出撒手锏。

　　"想！不是还有明晚吗？"文熙瞬间被带走。

　　"你信他吗？他明天肯定说这儿疼那儿不舒服，反正就有一千条理由反对你。他吧，一方面是心疼你，另一方面他是个老古董，觉得男女授受不亲，这样对你不好。"许愿说，"尽管如此，我让你明天晚上仍能睡成帐篷。"

　　于是许愿就给文熙设计了一出戏，两个人再一合计加工，异口同声道："完美！"

　　两人乖乖地睡觉了，许愿还特地吃了一粒助眠药。

第二十四章
又见庐山恋

第二天早上，沈梦远和张宁远二人按约定的时间过来。果不其然，一进屋就开始抱怨这儿疼，那儿不舒服，又是捶背又是捶腿。

许愿和文熙会意地一笑，说："哦，这样啊，那今晚我们还是睡酒店吧。"

文熙想，许愿真是猜得太准了，看来她真是了解沈梦远，而自己差点儿被他骗了，晚上一定要好好"报复"回来。

四人一起去餐厅吃完早餐就出发了。

今天张宁远倒学会了自然地和许愿在一起。他昨天晚上还跟沈梦远打听了许愿有没有男朋友，沈梦远说好像没有，反问他是不是想追她，他没敢承认，但是他跟许愿的确很聊得来。

庐山的主要景点以牯岭镇为中心，分列东西两线。上午安排的东线，他们首先坐观光车到了含鄱口。"千里鄱湖一岭函"，雄伟壮丽的含鄱岭如游龙横亘在两峰之间，嘴吐苍茫、神气活现。山的静止、水的流动、木的葱郁，相互辉映，既壮观又幻妙。

文熙和许愿叫着"好美！"呼吸着天地的灵气，并极目远眺四方的湖光山色，陶醉在这天然的山水画中。文熙从小就对中国的山水画耳濡目染，他们家收藏了很多，她也很喜欢山水画的意境。

"喂，冬阳，你说。"沈梦远接着电话，连忙往人少的地方走。

"昨天还说出来不谈工作呢！给他们看着时间，看要说多久。"文熙一脸不满。

王冬阳确实是不得已才给沈梦远打的电话。王冬阳说，一清早云舒就找他要一个案子的材料，说她给沈梦远打电话但没接。那个案子有些问题她还不太清楚，所以要问沈梦远。

其实云舒可以不找沈梦远要资料的，就是想有个理由跟他说说话，也看看他到底在干什么。沈梦远自然没接她电话，但越不接电话，她就越想知道他在干什么，所以就打给了王冬阳。

王冬阳哪是她的对手，几下就透露出沈梦远这两天有重要事情出去了，可能不方便接电话。云舒便想他是不是和文熙出去了，他们在一起……她心里就更不舒服了。

今天有点时间，云舒继续查文熙和文熙哥哥的身份，找了很久，一无所获。

她泄气地端着杯咖啡喝着，正好有个美国华人律师朋友找她聊天，朋友知道她回国了，想跟她了解美国制裁宇通事件中国民间的反应，朋友在为宇通的一家美国供货商服务。

聊天结束的时候，云舒突然想起让朋友帮忙查找文熙的哥哥，就把照片发给她。朋友看了后也觉得面熟，说再问问其他朋友。

一行四人从五老峰下来到了三叠泉瀑布。

这里享有"庐山第一奇观"的美誉。瀑布从五老峰流下，于三叠铁青黛绿的崖壁上飞泻，如飘云素练，如珍珠飞洒，总落差有一百多米，再配以如击鼓、如轰雷的瀑鸣声……他们都被眼前的景象震撼了。

"飞流直下三千尺，疑是银河落九天。"许愿脱口而出。

"好形象！谁的诗？"文熙问。

"李白。这首李白的诗，凡是在中国读过小学的人应该都会背诵。"许愿说。

"哦，我看介绍说很多诗人都来过庐山，留下很多诗篇，可惜我只知道一句，'不识庐山真面目，只缘身在此山中'。"文熙遗憾地感叹。

"李白一生五次游历庐山，但这首诗写的不是这里，是山下的一个景点，叫'秀峰庐山'。"张宁远给许愿纠正。

"你这一路是来纠错的吗？还想不想要投资啊？"沈梦远笑着踢了他一脚。

文熙力挺张宁远："就应该这样，否则李白都不会原谅我们。"然后白了沈梦远一眼，问道，"那你说说为什么李白五次游历庐山却没有到过这里呢？"故意难为他。

沈梦远蒙了，他压根没准备呀。那天晚上徐智勇还说这两个长在国外的洋妞应该对这些不感兴趣，看来智多星失算了。

"没来过就是没来过呀，哪有为什么。"沈梦远傻笑着。

"确实很奇怪，当年隐居在它上游的李白和在他下游白鹿洞讲学的朱熹都不知道近在咫尺有如此胜景。三叠泉被发现后，朱熹还请人将它绘成图挂在堂上欣赏，以弥补遗憾。"张宁远替沈梦远解围，"下午要去的景点'花径'是唐朝著名诗人白居易咏诗'人间四月芳菲尽，山寺桃花始盛开'的地方，他还在山下的九江市，写下了一首更著名的诗'同是天涯沦落人，相逢何必曾相识'……"

两个女生对张宁远露出崇拜的表情，齐说 AI 脑袋的确不同，同时兼容了科技的脑袋、法律的脑袋、诗人的脑袋。

"他值得你投资吧？你慢慢更能发现他本身就是一个宝藏哦！"沈梦远站在一旁，对许愿一语双关地说。

许愿说是，就拉着张宁远拍照去了。

文熙选了几张庐山美景照片发给父亲，意在告诉父亲自己和许愿出发旅游了，也顺便问父亲是否知道庐山这座文化名山。

此时陆天皓和林芷兰正准备睡觉，收到文熙的照片，陆天皓就叫夫人一起欣赏。

"女儿问我知不知道庐山，说庐山是座文化名山，既是中国田园诗的诞生地，又是中国山水画的发祥地。"

陆天皓没去过庐山，但他家里收藏了一幅庐山的山水画。家里收藏的山水画比较多，有的他也记不住，儿女们就更不明白了。

"我这次发现文熙和文宸都对中国和中国文化感兴趣，你说他俩如果今后都想去中国怎么办？"林芷兰又提起这个问题。

她从上海回来后就给老公汇报了文宸和文熙的动向，陆天皓说也许这就是天意吧，能在中国的盛世之年衣锦还乡。

陆天皓对世界政治、经济格局和中国国运是有自己的深刻判断的，而且知道自己处在这个时代大棋盘的哪一位置，所以在父亲的基础上持续加大在中国的投资。

对于中国，他没有父亲和爷爷那样的家国情怀，但依然有"中国情结"，也着意培养后代的"中国情结"。同时他更是个精明的商人，如果文熙和文宸做出这样的选择，那也是符合他这个商人的判断和利益的，也说明对他们的培养是成功的。中国已然是出海之龙，将迎来一个伟大的时代，这个时代将诞生伟大的企业、科技、文化、思潮……工业2025绝不是一个简单的工业体系设计，它的背后，定是一个全面复兴的宏伟蓝图，这也是他要和天华坐到谈判桌上的原因。

但是他现在还不想跟夫人讨论这些问题，因为她还可能无法理解。

"孩子们喜欢哪里就去哪里吧，给他们自由。陆家现在那么多产业在中国，其实也需要陆家子孙去打理。文宸文熙还没结婚，他们在中国成家立业也是很好的，美国这边有文隽，这样我们就能同时抢滩世界两大强国。"这也是陆天皓的算盘。

"也好。我真后悔这次去上海没拉文熙和那个上海男孩见面，因为文熙以后要找一个门当户对的中国人家。"林芷兰最关心的还是这个问题。

"慢慢来，CiCi条件那么好，不着急。"陆天皓对于女儿的婚姻问题总是漫不经心。其实，这个女儿他是当儿子养的，她有成为杰出人物的潜质。文熙自己说以后要当大法官，其实她还可以成为外交官，甚至有更好的前途。所以他认为女儿晚点儿谈婚论嫁是好事，她可以清醒地知道自己需要找个什么样的伴侣。当然，这些他也没有和夫人说得很明白。

"你就是这么自信，人家文宸都在说，条件好、生在我们这样的家庭未必就是优势。CiCi太挑了，我都不知道她喜欢什么样的人，她说她自己也不知道。"林芷兰有些沮丧。

陆天皓笑笑，安慰夫人不要想那么多："哪天她把人带到咱们面前来，咱们不就知道她喜欢什么样的人了吗？"

"什么逻辑？如果这样，那可就晚了。"林芷兰瞪了他一眼。

真是家家有本难念的经。这两年，看到文熙的表姐、表妹和认识的一些豪门千金先后结婚，看起来都是天作之合，林芷兰就着急了。可是最急的是她根本没有交男朋友的打算，还排斥青梅竹马，排斥相亲。这么大了还没交过男朋友，像话吗？

确实不像话！文熙自己也这么觉得，所以没来中国前就蠢蠢欲动，来了，见了沈梦远真人，就更心旌摇荡。林芷兰根本想不到这会儿宝贝女儿正在庐山过一把恋爱瘾，只要能体验的，她都想体验一次。

文熙和许愿打定主意今晚要去酒吧。许愿的计划是假装喝醉耍酒疯，沈梦远一定会把文熙带走，那不就满足文熙和他睡帐篷的心愿了吗？

去酒吧，沈梦远没有反对，他前天答应了文熙。但是徐智勇建议他们一定要去看《庐山恋》，大家一商量，两个女孩决定先看电影再去酒吧，先来点儿温情的，再来点儿猛烈的，完美！

回到牯岭镇，许愿和文熙提出她们要回酒店换身衣服。不同的场合当然需要不同的行头，她们特地准备了适合酒吧的裙装。

沈梦远和张宁远坐在酒店大堂的沙发上打盹，突然眼前一亮，两个仙女翩然而至。俩人都是露肩低胸飘逸长裙，勾勒出玲珑曼妙的身材曲线，之前扎的马尾也披散下来，轻盈地垂在裸露的肩脖锁骨处，更显出女性的柔美和妩媚，脸上的妆容也更浓……

"瞪着我们俩干吗，不认识我俩，没见过美女吗？"许愿得意地侧着头。

两个男生害羞地相视一笑。沈梦远说："你们打扮成这样我们都不敢走近了。"

"为什么？"文熙问。

"怕挨打，可我们打不过别人。"张宁远傻笑。

两个女生咯咯咯地笑得合不拢嘴。"看你们也打不过别人，尤其是你，可能你还打不过我。"许愿对张宁远说。

听许愿说自己打不过她，张宁远就问许愿是不是练过武术。

文熙说人家可是跆拳道高手，许愿又马上揭文熙是马术高手。两个男人无话可说，大眼对小眼。

其实这次两个男生做的攻略中都有看电影《庐山恋》这个环节，是张宁远妈妈强烈推荐的。

侯雪梅年轻时就看过这部电影，《庐山恋》当时火遍全国，成为一代人的经典记忆。两年前她去庐山，又特地温习了一遍。这次儿子陪女孩子去庐山，她觉得这是无论如何都不能舍去的环节，直觉告诉她，儿子和这个女孩有戏。知子莫若母，宁远肯定是欣赏和喜欢这个女孩的，这个女孩应该也不讨厌宁远，否则也不会主动提出一起去旅游，哪怕是为了陪闺密。

四个人进入电影院，看着看着都很快入了戏。电影讲述男女主人公在庐山偶遇并一见钟情，时隔五年后再度重逢终成眷属的故事。四个人虽然各有各的感觉，又各自对号入座，但每个人都在问自己是不是一见钟情了？

尤其是沈梦远和文熙，这故事唤起了他们更多的情感共鸣。

沈梦远是个慢热型的人，他其实并不相信一见钟情，所以他对文熙的感觉一直保持克制。影片中的耿桦与周筠多像他和文熙！

文熙的共鸣就更强烈了，周筠的身份和性格多像自己啊！只是辈分比自己高了一辈，但是她比自己更勇敢、更单纯。她一见钟情之后，就想长相厮守；而自己却只想体验一见钟情的浪漫，只想抓住现在。

此情此景，文熙禁不住也想象了一下自己和沈梦远的将来，五年之后他们俩会是什么样呢？杳无音信、彼此忘记？无法忘怀、勇敢相爱？远方朋友、偶尔联系？

不知道沈梦远会怎么选择，但她肯定是不会忘记他的。不知道未来会怎样，但现在和他在一起的感觉是如此美好，她深深地陷了进去。

如果可以，希望永远。

"孔夫子，你就不能主动一点儿吗？"屏幕上周筠见耿桦没有反应，就主动凑上去在他脸上轻轻一吻。据说，这是"中国银幕第一吻"。

文熙用手肘碰了一下沈梦远，观察他的反应。

沈梦远给文熙回了一个腼腆的笑容，不知道这句话是不是也是文熙想说的？

他觉得还是女生主动更好，男生主动，要是女生不乐意，那岂不是很尴尬？于他，他不会主动去吻一个女孩，尤其是他爱的女孩，他觉得这是尊重。

在爱的世界里，他可能属于被动型角色，而正是他的躲闪克制，又更撩拨起文熙的好奇和激情。

文熙就喜欢这样，喜欢先掌握主动权，然后再训练这个男人变主动。在这场感情中，她一直在引导着沈梦远，接下来去酒吧，又有好戏了。

想到这里，她和许愿低声耳语。虽然电影也很好看，但她们两人此时已经按捺不住激动的心情。看别人的故事，哪比得上自己去"演戏"？文熙和许愿一提议走，两个男士马上响应。

许愿和文熙选了一家很嗨的酒吧，两位男士站在门口怕进去，简直受不了。热辣强劲的音乐，热情扭动的男女，喧哗嘈杂的声音，闪烁刺目的灯光，让人的眼睛、耳朵、心脏都颤抖。但是，两位女士喜欢，有什么办法，舍命陪君子，而且也不能显出咱们是孬种，或者没见过世面。

许愿和文熙其实平常也很少去这么喧哗劲爆的地方，但是今天不同，今天需要热血，需要沸腾，需要自己把自己灌醉，总之要嗨起来。

文熙和许愿一进去就直接到舞池热身，两位男士死活不去，只能让他们当观众了。他们也不是这种气质的人，不像她俩，可咸可甜、可淑女、可高雅、可奔放、可热烈。

两个女孩显然是配合过的，上去便是默契的双人对跳，那娴熟曼妙的舞姿，漂亮高雅的外形气质，华丽洋气的打扮，立刻秒杀全场，也吸引着两位男士的目光。

"你怎么也不会？在国外那么多年。"沈梦远问。

"在国外就会吗？我们俩都不是这块料吧。"张宁远笑道。

"我挺排斥酒吧的，有朋友也拉着去过，太吵了，受不了，几分钟就出去了。"沈梦远说。

"看你今天能待多久？"张宁远边说边给许愿她们拍照。

他也不喜欢这种吵闹的酒吧，他曾经也去过，而且发现喧闹的人群可以帮助释放心中的压力，那颗心格外渴望被重重地敲打，再喝点儿酒，过不去的坎，也就过去了。

"舍命陪君子喽，她们说什么时候走，就什么时候走。"沈梦远态度倒是很端正，而且提醒张宁远他俩今晚不能多喝，要当好保镖。估计这两人会玩得很嗨的，但愿不要惹是生非，不要像上午在含鄱口那样。

许愿和文熙从舞池回到座位，她们各端起一杯酒，跟两个男生碰了一下，然后一饮而尽，好痛快的样子。

两位男士直接看傻：一是没想到她们如此不优雅，想象中她们该是微启红唇，轻轻地呷一口；二是被她俩的酒量和气势吓住了，这可是小半杯没有勾兑的马爹利 XO 啊，本来想给她们点鸡尾酒的，但她们坚持喝这个，竟喝得如此轻松。

更豪放的是，她俩居然自己给自己满上了。

文熙举起酒杯，说要庆祝一件事，随即宣布她同学决定给张宁远公司投资一千万美元，而且做领投。其实这也是他们三兄妹的出资，她自己多投一百万，而且和许愿也商量好了，她做领投，许愿做跟投。

张宁远和沈梦远激动地"哇"了一声，不知道她是不是开玩笑。就文熙和她哥哥来看了一下就定下来了？尽职调查没做，投资谈判没做，天上就掉馅饼了？

"就按照你们拟定的投资条款，基本不做改动，因为他们信任我和我二哥。"文熙补充。

"真的吗？太好了！庆祝庆祝！"张宁远端起酒杯，他太高兴了。

大家热烈地碰杯，一饮而尽，这真是个大大的好消息。

张宁远向文熙向许愿表示感谢，他自己喝得豪放，文熙和许愿也喝得爽快，还拉着沈梦远一起喝。一瓶很快清空。

沈梦远在旁边看着急。这个宁远，一高兴，就把和自己的攻守同盟忘了，之前不是还提醒他，他俩一定不能喝多吗？

此时场中的音乐由劲爆变成了舒缓，有个歌手在如泣如诉地唱着情歌，这样跳慢舞，如同走路，谁都会。

许愿又打开一瓶马爹利 XO，把每个人的杯子倒满，自己一口喝干，然后让每个人都喝干。

"又胁迫我们，不干！"沈梦远叫板许愿。

"你呢？"许愿望着张宁远。

张宁远看看许愿，又看看沈梦远，真是左右为难。

许愿容不得他思考，粗暴地拉着张宁远的手便走。她知道，沈梦远就是装酷，故意装得很男子汉，他们俩先去，肯定这两人随后便到。

沈梦远望着二人离去的背景，也要站起身。

"你不守信用！你答应我的，我走之前要陪我唱歌跳舞。"许愿他们一走，文熙马上撒娇。

"不是还没走吗？找个时间我们俩自己去唱卡拉OK，我保证！"沈梦远立刻换了副表情，充满柔情地看着文熙，拍了拍她的肩膀。

这轻轻一拍，让文熙很受用，找到男朋友的感觉。文熙觉得沈梦远属于闷骚型的人，当着外人的面就装，而两人独处时还是可以浪漫加柔情的。

两人单独去唱歌，那会怎么样？文熙已经在开始想象那个画面了，拥抱、亲吻……

突然，一首熟悉的旋律响起："在我的怀里，在你的眼里……"

歌手唱起了《贝加尔湖畔》，他们俩的心都震动了一下，彼此望着对方，一时间怔住了，仿佛无法呼吸。

两人的手握在一起，不知是谁牵着谁，缓缓向舞池而去，很自然地拥抱在一起。

沈梦远本来不会跳舞，也没兴趣，但这一刻，他想把她揽入怀中，抱着她，凝视她星星般的眼睛，和她一起呼吸，一起心跳如鼓，和她一起沉醉在如诗如梦的音乐中。

对文熙而言，音乐刚刚响起的瞬间，她和沈梦远彼此的凝视和悸动，像是两人灵魂的共振。而彼此的相拥，更是身体与心灵合二为一，这感觉让她窒息，让她沉没，就这样融化在沈梦远的眼中、怀中，成为他的一部分……

"多少年以后，如云般游走，那变幻的脚步，让我们难牵手……"

文熙的眼泪流了出来，不舍和心痛袭来，这会不会成为他们的写照？

别后，他们会怎样？

多少年以后，他们会怎样？

沈梦远何尝不是这样的心情？他觉得自己的眼睛开始潮湿，但他是男人，他不能流泪，不能不舍，甚至不能缠绵。

文熙控制不住地哭出来。沈梦远极力控制自己的情绪，用深深的拥抱安慰和呵护她："时间过得很快，一转眼就到明年暑假了。"

"太久了，我寒假就来。"

"你什么时候来都行。"

"你会来美国看我吗？"

"可能会。"

"你一定要去！"

"好。"

"你真的想让我来中国吗？"

"嗯。你真的想来中国吗？"

"嗯。"

……

许愿和张宁远就在离他们不远处。张宁远拍拍许愿，往沈梦远他们望去，露出吃惊的表情："他们俩？"

"你才看出来啊，眼力太差了！为什么我一个劲儿拉着你，明白了吗？"许愿调皮地眨一下眼睛。

张宁远心中涌出一种说不出的滋味，他还以为许愿喜欢他，才处处拉着他，原来是在给沈梦远与文熙制造机会，怕他去当电灯泡，害得他自作多情。

张宁远突然很想问许愿有没有男朋友。沈梦远都脱单了，他是不是也该努力了，他从沈梦远身上看到了希望。

张宁远犹豫了很久，还是没说出口。倒不是缺乏勇气，主要是许愿的身份太特殊，如果她不是投资人，那他一定会问。

"你不打算回国吗？回来帮你父亲打理生意，他不是身体不好吗？"张宁远换了种方式问。

"其实也不是没有这个想法，一个人在异国他乡是很孤独的。但是，又怕回来不习惯，毕竟我读高中就出去了，十多年了。"

"当时我也犹豫过，而且我很享受在国外的那份孤独。"

"享受孤独？"许愿听出了他似乎有难言之隐，不解地看着他。

"我好像从记事起就孤独，反正都孤独，宁愿一个人在国外，没人管。"张宁远幽幽地说。

他不知道自己怎么说出了这样的话，是音乐还是酒精的作用？还是，孤独了很多年，想向一个人倾诉了？

"你父母管你很严吗？"许愿试着问。

"嗯。"

许愿看他的样子，突然升起一股莫名的同情，从来没遇到谁三十多岁了，而且还算是成功人士，竟还在为父母的管教心有戚戚。她轻轻地拍了拍他的背以示安慰。

虽然相识的时间不长，但她感觉到了他性格中的沉闷和与人交往的怯懦，原来他从小被压制，有阴影的。而同样是沉闷，沈梦远相比起来就更霸气、强势，可能因为他从小就能做主，长大后更是一家之主。

"你现在很优秀了，他们应该为你骄傲！你一个人在上海，也很独立呀！"许愿说。

"他们才不会为我骄傲，我为自己骄傲就行了。一切自己做主。"张宁远眉头露出了坚毅。

"昨天父母又在催我回国，我身边很多认识的人都回来了，都说最好的机遇在祖国。"许愿说。

两个人聊得很愉快。

第二十五章
算计

今天是周末，云舒睡得很晚。

很久没有看中国的影视剧了，她打开目录来挑选。这时手机有信息提示，云舒一惊，这么早谁在找她，是拜托的事有消息了吗？

云舒翻看信息，顿时吃了一惊，朋友说照片上的人是 LR 公司副总裁陆文隽，著名华裔富豪陆天皓的大公子。

云舒倒吸了一口气，难怪看着面熟。以前有华人朋友给她看过照片，并介绍过他们的家族史和 LR 公司情况，她还差点儿去 LR 工作呢。

文熙，难道是叫陆文熙？陆文隽的妹妹？那是多么显赫的家族，难怪第一次见她就感觉她气质非凡。云舒心里一阵酸楚和嫉妒，本想回国就可以和沈梦远再续前缘了，却半路杀出个程咬金，而且各方面都是她望尘莫及的。

"原来沈梦远也是落入俗套的人，所以短时间就和文熙打得火热，他本是个慢热型的人啊！"如果说之前云舒发游艇照是对沈梦远的鄙视，认为他变成了于连，是恶意揣测，现在是确定无疑了。攀上了文熙，他以后不就可以飞黄腾达了吗？不就可以草鸡变凤凰了吗？这不是他渴望并为之奋斗的吗？

但冷静下来，云舒觉得哪里似乎不对。沈梦远不是正代理天华与LR的诉讼吗？如果文熙是陆家的千金，那沈梦远想干什么？文熙又想干什么？云舒越想越糊涂。看起来，必须首先查实文熙的身份。

文熙是法律系学生的话，身份是很好查实的，因为多数人JD毕业后都会考律师，而律师执照是可以公开查询的。

云舒用了很多的英文名来查询，用到"Nancy Lu"这个名字时，居然查出来了。照片对上了，没错，是律师，而且加州和纽约州都是，再用这个名字一搜索，从出来的信息完全可以判断她就是陆家的公主。

云舒立刻睡意全无，这是怎么回事？她需要好好捋一下。

文熙肯定是知道沈梦远的身份的，但沈梦远知道她的身份吗？如果不知道，文熙接近他有什么目的？如果沈梦远也知道她的身份，他俩究竟在合谋什么？

云舒有给沈梦远打电话的冲动，想告诉他文熙的真实身份，也正好可以打破他对她的幻想。她有个直觉，沈梦远应该是被蒙在鼓里的，他被小姑娘利用了，同时陆家千金也是不可能爱上他的。

正当她觉得出了一口恶气，心中无比爽快的时候，她想起了自己这次回国的目的，脑海中形成了一个绝妙的计划。

还是先不要告诉沈梦远吧。

文熙绝对没想到自己的身份已经被识破，而且还被纳入了别人的计划中。

她和沈梦远喝着酒，听着歌，说着话，享受着二人世界。沈梦远时不时瞄一眼身边的文熙，此时她的脸很红，眼神很温柔，说她要来中国读博士、考法考、当律师、当法官，还要当大法官……完全是醉酒的样子。沈梦远不停地给她递去矿泉水，生怕她喝醉了，但又不想扫她的兴，不让她喝。

文熙现在确实有点儿飘了，也知道自己老在说话，但却控制不住，说了些什么也不记得。只记得四个人都很开心，互相开着玩笑，还相约明年夏天一起去贝加尔湖。

文熙和许愿真的喝了很多，如果不是沈梦远拦着，张宁远也会喝多。今天张宁远觉得自己是世界上最开心的人，不但公司融资成功，许愿也宣布她做跟投，而且他还知道了她没有男朋友。

只有沈梦远一个人最清醒，他从来都是个时刻保持清醒的人，并不只是今晚。小酌怡情，大饮就怕失了分寸，哪怕是几个哥们儿喝大酒，他也守着最后的底线，绝不喝醉。

两位女士终于把自己"灌醉"了，两个护花使者累得气喘吁吁，把她们背回酒店。本想守着等她们完全睡着之后离开，可她们安安静静躺了一会儿后，许愿突然爬起来，去卫生间关着门吐了一通。出来之后仿佛来了精神，叫文熙不要睡，起来打游戏，跟他们比赛，边说边爬到文熙床上去拉扯她。

"这样吧，我带文熙离开，你在这儿守着她，可以吗？"沈梦远一边去抓许愿一边说。

"没问题，实在不行只有我陪她打游戏了。你们快走吧，免得大家都睡不成。"张宁远说。

这边张宁远使出全身的力气把许愿抱回她的床上，那边沈梦远抱着帐篷出门，说就在酒店外面那片草地露营，收拾好了再回来。

文熙期待的和沈梦远共处一室、野外露营终于要梦想成真了。她其实并没有喝醉，许愿更没有，醉了就没有故事了，而完全清醒也找不到感觉。

当沈梦远以公主抱姿势抱起她，一股甜蜜的暖流通过全身，文熙感觉在云端飘着。沈梦远把她抱进帐篷后放下，从包里找出所有的毯子和衣服，给文熙盖上。

月光透过帐篷，洒进他们俩的空间，依稀可见文熙甜甜酣睡的笑脸，如婴儿般纯真和满足。沈梦远就这么坐在旁边看着她，有些入神。此时他就想好好地保护她、爱护她、最温柔地对待她，而自己就是她的天、她的地、她的肩膀、她的伞。

沈梦远是个内心强大的人，能触及他内心柔软的只有他挚爱的亲人，他的父母和奶奶，而现在有了文熙。刚刚许愿去抓扯她，不许她睡觉，他马上就有带她走的念头。

文熙在似梦似真中享受着这一切。如果说先前沈梦远抱她出来的时候感觉是在云端，缥缈而轻盈，那么现在则感觉是在大地上，是那么踏实，那么有安全感。

于是她假装翻身，一下子抱住了沈梦远，并把腿压到他身上。沈梦远只能乖乖地不动弹，任她抱着自己，又把毯子给她盖好。

沈梦远第一次抱着一个女孩睡了，从未有过的感觉，是生命里的另一半，是生命全新的开始。本来就迷迷糊糊的文熙，在沈梦远的怀抱中更是很快进入了梦乡。

酒店房间里。文熙被沈梦远抱走之后，许愿也不吵不闹了。做好准备要被她折腾的张宁远反而有点失落，他给她整理被子，告诉她有什么需要就叫他。许愿嗯嗯地答应，叫他把灯关了。

　　张宁远长期失眠，入睡比较困难，今天却很奇怪，他不想睡着却很快睡着了。许愿睡了一会儿就醒了，起来上了趟洗手间，更没了睡意。这是时差还没倒过来，她只好起来找助眠药吃。

　　怕影响张宁远，她没有开灯，用手机上的电筒照着，但张宁远还是一下就醒了。

　　"你找什么？我帮你。"张宁远打开灯。

　　"助眠药，倒时差。"许愿说，又故作惊讶地问为什么是他在这里。

　　张宁远连忙解释。

　　许愿听着，突然问道："我今天晚上是不是像个泼妇啊？还有在酒吧是不是也乱说话了？"

　　"没有，怎么会？我羡慕你，很率真。"张宁远马上表态。他说的可是真心话。

　　"我从小习惯了，想说什么就说什么，想做什么就做什么，也不顾忌别人。"

　　"没必要顾忌别人，自己舒服就好。"

　　许愿发现，其实他俩的三观还挺一致的，张宁远骨子里是个性而叛逆的，只是他比较沉默寡言而已。

　　帐篷里，文熙半夜醒来。

睁开眼睛，发现沈梦远正在熟睡，他的双臂抱着自己，而自己则枕着他的胳膊，一条腿还压在他身上，沈梦远的半边身子都在毯子外面，而她身上则盖得严严实实。文熙露出娇羞而得意的笑，怕他跑了，就只有压着他喽，让他动弹不得。

沈梦远太累了，前半夜根本没怎么睡着，文熙动一下，他就给她整理一下毯子，生怕她又感冒发烧，这会儿才刚刚入睡。

文熙正好近距离地仔细欣赏他的脸。朦胧暗淡的月光下，反而把人的五官轮廓衬得更好看，浓浓粗粗的眉毛如刀锋一般，长长深深的双眼皮，下眼皮还有好看的卧蚕，又高又挺的鼻梁，性感的嘴唇，唇角微微上翘，雕塑般的下巴稍稍突起，整张脸如刀刻般英俊，360°无死角。这张脸，冷酷、帅气，又带着一抹温柔，难怪第一次看到他的照片就喜欢。

把他拍照下来多好！她环顾四周，没看到自己的包包，就拿起旁边沈梦远的手机，凭之前偷偷观察记住的密码竟然开了机，高兴地自拍了几张自己和沈梦远抱在一起的合影，并把它发给了许愿，然后又全部删除，毁灭证据。

正在得意之时，沈梦远有电话进来了，还是云舒的。这个时间找他什么事呢？她还在纠缠他吗？要不要出去接电话？文熙还在犹豫着，电话却断了。

其实，这是云舒故意拨的电话，也没指望沈梦远会接。她靠在床上，脸上露出一丝狡黠的笑。她本想打听到文熙的电话，给文熙发信息，恶心她、打击她，无奈根本打听不到。于是她就想在沈梦远手机里留下"蛛丝马迹"，文熙总会发现的。

过了一会儿，云舒把事先编好的微信发了出去。

文熙手中还握着手机没放下，发现又来了微信。看吗？偷看他人的手机是不道德的，但这不是事出有因吗？她究竟半夜不睡觉要跟他说什么？沈梦远又跟她说过什么？文熙给自己找了很多看的理由，终于没忍住。

"亲爱的，别来无恙，一日不见如隔三秋，我又想你了。思念让我午夜梦醒，挥之不去的都是你的影子。当你抱着我的那一瞬间，我知道你原谅我了，你仍然是爱我、关心我的。有多少爱就有多少恨，我知道，你之前恨我，还假称文熙是你女朋友来打击我，其实是因为爱。现在好了，都雨过天晴了。等你回来，再去吃阿姨做的菜。"

文熙看着看着，脸色由好奇到惊讶，由惊讶到愤怒，由愤怒到难过，原来沈梦远是这样的人！

她马上往前翻，竟然看到了云舒发给他的酒吧定位，而时间正好是那晚他们看电影的时候，他匆匆地走了，把自己扔下走了，原来是去见她了。原来他从头至尾在利用她，原来他们已经和好了，而自己只是个工具。他怎么可以这样对自己？他怎么可以伪装得这么好?! 文熙的眼睛湿润了。

文熙睡意全无，她尝到了心痛的滋味，第一次尝到了来自男人的欺骗和背叛。她把他们的相处像放电影似的过了一遍。难怪沈梦远对她总是保持一定距离，总如温水不能沸腾，是因为她只是暂时的工具，并不是他心中所爱，最多只是有点喜欢和欣赏而已，又或者自己对他目前的工作还有帮助……该怎么办呢？见势不对马上撤退吧，想来利用别人却被别人利用，想来找点乐子，却被别人玩乐……

文熙之后一直无法入睡，直到沈梦远把她"叫醒"。

"起来了，懒虫，我要收帐篷了，外面都是人！"沈梦远叫道。天亮了，他已经醒了一会儿了，看她睡得香不忍惊动她，但现在外面的人多了，不能还待在这里。

"啊？我怎么在这儿？"文熙半睁开眼，装作迷迷糊糊不知所以的样子。

"别装了，你难道不知道昨晚的事，还被保安盘问过呢！"沈梦远靠近文熙，似笑非笑，吐出一句邪魅的话，"故意喝醉的吧！就想跟男生睡帐篷。"

一句玩笑话，其实是想拉近距离，这不是她想要的吗？哪知文熙冷冷瞪了他一眼，不知是生气还是反感。

"好了，是我想跟你睡帐篷。"沈梦远呵呵地赔笑着，伸出手想把她拉起来。

文熙努力克制着不发作，挣脱沈梦远的手，自己一溜烟跑了。

沈梦远愣愣地看着她的背影。这是自己说错了什么？还是她自己不好意思啊？

之后整个行程，文熙都闷闷不乐，跟沈梦远一下子就有了外人都看得出的隔阂。

终于憋到上了飞机，抢着坐在许愿旁边的文熙吞吞吐吐讲了实情。

"不可能吧，沈梦远不是这样的人。"许愿摇摇头，这是她的直觉。

"也许是云舒纠缠他，他出于同情，就去了，但是又不敢跟你说实话。"许愿继续说。

"那同情需要拥抱吗？要带她回家吃饭吗？"文熙愤愤地反驳道。

"你看到了吗？你看到他抱她了，带她回家吃饭了？这都是云舒的一面之词。"许愿说这话虽有点狡辩的意味，但她内心觉得沈梦远不是这样的人。

"如果是云舒来跟我说这样的话，我也不会相信，可这是云舒对他说的，怎么可能是假的呢？"文熙没好气地说。

许愿想想也是，云舒要说谎也只能是对别人，怎么可能是两个当事人之间呢。

"那你准备怎么办？"沉默了一会儿，许愿问。

"就离开了呗，反正该离开了。难不成我还去跟他大吵大闹一通，或者跟别人抢男朋友？"文熙苦笑着，憋了一肚子气。

许愿无话可说了。文熙是搞法律的，当然重证据，她又那么高傲，她怎么可能去追问沈梦远，像个被劈腿的怨妇，还查男朋友手机。再说，他们也确实不适合，沈梦远要是知道了她的真实身份，也未必有勇气和她在一起。还是尊重文熙自己的意愿吧。

许愿回头看看沈梦远，他也正盯着她们看，眼神中有不解、迷茫和担心。沈梦远实在想不明白，为什么一起睡了一晚上帐篷，文熙第二天便翻脸了，不是她自己想睡帐篷吗？是因为自己开了那句玩笑，还是因为不该把她一个人带出来过夜？不会呀，那次她生病了，不还希望他留下来陪她吗？他实在没往云舒身上想，因为他压根没去注意云舒给她的电话和信息。

沈梦远疲惫地回到家，刚刚把行李收拾好，妈妈和奶奶便把他拉来客厅问话了。

父母和奶奶的意思是要沈梦远和云舒和好，他们是有感情基础的，现在云舒又回国了，各方面条件都很般配；还特别提到了文熙，说文熙终归是美国人，跟他们不是一个世界的人，不现实。

沈梦远想，云舒洗脑还真厉害，这肯定是她给他们灌输的思想。沈梦远也正想跟他们谈谈自己的真实想法，免得被云舒带偏了。

"我和云舒是不可能的。"沈梦远斩钉截铁地说。父母和奶奶都愣住了。

"为什么？"妈妈问。

"不为什么，但是我肯定不会跟她在一起，你们也不要在中间掺和了，这会让我很难堪。"沈梦远说得很认真，态度也很明确。

"是因为文熙吗？还是你还在记恨云舒？"爸爸问。

沈梦远沉默片刻，说都不是。

"你这么多年谁都没看上，应该还想着云舒吧，或者在以她为参照物做比较，至少潜意识里是这样。"妈妈自认为分析得头头是道。

"都这么说，但真的不是，而且我工作太忙了，心思没在这上面。"沈梦远笑了笑。

"你喜欢文熙吧？"妈妈换了一种表达。

要是没有发生今天的插曲，沈梦远应该会说实话，但是现在他不敢说，因为心里完全没谱。

"不是你们想象的……太远了，不是都被你们否了吗？"沈梦远慢吞吞地说，反过来观察父母的表情。

"我们都是过来人，看得出来。我们也喜欢文熙，但相比之下，觉得云舒与你更合适。你都三十多岁了，你想不想让奶奶看到你结婚，然后抱上重孙呀？"

"是呀，别人在这个年龄小孩都好几岁了，你不能答应我们的事不去做呀。三十五岁前你必须结婚，不管跟谁结。"妈妈说。

于是风向又转为了逼婚大会，家人给沈梦远下了最后通牒，三十五岁前必须结婚。

第二十六章

主动还是被动

周一，大家都开始了各自的忙碌。

沈梦远和天华谈判团队的另外四个人准时到达了 LR 上海公司。参加这次谈判的除了律师和法务，还有双方公司的副总裁和商务谈判专家，因为下一步的合作也是此次谈判的重要内容。

首先双方副总表态，说了一些场面上的客套话，然后很快切入正题。

在谈到反垄断和解的时候，钟华政强调反垄断调查并不是天华或中国政府对 LR 的报复手段，LR 和另外三巨头确实滥用市场支配地位造成了垄断，而且也并不只是在中国市场被调查，所以不是天华和其他公司撤回申请就必须终止或者一定可以终止反垄断调查。

"不行！我们需要的和解不是执法和解，而是与申告方达成和解撤诉。执法和解需要经营者主动承认违法行为，并承诺采取具体措施消除后果影响，实际就是等于接受处罚。" LR 态度强硬地反驳。

"我们已经接触了两家公司，对方表示除现金补偿外，还需 LR 承诺降低未来的专利许可费，解除与非标准必要专利的捆绑许可，解除专利许可与销售芯片的捆绑，免除被许可人的免费反许可等等。"钟华政继续说。

"LR 都做完了，还要天华干什么？"LR 寸步不让，表示这是双方坐下来谈和解的基础。

僵持之际，沈梦远接过话来，用他一贯的冷静语调："和解协议是一揽子方案，能不能不要孤立地强调某一条某一点而裹足不前。"

沈梦远故意顿了顿，用不卑不亢的目光扫视着对方的每一个人："我们把每一条都过完，从全局来综合考察可能更有利于利益的最大化，我想，谋求双方整体利益的最大化才是谈判的基础。"接着，他举出了几个真实的案例来佐证，这是文熙给他找的反垄断案例，包括美国、欧盟、日本、韩国的。他们讨论过，谈判可能会在反垄断调查和解和合作建厂的合作模式上胶着。

张宁远开车来送许愿回家，发现文熙也一起去。

三个人路上聊个不停，去庐山玩了两天，一起喝过酒、闹过、疯过，感觉一下子近了很多。

这边，许愿的父母一大早就在厨房忙碌。女儿终于回家了，一家人团圆了，许巍然夫妇高兴得这两晚都没睡好，再加上案件胜诉的喜悦，真是"福无双至今日至"。而且女儿还说是张宁远开车送她回来，文熙也来，更是意外的惊喜。

许愿的家离上海的车程有两个小时，中午十一点不到他们就到家了。站在花园门口，许愿妈妈就把宝贝女儿和文熙抱了个够，看了个够，好一会儿才想起招呼旁边的张宁远。

这时，正好旁边邻居回家，看到好几年不见的许愿回来了，就悄悄地在一旁窥探，并拍了好几张照片。

这名男子和许巍然年龄相仿，以前大家都是同一家公司的，但他和公司现在的大股东，也就是许巍然股权转让案的对手方是好朋友。有任何风吹草动，他当然要替朋友留意着。

其实，许巍然女儿回国的消息在他们那个圈子已经传开了，而且越传越神，说什么一回来案子就宣判了，说什么他女儿找了个大领导的儿子，这个案子能够再审和胜诉都是他的准女婿帮的忙……

邻居想起这些江湖传闻，再看到另外的一男一女，非富即贵的样子，马上对上了号，想那个男的一定就是他的准女婿了。

许愿父母热情地把他们迎进去，并特意打量了一番张宁远。小伙子眉清目秀、文质彬彬的，一看就是知识分子、科研人才。

张宁远礼貌地打过招呼，坐下吃了点水果后便起身告辞。

许巍然夫妇当然不让他走，说都准备好了，吃过饭再走。

张宁远看了看许愿，许愿不表态他也不便留下。许母看见了张宁远的表情，赶紧拉了拉许愿。

"吃了饭再走吧，已经做好了。"许愿说。

许愿的话犹如圣旨，张宁远立马答应。

吃饭间，许愿父亲不停地给许愿和文熙夹菜，许母则一个劲儿给张宁远夹菜，说着北京之行感谢的话，拉着家常。

"许愿说你和沈梦远是同学，一样大吧？"许母问。

"我比他大一岁，当时沈梦远是我们班年龄最小的，十六岁，我和另外几个同学十七岁。"张宁远说。

　　"哦，也不小了，梦远今年三十四岁了，我表姐经常跟我抱怨说他那么大的人了，还不结婚，还没有女朋友。你们是不是都忙于事业，不着急呀？"许母问。

　　"我跟梦远这几年是挺忙的。"张宁远傻笑了一下。

　　"你也没交女朋友？"许母绕山绕水，终于问出了这句话。

　　许愿就知道这才是妈妈的真实目的，看她的眼神就知道，好在她还没直愣愣地问别人有没有女朋友。

　　"咳咳！"许愿故意咳嗽两声，瞪了妈妈一眼，生怕下一句她就说"我女儿也没有男朋友！"。

　　"没有，不招女生喜欢。"张宁远的脸微微红了。

　　许母听到女儿的示意，没敢再继续问下去。许父也打着圆场，给张宁远夹菜，问他吃不吃得惯。

　　张宁远忙说"好吃好吃"。的确是好吃，这对于长期吃外卖、吃速冻食品的他来讲，家里做的饭菜才最好吃。

　　张宁远匆匆吃完就告辞了，上车时又嘱咐他们去北京不用客气，他妈妈正好休假，可以陪他们。

　　张宁远的车一开走，许母便来劲儿了："许愿，这男孩不错，把他抓住。"还问文熙是不是这样。

　　许愿说母亲问得太露骨了，第一次见面就问人家有没有女朋友。母亲为自己辩解，说自己还是很婉转地拐了两个弯。

　　文熙也在一旁推波助澜，告诉许愿妈妈，张宁远很喜欢许愿，而且两个人很般配。

　　文熙的话让许愿认真地想了想，她也感受到了张宁远喜欢她，张宁远也真的很适合找她这样的人。但她喜欢他吗？或者他适合她吗？如果自己是小孩子，那可以来一场不问结果的恋爱；可如今自己不是小孩子了，这次的爱情将指向婚姻，而婚姻很复杂，不是一个人的事。她是独生女，父亲身体也不好，父母说了，等她回来，公司一切事务都要交给她来打理，她也需要有个人帮自己来分担。

"文熙有男朋友了吗？"妈妈关心地问。

"没有。"文熙脸上闪过一丝落寞。

"她是皇帝的女儿不愁嫁！爸爸，你不是下午要去开会吗？什么时候走？"看得出这又触到了文熙的伤心处，许愿连忙转移话题。

"再过半个小时吧。"许巍然说。

许巍然要去省城参加由省委省政府举办的民营企业家座谈会。

自从案子进入再审，许巍然就经常受邀参加各个级别的民企座谈会，有时也现身说法。

今天的会议由副省长张国强主持召开，许巍然提前半小时到了会场，有几个老面孔也陆续到了，都是本省乃至全国著名的民营企业家。许巍然跟他们打着招呼，大家也对他的胜诉表示祝贺。

会议开始了，许巍然就坐在张国强的对面。他怎么也不会想到，送女儿回家，中午在他家吃饭的那个男生张宁远，竟然就是张副省长的儿子。张国强同样也不会想到，他儿子周末陪着去庐山玩，而且过两天他夫人还要陪着在北京看病的，竟然就是对面这个人和他的女儿。

"……一段时间以来，社会上有的人提出'民营经济离场论'，说民营经济已经完成历史使命要退出历史舞台，有人把现在的混合所有制说成是'新公私合营'，有人把当下加强企业党建和工会工作认为是要对民营企业进行控制，等等，这些说法完全是错误的，不符合党的大政方针，也不符合宪法和法律。党中央和国务院最近下发的系列文件以及人民法院依法甄别纠正一批侵害企业产权的错案冤案，就是要让所有民营企业和民营企业家吃下定心丸，安心谋发展，大力弘扬企业家精神……"张国强的开场白铿锵有力。

许巍然认真地听着，想着这几年的遭遇，不禁眼睛湿润了。

"许巍然许总先谈谈吧，你应该最有切身体会，跟大家分享一下你的感受。"张国强首先点了许巍然的名。

许巍然收回思绪，开始发言。

上海，迅达公司，云舒的办公室。

处理完了几件紧急事项后，云舒长长地舒了口气，冲了一杯咖啡提提神，然后开始实施她针对文熙的计划。

她找出几个沈梦远参与的涉及美企且密级不高的文件发给沈梦远，与他邮件交流讨论。同时，在某封邮件中她故意提到了迅达此次拟收购计划中的一个小问题，问沈梦远的意见。

此次收购计划还处于公司保密阶段，所有参与人都签署了保密协议。云舒问得很有技巧，没有提到目标公司与收购等字眼，只是提了关于人机接口的两个问题。如果是商业间谍，马上会判断迅达公司将介入这一领域，然后会去锁定美国的目标公司。

云舒的计划就是要通过沈梦远栽赃给文熙。沈梦远要么公开文熙陆家千金的身份，那她对于天华公司来讲就是商业间谍；而不公开她的身份，那她就是迅达泄密的最大嫌疑人。

云舒脸上露出了得意的笑容，那双漂亮的眼睛后面藏着阴鸷、怨恨和快意。这是一个"一石二鸟"计划，不仅打击和报复了沈梦远与文熙，更重要的是保护了自己，成功地嫁祸于人。

原来，警察的怀疑没错，她的确在为一家与迅达有竞争关系的美国公司提供商业秘密。而始作俑者是她的未婚夫。本来快结婚了，可未婚夫的父亲，一个央企老总倒台，所有国内外资产面临被追讨，未婚夫也受到牵连。云舒快刀斩乱麻，和他解除了婚约并争取到了回国出任迅达公司知识产权部长的机会。没想到未婚夫耿耿于怀，落井下石，亲手导演了她父亲的"出轨"事件，胁迫她为那家公司做事，而且未婚夫自己已经为那家公司服务一段时间了，目标公司除了迅达还有其他公司。

想到这里，云舒的心底涌起一丝悲怆。

很多人赞美她，羡慕她，在大家眼中，她聪明、漂亮、幸运，良好的家世、父母的宠爱、学业好、工作好……而其实呢，她的家庭根本不幸福，父母同床异梦，闹过离婚，因为她的阻拦而没有离成。

所以，她渴望幸福，渴望能真正嫁给爱情，渴望找到一个灵魂伴侣。她喜欢沈梦远，可是沈梦远却跟不上她的步伐，不能与她共同奔向她梦的家园。

后来她遇上她的未婚夫，很多同学羡慕她的幸运。她一度以为这个多情又多金的男孩是上天派来弥补她的不幸的，是她的守护神，却没想到他的父亲那样不堪。她还被那个自称最爱她的人设计胁迫，回国做"卧底"，冒着法律风险和违背职业操守的痛。

再后来，她知道沈梦远没有结婚，也没有女朋友，她以为上天还是眷顾她的，她想跟沈梦远重归于好，过幸福生活，甚至想要跟他坦白一切。但是上天还是没有怜惜她，沈梦远明确表示不可能跟她在一起，他已经有了爱的人……

但是，她不甘心，她下决心：一定要翻盘！只要成功地把文熙从沈梦远身边赶走，沈梦远就一定会和她重归于好，因为在她的持续进攻下，他已经答应跟她做朋友了。

沈梦远和文熙根本想不到暴风雨即将来临。

结束了一天的忙碌，沈梦远第一件事便是给文熙打电话，想告诉她自己不能回去陪她吃晚饭，他们还要继续讨论下一轮的谈判内容。

电话响了很久都没人接，沈梦远心里有一种不祥之感。她真的不理睬自己了吗？她就这样突如其来地闯进他的生活，又不声不响地离去？

沈梦远又拨了第二次电话。这次文熙接电话了，但语气淡定，说和许愿一起去她家了。

"哦，什么时候回来？"沈梦远的心一下沉了下去，看来预感成真了。

"不知道，还要和他们一起去北京，还要和许愿去西部旅游。"文熙语气还是很平静，却犹如暴风雨前的那种宁静。

沈梦远又"哦"了一声，就不知该说什么了。文熙的态度已经很明显了，他还能说什么？

两个人都沉默不语。

文熙紧咬着嘴唇，期待沈梦远跟她说更多的话。他难道不知道他有什么问题吗？他为什么不跟她解释，或者追问她为什么？他为什么不主动、不努力、不争取？什么都由着别人吗？别人主动了，他就被动地接受？就比如当初自己的进攻，他就接受了；又比如云舒的紧逼，他也不再拒绝，他就是这样的人！

"那好吧，你回上海再联系我吧。"沈梦远终于说话了，但也仅仅是一句客套话而已，或者是一种礼貌。在他看来，他觉得他们已经是过去时了。也许别人就是享受一个浪漫的暑假而已，现在假期快结束了，一切回归原位，又何必说得那么清楚。

"好的。"

挂了电话，沈梦远惆怅地拿着手机陷入茫然。师父钟华政走过来，叫他快点，说大家都在等他。

放下电话，文熙也是闷闷不乐，哭丧个脸望着许愿，一副可怜兮兮又心有不甘的样子。

"想说什么就说，想问什么就问，何必为难自己呢？"许愿看得出文熙并没有放下，只是因为高傲而不想说。

"没什么想问的，他自己想不到就算了。"文熙还在赌气。

"要判别人死刑，也该让人死个明白呀！"许愿狡黠地朝文熙一笑，"要不，我侧面提示提示他？"

"不！"文熙还是嘴硬，冲许愿抱怨，"你说他这人怎么这样，像没事一样！"

"也许本来就没事呢？他还是很老实的。也许人家还觉得你莫名其妙呢，突然就不理人了。是谁想跟人家一起旅游，又是谁硬要跟人家睡帐篷？都得到了，就翻脸不认人了。"

第二天，许愿陪文熙在 A 省游玩，一路上感受到文熙心不在焉，与在庐山时判若两人。这么多年的老朋友，她知道这次文熙是动了情了，因为动情也真的受伤了。

傍晚下班时间，许愿注意到文熙时不时看手机，然后一次次失望地放下。她一定是在看沈梦远有没有给她发信息或者打电话。

沈梦远在律所处理完手上的事情，发现已经夕阳西下。他拿起手机走到窗边，不知该不该给许愿打个电话问问情况，反正是不可能给文熙打电话了，他没那么厚的脸皮。

但是他还是禁不住想她，想那天晚上她在他怀中的哭泣，那样忧伤与不舍……他哑然一笑，女生就是这样吧，感性的动物，在音乐、酒精、灯光的作用下，自己把自己煽情了，白天清醒了，却发现并不是那样，所以主动刹车。你以为人家真的喜欢你吗？凭什么？你不过就是个小律师，你连人家的很多基本情况都不知道，别人却把你了解得清清楚楚……

沈梦远越想越憋气，就约徐智勇喝一杯。徐智勇也正想知道他们一起出游的情况，欣然答应。

跟文熙在一起的许愿看着好朋友闷闷不乐，完全知道她的心思，就悄悄地躲在一边给沈梦远打电话。接到许愿的电话，沈梦远异常惊喜，有种救星到来的感觉。且先听她怎么说吧，反正徐智勇这个智多星也马上就到了。

　　"你跟云舒又旧情复燃了吗？"许愿直截了当地问。想来想去，她决定不绕弯子。

　　"没有啊！怎么可能！"沈梦远马上否认，又问是不是文熙误会他什么了，怎么突然不理他？

　　"那你跟她还有联系，还见面吗？"许愿装作不知道地问，看看沈梦远撒不撒谎。

　　"有联系，有见面，但跟旧情复燃不是一回事。"沈梦远老老实实地回答。

　　"那文熙知道你们有联系、有见面吗？"

　　"不知道。"

　　"如果真的光明磊落的话为什么瞒着她？"

　　沈梦远叹了口气："怕她误会，而且也觉得没必要，因为我内心堂堂正正。"

　　沈梦远紧接着又问："她就因为这个不理我？但是她怎么会知道呢？"

　　"你就不要管她怎么知道的了，好好跟她解释吧。"许愿支招，但是不能多说，说多了再把文熙卖了。

　　沈梦远一筹莫展时，徐智勇到了，沈梦远就向他诉苦。

　　徐智勇一听，马上就知道怎么回事了，叫他赶紧去跟人家主动坦白，把人家接回来。

　　"就这么一点儿事就这样，也不主动问我，肯定她有其他想法吧？可能觉得我们之间并不合适，所以就此止步吧？"沈梦远郁郁寡欢。

"你这人怎么这么想呢，老是自以为是地去揣测别人，其实当时你跟云舒的分手也不全是人家的错。开诚布公地交换意见不好吗？你怎么知道别人心里怎么想？而且男人本来就该主动些、大度些。所谓大男人小女人，大男人不是大男子主义，是宽宏大量；小女人是有小脾气，是需要大男人去呵护！"徐智勇着急了。

沈梦远不作声了。

"你不要想着冷战哈，我跟你说，你这么一冷战，肯定就分手了。"徐智勇起身把沈梦远拉起来，

他叫沈梦远马上就去，让文熙感动一下。

看着沈梦远迟疑纠结的表情，徐智勇又叮咛："你要记住啊，女生很多时候说的都是反话。比如说要你走、要分手，你要反着听、反着做，不要人家叫你走，你就真的走了。"

沈梦远出现在许愿家门前时，文熙和许愿都惊呆了，完全没想到他会驱车两个小时找上门来。

许愿连忙把空间留给他们俩，叫他们好好谈。

就在和沈梦远对视的一瞬间，文熙发现自己又沦陷了。他的目光中满是真诚和坦荡，当然还有羞涩，但她还是赌气地转过身去，虽然心中所有的怨气都没有了。

"对不起，我有件事应该跟你说。我见了云舒，往后还会跟她见面，但是我对她真的没有什么，我现在不能跟你说原因，但是请你相信我。"沈梦远一口气说完，像背诵似的，可

能在车上已经练习了很多次。

"我怎么相信你？相信你一边说喜欢我，一边和她暧昧？"文熙转过来，又生气了，这人竟然还大言不惭地说还会跟她见面。

"我没有跟她暧昧，我跟她说了我们是不可能的，我见她是有事，有很重要的事。"沈梦远无辜地看着文熙。

"什么重要的事？"

"我现在不能说，但是以后肯定会跟你说，希望那天早点儿到来。"

看着沈梦远那张正义诚实的脸，文熙想起她以前闪过的念头，就是这样的脸最具有欺骗性，那么她一定要当面撕下他的伪装。

"你一边跟别人说不可能，一边又跟别人拥抱，还请别人去家里吃饭，这不是暧昧是什么？"文熙哪怕承认自己偷窥了他的微信也要跟他对质，看他怎么抵赖。

"拥抱？吃饭？"沈梦远想起云舒发给他的微信，一下全明白了，"我没有抱过她，我也不知道她为什么会胡编乱造给我发那个微信。至于吃饭，我事先根本不知道，是她自己找到我家里去的。"

沈梦远的解释，连他自己都觉得苍白，但是他又不能说太多，他无奈又痛苦地望着文熙。也许这就是天意，他无法自证清白，也不可能要求对方无条件相信自己，毕竟信任是需要时间的。

"该说的我都说了，请你一定要相信我！我回去了。"沈梦远落寞地转身准备离开。

没想到文熙叫住了他："站住！……你那么远来，就只是……只是为了跟我说一声叫我相信你吗？"文熙赌气地望着他，吞吞吐吐，她想跟他回去，又不好直说。

"你就不想，就不想叫我跟你一起回去吗？"见他还没什么反应，文熙都快急哭了，进一步提示。

沈梦远一下想起临行前徐智勇对他的交代，大彻大悟："想啊，可不敢说。你可以跟我回去吗？"

"不！"

"走吧，回去已经很晚了。你的行李呢？"如果没有徐智勇的教导，沈梦远还真不知道该怎么办，但现在心里有谱了，知道是反话。

看到沈梦远推着行李和文熙一前一后出来，许愿笑着问道："要回去了？"

"明早再走吧，晚上开车不安全。"许愿妈妈说。

"晚上不堵车，快。"沈梦远尴尬地朝表姨、表姨父笑笑。这下可好，他们也知道了。

文熙也向大家羞涩地一笑，说了声"再见"。

许愿冲她眨了眨眼睛，一切尽在不言中。

第二十七章
天华胜诉

张宁远此时刚从公司回到住处，今天有些累。送许愿回家一个来回四百公里，下午回来又是一场投资谈判，晚上还和同事一起加班解决了一个技术问题。

他从冰箱里拿出一瓶水，摊开身子，以最舒服的姿势坐在沙发上。突然想起傍晚妈妈来过电话，他正在忙，妈妈叫他忙完了一定打给她。

"妈妈，谢谢您给我做的攻略！没想到她们俩还挺喜欢古诗词的，我给她们讲了一些典故，她们都很崇拜我。"张宁远给妈妈回电话，语气中难得沾沾自喜。

侯雪梅听着别提有多高兴了，儿子其实很内秀，也有一点自卑。他需要有个懂他的女孩欣赏他，而他内心是渴望别人崇拜的。

"看来这两个女孩都很知性。应该很好相处吧？"侯雪梅问。

"嗯，也很率真，一点儿都不矫情不娇气，最害怕女生造作了。"张宁远本来还想说她们喝醉的事儿，话到嘴边还是打住了。他和沈梦远倒是觉得她们很飒，帅气、可爱、好玩，但大人们可能会觉得这样的女孩太野、没什么家教。算了，绝对不能说。

"那你弄清楚没有，许愿到底有没有男朋友啊？"这才是侯雪梅最关心的问题，如果有了，那岂不是空欢喜一场？

"没有，她和文熙都没有，但是文熙好像和沈梦远好上了。"

儿子的爆料让侯雪梅很兴奋，首先，许愿没有男朋友她兴奋；其次，沈梦远和文熙好上了她也兴奋，那宁远不是很有希望了吗？

"太好了，儿子你也加油啊！有没有考虑追求许愿，妈妈感觉你肯定喜欢他。"侯雪梅直接说重点。

"这才认识多久啊？再说又是这种关系，人家是投资商，这样不好吧。"张宁远腼腆地说。

母子俩又聊了几句，张宁远便赶紧转移话题，妈妈这么直截了当地问问题，他怎么好意思？

"他们什么时候来北京？"侯雪梅问。

"昨天在他们家吃饭的时候，她父母说让许愿在家里休息两天，见见亲戚就去北京。等他们订了机票我告诉您吧。"张宁远说。

"啊？都去他们家了，还吃饭了？"侯雪梅着实吃了一惊。

"不是您想的那样。"张宁远故作平淡地说，"我开车送许愿回家，快中午了，人家当然要留我吃了午饭再走。"

"她爸妈厨艺怎么样？肯定比我厨艺好。"

"那当然。不过，我这个人要求不高，有的吃就满足了。"

"好，等我忙完手头的事，我就来上海给儿子做饭。"

"您还是多陪陪您老公吧，他又不回去陪您。"

"我老公，你都不愿说声'爸爸'呀？你爸爸很关心你的，他只是不善于表达。"

一谈到父亲，张宁远就不想再继续聊下去，有些东西是他极力回避的。跟父亲之间，能不见面就不见面，能不说话就不说话，僵持就是维持现状，不把他"赶出"上海就好，再僵持几年他也就退休了。

张宁远放下电话，脑海中就浮现出许愿的身影，从她家回来的路上开始，老是挥不去她的身影。忙的时候还好，只要一闲下来，许愿的一颦一笑就会冒出来。许愿在做什么呢？他拿着手中的电话想打给她，又不知道这样是不是太冒昧，而且说什么好呢？

他放下电话，又拿了起来，还是想跟她说点儿什么，哪怕一句问候呢。他就这样反反复复的，脸和耳朵憋得通红。

正在这时，手中电话响起一声信息提示音。张宁远条件反射似的看了一眼，竟然是许愿的——真是说曹操曹操到。

"在吗？"

他马上回了个"在的。"

"刚刚沈梦远来了，把文熙接走了。"

"哦，真好！"

"沈梦远这次表现还不错，终于开窍了。"

"嗯，真好！"张宁远回复道。

高速公路上，车子疾驰。车外月明星稀，车内静谧温馨。沈梦远和文熙并没有说很多话。

沈梦远用右手握住文熙的手，他没想到她会主动跟他回来。一个女孩能理解你、信任你、追随你、想时刻跟你在一起，这不是最美好的感情吗？他在心里对自己说，月光、星光做证，我要勇敢地跟她走下去。

文熙此时也在对自己说，相信自己的直觉，相信他。

"对不起啊，有些隐瞒是善意的，但有一天，我一定会跟你解释清楚。相信我！"沈梦远又认真地重复这句话。

"好！如果有一天你发现我隐瞒了你，你也要相信我是善意的。"文熙想到了自己的"卧底"身份。

对他的欺骗，希望某一天向他坦白时，他也一样能原谅她。

"你隐瞒我什么？说来听听。"沈梦远笑着说。

"我是说如果……就允许你善意地隐瞒我，就不允许我善意地隐瞒你吗？"

两人相视笑笑。

早上，一条重大新闻在整个半导体行业传开，LR公司在美国起诉天华公司专利侵权的诉讼有了结果，法院裁定驳回LR的诉讼请求。原因和沈梦远分析的一样，天华的产品并没有在美国销售，法院认为自己没有管辖权。

沈梦远也在第一时间与美国律师通了一个电话，然后约文熙一起跑步。

"我就说嘛，美国法院没有理由判天华败诉！美国法院没有管辖权。"沈梦远和文熙并排跑着，边跑边说。

"但是你们还是不能掉以轻心，看法院裁定，允许LR公司变更诉讼请求，重新提交。"

"他们根本拿不出证据，怎么提交？"

"上天太眷顾你们了，这个时候宣判，给你们增加了谈判筹码，赶快乘胜追击吧。"

"对，天华也不能一直陷在海外诉讼泥潭中，美国打官司费用太高了，换成一家小企业已经被拖死了。"沈梦远说完，又开了句玩笑，"所以你们美国律师那么有钱。"

文熙问沈梦远那天谈判的情况，这是她最关心的事情。

她的心态已悄然转变，决定来做"卧底"的时候，一是觉得好奇好玩，包括对沈梦远的兴趣；二是希望了解真相，让LR快速从这场诉讼战中解放出来并赢得胜利。但现在，她更关心天华，更担心天华，她在意的是沈梦远的表现。此役成功，他在职场的影响力会迅速飙升；此役失败，他将英雄气短，留下败绩。所以她一定要推动LR和天华尽快达成和解。

沈梦远叹了口气，吐出三个字："不顺利。"

本来谈判内容都是秘密，不能对外人讲，但沈梦远一直把文熙当成自己人，而且她是和他共同策划方案的人，是他的战友乃至军师。沈梦远就讲了那天谈判的一些重大分歧，尤其是围绕停止反垄断调查双方的不同意见。

"还好你给我找了些LR的案例，听到有的案例，他们好像有些惊讶，也有所松动。那些案例不好找吧？"沈梦远以赞许的眼光看向文熙。

"多数好找，有一两个不好找。"文熙淡淡地说。为了帮沈梦远而泄露LR的机密她做不到，她有她的道德底线和职业判断，但是这些资料靠沈梦远或者他们在美国聘请的律师都很难查询到。她是尽了最大努力给沈梦远准备可以公开得到的资料。

"其实现在我真怕即使我们撤回投诉，反垄断机构也不会同意停止调查。因为目前中国的反垄断态度是向国际看齐，加强执法力度，所以可能会坚持执法和解，以达到威慑力。这样的话，LR也许真不会与我们和解了。"沈梦远显得忧心忡忡，毕竟和解是他力推的。

"不要泄气，慢慢来。LR肯定会先发制人，摆出傲慢的姿态，你要相信，他们能够答应谈判，就是成功一半了。何况反垄断调查动辄好几年甚至上十年，中止调查也很常见，先过眼下这一关还是很有希望的。"文熙安慰沈梦远。

文熙这么一说，沈梦远更有信心了。她总是在关键的时候给他鼓舞和力量。

"你们下一次谈判是什么时候？"文熙问。

"没定。"

文熙知道LR肯定是在等父亲回去，父亲应该周末回美国。她还是要在父亲回去之前跟他通个电话。文熙心里想，一定要说服父亲让LR尽快与天华达成和解。

天华在美国胜诉的消息让天华公司上上下下都深感振奋。

视频会议上，以前反对和解的那些人因此膨胀起来，说现在不怕了，和不和解都无所谓，更没必要让步。

多数人仍然坚持要趁热打铁地走和解之路，说这个诉讼当时就不是寻求和解的外因，这个诉讼本身就没有多大悬念。

"即便被制裁又有什么呢？又不是灭顶之灾！看宇通公司

也好好的，反而是美国的公司更撑不住。"

"我们跟宇通不同，他们这么多年未雨绸缪，做了很多布局，也打造了备胎，我们没有。"

"我们现在不是加紧采购日系韩系设备和原材料吗？国内的相关产业链也在完善中，进程很快。"

"我们自己知道，短期内没有什么效果，一旦遭遇制裁，我们能撑多久？不能抱侥幸心理。"

"实在撑不下去，我们可以和国内的星鑫公司合作。"

……

公司内部两派争执起来，今天的会议又成了要不要和解的讨论。

沈梦远沮丧地苦笑着。

其实这个裁定结果在 LR 公司也同样引起不小的震动，他们也在几个小时后召开了会议。

会议室里，争论激烈，吵吵嚷嚷。

一半的高管都对法务部的工作颇有微词："如果不是这场诉讼，天华也不会在中国反诉 LR 侵权，投诉 LR 滥用垄断地位，LR 就不会在中国遭遇禁止令和反垄断调查，真是偷鸡不成蚀把米。"

"我们的法务部门好像还没有学会与中国打交道，咱们擅长的诉讼战对中国并不奏效。他们的法务人员越来越有经验，把法律武器运用得比我们还娴熟。"

"我们主场作战失利真是很可笑，应该改变策略了！法律战停下来，回到谈判桌上。"

艾伦坐不住了，额头冒汗，马上辩驳道："我们起诉的时候并没有想要胜诉，本来证据就很牵强，之所以起诉也是为了先压制天华进入美国市场，同时在舆论上造成天华是小偷的印象，目前还是有成效的。在我们的法律攻势施压下，天华的合作方新时代电子公司正考虑撤回全部研发人员，这对天华可是釜底抽薪。"

"嗯，这一记猛招要尽快，他们撤走了，天华就会像鸟之双翼少了一翼，短时间内怎么飞得起来？我们的目的也达到了。"又一个反对派托马斯接过话。

"但是大家都知道，前几天中国星鑫公司已经有自主创新的国产芯片实现量产了，而且良率也不错，还有几家也即将量产。所以天华就算折翼，甚至就是完全瘫痪，我们的目的还是没有达到，只是由天华变成了星鑫，或其他。而且天华仍然会是一个抢手的并购目标，其他公司会向它伸出橄榄枝，无论天华和谁合作，以后都将成为一家具有国际竞争力的巨型企业，势必将改写这一领域目前的世界格局，对 LR 也是巨大威胁。最好的防守是进攻，所以，不如我们抢先吃下它，抢占中国市场。"陆文隽发表意见。

"边打边谈可以争取到一个好价钱，把它逼到更艰难的境地再谈。最好把天华纳入第二批制裁名单，撤走技术人员也可以，一定要增加谈判的砝码。"托马斯继续说。

"但是，既然要合作，就没有必要先把它摧毁，那等于间接伤害我们自己。"

"我们申请的特许执照应该马上就批下来了，应该没有那么火烧眉毛了。"

……

这时，在欧洲出差的陆天皓加入了视频会议。听艾伦把之前大家讨论的意见做了归纳，陆天皓表达了两点意见：第一，积极谈判；第二，增加筹码，逼新时代公司撤回研发人员。

新的一天，国昊律师事务所。

程雪正在办公室整理文件，看到文熙来了十分惊喜，感觉好长时间没见到她了。

两人拥抱之后，程雪又歪着头坏笑着打量她，说："你不是一直想让沈律师陪你去旅游吗？这次满意了吧？"

"来，给你的。"文熙没接招，把茶饼递过去。

"谢谢亲爱的，出去玩还想着我们，好感动。"程雪连忙接过茶饼，然后凑近文熙，"人家沈律师走之前交代我们，不是很重要的事周末就不要给他打电话，你看你好重要哦！"

"是许愿重要，我是沾她的光。"文熙转了转眼珠。

"你知道他为了去庐山推掉了多少事，加了多少班吗？"程雪问。她知道沈梦远一定不会跟文熙讲。

文熙摇摇头。

程雪把她拉到电脑前，调出沈梦远发给她的邮件，一封邮件是凌晨 2 ：09 发的，一封是清晨 6 ：02 发的。

文熙长长地"啊"了一声，真的不知道沈梦远默默地做了这么多。难怪那天晚上在许愿家他急着要回去，难怪收拾衣服时有点儿不耐烦，难怪在去庐山的飞机上他一会儿就睡着了。沈梦远既不表白，也不争辩，尤其是在庐山，因为接了个电话还挨骂，因为自己的误会马上深夜驱车两百公里去解释。好隐忍、好温暖的男人，又好可爱！

想到这里文熙不由得笑了，叫程雪多找点事给她做，好报答沈梦远。

程雪也不客气，反正都是帮沈梦远做事。于是打开沈梦远的邮箱，找了几封邮件给文熙。沈梦远的这个邮箱是工作邮箱，对程雪和王冬阳都是开放的，不仅如此，办公室的这台电脑也是开放的。

程雪给文熙交代好之后就回自己办公室了，文熙一个人认真地完成程雪布置的作业。

看着看着，文熙眼前一闪，"云舒"两个字赫然映入眼帘。她连忙从头到尾把那封邮件仔细读了一遍，忍不住想一直往前翻，看云舒是什么时候给沈梦远发邮件的，都说些什么内容，沈梦远又是怎么回复的。

她给自己找的理由是程雪给她看的邮箱，她也是在为沈梦远工作。

云舒的第一封邮件是她和沈梦远第一天见面的晚上发来的，云舒为撞车的事表示抱歉，希望周末帮沈梦远把车修好，也希望能够冰释前嫌，合作愉快。沈梦远并没有回信。文熙可以肯定的是，那个周末他们没有去修车，而且之后也没让云舒去修。

除了那封信，云舒倒都是在谈工作，或者请教法律问题。沈梦远并不是每次都回复。文熙把云舒的邮件都草草读了一遍，感觉她很多时候都在说些可说可不说之事，为了联系而联系。

她应该是很想和沈梦远在一起，可既然如此，当初为什么要分手呢？

中午时分，程雪和文熙正在楼下的快餐厅吃饭，沈梦远来了电话。文熙告诉他自己在律所，程雪给了她一些工作，还特意提到了云舒的邮件。沈梦远没有什么反应，叫文熙能做多少就做多少，否则他会感觉自己在压榨她。

"我愿意！"文熙大声说。先前嗓门还比较小，怎么越说越控制不住，像敞开音量的大喇叭。

"小声点。"沈梦远马上让她打住，又问道，"程雪没在旁边吗？"

"在呀。"文熙假装不露声色地望了程雪一眼，对方正笑眯眯地看着她。文熙用手捂住嘴尴尬地一笑。

"那你还说那么大声？"沈梦远感觉自己的脸都红了，这下大家可都知道他们的关系了。唉，知道就知道吧。

放下电话，沈梦远脑海中掠过一丝不安。他电脑和邮箱里还是有些属于商业秘密的文件，文熙看了总归不好，但是他不好去提醒，一是不能此地无银三百两，二是应该信任她。

下午的时间过得飞快，无意中，文熙看到了"天华诉讼"文件夹。她知道所有关于天华与 LR 的资料都在里面，沈梦远曾多次点开文件和她讨论，还有一个文件"天华谈判方案"也在桌面上，还没有放入文件夹。

文熙心里"咯噔"了一下，又有了想看的冲动，甚至比看云舒信件的冲动更为强烈。自己来的初衷不就是想知道真相吗？现在真相就在眼前，鼠标一点就可以看到，但这样的行为跟商业间谍有什么区别？

虽然文熙能给自己找到一百个看的理由，比如，为了帮助沈梦远，为了双赢；但是她也能找到一百个不能看的理由，比如，程序正义，不辜负沈梦远的信任与爱，不能陷沈梦远于不义和不法……

沈梦远和她的讨论，与她偷看这些秘密文件的性质截然不同。她不是卧底，一开始就不是，现在更不是。

最终，文熙管住了自己的窥探欲。她集中精力，专注于程雪给她布置的作业。

第二十八章
北京"家长会"

　　跟父母走了一天亲戚的许愿晚上回到家，心里惦记着父亲去北京看病的事。她跟妈妈一合计，干脆明天下午就去，检查清楚了才放心，身体才是最大的事。

　　许愿马上订好机票，然后把信息发给张宁远。

　　张宁远马上给妈妈打电话。侯雪梅很激动，一时间还有点儿手忙脚乱。她倒是已经跟单位请好年休假了，但还是有很多需要准备的，而这陪人的活恰好是她最不擅长的。

　　"妈妈，如果他们周末不走就带他们四处玩玩吧，问问许愿想去什么地方。"张宁远说。

　　"是，我就在想我可能还得找个人一起陪他们。你知道妈妈不擅长这些，笨手笨脚……要不叫雨菲，她活泼大方，又会找吃的玩的。"

　　雨菲是张宁远舅舅的女儿，就是给许愿父亲介绍医生的那个舅舅，她在媒体工作，是一名记者，还是个"驴友"，她来太合适不过了。张宁远叫妈妈赶紧跟雨菲联系。

　　"对了，雨菲参加的话需要找一辆商务车，因为我们四个人去庐山许愿订的都是商务车，坐着宽松一点……算了，我直接给雨菲打电话吧。"张宁远怕妈妈说不清楚，还是不放心。

这母子俩为了许愿一家的北京之行可谓用心至极，全天下的母亲都一样，侯雪梅几乎觉得这次有点像个相亲之行。

一切落实之后，侯雪梅的好奇心又上来了，问儿子去庐山有没有照相，有没有许愿的照片，她想先看看，明天在机场好接人。张宁远一高兴就给妈妈发了许愿的几张照片过去，有单人照，也有合影。

侯雪梅看着照片，越看越喜欢，越看越满意。原来儿子喜欢这一类型，典型的江南女子的五官，秀丽精致，但是风姿飒爽，跟儿子刚好互补。

许愿和父母刚出现在到达出口，早早等候在那里的侯雪梅一眼就认出了许愿，然后打电话确认。接上头之后，侯雪梅和许愿都好好地打量了对方一眼。

因为要见长辈，许愿父母要她穿得正式一些，许愿就穿了一条半休闲半商务的橡皮粉印花连衣裙，知性简洁又时尚，跟照片上相比又是另一种味道。

而许愿呢，其实在飞机上也幻想过张宁远母亲的样子，北大才女，优秀女检察官会是什么样子呢？英气，霸气，正气，还是诗书气？一见面发现真是这样，检察官就是检察官，虽然和蔼可亲，但能感受到浸透在骨子里的庄重和气场，那是多年的职场生涯和学识积淀的，是英气、正气、诗书气的结合。

一路上，侯雪梅和许愿一家亲切地拉着家常，聊起许巍然的遭遇，聊起他的病，聊起孩子们在美国留学和工作，少了很多生疏感和距离感。

尤其是讲到近期一批涉产权案件再审的背景和意义，许巍然夫妇一听就感受到了侯雪梅的专业。人家毕竟是北京的检察官，对法治的判断肯定非常准确。许巍然不时提醒许愿要认真听听侯阿姨的话。

　　"许愿这几年一直叫我们移民，但这次我的案子改判，她的想法有些变化。我们其实一直在给她做工作，希望她回国……许愿，你听听侯阿姨说的，阿姨是检察官，她的话是很权威的。"许巍然一边对侯雪梅说，一边又对许愿说。

　　"主要是那年我们在美国，也是给他爸爸治病，法院通知我们回来开庭，还说情况对我们有利。许愿叫我们不要回来，说律师去就可以了。他爸爸坚持回来，结果飞机刚一落地，他就又被带走了，罪名还是跟之前那个抓了又放的罪名一样。这样许愿就不敢回国了，我们也叫她不要回来。"许愿妈妈说起这事，还是心有余悸。

　　侯雪梅听着感同身受，作为一名检察官，她亲历了一些这样的案子，看到了蒙冤者的凄惨和无助。她告诫自己要在法律监督环节把好关，绝不能把经济纠纷当成犯罪，把民事责任变成刑事责任，她的信念是不能让法治蒙羞，不能让无辜者含冤。

　　"你们受苦了。"侯雪梅脱口道，虽然这个案子与她无关，但这是她真实的心情，"以前是有这种现象，现在正在拨乱反正，保护民营企业家的人身和财产安全，依法妥善处置产权案件是当下一项重大而紧迫的政治任务，你们应该踏实了。"侯雪梅又重申她的观点。

　　"是踏实了。我身边的企业家朋友现在都有了信心，有了安全感，毕竟法治才是最大的保障。"许巍然说。

他应该是最有发言权的人，他是最早的那批民营企业家，见证了中国民营企业和民营经济的发展。这两年国内民间投资意愿断崖式下降，资本外逃，虽然原因很多，但对民营企业和民营企业家的合法权益保护的缺失肯定是一个重要因素，所以中央出手了，民营企业的春天来了。

"这次回来，尤其是张宁远带我参观考察了公检法的人工智能应用，包括这一次爸爸他们这一批案件的再审，确实让我感受到了我们国家法治的进步和对法治建设的重视，我想我会考虑回国的。"许愿也认真地谈着自己的想法，大人们谈了那么多，她总该做个回应。

侯雪梅马上表扬许愿懂事，说她愿意与大人交流，批评儿子张宁远很难与父母沟通，什么都不说。

"我是专门飞到美国，生拉硬拽把他拽回来的。"侯雪梅说得高兴，也就随意起来。

"那你们儿子算是听话的，我们拽许愿也拽不回来。"许愿妈妈笑着，说起儿女，母亲们都打开了话匣子。

两个妈妈你一言我一语。

"宁远跟我说了，夸您做菜好吃！"

"我一个家庭妇女，也就会做点儿饭菜，不像你们都在忙国家大事。……你叫他喜欢吃就经常来呀，反正上海离我们家也不算很远，周末都可以来。我们也可能去上海，我们帮许愿在上海也买了房子……"

许愿赶紧踢了妈妈一下，越说越明显了，再不制止她，真要搞成相亲之旅了。妈妈看了许愿一眼，也收起了话匣子。

侯雪梅和许愿一家以及张宁远的表妹侯雨菲坐在那家有名的烤鸭店里，边聊天边等着上菜。

表妹一来就和许愿对上眼了，两人都是活泼的姑娘，年龄也差不多，很快就熟络起来。

"你看她们年轻人共同语言就是多，她们聊她们的，我们聊我们的。"侯雪梅非常满意自己的安排，来了个活泼的年轻人，气氛一下就热闹了，许愿也不拘束了。

两个女孩聊北京好吃的、好玩的，这也是今天雨菲来的任务，周末还要带许愿一家出去玩。雨菲是个会吃、会玩、会学习、会工作、会生活的女孩儿，聪明剔透、善解人意，侯雪梅很喜欢她，有一年还带着她去美国看张宁远。

"爸爸说的，周末你们肯定是不能走的，因为很多检查报告要周一周二才能出来，所以我和姑姑周末带你们到北京周边走走。"雨菲对许愿说。

"好的，周末不走，但是要麻烦你们了，我们一家真是过意不去。尤其是阿姨，休假陪我们，都不知道怎么感谢。"许愿真诚地说。

"姐姐，您真是见外了，我本来就是'驴友'，不陪你们我也是到处蹦跶。姑姑也是，一个人在北京，平常生活很无聊，正好你们来了，才能把她拉出来走走。我好久没见她这么高兴过了，真的不要客气啊。"雨菲边说边拉着许愿的手。

"是的，有朋自远方来，不亦乐乎！我真的高兴，尤其有你们两个年轻人陪我们三个中年人，我们求之不得。"侯雪梅幽默地说。

许愿妈妈明白了张宁远妈妈的意思，就接过话对许愿说："你阿姨和宁远的妹妹这么热情，不好拂了她们的好意。以后我们邀请他们一家来家里玩，我们也尽尽地主之谊，或者我们带你阿姨去上海周边走走。"许愿妈妈说道，爸爸也在一旁附和。

许愿心里大呼完了完了，这次真正成了"家长会"。妈妈这招厉害，她还能说什么？

"对对对！"雨菲抢在侯雪梅前面表态，"姑姑抱怨说她去上海，远哥都不陪她到处逛逛。现在好了，有你陪她逛逛街，找小吃，买衣服……"

"没问题，阿姨，等您去上海，我抽时间陪您逛街。"许愿爽快地说。

"是吗？太好了，那我就先谢谢了。"侯雪梅露出灿烂的笑容。看来，许愿的妈妈应该和自己有差不多的心思，这就有戏了。

雨菲拿出手机自拍了一张和许愿的合影，并把烤鸭摆在了显著位置，说要发给远哥，馋馋他。

此时的张宁远，一半的心思在北京，想着他们聊得怎么样？吃得怎么样？不时地看看手机。

雨菲发来的照片，他马上就看到了，之后紧接着又来一条信息："不仅大功告成，还另有重大收获！"

"什么收获？"张宁远急不可耐地问。大功告成他知道是什么意思，就是许愿答应周末跟她们出去玩了。

"她答应在上海陪姑姑逛街，还要设家宴。"雨菲简单回复道。

有这些关键词就够了，张宁远心花怒放。许愿应该还是喜欢他吧，至少不反感。

沈梦远和文熙正一起在剧院看百老汇歌剧版《罗马假日》巡演。《罗马假日》这部经典沈梦远知道，但是没有看过，既然今天文熙隆重推荐，那就补补课吧。没想到一看就被吸引住了，随即有种代入感，怎么看着安妮公主就想到文熙，想到他们的故事呢？而且文熙怎么那么像安妮公主呢！

沈梦远偷偷看了看身边的文熙，她很专注地看着演出，侧影很美。这是他第一次觉得她那么美，高高的鼻子、深邃的眼神、小巧的下巴、漂亮的轮廓。他对外貌的美丑没有什么概念，最多就觉得谁看起来比较舒服而已。

文熙知道沈梦远在看她，却一动不动。就让他好好地看她吧，看个够，以最美的姿态印在他脑子里。她想着，不由得挺直了腰。

此时沉浸在演出里的文熙，不如说沉浸在自己的故事里，她以前演过话剧《罗马假日》里的安妮公主，却无论如何也没有今天这种感觉。她根本就没有安妮公主单纯，她也不是邂逅，当她听着许愿的介绍看到沈梦远的照片，她便设想了一个刺激浪漫的"上海假日"。她本想悄悄地来悄悄地走，如上演一出戏，然后曲终人散，不想将来，不想爱情，却没想到她在自己设计的这出戏中动了真情。她不如安妮公主理智，她不想放开沈梦远的手，她更怕伤了他的心。

虽然她不是公主，沈梦远也不是那个潦倒记者，但他们之间的鸿沟显而易见，肯定也不会被她的家族认可。到时她该怎么办？沈梦远又会怎样？她骗了沈梦远那么久，是时候慢慢让他知道真相了，哪怕事先做点儿铺垫。

当安妮公主回宫前与男主吻别，然后消失在街道的拐角处，文熙哭了，紧紧握住沈梦远的手。沈梦远看了她一眼，也紧紧握着她的手，没想到她是如此多愁善感。

"如果我是安妮公主，我不会这么离开，我要大胆追求爱情。你呢，如果你是乔？"文熙凑到沈梦远耳边问。

"不知道，没法假设。"沈梦远说。他不是个容易入戏的人，也从不假设不可能的事。

"你就假设一下嘛。"文熙执拗地撒娇。

沈梦远认真地思索了一下，说："和乔一样。"

"不行！"文熙急了，哭丧着脸看着沈梦远。

沈梦远明白了文熙的意思，连忙改口说与她一致，大胆追求。

这还不够，文熙又来了："我不理你的时候，你不能不理我，像那天那样，即使我要放弃，你也要坚持，我说不想见你，你也一定要来找我……"

"知道了，你的意思是叫我死缠烂打到底。"沈梦远真不知道自己不马上表态她还会说多久。

"就是，否则怎么叫伟大的爱情呢？哪怕有一天我忘记你了，你也要重新追求我！"文熙还喋喋不休，剧情太遗憾了，她的爱情不能这样。

沈梦远只把文熙的表现看成是恋爱中女孩的矫情，甚至时下流行的"公主病"，没想到几天之后，他便成了《罗马假日》的"男主角"。

第二十九章
天使还是魔鬼

天华公司总部。公司核心领导层坐在会议室，与台湾新时代公司召开视频会议，哪知道一开场便是坏消息。

新时代公司董事长首先表达歉意，称迫于各方面压力，新时代公司决定终止与天华公司的合作，并撤回所有研发人员。

天华公司这边集体陷入沉默。其实这一结果，他们自己和律师团都想到了，但是当它真正降临时，还是不能接受。

"关于违约带来的损失，我们会按照相关法律承担相应的责任，方案下一步由双方律师来具体拟定。"新时代董事长继续说。

"可以告知新时代公司究竟承受了什么压力吗？要以牺牲我方的利益来换取什么？难道真是贵公司窃取了技术，侵犯了LR 的知识产权？"天华董事长问道。

"不是，肯定没有，但是我们不想再耗下去了，有些原因也恕难奉告，抱歉。"

天华公司匆匆结束了会议，他们需要马上把这个消息告诉律师团，他们意识到这应该是谈判大戏中的一幕剧。

法务部长马上给钟华政打电话，通报了这件事情。钟华政又马上给沈梦远打电话，此时，沈梦远正在迅达公司参加一个重要会议。

迅达公司会议室。会议结束的时候，云舒突然重申保密原则，并透露可能有信息泄露，公司会展开调查。

大家窃窃私语，气氛一下子紧张起来。

开完会，云舒把沈梦远请到办公室，神秘地锁上了门。

沈梦远不解地望着云舒，只见她坐在电脑前，打开一个文件，问道："你知道你的文熙，真名叫什么吗？"

沈梦远更疑惑了，打量着云舒似笑非笑的脸。

"看你的表情，应该不知道吧，你来看看。"云舒故作平静地说，心里暗喜，如果沈梦远都知道，那就不好玩了。

沈梦远走近一看，那是两张律师执照，上面是文熙的照片，名字却是 Nancy Lu。沈梦远心中一惊，但看着云舒不怀好意的表情，马上恢复淡定，说道："你说这个啊，我知道。"

"那你还知道什么？"云舒咄咄逼人地看着他。

"你怎么知道这些，你在调查她！"沈梦远很敏感。

"我不该调查她吗？一个绝对比你优秀的律师，哈佛的法律专业博士，屈尊来中国，到你身边做实习生，你以为是为什么？是因为你长得帅？"云舒讥笑道。

"你到底想说什么？"沈梦远的心紧了一下。

"只有一种可能，她是商业间谍，而且她的目标应该是中国的高科技企业，她知道你沈大律师担任了多家高科技企业的法律顾问。"云舒头头是道地分析。

"你真看得起我，我有这么重要？"沈梦远"哧"了一声。

"因为你是她好朋友的表哥，到你身边卧底非常自然，不易被觉察。更重要的是，即便被发现，你也会看在你表妹的份儿上保护她，更不用说你还会爱上她。"云舒凑近沈梦远的脸，露出得意的笑容。

沈梦远退后一步，反唇相讥："如果她是商业间谍，那你可能也是。你也是美国律师，却突然回国！"

"不用转移话题，你已经在紧张了，你没想到是不是？"云舒更进一步，眼睛盯着沈梦远的脸，"我进迅达是经过严格审查的，而且签了保密协议和竞业禁止协议的。我怎么可能监守自盗？"

"那文熙也不会！她根本就不知道迅达的任何商业秘密，她就来过迅达一次，尤其是今天你们说的人机接口，她更不知道。"沈梦远为文熙正名。

"你怎么知道是人机接口泄密了？你确定她不知道？她跟你走得那么近，你的电脑、手机她都看得到，不是吗？"云舒步步紧逼。

沈梦远不想跟她讨论下去了，他心里乱得很，想一个人静静。文熙的一些行为是让人生疑，她不是还看了他的手机吗？她知道云舒发给他的微信内容，也会知道其他。

"她肯定不知道！你如果怀疑她，要拿出证据，不要找这些捕风捉影的理由！"沈梦远一脸愠怒，甩下这句话夺门而去。

沈梦远一个人在车上闷坐了一会儿，理不清思路。文熙，不，Nancy Lu到底是谁？她为什么要隐藏身份，是无意为之，还是刻意隐瞒？许愿是在帮她隐瞒吗？她到他身边到底有什么用意？沈梦远第一个想到了许愿，许愿是介绍人，是她的好朋友，对文熙应该知根知底。

沈梦远马上拨打许愿的电话，一直没人接听。他不知道的是，许愿此刻正陪父亲在医院看病检查，根本没工夫注意手机。沈梦远只好开车前往专利事务所，今天文熙在律所，他不想见到她。

到了专利所，沈梦远交代任何人不要来打扰他，然后把自己锁在办公室。他仰头靠在座椅上，双眉紧锁，双眼紧闭，脑海中则像高速运行的电脑，回放、过滤、分析……虽然他在云舒面前坚决否认文熙是商业间谍，但理智告诉他的却是另外一个结论，事实完全有可能如云舒所说的那样。

沈梦远睁开眼睛望着天花板，眼睛中全是忧虑和迷茫。到底该怎么办？要不要直截了当地问她？还是不露声色地观察？沈梦远不知所措。

正在这时，文熙来了信息，问他会议结束没有，何时回去，要不要等他一起吃饭？沈梦远没有理睬，这是他第一次没有理睬她。

他在网上继续搜索，想多了解一些文熙的情况……

突然，沈梦远发现了一张文熙在欧洲的一场由爱马仕冠名赞助的马术邀请赛的获奖照片，照片中的她飒爽英姿、笑傲群芳，如一位高傲的公主，而上面赫然介绍她是美国哈佛大学法学院的学生。

沈梦远震惊地一下站起来，果然是哈佛的高才生，难怪她对自己的学校支支吾吾。正如云舒所说，她那么优秀，不远万里来他身边做实习生，不是有企图是什么？而且她那么关心LR与天华的战局，她对LR那么了如指掌，她做出了那么多神判断，她还说"如果有一天你发现我隐瞒了你，你也要相信我是善意的"……沈梦远顿时额头冒汗，这一切的一切无疑都指向一点：她就是"卧底"，她就是商业间谍。

沈梦远想起有个师弟在哈佛法学院读法学硕士。他一看时间，此时师弟应该还没有睡觉，就拨了他的电话，却无人接听。于是他给师弟留言，请他务必回电话。

沈梦远在椅子上瘫坐着，红红的眼睛闪烁着愤怒的火焰。真没想到文熙是这样的人，比云舒更恐怖，一朵罂粟花，却还要装得那么纯洁天真。难怪她一步步逼自己说喜欢她，而她从来没有说过喜欢自己，人家只是给你设计了一个甜美的圈套让你傻傻地钻进去！沈梦远越想越愤怒，越想越憋闷，越想越挫败，自己也是个冷静理智的人，为什么在她面前乱了阵脚，为什么没有对她产生过怀疑……

文熙见沈梦远一直没回信息，以为他还在开会，就没有再联系。到了午餐时间，文熙想会议也该结束了吧，就忍不住直接给他打电话。

沈梦远还是不想接文熙的电话，也不知道怎么面对她，就给她发信息说在外面处理一些急事，晚点再联系她。

他努力让自己平静下来，感情的事先放一边，把工作上的事都捋了一遍，然后反复问自己该怎么办。直接揭穿她，问她讨要一个真相？将计就计，以其人之道还治其人之身？……

沈梦远逐渐恢复理智，制订了一个反侦察计划。他决定先不打草惊蛇，而是先寻找和固定证据，弄清楚文熙究竟是不是卧底，窃取了些什么信息。如果她是有备而来的话，许愿也会被蒙在鼓里的。

他给文熙发微信，邀请她晚上去他家吃饭，让她下午自己回家，又找了一份专利材料发到文熙邮箱，请她帮忙查找一下美国那边的情况。他并非真的要她找资料，只是晚上要借机查看她的邮箱。

文熙收到沈梦远的微信非常开心，又可以去他家吃饭了，这也是她列出的心愿之一。

许愿在等候爸爸检查的间隙看了看手机，发现了沈梦远给她发的"速回电！"的留言，马上回电话给他。

"文熙是谁，你们为什么连名字都要骗我，而且你跟她合谋？"沈梦远单刀直入。

许愿听到这话心中一惊，但因为做过准备，很快镇定下来，若无其事地说："哦，你说这个啊，文熙就是文熙呀，陆文熙，我们都叫她文熙，习惯了，什么骗不骗的？"

"还在骗！Nancy Lu是谁？"

"哦，那是她的英文名，中文名真的叫陆文熙，我们中国同学就叫她文熙，她家里人也这么叫。"

"许愿！"沈梦远提高声音，叫道，"你敢保证了解她吗？这可是一个大是大非的问题！她一个美国律师，哈佛高才生，为什么要来我这儿做实习生？她有没有可能是商业间谍？"沈梦远没时间跟许愿拐弯抹角，直接说重点。

"商业间谍？还FBI呢。"许愿扑哧笑了，"谁都可能，但她不可能！而且我跟你是亲戚，难道我会害你？"

"你肯定你很了解她？你可能被别人卖了还在替别人数钱！"沈梦远发火了。

"我肯定！她一定不是商业间谍。你不了解她，她的理想是成为一名联邦最高法院的大法官，她的家族是把她当作未来的政界精英培养的，经济利益根本不是她关心和考虑的问题……"许愿也只能说这么多了，在没有和文熙通气之前她也不能再透露更多信息了。

雨菲在那头跟许愿招手示意，应该是医生在等着了。许愿连忙走过去，边走边给沈梦远吃定心丸，叫他放一百个心，她保证没有问题，晚点再给他电话。

"你千万不能告诉她。我再跟你强调一次，这可是大是大非的问题。"沈梦远叮咛道。

正当沈梦远要离开的时候，钟华政来电话了。钟华政开口就问："你这小子，这么久都没回电话，在忙什么呢？"

"不好意思，忘了忘了，忙一件重要的事。"沈梦远这才想起师父上午给他打了电话，留了信息。

"知道吗？新时代公司正式通知天华要撤回研发人员，宁愿毁约……"

"啊？"沈梦远惊讶一声，他马上想到文熙，一定是她。这个节奏怎么踩得这么准？现在的筹码完全倒向 LR，难怪她要积极怂恿 LR 与天华和解合作，此时的合作，天华还有多少议价能力呢？很可能又会演变成之前 LR 吞吃日本、中国台湾企业那样的案例。

沈梦远无比自责懊恼，手重重地捶在桌子上。她，就是卧底，而且她不是已经想开溜了吗？如果不是自己去接她，她不是以云舒的事为由负气而走了吗？看来自己当时的直觉是对的，她的离开还有其他原因。

"走着瞧，我一定不会让你得逞！"沈梦远强压着心里的愤怒，开启了他的反侦察行动。

他先去药店买了泻药和止泻药，再回家开了一瓶红酒，把泻药溶解在红酒中。一切准备就绪，他给文熙打电话说十分钟后在楼下等她。

文熙早已经回家并把自己打扮得漂漂亮亮。又是大半天没见到沈梦远了，真想他，于是她提前到楼下大厅等着，心急地盯着电梯——她以为沈梦远开车回家会从车库坐电梯上来。

突然，沈梦远在她背后用力吭了一声，原来他是从门厅进来的。

文熙一转身，自然地拉着沈梦远的手，笑嘻嘻地望着他，身子贴过去。

沈梦远却像触电似的挣开手，他的身体很诚实，此时他对文熙有怨、有恨、有怀疑，却没有了亲热，也知道不该再有亲热，不能再陷进去。

文熙惊讶地看着他，不知怎么会这样。

沈梦远马上意识到了自己的反常，随即挤出一丝尴尬的笑容，抱怨天气太热，手都是汗。他心里告诫自己，再坚持一下，在查清事实之前，千万不能让文熙生疑。

文熙当然毫不觉察，享受着在沈梦远家里的幸福时光，甚至还叫沈梦远给她和他父母、奶奶拍了合影。沈梦远灵机一动，自己也加入进去，自拍了几张文熙和他们全家的合影，心里念着："陆文熙，你知不知道，也许有一天这将成为你的罪证！"

沈梦远不停地和文熙碰杯，而自己却没有喝，说晚点还要开车出去见个人。终于，文熙有点难为情地跟沈梦远说自己肚子有点疼。

　　沈梦远父母听了，一脸疑惑不解。

　　"跟你们讲过夏天不能喝冰的，你们年轻人就是不听，又是冰的又是辣的怎么好？看吧，不听老人言吃亏在眼前……"奶奶慈爱地"教训"文熙，说她不该在酒里加冰块。

　　于是沈梦远把文熙带走了，说送她回去休息。

　　文熙一路小跑，回到家就直奔卫生间。沈梦远知道是药力发作了，可以实施他的计划了。

　　"唉，好在你带我回来了，在你们家多丢人。"文熙出来后长舒了一口气。

　　"嗯，现在好点儿了吧？"沈梦远问。

　　"好了。可惜你爸妈做了那么多菜！"文熙还想着美味。

　　"我再陪陪你，如果还是不好的话，就吃点儿药吧。"走的时候，妈妈塞了藿香正气液给沈梦远，当然他还带上了一起买的止泻药。

　　"不用吃药。"文熙此时反而很感谢肚子疼，若不是这样，沈梦远还不会来陪她，自上次许愿回来后他都没有上来过。她反而希望继续拉肚子，这样沈梦远就会一直在这里照顾生病的她。

　　想到这里，文熙不由自主地抚摸着肚子，微蹙着眉头。

　　"还是不舒服吗？要不去床上靠一会儿？"沈梦远惦记的是她的电脑，而文熙想的是，沈梦远又可以像上次她生病那样照顾她了。

文熙刚上床靠着，沈梦远便拿起她桌上的电脑递过去，很自然地说："对了，我发给你的资料有些改动，重新发了一份，正好跟你说说。你行吗？"

"行！"文熙精神抖擞地往里面挪了挪，给沈梦远让出排排坐的地方，然后很快打开电脑，进入邮箱。

沈梦远坐在她身边，装模作样地和她对着电脑讨论，心里却想让她快点儿去卫生间。

过了几分钟，文熙突然翻身爬起来，边说"不行"，边往卫生间跑。

沈梦远迅速把她的收发邮件检查了一遍，从她到来之前的几天开始到现在，都没有什么异常，反而有一些文熙跟别人要的有关 LR 的资料和请教的相关问题。

沈梦远听到文熙从卫生间出来的声音，赶紧又回到文熙离开时的那个页面。

文熙这次出来可没有上次那么轻松，脸色惨白、额头冒汗、用手捂着肚子，一副虚弱痛苦的表情，随时会倒下的样子。沈梦远一下动了恻隐之心，连忙上前扶住她。

"快吃药吧。"沈梦远把她扶上床后就出去拿水进来给她喂药。本来按他的计划，他要等她拉两次才给她药吃，但是看着文熙的可怜样，他一下子心软了。

文熙不再推辞，乖乖地吃了药。

"没力气。"吃完药，文熙伸出双手环着沈梦远的腰，两眼惨兮兮地望着他，重心往他身上靠。

沈梦远读懂了她的眼神，要是文熙还是以前那个文熙，他肯定马上抱着她，成为她的依靠。但是，她是陆文熙，而且现在还敌我不分，他确实装不出来那份亲密与怜爱，可若要放开她的手，他同样也做不到。就这样站了几秒钟，斗争了几秒钟，沈梦远坐下来，坐在她身边，像木偶一样被抱着，尴尬地笑了笑："对不起，我不该让你喝那么多。"

文熙依偎在他身上，像一只温驯的小猫咪。这样就好，沈梦远在，就像山、就像树、就像港湾，安全、厚重、舒适、沉静、温馨……她感觉舒服了很多，有一句没一句地和沈梦远说着话。沈梦远只好心不在焉地陪着。

没多久，沈梦远迎来了第二次机会。趁文熙再次去卫生间，他又打开她的电脑查看了她的文件，还有她随身带的小本子，都没有发现什么涉及天华或迅达的机密。他长长地舒了口气，但是并不能完全解除戒备，这些并不能完全证明文熙的清白，像她这么聪明的人，泄露秘密也不会通过邮件，更不会在电脑中保存证据。但是从目前情形看，文熙似乎并没有偏向哪一边，而是致力于充当和平的使者，改变相杀互害的局面，促成双方的共赢。

沈梦远忽然意识到文熙已经进去很久了，怎么还不出来？他连忙叫了她两声，没有回音。他感觉不妙，几步冲进卫生间，发现文熙晕倒在地上，就像第一次他们见面的情景。

沈梦远的心一下紧张起来，心里喊道："文熙，你千万不要出事，我什么都可以原谅你！"他抱起文熙飞奔回房间，把她放到床上。

文熙吐出几个字："低血糖了。"

沈梦远在照顾文熙吃东西的时候，师弟回电话了，沈梦远抓起手机就往露台跑。文熙诧异地看着他，心里有点儿酸溜溜的，接个电话都需要跑那么远吗？还那么着急？又是云舒的？

沈梦远和师弟先寒暄了几句，就向他打听陆文熙。师弟很惊讶，反问他怎么知道她，是不是见着她了？沈梦远连忙否认，说是帮一个朋友问的。

师弟说自己回国的时候，好像有人说起陆文熙暑假也来中国了，然后就像背简历一样道来："陆文熙，哈佛法学院的风云人物，华裔豪门陆家的千金小姐。父亲陆天皓，哈佛校董，著名高科技企业 LR 公司 CEO。当然陆家还有很多产业，在中国也有很多投资……"

沈梦远听到 LR 公司，头皮一下炸了，LR，原来她就是LR 公司的千金！作为正在与 LR 作战的律师，LR 的一些基本情况他还是知道的，LR 虽为上市公司，但为陆氏家族实际控制，陆天皓的父亲是公司创始人，并成功地为子孙后代做了家族控制权设计。

"不过，陆文熙进哈佛可不是因为家族的捐款，她是真正的学霸加运动健将，职业马术选手，精通英、中、法三国语言，曾任《哈佛法学评论》编辑，还担任编辑评选委员会委员，精英中的精英。都说他们家族是把她作为政治人物来培养的，但是她的理想好像是成为首位华裔大法官，崇拜金斯伯格，给她做过实习生，还在联合国总部和国际法院以及白宫做过实习生……"师弟如数家珍般介绍着，沈梦远的心却越来越沉、越来越凉。

这下就都能对上号了，为什么她对她的家庭和学校刻意隐瞒？为什么她几次问能不能做中国的大法官？为什么对国际法院那么熟悉，还飘出法语？为什么能谈笑间就给张宁远公司一千万美元？为什么要拉自己去看《罗马假日》？……她就是那个来度假的公主，不小心情感开了小差的公主。不，她并不是来度假的，她分明是来卧底的，不惜使用美人计让他爱上她，然后一步步引他按着她的设计走，他就犹如傻瓜一样……

沈梦远的心里五味杂陈，愤怒、羞辱、痛心、难过、失落，却又还抱着一丝希望。文熙不是说有一天发现她隐瞒了他，一定要相信她是善意的吗？他脑子里又浮现出他们在一起的一幕幕，他们的凝视、牵手、拥抱，还有文熙的眼泪……难道这一切都是在演戏？他不相信！

她到底是天使，还是魔鬼？

回到文熙房间，沈梦远待了一会儿就逃离了，他实在不知道怎么面对她。文熙虽然不舍，却也没有挽留，因为沈梦远已经说了他晚上还有事。

沈梦远没有回家，一个人去了车库。他把自己关在车里，打开音乐，头无力地奄拉在椅背上，闭上了眼睛。他的脑海中全是文熙，她到底是天使还是魔鬼？她其实帮了天华很多，她故意泄露了 LR 的底牌，她积极促成双方的合作共赢……

"多少年以后，如云般游走，那变幻的脚步，让我们难牵手，这一生一世，有多少你我，被吞没在月光如水的夜里……"

车中那首熟悉的《贝加尔湖畔》又响起，沈梦远眼睛里一下有股潮湿的热流在弥漫，呼吸好像带不动心脏的跳动。这是他和文熙的写照吗？难怪文熙喜欢这首歌，难怪她在庐山听着这首歌就哭了，她一直都知道，这就是他们的结局。难怪她会带他去看《罗马假日》，而且那么执着地问如果他是乔，他会怎样？……她真的如她所说是善意的吗？

沈梦远打开手机，找出电影《罗马假日》，细细地观看这部经典影片，从中找寻文熙的蛛丝马迹。

在那个街的拐角，在车上的热吻，转身离去，不再回头……沈梦远流下了眼泪，这就是他和文熙故事的结局。离别便是高潮，二十四小时的爱情，却将用一生去遗忘。现在一切都结束了，他的公主也即将回宫，而他将目送她的背影远走。

有个电话打进来，打断了沈梦远的思绪，是云舒的电话。是说文熙的事吗？这是沈梦远的第一反应。

"过来喝一杯！"云舒此时正在酒吧，心情愉悦，说话的声音都是飘着的。因为从沈梦远上午的反应可以判断出他并不知道文熙的真实身份，即便知道他也不会透露，或许还要来求她也不要透露，甚至还可以以此要挟 LR 公司达成某种交易，以掩盖自己的行为。

"难得你今天这么高兴，电话里都听得出来，发个定位。"沈梦远嘲讽道。他还真是想看看云舒葫芦里究竟卖的什么药。

许愿经过激烈的思想斗争，终于决定还是要向沈梦远透露一部分实情，要告诉他文熙的家庭情况，这样做也是为了打消他的顾虑。

回到宾馆，她马上给沈梦远打电话。此时沈梦远正在去找云舒的路上，电话刚响了一声，他便按下了接听键。这个电话来得太及时了，沈梦远太需要对文熙做一个判断评估。而且他预感到云舒见他，也和文熙的事有关。

"对不起，我确实帮着文熙隐瞒了一些情况。因为她出身豪门，所以她一般不暴露她的家世，也不想暴露她是哈佛的法学博士，是怕给你带来压力，希望你能理解。"许愿第一次在沈梦远面前诚恳地道歉，"所以，你放心，她不可能是商业间谍，完全犯不着。"

"你知不知道 LR 正和中国天华公司打诉讼战，而我是天华的律师，而且这不是一般的诉讼，这是芯片战！"沈梦远怒火中烧，他很少这么激动。

许愿委屈道："我怎么知道打官司？"

"你被别人卖了还帮人数钱吧！"沈梦远更加生气，他就怕这个，这更说明文熙有阴谋，她连许愿都瞒着，"你说她不是商业间谍是什么？而你，就是帮凶！"

"什么商业间谍？什么帮凶?!"许愿听着也来气了，"LR 和天华的官司关文熙什么事？虽然 LR 是由他们家族实际控制，但她又不是 LR 的律师，她犯得着当商业间谍吗？她不知道当商业间谍的代价吗？她会犯这么低级的错误？我跟你说了，她的理想是成为一名联邦最高法院的大法官，她的家族是把她作为未来的政界精英来培养的！"许愿发出一连串的质问，她相信文熙。

"她那么伟大，那你说，她来给我做实习生干什么？而且她这么做已经违规了，事实胜于雄辩。"沈梦远语气稍微缓和了一点，明显有了一股酸酸的味道。

"她不能总是坐在书斋做研究啊，用中国的话说她需要接地气呀！她要了解中国、研究中国必须到中国来呀，然后她又看到了你的照片，知道了你的情况，就凡心大动，也就顾不得你正在跟他们家打官司了。"许愿又补充道，"人家第一眼就喜欢你，那怎么办呢？"

"喜欢？消遣吧，找乐吧！所以，我成了她这个公主、这个精英来接地气的对象。"沈梦远心中更加酸涩。他又想起他们看《罗马假日》时，他觉得文熙很像安妮公主，看来他的感觉是正确的。

"不，你也是精英啊，你是我们中国的青年法律精英。"许愿连忙说，"文熙是来向你学习的，她说她在你这里学到了很多东西，她是真的喜欢你，不是消遣，她说去重庆她会告诉你一切真相。"

沈梦远笑了笑："我有自知之明！现在我还有些事要忙，就不说了。你千万不要跟文熙讲这些，你在这件事情上千万不能站错队，毕竟文熙是美国人，而中美之间正发生贸易摩擦，知道了吗？"

许愿警觉地问沈梦远想做什么。沈梦远说不做什么。

许愿知道沈梦远没说实话，一下急了，就要他保证一定不能告发文熙，把这件事公之于众。

"我代文熙向你道歉，她真的没有那么深的心机，她只是图好玩，毕竟她难得过一个轻松的暑假，难得在一个别人不认识她的地方率性而为。你知道，如果这件事公开了，将会是她一辈子的污点，甚至断送她的前程。不管你们有没有将来，毕竟你们一起度过了一段美好难忘的时光……"许愿说着，竟哭哭啼啼起来。

"好了，我知道。"沈梦远打断了许愿的话。许愿刚才说"不管有没有将来"，难道他们还有将来吗？

如果文熙没有泄露重要秘密，他一定会守口如瓶，可如果她真的窃取了秘密呢，他该怎么办？如果不公开，他对不起自己的良知，对不起天华；如果公开，又感觉过不了自己的情感那一关。

其实沈梦远内心已经接受了许愿的观点，文熙来到他身边出发点应该不是为了刺探情报，最多只是后来恰好知道了一些对 LR 有用的信息。而且客观分析，文熙并没有完全站在 LR 的立场，甚至有的事是明显偏向天华，也正因为这样，他才一点儿没有怀疑过她。但是，他还需要观察。

要说文熙泄露天华的秘密还有可能，可说她是一名商业间谍，窃取迅达或其他高科技公司的商业秘密，他是怎么都不会相信的。但是云舒为什么要告诉他文熙的秘密呢？是不满文熙、挑拨他们的关系，还是另有企图？

"贼喊捉贼？"沈梦远闪过这个念头。

"她不可能泄露迅达公司的机密，因为她根本不知道。"沈梦远跟云舒讨论的时候抛出了这个理由，这也是他想出来的最好理由。

"她天天跟你在一起，怎么可能不知道？你的邮箱又是公共邮箱，大家都可以看。"云舒知道沈梦远的习惯，他不能抵赖。

"她看不了，她只是实习生，王冬阳和程雪可以看。"

"她不是普通的实习生，她是你的女朋友！"

"她不是我的女朋友，我那是为了骗你。就算是我的女朋友，也看不了我的工作邮箱，请相信我的职业道德。"

"真的吗？你终于肯说实话了。我当时就说她不是你的女朋友，你还不承认。"云舒开心得像小女孩一般。

沈梦远苦笑一下。

"你现在为什么承认了，因为要保护她？"云舒做吃醋状。

"她只不过是来过个暑假而已，马上就走了，不承认又能隐瞒多久。"沈梦远平静地说，看不出任何表情。

"所以说，你们是不可能的。"云舒想，看来那天去他家是去对了，他父母和奶奶肯定劝了他。

"所以说，我们才是最合适的一对。"云舒握住沈梦远的手，看着他的眼睛。

沈梦远没有说话，也没有反应，看不出他在想什么。

"如果遇到这样的事，你会保护我吗？像保护文熙一样保护我？"云舒真想把心里话道出来，憋在心里实在难受。

"你以为我是在保护文熙吗？我是在保护你！不要调查她，不要把潘多拉的盒子打开……"

"你在威胁我？你怕发现她什么秘密？"云舒挑衅地看着他。

"你为什么要给我发那些有涉密内容的邮件？不要耍小聪明，为什么要这么做，可以告诉我实情吗？我可以帮助你。"沈梦远诚恳地迎着她的目光。

他那天看到云舒发给他的邮件就有点纳闷，按理说有些内容是涉密的，云舒不该在邮件中提及。那么她是不是故意发给他的？就像他故意发资料给文熙，只是为了有借口看她的邮件。

云舒沉默片刻，说："如果我现在和文熙同时落水，你会先救谁？"

"救你！"沈梦远笃定地凝视着云舒，给她信心和力量。

他真没想到，有一天文熙的命运竟会和云舒系在一起，如果云舒真是恼羞成怒地调查文熙，那势必把她 LR 公主的身份曝光出来，那这两个优秀的女孩都毁了，而她们本质都是善良单纯的。

"如果我落水，我一定要拉着陆文熙做伴！"云舒得意地笑着。

沈梦远痛苦地看了她一眼，觉得她疯了。

第三十章

泄密者

　　沈梦远一早便赶到办公室参加天华公司召集的视频会议，讨论对新时代公司撤走研发人员的应对之道，以及如何在下一轮的谈判中调整策略。

　　"放眼望去，LR 真的是最佳合作伙伴，我们在这个项目上投入了那么大的资金、人力、物力，必须很快见效益，否则会成烂尾，只有与 LR 的合作是最快的。但我们就要像砧板上的鱼，任人宰割吗?"公司董事长极不情愿地说。

　　"不能任人宰割，必须要变被动为主动，不能被 LR 带着节奏走。"钟华政坚定地说，"LR 这步棋走得很阴险，怎么都对它有利，要么延缓我们的自主研发进度，推迟量产，要么它半路杀出摘取胜利果实。所以我们一定要找到很好的战略战术，声东击西。早上我看到了宇通副总裁考察天华的消息，这非常及时……"

　　"LR 这是逼我们跟它合作，我们就要反其道行之，假装不跟它合作，也不和解，这就是谈判策略……"

　　大家热烈讨论着。

难受了一夜，文熙在饥肠辘辘中醒来。她的肚子完全拉空了，饿得难受，但是睁开眼的第一件事却不是起来找吃的，而是找手机。

昨天晚上直到睡着，她都不断地看手机，看沈梦远是否关心问候她，可一直没有等到。她在心中为他找理由，一定是他太忙了，一定是他太晚回家怕打扰她……那今天早上呢？还是没有。

文熙闷闷不乐。为什么呢？再忙也不该这样啊！

干脆打个电话一探究竟，她可不愿花时间去揣摩别人。

沈梦远见是文熙的电话，心里打定了主意，咳嗽了两声调整一下情绪，抢先说话："怎么样，身体好了没有？我今天事情多，早上走得很早，没给你打电话，怕打扰你休息。"

文熙听着也放宽了心，就问他在哪里，自己也想去。

沈梦远说，来吧，在律所。

文熙到律所后，刚和沈梦远聊了几句，沈梦远就说自己马上要参加一个视频会议，是天华公司律师团的讨论。而在视频会议中，沈梦远一反常态，提出中止与 LR 的谈判与和解计划，站到了之前与他立场对立的那一派。

文熙感到很困惑，等沈梦远会议一结束马上问他为什么。

"我这两天想了想，确实没有必要与 LR 和解，LR 卡不住我们脖子的。我们也没有必要为一个可能的制裁做那么大的牺牲，走一步看一步吧。"沈梦远轻描淡写地说。

"天华一定会被制裁的。"文熙有些着急，"LR 一定会设法把天华送入出口管制实体清单和刑事指控，你作为律师，现在应该做的是避免这两种情况的发生。"文熙生怕沈梦远轻敌，觉得必须说透彻，其实她本不该说得这么直白。

果不其然，沈梦远反问："你怎么那么肯定天华会被制裁和刑事指控，你又不是 LR 的人？"沈梦远观察着她的反应。

"我……前面不是说了吗？你自己不是也分析了吗？赤裸裸的报复、制裁。"文熙开着玩笑，有点儿莫名的心虚。

"制裁就制裁吧，我们不怕，我们现在不会被美国一卡脖子就瘫痪！宇通瘫痪了吗？天华也不会。"沈梦远给文熙看了看今天网上出来的新闻，宇通公司副总裁访问天华公司。

"那又怎么样？宇通虽然迅速启用了备胎，但许多尖端精密芯片还是使用美国的产品或技术。你知道吗？美国商务部正在更改一项出口规则，要切断宇通的芯片供应链，对宇通的芯片供应商进行'战略锁定'，即使芯片不是美国开发设计的，但只要外国公司使用了美国芯片制造设备，也必须获得美国政府的许可证。宇通要继续获取某些芯片或使用某些美国软件，以及技术相关的半导体设计，也需要从美国商务部获得许可证。"

"那又怎样？"沈梦远针锋相对，"我们也在建立'不可靠实体清单'制度，外国实体出于非商业目的，对中国企业采取封锁、断供和其他歧视性措施，违背市场规则和契约精神，对中国企业或相关产业造成实质损害，也会被纳入中方'不可靠实体清单'。"

"但你是天华公司的律师，不是政府官员，你要对天华公司负责！"文熙着急了。

"LR 现在的条件太苛刻，那不是合作，那是打劫，以政府为后盾的打劫。要说合作，想跟天华合作的公司很多。"

"宇通也想和天华合作？想和天华建晶圆厂？"文熙问。她注意到宇通被美国断供后，迅速以投资方式收购了国内数家芯片公司，应该是要把产业链重心转移到国内。

"聪明！你不是说美国要切断宇通的芯片供应链吗？感谢美国，宇通会在中国发展自己的全产业链，可能还会进军光刻机，相信这也会推动国内半导体产业的快速发展。"沈梦远故意"透露"光刻机，这其实是他的大胆设想。目前，国产芯片生产最大的难题是光刻机。

"你以为这样就可以全部绕过美国技术吗？生产光刻机那么容易？那要多久才能做出来？天华的量产能等得起吗？它不能量产，资金链就会断裂。"文熙有点儿激动。

"绕不过就自主研发。一时的落后有什么？那是技术占有者把它神话了，作为心理舆论战的一部分。"

"你以前不是这么说的！为什么？就因为一个小小的胜诉就这样，你以为美国司法真的就很公平？前几天我们不是才讨论了美国的《经济间谍法》？"文熙看到沈梦远不以为然的样子，急得快要疯了，也不知道为什么他的态度突然来了个一百八十度大转弯，而且如此不可理喻，像脑神经搭错了线。

看到文熙如此激动，沈梦远满意了。这一切都是他在"演戏"，他就是要逼文熙发怒，自己发飙，两个人拉爆。

"我是不了解！你了解，你骄傲，你是美国人，你以为中美企业之争就是中方必败，中国妥协才是明智？美国可以随便耍流氓，可以随便制裁我们，随便起诉我们，没关系，我们奉陪到底！美国怎么做，我们就怎么反制，我们的企业手上也有一大把的专利和证据可以用来起诉！"沈梦远说完，扬长而去。

文熙愣在原地，完全蒙了。沈梦远冲自己发什么火呢？

过了一会儿，她缓过神来，反思是不是自己态度有问题，让沈梦远接受不了；又或者沈梦远遇到了什么烦心事，所以也态度不好。

一个人闷了很久，也做不进去事，她终于忍不住给沈梦远拨了电话。

她真的怕他被暂时的胜利冲昏头脑，她真的希望他能借着这个备受瞩目的案件提升自己的业界地位。

沈梦远没有接文熙的电话，也不想见她。

他又去了专利事务所。

文熙陆续来了几个电话，他都没有接。

眼看案头堆积的文件就要看完，沈梦远马上叫副主任任海鹏进来。不能让自己停下，哪怕只有一分钟。他必须找很多事情把自己填满。

"还有什么重要事情，我们正好讨论一下。"沈梦远说。

"我也正准备等你忙完了，跟你汇报件蹊跷事。"任海鹏压低声音，带着几分神秘。

"哦？"沈梦远惊奇地看着他。

原来任海鹏发现美国一家公司委托他们在中国代理申请的专利，竟与之前他们代理迅达公司申请的专利高度一致。这是巧合，还是泄密？如果是泄密，是谁抄谁的作业？

提到迅达，沈梦远一下子很警觉，迅达刚提到可能有泄密的情况，而且云舒还说泄密的人是文熙。

这家公司是美国一家平常经常合作的专利所介绍的，之前沈梦远并不认识，也不了解。这是美国一家小有名气的人工智能公司，专业领域和迅达很近似，两家应该有竞争关系。

沈梦远认真地比对两家公司的专利，豁然开朗……这就对了，他基本上可以肯定警察的怀疑是对的，是云舒，是她把迅达公司最近申请的专利给了美国公司。

"美国公司应该不知道迅达已经申请了专利。或者为了那十八个月的时间差，他们抢在十八个月的时间里在这个专利的基础上再研发申请新的专利。"任海鹏说。

专利自申请日起满十八个月即行公布，而这期间实施专利的行为，法律虽然没有明确规定，但根据已有的法院判决，一般无须承担侵权责任。

"这说明什么？这个泄密者并不想真正地帮美国公司，这样做既保住了中方的知识产权，又能对美方交差。"沈梦远分析道。

"最怕的是美国公司在美国的申请日期早于迅达，现在又查不到。"任海鹏很忧虑。

"不好说。"沈梦远也蹙着眉。

因为根据专利国际优先权原则，规定时间内在后申请以第一次申请的日期作为其申请日，中美两国是互相承认的。

"我们要不要把这个情况通报给迅达？"任海鹏问。

"我来处理吧，你不用管了。"沈梦远说。他决定今晚要先会会云舒，如果是她，就劝她自首。

文熙闷闷不乐地回到家。沈梦远太反常，不仅早上不声不响地扔下她，而且上午的言行也完全失去了理智，还拂袖而去，打电话不接，发信息不回。直到下午下班的时间，他才给她回了个信息，说自己心情不好，想一个人安静两天，叫她自己回家。

"遇到什么事了吗？也许可以跟我聊聊。"

"对不起，我有的话可能过分了。但我真的希望你在天华和 LR 这场法律战中体现你高超的专业性，一战成名。这对你的职业生涯很重要，包括进军美国！"文熙反而担心起沈梦远来，连续给他发了几条信息。

沈梦远还是没有回。

文熙既委屈又无助，只好打电话给许愿诉苦。如果他们一直都在同一个城市，那冷战就冷战喽，可在她的时间表上，他们在一起的时间已经进入了倒计时。

正在跟父母和张宁远妈妈他们吃饭的许愿接到文熙的电话，一点不吃惊。许愿知道，照沈梦远的性格，一定会有对文熙态度的大转变，甚至让她伤心，只是自己不好首先打电话询问而已。

面对哭哭啼啼的文熙，许愿和她开起了玩笑，说有的男人会一阵一阵地发神经，过几天自己就好了。

"可是过几天我就走了……"文熙撒娇道，求许愿帮她探听情况。

许愿拗不过文熙，给沈梦远打了电话。昨天他那么杀气腾腾，今天许愿还心有余悸。

没想到，今天的沈梦远竟恢复了理智和平静，甚至有点儿冷血。

许愿希望他能给文熙一个深谈的机会，甚至直接质问她都可以。对一个人不理不睬才是最大的残忍。

任许愿怎么说，沈梦远就是冷冷地不说话。

"也许你觉得自己很受伤，但正是这个善意的谎言，给了你们美好的缘分。文熙没有交过男朋友，我从来没有见到她对哪个男生这么喜欢，这么用心。为了你，她说她不想做美国的金斯伯格，她要来中国；为了你，她求我以最快的速度回国；为了你，她从大洋彼岸拉来她二哥，并首先砸下了一千万美元，因为你是这个公司的股东。"许愿实在不知道该说什么了，她不信沈梦远还稳得住。

"那一千万是她出的吗？"沈梦远终于开口了。许愿在电话这头也感受到了他的震惊。

"当然！是她大哥二哥各出了三百万，她出了四百万。你们没觉得奇怪吗，谁给你一千万连面都不见？"

"什么意思，有钱就可以这么玩？"沈梦远说得斩钉截铁。愤怒和屈辱把他的脸涨得通红。

"你觉得这是富家小姐的游戏吗？那这个游戏的成本太高了，所有的富家小姐都不是疯子也不是傻子。"

"我要通知张宁远，叫他不能要那一千万！"

"你冷静点儿好不好，你想让大家都知道文熙的身份吗？我本来不想说的。我想表达的意思是，文熙是真的喜欢你，因为喜欢，才想为你做各种事。爱是没有错的。"

"可是我不愿意，我不能接受！"沈梦远发飙了。

"你冷静一下，这个事情再讨论，好吗？"许愿不敢再跟他谈下去，安慰了他两句，回到了饭桌上。

张宁远的妈妈、雨菲、父母都齐刷刷地看过来。自己离席的时间确实太长了，很不礼貌。

"对不起，对不起，我好朋友文熙有点儿事。"许愿连忙给大家道歉。

"文熙怎么了？"许愿妈妈关切地问。

"身份暴露了，沈梦远不理她了。"心直口快的许愿脱口而出，"他还把我凶了一顿，说我和文熙合起来骗他！"许愿对父母瘪着嘴，一脸委屈。

"梦远这孩子，肯定一下接受不了。"许愿爸爸说，"如果是文熙自己说出来的，梦远可能更容易接受。"许巍然认为文熙应该早点儿向沈梦远道出实情，从对方口中知道和从别人口中知道，那种心理感受完全不同。

"但是他也应该理解文熙。一个女孩子，孤身一人去国外，家世又那么显赫，肯定要学会保护自己。你说许愿刚去美国时，我们是不是经常告诫她不要什么都跟别人说。你们说是不是？"许愿妈妈对几位女士说。

"是的。"侯雪梅接过话，"一个人的出身不能选择，但自己可以选择公开或者不公开，不公开并不一定就是欺骗，有时候是因为有不得已的苦衷。"

侯雪梅想起自己的儿子，自己的家庭。她也知道宁远肯定没有跟许愿包括沈梦远讲他父亲的情况，有朝一日，希望他们不要认为是宁远在欺骗他们。

"其实在适当的时候是一定会公开的，本来文熙打算过几天跟沈梦远去重庆就说，但是运气不好，沈梦远提前知道了。"许愿叹着气。

侯雪梅暗暗下决心，一定要找个机会跟许愿聊聊宁远的父亲。

黄浦江边，夜色笼罩，华灯绽放。沈梦远和云舒走在一条行人较少的路上。这是云舒选的地方。几年前她离开上海的头一晚，和沈梦远在这里告别。

　　"真难得！这好像是你第一次主动约我，这么快就想我了？"云舒一见面就跟沈梦远呛上了，有几分挑衅地盯着他。昨天两人聊得不欢而散。

　　沈梦远没有出声，也不看云舒。

　　"是因为文熙吗？因为现在你觉得跟她不可能了，就像当初和我不可能一样？"云舒步步紧逼。

　　"云舒，你现在说话怎么这么刻薄，以前你不是这样的。"沈梦远终于直面云舒，双眉紧锁。

　　"喜欢一个人的时候，刻薄也会觉得可爱；讨厌一个人的时候，正常也会变成刻薄！"

　　沈梦远无奈地摇摇头："这个美国公司的专利是怎么回事？"沈梦远把手机拍的图片给云舒看。

　　"这是怎么回事？为什么会到你这里？"云舒强压心里的惊讶。

　　"不要告诉我你不知道，跟我说实话吧。"沈梦远观察着云舒的表情。

　　"我怎么知道呢？真是太巧合了，跟迅达公司的专利好相似。"云舒装模作样。

　　"云舒，我今天必须把话说开了。"沈梦远语重心长地说，"抛开我们的恩恩怨怨，你是个很优秀的女孩，也是个品行端正的女孩，我不能看着你在错误甚至违法的道路上走下去。我已经看到了苗头，不能坐视不管。"

"你想管我吗？你想怎么管我？"云舒看着沈梦远的眼睛，心灵深处有一丝悸动。看得出，沈梦远是真的在关心她。

"我愿意帮助你，不管未来如何都会帮助你！你说出来，我们一起想办法。"

"我真的不知道！"

"不，你知道，这跟你一定有关系，但是我相信你是有苦衷的。"沈梦远摇着云舒的肩膀。

云舒欲哭无泪地望着沈梦远，那张美丽的脸变得有些扭曲，眼神中既有痛苦、不安、挣扎，也有依赖、渴求和希望。

"别怕，告诉我。"沈梦远继续鼓励她，以坚毅、包容的目光给她温暖和力量。

四目相对中，云舒终于流下泪来，然后痛哭。

"他们逼我，拿我父亲的事来胁迫我！……"憋了那么久，这是她第一次哭出来，这是她第一次对人诉说，也是她回国之后，第一次觉得她还有一个朋友，一个既关心她，也能倾诉的对象。云舒痛痛快快地说完，有种解脱的快感。

原来，云舒的父亲去美国开会，被人在房间录了桃色视频，视频的男主角是他父亲，女主角是他父亲的同事兼情人。美国那家公司以此要挟云舒，要么云舒为他们提供迅达的商业秘密一年，要么把视频捅给美国和中国的媒体。云舒没有说是他未婚夫干的这一切，那样更会在沈梦远面前失了颜面。

"你父母和她，三个人还那样吗？这么多年了。"听了云舒的哭诉，沈梦远心中很不是滋味。

以前云舒跟他说过这件事，说她爸爸和同事好了，想跟她妈妈离婚，她和她妈妈都坚决不同意，云舒甚至以跳楼相威胁。

"嗯。"

"以前我就劝过你，放过你父亲，也就是放过你自己。"沈梦远叹了口气，"爱情是相互的，何必那么卑微地活着？"

"我们不在乎卑微，只要拥有！我们宁愿不放过自己，也不放过他，他们！"

"云舒，你怎么会有这种想法？自己得不到，也不能让别人得到？"沈梦远难以置信地望着她。

"是的，你鄙视我吗？"云舒负气地盯着沈梦远。

"是痛心！"沈梦远提高了声音，"你不仅自私，而且愚蠢，你以毁掉自己的方式去保护你和你母亲的尊严，值得吗？"

"值得！我会保护好自己的，我只为他们服务一年，只提供两个秘密。可是，他们一旦公开爸爸的事情，我们这个家就散了，我和我妈妈一样会到处被人戳脊梁骨。"

"你完全疯了，你可真有牺牲精神！你锒铛入狱那一天，你妈妈会怎样？你整个家庭又会怎样？"

"不会的，我用了很多方法来保护自己，不会查到我的。而且我也没有真正泄露迅达的商业秘密。"云舒还在死撑。

"也包括冤枉文熙？"此话一出沈梦远就后悔了，真是哪壶不开提哪壶。

"我冤枉她又怎么了？我有底牌！"提到文熙，云舒当即火冒三丈，突然警觉地问，"沈梦远，你没录音吧？"

"我不会那么卑鄙。"沈梦远拍拍自己的衣服口袋，又拿手机给云舒看。

"录了我也不怕！我不相信你们这些男人，你们都是喜新厌旧、忘恩负义。我说了我有底牌！"云舒轻蔑地笑着，有点儿瘆人。

"什么底牌？"沈梦远问，心里隐隐担心。

"你知道你的陆文熙还有一个什么身份吗？"

糟糕！沈梦远的心一下子沉下去，云舒既然能查到她的名字，自然也能知道更多。

"什么身份？"沈梦远佯作不知。

"LR公司的千金小姐，陆家是LR公司的实际控制人。"云舒得意扬扬道。她觉得沈梦远应该是被蒙在鼓里的。

"真的吗？怎么会这样？"沈梦远瞪着眼睛，一声惊呼，他演起戏来也是高手。

"这就是你爱的人，她欺骗了你！你以为她爱你吗？你不过就是别人的一颗棋子，或者一个消遣的玩伴，看你长得帅，跟你玩玩也无所谓。"云舒打开手机里文熙兄妹的合影，指着其中的一个人，又打开另一张报纸的截图，上面赫然写着"LR公司副总裁陆文隽"。

沈梦远再度温习了一遍突然知道文熙身份的感受，震惊、愤怒、痛苦、怀疑、失落……他的表情，他的心情，绝不是演戏，更不用在云舒面前伪装。

云舒看着暗自高兴，继续挑拨，说沈梦远应该感谢她撕下了文熙的画皮。这下他完全可以将文熙作为人质，胁迫LR答应天华的要求，还可以把迅达的事往她身上推。

这正是沈梦远最害怕的。他不敢搭话，生怕说错话。

他不可能做云舒的同盟军，也不能激怒她，现在有一点火星都能把她燃起来。他不能让她毁了文熙，也不愿看到她毁了自己。

"对不起，这件事太突然了，我想回去静一静。"沈梦远只能这样，走为上计。

可就在沈梦远转身离开时，云舒却从后面紧紧抱住了他："不要动，好吗？就一分钟。"

沈梦远犹豫了一下，没有动弹，任她抱着自己。他能感受到云舒轻轻地抽泣着，他的背上有了潮湿的感觉。

沈梦远不由得充满了对云舒的同情，她并不是个恶毒女人，更不是泼妇，她笼罩在父母不幸的感情阴影中难以自拔。她其实孤独、脆弱、无助，就像现在，需要有个肩膀来靠一靠。她总用表面的强势来伪装自己，心态变得偏执而扭曲。

云舒的这一举动，让沈梦远看到了劝说她的希望。

沈梦远没有回家，直接去了师父的住处。这件事，只能由师父出面找云舒的父母才能解决；关键是，师父还是她进迅达的推荐人。

沈梦远深夜找上门来，钟华政很吃惊。听完沈梦远的讲述，钟华政更是惊呆了，半晌冒出两个字："糊涂！"

解铃还须系铃人。云舒的母亲才是整个事件的关键，云舒最在意的，应该是她妈妈的感受。

虽然已是晚上十点，师父还是马上给他的好友、云舒的叔叔打了电话，说有关于云舒的非常重要的事，明天必须约她的父母一起面谈，而且事先不要让云舒知道。

一会儿，云舒叔叔回了电话，约好第二天上午十点见面。

第二天刚好是周末。

这个事情搞定，钟华政恍然大悟道："你小子上午叫我配合你演一出戏，原来是专门演给文熙看的。你这是三十六计之将计就计呀。"

沈梦远不好意思地笑笑，其实他主要是想考察一下文熙究竟是什么用意。

"总觉得不真实，还有这样的事！这小姑娘胆子也太大了，可她也是律师呀。"钟华政自言自语。刚刚沈梦远讲的这些事，令人难以置信——两人都是精英，都犯低级错误。

"富家小姐，人生开挂，什么都想尝试，任性。"沈梦远道。

"你为什么不考虑以此逼 LR 就范呢，不舍得？"师父投以狡黠一笑。

"胜之不武。"

"不错！孺子可教，未来可期。"师父赞许地拍拍他的肩膀。

"我其实也想过，如果文熙真的窃取了天华的机密帮助 LR，损害天华的利益，那我可能真的会揭露她。但是，回想起来，她好像一直都在帮助天华，当然也可以理解是为了 LR 公司。"

"是啊，这真是难以置信呀。"钟华政感叹。

"她是理想主义者吧，排在第一位的是自己心中的信念和梦想，家族利益就排在后面了。人家是做大事的人，用不着为稻粱谋。"沈梦远轻描淡写的样子，像在说一个与自己无关的人。

第三十一章
如果忘却就是记住

第二天是周末，沈梦远的作息还是那样自律，一清早便起床。本来要去跑步，但怕碰到文熙，就在家里锻炼。

沈梦远猜得没错。文熙在沈梦远可能去的地方都跑了一圈，没见到人。一个人成心想躲另一个人，根本找不到。文熙垂头丧气地回家，路上突然灵光一闪，去车库看看吧，他不是周末经常加班吗？

沈梦远在家里锻炼根本就不在状态，甚至担心文熙跑到家里来找他。他决定还是先去律所处理些工作，再去见云舒的父母。

不承想到了车库，文熙已等候在他的车旁，想躲已来不及。见沈梦远过来，文熙既高兴又有点儿扭捏，眼睛也不敢直视沈梦远，像个做了错事的小孩子。

沈梦远心里也咯噔一下，有心跳加速的慌乱。

"我这两天有些要紧事……心情也不好……过两天联系你吧。"沈梦远冷冷道，他也不敢看文熙。

心情不好也不用这样拒人于千里之外嘛！忍下心中的委屈和难过，文熙小心地问："可以跟我聊聊吗？是天华和 LR 的事吗？"

"不用。"沈梦远上车后马上启动车子离开，他不敢从车窗或者后视镜去看她。

文熙的眼泪唰地流了下来。一个美好的开始，难道就这样结束了吗？

为什么他翻脸翻得这么快？肯定是天华和 LR 的事让他陷入困境，作为男人又不好意思说出来。

文熙连忙给爸爸打电话，她想为沈梦远分忧。

陆天皓首先问她在西部旅游的情况，文熙根据资料编了一通，然后问爸爸是否知道宇通考察天华的新闻，和宇通要进军光刻机的意向。

"他们此时放出这些消息，主要是给谈判增加筹码。"陆天皓不紧不慢地说。

"不完全是这样，要重视！"文熙故意给爸爸"透底"，说正好听到许愿跟她表哥电话中聊到了这个问题，应该是很准确的消息，沈梦远还请许愿帮忙在美国挖人，现在的宇通公司正在全球招募半导体人才。

宇通是 LR 绝对的大客户。LR 对天华下手，就是看到了天华的潜在威胁，现在竞争对手要和自己的大客户携手，陆天皓不敢轻视。虽然目前天华和其他的中国公司都不能取代 LR，但这样发展下去，LR 的地位将会岌岌可危。尤其是宇通还想造光刻机，打通全产业链，那更是由客户变成对手了。

陆天皓马上通知文隽到办公室，而文隽也已经得到了消息。

"这确实是我们应该重视的问题。"文隽满脸忧虑地望着父亲，"宇通公司近来大举投资和收购国内半导体公司，代工厂也主动移师国内，要与天华合作也是很正常的事。不仅如此，中国其他领先的高科技公司也都在急剧增加对开发半导体的投资。"

"如果宇通真把光刻机做出来了，那它就成了国际上少有的 IDM 模式巨头，全球芯片产业将产生雪崩效应。这就是围堵却堵出来一个庞然大物。前两天半导体协会也在讨论对宇通的制裁可能得不偿失，近期会给国会提交报告，我们估计美国半导体公司将在三到五年内失去 18% 的全球份额和 37% 的收入。"陆天皓同样忧心忡忡。

"但是他们的部分 EDA 软件依旧要来自美国，这是我们的筹码。尤其是我们 LR 自身的优势，天华明智的话，应该跟我们 LR 合作。"陆文隽说。

"是啊，所以 CiCi 设想的方案其实对天华和 LR 都是最好的选择。"

"嗯，LR 当然也可以找中国其他的芯片公司合作，但是无法解决反垄断问题。解铃还须系铃人，我们与反垄断机构和解不如与天华和解。"

"半导体市场这些年大浪淘沙，目前又是一条新的分水岭，我的意见是加入'中国制造 2025'计划，分享'中国芯'崛起的红利以及中国的 5G 优势，尽快达成与天华的合作。"陆天皓果断表态，又给文隽交代了一些下次谈判的要点，并做出了新的底线设计。

沈梦远和钟华政在云舒叔叔的陪同下见了云舒的父母。

其实，沈梦远觉得几个大男人和一个女人面谈她丈夫的出轨是件很残忍的事。但是，如果不去面对这件事，结局才是真正的残忍。

云舒父母听完沈梦远的陈述都陷入沉默。父亲擦着汗，既惊恐不安又羞愧难当。母亲的眼中则燃烧着仇恨与鄙视的火焰。

"我对不起女儿，对不起这个家，我愿意承担一切后果，云舒必须抽身出来。"云舒父亲缓过神来，斩钉截铁地表示，又对云舒母亲说，"对不起，我愿意任你和云舒处置，和她一刀两断！"

云舒母亲笑了笑，谁都看得出，那是内心的血和泪中挤出的痛苦的笑容，却凝结成了坚毅和平静。

"我们离婚吧，这两天就去办。"云舒母亲道。

见大家都惊讶地看着自己，云舒母亲继续道："家丑不可外扬，其实说开了，也就解脱了。这次云舒回国，回来后一直不愿意待在家里，连周末都要去公司加班，对她爸爸也很冷漠，我就觉得哪里不对劲儿。谢谢你救了她，也救了我们全家。"

云舒母亲一个劲儿感谢沈梦远，她以前就听说过这个孩子，今天见了，真是喜欢。也怪她，如果不是她一直给云舒灌输要她留在美国的想法，也许这两个孩子就成了。

"嫂子，是我哥对不起你，谢谢你这么大度挽救了他，你是我们云家的恩人。"云舒叔叔双手合十，悬着的心终于落地了。如果哥哥的丑闻公开，整个家族都会蒙羞，哥哥还会受到党纪处分。现在嫂子及时放手，哥哥和新嫂子及时结婚，那些所谓的"丑闻",也就失去了意义。

虽说是不幸,但这是最好的结局。

看到这个结局,钟华政和沈梦远都非常高兴,沈梦远冲师父竖了个大拇指。姜还是老的辣,师父说得没错,唯有云舒的母亲才能解决这个问题。

不过,沈梦远还惦记着另外一件大事,文熙的事。他今天来还要灭火,相信也只有云舒的母亲才能劝住云舒。

云舒的父母听沈梦远说完,也干脆利落地保证一定说服云舒,沈梦远心中的那块巨石终于放下了。女人疯狂起来会很可怕。如果云舒真把文熙的事抖落出去,那将是文熙一辈子的污点,而且对云舒也会是一场灾难,陆家自然不会放过她,对于天华也会出现很多不可控的局面。

这两天,文熙第一次有了度日如年的感觉,而沈梦远还要让她再等两天。打开电脑,文熙想找点儿事情做,但是,她发现自己专注不了,老是想沈梦远……

到了晚上,文熙只好又给许愿打电话,虽然知道许愿正陪伴父母,不该打扰。

听到她沮丧的声音,许愿也装不下去了,叫她赶紧找沈梦远主动坦白,不要等到去重庆,也许去不了呢。

"是他知道我的身份了吗?"文熙一下子紧张起来。

"你不要问这么多,更不要说是我说的,知道吗?"许愿叮嘱。

文熙终于明白是怎么回事了,肯定是这样。她突然感到呼吸急促,脑子里一片茫然,怎么说?怎么跟他说呢?他甚至都不愿见她。

心悸、乏力、出汗、饥饿……糟糕，又低血糖了，文熙赶紧剥了巧克力咽下，然后调整呼吸。医生告诫过他，情绪波动太大也会引发神经源性低血糖。突然，文熙灵光一闪，不如装病，看沈梦远怎么办。

沈梦远此时刚在家里吃了晚饭，见是文熙的电话就没有接，但是又响起了第二通，他犹豫了。接呢，确实还不想面对她；不接，又怕她真有什么事。终于，在快要自动挂断的时候，沈梦远接了电话。

"我低血糖犯了，给我带点儿吃的……"那边传来虚弱无力的声音。

"啊！"沈梦远大惊失色，"怎么会这样？你冰箱里好像还有吃的，找了吗？"

"没有了……"

"你平躺下，我马上过去！"沈梦远焦急地说。

沈梦远打开冰箱，找了些蜂蜜、酸奶、面包装进袋子，夺门而出。

文熙在听到沈梦远那句"我马上过去"后，也立刻冲向冰箱，把里面吃的东西统统扔进垃圾桶里，然后回床上躺好。

有些东西是撒不了谎的。她一装病，就把沈梦远打回原形，文熙为自己的小聪明得意着。

沈梦远以百米冲刺的速度跑来，一进门便冲进卧室，抱起文熙将她靠在床头，马上给她喂蜂蜜和酸奶，问她需不需要去医院。

文熙摇摇头。

一阵手忙脚乱之后，沈梦远去厨房想给她烧开水，无意中发现垃圾桶没盖好。打开一看，正是那天在她冰箱里看到的吃的，他一下全明白了。

沈梦远端着开水回到文熙卧室，站在床边，冷冷地说道："文熙，你知道'狼来了'的故事吗？"

文熙睁开眼睛，疑惑地望着沈梦远。

"有个小孩无聊寻开心，第一次叫狼来了，大家去救他，第二次也去救他，但是第三次狼真正来了，大家却不再救他了。"沈梦远看着文熙，冷漠而严厉的目光让文熙不寒而栗。

"对不起，我不是故意撒谎的。"文熙一下从床上坐起来，"我是想当面跟你道歉，但是我怕你不见我！"文熙急得快哭出来。

"道什么歉？"沈梦远还是冷冷的。

"你能坐下吗？"文熙怯怯地看着沈梦远，"你这样站着我有压力。"

沈梦远白了她一眼，转身出去，扔下一句话："外面谈吧，换件衣服。"

文熙换好衣服出来，沈梦远已经在沙发上正襟危坐，他示意文熙坐另一个沙发。

"我的原名叫陆文熙，就读于哈佛大学法学院，我的爸爸陆天皓是美国 LR 公司 CEO，我的妈妈……"文熙头也不敢抬，像小学生做检讨一样。

"对不起，我欺骗了你，但是，我真的不是故意欺骗，也真的不是卧底。"文熙抬起头，可怜兮兮地望着沈梦远。

沈梦远不作声，也不看她，面无表情地盯着别处。

"真的，你相信我，我是善意的，我也没有做对天华不利的事。"文熙走过来蹲在沈梦远面前，拉着他的手。

"那你想来干什么？陆大小姐，好玩吗？无聊了吗？来捉弄一个中国律师，而且是你们家竞争对手的律师，这样你觉得很过瘾？"沈梦远终于说话了，一说话就是爆发，并挣开文熙的手，挪到了沙发的另一端。

"我不是那个叫喊'狼来了'的无聊小孩，我是来中国学习的，向你这个中国的精英律师学习的。"文熙无辜地看着沈梦远。

"可是陆大律师，难道你不知道你已经踩到红线了吗？你会把我们俩置于危险的境地，你没想过后果吗？"沈梦远气急败坏地说。他是不可能告诉她自己是如何帮她灭火的。

"对不起，我错了，我错了。"文熙一个劲儿认错。

"你怎么敢犯如此低级的错误！是因为你一开始就算计好我会保护你，所以给我挖了一个甜蜜的坑让我跳下去，让我喜欢上你？"沈梦远继续咆哮。

"不是的，我只是觉得这个地方没人认识我。我太好奇，所以没有忍住，我以为自己在很短的时间就会离开。"文熙解释。

"是啊，好奇，没忍住，不就是一场刺激冒险的游戏吗？陆大小姐，开心了吧？满意了吗？你的上海假日比罗马假日更精彩吧，既当了回卧底，又谈了场……"沈梦远盯着文熙，把"恋爱"两个字吞了回去。

沈梦远那红红的眼睛里流露出愤怒、忧伤和失落，跟脸上的苦笑配在一起，是那么令人心酸心疼。

"不是的，不是游戏，我喜欢你！除了我的身份是假的，其他都是真的！"这是文熙第一次对沈梦远说"我喜欢你"，可对沈梦远来讲是那么刺耳。

回想起来，是她逼他说出"我喜欢你"，逼他越陷越深，逼他在朋友面前公开他们的关系，诱导自己相信她的真情，诱导自己去幻想他们的明天……

"我不喜欢你，一切都结束了！"沈梦远一脸冷漠，他已经打定主意不再理文熙。

"不，你骗我，你撒谎！我知道你只是恨我欺骗了你！"

"我喜欢过你，现在已经不喜欢了；我恨过你，现在也已经不恨了。今天都说开了也好，免得我装得那么辛苦。"

"为什么，就因为我的家庭，所以你退缩了？你答应过我，上次看《罗马假日》的时候你答应过我，你会大胆追求……"

"所以，这一切都在你的设计和掌控之中，我像一只玩偶，被你牵着跳舞，傻得可笑……我也跟你说过，我跟乔一样，而你，其实也会跟安妮公主一样，只是你现在不愿意也不会承认！"

"不，我不是安妮公主，我跟你不会结束！"

"你确实不是安妮公主，我们已经都结束了。"沈梦远冷漠地看了文熙一眼，转身向门口走去。

"你的感情是假的吗？"文熙嘶吼着，带着哭腔，"你为什么总是一遇到挫折就放弃？之前是云舒，现在是我！"

沈梦远怔住了片刻，但马上又坚定地往外走去。

"不要走，你听我解释！"文熙抓住了沈梦远的手。

沈梦远用力甩开。"砰"的一声重重地关上房门，瞬间把文熙和他隔在两个世界。

文熙靠在门上失声痛哭……她和沈梦远就这么结束了吗？不，绝不！

外面下起了雨，淅淅沥沥的雨点洒在沈梦远身上，让他似乎熄灭了刚才心底的无名之火。他就这么走在雨中，脑海中全是文熙的影子。

他知道文熙哭了，他在门外听到了。她还在哭吗？她会不会晕倒？她有没有吃东西？沈梦远心里有一股莫名的担心。

忽然，夜空划过一道闪电，随后响起两声惊雷，沈梦远不由得打了个激灵。他想起文熙曾经跟他说过，她最怕打雷和停电，她现在怎么样？

沈梦远身不由己地往许愿家跑去，眼前都是文熙哭泣恐惧的样子。

到了大堂，他一头陷进沙发里，内心波涛汹涌，眼睛注视着手机，期待着文熙打电话来。只要她来电话，他一定什么都不纠结了，马上上去陪她。

外面的风雨越来越大，风吹着树枝，魅影摇晃，风声雨声和电闪雷鸣，穿云裂石，震耳欲聋。本就一直在伤心痛哭的文熙因为惊慌恐惧浑身哆嗦，她跑回床上，用被子把自己严严实实地裹起来，蜷缩成一团，用手捂着耳朵……

楼下的沈梦远不停地踱着步，心神不宁。

突然，大堂的灯熄灭了。沈梦远惊觉地看看外面，路灯、整个小区，一片漆黑。

停电了。

沈梦远心急如焚，一个箭步冲进电梯，好在有自动应急发电。

"文熙，文熙——"，一脚跨进许愿家的大门，沈梦远一边叫着，一边用手机到处照，客厅没人，他马上奔去文熙卧室。

黑暗中，床上也没人，而床头柜旁边有个被子裹成的"蚕蛹"。

"文熙！"沈梦远无比心酸地叫道，手机一扔，紧紧把文熙抱在怀里，为她揭开头上的被子……

惊恐中的文熙一下子反应过来，紧紧抓着沈梦远，"哇"的一声号啕大哭。

沈梦远觉得自己的心都要碎了，他双手将文熙揽在自己的怀中。文熙越哭越委屈，不停地捶打他。沈梦远任由她放肆地痛哭着、发泄着，轻声在她耳边呢喃："对不起，对不起……"

慢慢地，文熙的眼泪哭干了，她缓缓地抬起头，用自己的唇找着沈梦远的唇。沈梦远不再躲闪。两个人的唇轻轻地碰在一起，一道闪电给黑夜拉开了口子，照亮着彼此。他们看着对方，心仿佛要跳出来。当又一个撕天裂地的惊雷炸响，他们深深地吻在一起，如一场激烈的鏖战，不知道过了多久，直到无法呼吸，他们才分开。

"傻瓜，为什么不给我打电话？"沈梦远把文熙抱到床上。

"不敢。"文熙小猫似的躲在沈梦远怀中，"以为你再也不会理我了。"

"不要再尝试这么刺激的冒险了。"

"不会了，不要离开我。"文熙紧紧抱着沈梦远。

沈梦远没有说话，双手捂住文熙的耳朵，又一阵闪电雷鸣袭来。

"不要分手好吗？等我！"雷声平静，文熙着急地追问，用手抚摸着沈梦远的脸，又是哭腔。

"今天不讨论这个问题。"

"不！"文熙的眼泪又流出来，虽然她实在不想以眼泪为武器。

"文熙，其实你不该是这么多愁善感的人，你越这样，我越责备自己，越想逃避。我喜欢你做你自己，执着理想的女孩最可爱。你不是想成为金斯伯格吗？你不是一直在为之奋斗吗？不要为任何人改变你的梦想。我也不想成为那个让你改变的人，我会活得很沉重、很负疚。"

"可是我遇到了我爱的人，我要跟你在一起，我要到中国来读博士，我要加入中国国籍，做中国的大法官。"

"理智一点儿，文熙！我们其实是两个世界的人，偶尔会有交集，会彼此照耀，但不可能在一起。"

"不会的，这个世界没有什么能把相爱的人分开！"

"有的，家庭、圈子、阶层是一道鸿沟，责任、理想、轨迹的不同也会让两个人越走越远。"

"只要努力，没有不可逾越的鸿沟！两个人相爱，就会坚定地朝着那个共同的目标走去。"

"可是爱情并不是唯一目标，甚至也不是第一目标。我就是这样想的，所以我会让你失望的。"沈梦远干脆让她死了这份心。

"不，我要改变你，我会督促你！"

"不要去强求，太累了。这其实也并不是你想要的，现在只是电光火闪的激情，"沈梦远指着窗外的闪电，"总是会停下的，也许你会在我忘了你之前先忘了我。"

"不会的，你不相信我，以为我是一时的激情，我会让你改变的。"文熙暗暗下决心，她一定要坚持下去，等到沈梦远接受她的那一天。

这个夜晚，云舒和母亲躺在一张床上相拥卧谈，几乎一夜没合眼。

下午云舒回家后，一家三口开了个家庭会议，第一次彻底地把所有事情都谈开了。

父亲数度请求云舒和母亲的原谅，是他辜负了她们，一切都是他的错。如果她们母女还愿意接纳他，他会承担起一切，辞职、换个环境、陪她们去国外开始一家人新的生活。

看着妈妈第一次骄傲地拒绝了父亲，云舒真的不知道是该高兴还是该悲哀。但是，她尊重妈妈的意见，妈妈不愿意，她会随了妈妈。

母亲一直后悔自己带给云舒的负面影响，纵然她的父亲有千般错，也不能抵消自己的错。

"勉强地维持一段婚姻，等于把所有人都痛苦地绑在一艘船上，永远靠不了岸。我最后悔的是给你造成的阴影，以及给你埋下的痛苦、仇恨、妒忌的种子。因为你爱我、疼我、同情我，所以无论我做什么，你都无条件地顺从我。"云舒母亲抚摸着女儿的头，母女俩很多年都没这么亲热了，也不敢深入交谈，因为都怕碰触到心底的痛。

"妈妈，你是我永远最在乎、最想去呵护的人，你痛苦，我绝不会快乐，你快乐，我就幸福。"云舒像小时候一样抱着妈妈，把脸蛋贴在她的胸前。

"是啊，所以我现在解脱了，我要快乐，你要幸福。早点儿这样多好，人生最难得的是放下。我真感激沈梦远。你真糊涂啊，女儿，以身试法，而且还泄露我们的高科技机密。不管你爸爸怎么样，不管我们这个家怎么样，在国家利益与民族大义面前，这些都是微不足道的。"云舒妈妈语重心长地说。大是大非的问题，必须给女儿讲透彻。

"其实我没有当汉奸，给美国公司的资料，迅达公司已经先在中国申请了专利，专利是可以公开的。"云舒轻声说。

"这还是泄密，你师父和沈梦远都说了。接下来他们会帮助你。"

"他会吗？"

"人家已经在帮助你了。"

"他是在帮助她现在的女朋友文熙。"

"不要这么想，他已经挽救你了，如果换了一个人发现你的秘密，你就彻底完了。现在你要去主动交代。另外，警方也希望你给他们多提供些你前未婚夫家里的资产转移情况。"

"嗯。我还知道一些情况，我会提供给他们。"

妈妈继续给云舒做工作，谈她现在对于爱情和婚姻的体会。

云舒说现在沈梦远和文熙已经不可能在一起了，所以她想跟他重新开始；没有了文熙，沈梦远应该会跟她和好的。

妈妈说，感情没有应不应该，只有是不是。即便想重新开始，也不能采取这种方式，威胁是没有用的，只会把沈梦远越推越远。

"即便威胁管用，但是有意思吗？像你爸爸，留在了我们身边，但是又怎样呢，他就爱我了吗？如果再让我选择，肯定不会这样做，所以这次我坚决要离婚。"

云舒紧紧地抱着妈妈……她现在也后悔为什么当初不劝妈妈离开父亲，其实自己也是自私的，怕别人说爸爸不要他们了，怕爸爸不爱自己了，把全部的爱都给了另一个女人。

沈梦远和文熙几乎谈了整整一夜，谈未来，谈爱情，谈事业，谈理想，谈人生，谈 LR 与天华的合作，谈中美关系……在疾风劲雨、电闪雷鸣的黑夜里，他们时而如电光火石般激烈交锋，时而如暴风雨后的宁静平和。

"不要睡，再说说话……"文熙把沈梦远摇醒。刚眯了一会儿，文熙就睁开眼，又有很多话想说，她不想睡，舍不得睡。她希望天不要亮，风雨雷电也不要停，她就这样一直躲在沈梦远的怀中，两个人把什么都谈一遍，如未来已来。

"你说吧，我听着……"沈梦远迷迷糊糊地应答。

"你是说，去重庆开会后会陪我去敦煌和九寨沟吗？"

"是。"

"明年会去贝加尔湖吗？"

"这个没有。"

"这个有！"文熙撒娇地揪着他的脸，看来他还没迷糊。

"你就答应我吧，不答应我就不走了！"文熙耍起赖皮。

"我不能乱给你承诺。"沈梦远睁开眼看着文熙。

黑暗中，两个人的眼睛明亮如星星。

"可是五年太漫长，太煎熬了，你一定会忘了我的！"之前沈梦远在文熙的苦苦哀求下答应，如果五年后双方都还想在一起，那时再见面。

"我答应了，就不会。"沈梦远坚定地看着文熙的眼睛。

"会的，云舒会纠缠你的，刚好乘虚而入。"

"不会的，我保证。我见她是有非常非常重要的事，已经差不多解决了。"

"什么事还需要你牺牲色相？"

"想什么呢？怎么可能？"

"两年好吗？两年足以检验一个人。"文熙紧紧抱住沈梦远，他的目光总是让她沉醉、沉迷。她的手伸进沈梦远的T恤衫，在他宽阔的后背抚摸、游走，享受着无障碍的肌肤之亲。她想起那次自己生病时，沈梦远给她擦拭的情景，不过，那之间还隔着一层毛巾。

这是她第一次这么抚摸一个男孩的身体。沈梦远的背光滑、细腻、结实、有弹性，她的手走遍了他背上的每一寸肌肤。他们俩突然悸动了一下，呼吸变得急促。对沈梦远来讲，也是第一次这样赤身裸体一般被一个女孩抚摸。

"我现在就要你记住我，我也记住你，从头到脚！"文熙吻上了他的唇，并把他的手也放进自己的裙子里，她要把自己的背放到他的掌心里，要把自己放到他的掌心里，要进入彼此的身体里。

"不！"沈梦远一下从意乱情迷中惊醒，马上帮文熙穿上脱下的裙子并推开她，他要保持理智。

"你不喜欢我吗？"文熙气喘吁吁地望着他。

"喜欢。"

"喜欢不是给予吗？"

"我要对你负责。"

"给予就不负责？什么逻辑？不可理喻。"文熙泄气地看着他，又好气又好笑。

"所以嘛，你跟我在一起的时间越长，就会发现我越多的缺点。古板、倔强、小气、俗气、不解风情、不讨人喜欢……"沈梦远也笑笑，舒口气。

"好吧好吧，那我们就早点儿在一起，不就可以早点儿分手了吗？"文熙抢过话，又回到前面的问题，"两年吧，就两年。"

"不行！"

"你说不行就不行吗？两年一到，我就来找你，我天天守在你们律所，看你怎么办？你都不听我的，我干吗要听你的？"文熙赌气地说。

之前他们讨论的时候，文熙也这样"威胁"他。沈梦远就要文熙理解他、尊重他，他不想成为花边新闻的主角，也没有精力来应对感情纠葛。而且沈梦远还反过来将她一军，说你难道忍心看我那么狼狈和痛苦地面对你和你的家人吗？文熙才想起自己一腔热血却忽视了自己的家庭，如果自己真追到上海来了，她的父母肯定是要通过各种方式"关照"沈梦远，让他撤退。她真的需要时间来过自己父母这一关。但是，不管了，那个她会去处理，现在先威胁他答应。

沈梦远无奈地揪了一下她的鼻子："三年！不能再少了，再讨价还价，我马上就不理你了，也不陪你去旅游了。"

文熙眼珠一转，伸出手指拉钩："成交！"

三年之约，这是沈梦远的妥协。他不相信他们俩有将来，他也不愿此时残忍地伤害她，那么，给她一个缓冲期，用时间去遗忘吧。

也许，文熙会忘了他，回归她自己的生活；也许，他会在文熙忘了他之后，还在思念她。

他真想把这段时光过成永恒，储存在心底。他知道，他一定会在某个深夜或黎明想起她，想起他们俩在一起的时光。

他想跟她一起去寻找诗和远方，因为以后都不会再有了。

第三十二章
LR 与天华和解牵手

最后一轮谈判终于到来。

LR 公司在谈判一开始就表示，接下来的重点是围绕如何合作建厂深入磋商，反垄断和解 LR 愿意配合。

LR 公司在反垄断和解问题上的突然让步，让天华公司始料未及。沈梦远和钟华政交换了一下眼神。沈梦远心里想，这一定是文熙的功劳。

"天华与 LR 成立合资公司，天华占 60% 的股份，LR 占 40%，改为天华占 51% 的股份，LR 占 49% 的股份；而且仅允许所诉争的商业秘密和专利技术在合资公司使用，不能扩大专利交叉许可的使用范围，不能在天华公司无偿使用……" LR 公司直截了当地进入合作谈判。

"LR 公司如果想占 49% 的股份，我们也是欢迎的，但是必须补足现金投资。目前你们是技术入股的形式，我们提出的股份比例是经过严格测算的，具体的测算标准你们也看了，实际上给了你们很大的优惠。如果你们仅允许所诉争的商业秘密和专利技术在合资公司使用，那还得重新计算股份，肯定低于 40%。"天华公司马上回应。

"再谈谈第二项合作吧。"出人意料，LR方面没有纠缠下去，抛出了第二个问题，即希望合资公司往人工智能芯片领域发力。

这是这次谈判新增加的内容，陆天皓亲自布置。天华科技拥有自主设计研发的人工智能处理器架构IP，专注于自动驾驶、人脸图像识别等专用领域。目前，其第一代BPU芯片已进入流片阶段，而LR公司也是少数对外显露人工智能领域野心的芯片大厂，并高调投资了一些人工智能初创公司。

"在开发人工智能系统时，首要考量点并非是运算，而是如何打造存储架构以满足庞大运算需求。另外，自动驾驶也是现在存储产业的热门议题，对于存储芯片的需求大为提升。希望我们两家'AI+存储'前沿领域的企业强强携手，抢占人工智能芯片的高点。"

天华的谈判代表没想到LR会突然增加这个内容，但是这个提议本身并不是坏事，而且双方在这一领域的起点各有所长，应该可以实现优势互补。

"这个我们要回去汇报讨论，还有什么吗？"

"5G。"

"放心，凡是对双方有利的项目我们都不会反对，我们在一辆战车上。只有开放的生态才能形成持续的技术领先和真正繁荣。"天华公司表态。

LR公司充分认识到，如果美国政府继续对美国的半导体企业施加广泛的单边限制，阻止它们为中国客户服务，将危及美国长期以来在半导体领域的全球领导地位，甚至可能导致美国需要依赖外国的半导体供应商，所以绝对不能放弃中国市场。而当前和以后，5G和人工智能领域将是美国政府制裁中国企业的重点，必须提前在中国布局。

文熙今天非常轻松，就等着天华与 LR 达成和解协议的好消息。

她正在回几个邮件，妈妈来了视频电话，她马上掐断，把电视机打开，又拨了回去。

"妈妈，我们刚到景区门口，很吵，信号也不好，接不了电话。"文熙故意大声说。

"几天没你的消息了，都还好吗？"

"好，就是太累了！每天的行程都很紧张，早出晚归，没时间打电话……"

"问她什么时候回来。"陆天皓的声音传进来。

"爸爸问你什么时候回来？"

"下周。我要进去了，就这样！"

文熙匆匆挂了电话，继续处理邮件。

正好她律所的一个同事知道她在中国，来邮件向她咨询几个有关宇通公司的问题，她就饶有兴趣地给他拨了个电话聊起来。

同事正在为几家宇通公司的国外供货商做调查评估，看使用美国的设备、材料有没有在 25% 的规定限度内。

"是不是美国又在讨论一个新的法规，如果美国知识产权含量等于或大于 10%，则禁止出口？"文熙问。

"是在讨论，制裁只会越来越严厉。你在中国还了解到宇通的什么情况吗？除了备胎转正，有其他突破制裁的计划吗？"

"好像已经将在境外的一些半导体生产转移回中国或转到韩国。"

"转移到你们家的竞争对手了？哈哈哈……"

"是啊！"

两人开起玩笑。

"这样对美国有什么好处？产品卖不出去，必然缺乏后续的研发资金，如此恶性循环，离衰败就不远了；而中国，经历一段时间的阵痛，会自给自足；韩国、日本、德国等也会趁机抢占我们的失地。"文熙吐槽。

"美国已经到了这个领域的顶端，再进步也很难，想得更多的是遏制其他国家的进步和超越，永远维持自己的科技霸主地位。但是究竟该如何博弈厮杀？可能是走一步看一步吧。国家下的这步大棋，我们看不懂。不过，我们已经有客户在咨询去中国设厂的事情。"同事笑道。

许愿拿到了父亲的检查结果，并没有什么大问题，医生开了一些药，嘱咐病人要放松心情，可以回家去配合心理治疗。

许愿担心文熙，马上订了下午的机票飞上海。侯雪梅因为一早决定也要去上海，就特意与许愿订了同一个航班。

许愿父母不与她同行，他们要留在北京参加一个活动，官司胜诉了，许巍然接到了很多这样的邀请。这次李律师也来到北京与他共同出席。

中午来到宾馆，说完正事之后，李律师突然讳莫如深地打量着许巍然，问道："你们家怎么跟侯雪梅检察官熟呢？你的案子有她老公的关心？"

"什么意思？"许巍然满脸不解地望着李律师。

"我昨晚听检察院我一个老同学说，侯检察官的老公就是A省副省长张国强，你难道不知道？"李律师比许巍然更吃惊。

"真的？不知道啊！"这可让许愿父母跌破眼镜，两人面面相觑。

"啊？你们不该是很好的关系吗？侯检察官亲自给您当司机，还给您找医生。"自认为什么世面都见过的李律师也蒙了。

"我们真的不知道啊！我女儿跟她儿子是朋友。哦，沈梦远跟她儿子是特别好的朋友。我女儿也是通过沈梦远认识的，都是她儿子联系的呀！"许巍然澄清道。

"啊，怎么会这样？也没听沈梦远透露过呀。能叫你女儿过来问问吗？这个情况很重要。"李律师郑重地说。

许巍然打电话把许愿叫过来，许愿听了也是惊讶万分，难以相信。

"张宁远可一点都不像高官的儿子，他爸爸是副省长，他还到处托人找投资，还通过沈梦远找我？是不是弄错了？"许愿问。

"我同学说他们夫妻异常低调，生活圈子也很狭窄，只有老同事才知道他们的关系，所以这种家庭的孩子如此行为也不奇怪。"李律师说。

"这么说也有点儿像，我记得我问过他爸爸是做什么的，当然也是随口问的，但是他刻意在回避，我还以为有什么难言之隐。"许愿回忆着一些细节。

"那他知道你们家的情况吗？尤其是你爸爸的这个官司。"李律师又问。

"知道啊，他还去过我们家呢。"

"啊？那有被你们那个邻居，那谁的好朋友碰到吗？"李律师又问。

"不知道，没注意。"许愿妈妈努力回忆着，却实在想不起来，那天太高兴了，并没有去注意其他。

"也没关系。但是从现在开始你们要注意几个事情，以免授人以柄。"李律师一脸严肃地要求他们，"第一，和侯雪梅一家人少联系、少见面；第二，许愿不能投资张宁远的公司。现在对方正想找我们的碴儿，即便这些事情没有一点问题，但是别人不会相信，如果这些东西被人发到网上就麻烦了。张副省长的夫人给许巍然当司机，许巍然的女儿给张副省长的儿子投资，张副省长难道没有过问许巍然的案子？舆论发酵起来我们没法解释。这对我们和对他们一家都不好。"

许巍然一家也意识到了事情的严重性。本来跟张家完全没有关系的案子，如果弄成这样就太冤枉了！许巍然连忙叫许愿离张宁远远一点，他不想靠近高官家庭，风险太大。

侯雪梅回家收拾好行李，正准备去宾馆接许愿一起去机场，却接到了许愿电话说临时有事儿，要到机场候机厅会合。

许愿坐出租车到了机场，一下车就赶紧戴上墨镜和棒球帽。李律师说明情况之后，许愿就觉得好像有双眼睛在盯着她一样。还好，他们对自己并不熟悉，稍加掩饰应该就认不出来了吧。

到了候机厅，许愿一眼看到了早到的侯雪梅，便走上前叫了声"阿姨"，摘下墨镜。

"变样了，都认不出来了。"侯雪梅微微一惊，抓住她的手，"现在还有点时间，我看旁边有个咖啡厅很安静，我想跟你聊点儿事，可以吗？"侯雪梅惦记着要跟许愿说张宁远爸爸的事，所以早早就到了机场。

"好呀！"许愿也有此意，她想跟侯雪梅求证的是张宁远父亲是不是副省长张国强。

两人走进咖啡厅，找了个角落坐下。许愿警觉地扫描了一下四周，看看有没有人注意她们。

"我就长话短说吧。我非常喜欢你，也非常感谢你们公司能看好宁远的公司。但是我要告诉你和宁远，你不能投资他的公司，而且这段时间你们也不要走得太近。因为他的爸爸张国强是 A 省副省长，而你爸爸的案件也是在 A 省再审的。"

许愿没想到侯雪梅说的是这个事，这倒是不用她问了。

"我为什么要告诉你这些呢？一是因为那天你说你的同学对沈梦远隐瞒了她的家世，所以沈梦远不能接受，认为她欺骗了他。而我知道宁远在外面从不提他的父亲，所以我不想隐瞒你，我不想你从其他地方知道这一切，甚至我希望你能帮我劝劝宁远，多理解他爸爸。二是我刚刚跟你说的这两件事非同小可，希望你能理解，宁远肯定是不理解的。因为你爸爸这个案子在全国都有影响，很多人盯着，宁远爸爸又刚好是 A 省副省长，要是别人知道了，还以为……"

"阿姨，我懂，我都理解！"许愿没等侯雪梅说完，马上接口道。她知道，侯雪梅的担心和李律师的担心是一致的。

看到许愿的态度，侯雪梅松了一口气。她也是那天到机场接他们，在路上聊天时才知道了许愿爸爸的具体情况；否则，她就不会答应儿子陪他们去看病了。

"你真懂事，宁远要像你就好了！他肯定会说身正不怕影子斜。但是你能跟每个人解释吗？解释得清楚吗？"

"在网上炒作就麻烦了。张宁远很单纯，比较书生意气。"

侯雪梅听到许愿这么说太高兴了，简直有知音之感。想这小女孩早早出国，还那么了解中国的国情，真是难得，情商、智商都这么高，要是儿子和她能成就太好了。

"阿姨有个不情之请，想拜托你来告诉他这件事。"

"没问题。"许愿满口答应。

妈妈与许愿同机抵达上海，张宁远喜出望外，推掉所有的事情去机场迎接。

侯雪梅本想自己打车去儿子公寓，张宁远和许愿都坚决要先把她送到家，再去找文熙。

一路上，张宁远看看妈妈，又看看许愿，不由得脸红起来。怎么看都是一家人的感觉，真享受这份温馨。张宁远暗下决心，如果妈妈喜欢许愿，如果许愿也喜欢妈妈，那他一定要追求她，何况他也喜欢许愿。

下车时，侯雪梅故意对宁远说："今晚你们年轻人好好聚聚吧，我也和你爸爸好好聚聚。"

张宁远惊讶地看着妈妈。他们从来不会在外面提爸爸，今天妈妈是无心还是有意？再看看许愿，她和妈妈会意一笑，点点头。

张宁远心里一下变得忐忑不安，不知该跟许愿说点儿什么。

"我知道你爸爸的身份了。"许愿看到张宁远紧张的样子，主动说道。在机场咖啡厅，侯雪梅把张宁远父子的紧张关系也简单告诉了许愿，并请求她开导张宁远。

张宁远又是一惊，一时不知道说什么，然后说了句"对不起"。

"没有对不起！没有谁刚认识一个人就应该介绍自己的爸爸是谁，特别是你爸爸这样的身份。"许愿连忙说。

张宁远还是没接话，只是神情紧张地看了一眼许愿，不知道她到底想表达什么。

"没想到你爸爸对自己，对子女和家人要求那么严格，我除了感动就是敬意。其实你应该为你爸爸骄傲！"

"他没有你想得那么伟大，最多有点儿道德洁癖。"张宁远淡淡地说。

"可能你还没理解你爸爸。在你妈妈的眼中，你爸爸善良、正直、公正、坚持原则、公私分明。他对你的严厉，是对你的保护，不希望你遭到围猎，被不良的社会风气所污染。"

"需要这样保护吗？一个道德完人就不该有亲人和朋友吗？就应该像对敌人一样对亲朋好友？那这样的人还是不要有家庭的好。"张宁远不服气地说。

"怎么能这么说呢？每个人都有追求家庭幸福的权利，重要的是家庭成员间的理解，一家人同舟共济。就像明星的孩子，从小就得习惯狗仔队的盯梢；就像军人的妻子，得忍受暂时的分离；就像你妈妈和你，为你爸爸做的牺牲。"

"是啊，所以我们互不打扰，彼此不给对方找麻烦。"

两人陷入沉默。

"啊，我这人，就是话多，又爱管闲事。我们聊点儿别的，聊……"许愿尴尬地笑了笑，缓和气氛。

"不是的，不是管闲事！"张宁远情急之下赶紧表白，解释说自己只是不知道怎么回答。许愿能管他的闲事，那是多好的事啊，他真希望她一直管下去呢。这是妈妈做的最棒的一件事，妈妈真是高人。

"你不会想劝我离开上海吧？或者不给我们投资？或者我们俩不要往来？"张宁远紧张地问。

"其实我很同情你，叫你回国就回国，叫你离京就离京。你妈妈说，要不要离沪，完全看你自己的意愿，她只会劝你爸爸，不会劝你。你妈妈一直觉得亏欠你太多。至于投资，真不行，这是为了保护我们两家。"

"行，投资慢慢找其他的，不离开上海就好了。事业走上正轨，不想再变化了，也不想漂泊，喜欢上了上海，想在这里扎根。"张宁远突然看了一眼许愿，脸微红，轻声道，"当然，如果以后我的女朋友喜欢哪个城市，我也可以跟她一起去。"

许愿心里惊了一下，目视前方，眼珠却溜溜地瞟向张宁远，问道："你会在乎你未来女朋友的意见吗？"

"当然！我会很尊重以后我妻子和孩子的意见，绝对不会像我爸爸一样。"张宁远同样目视前方，眼珠却溜溜地瞟向许愿。

此时，他们二人都明白，他们的话都是说给对方听的。

一天的谈判结束了，LR 和天华双方皆大欢喜，各自去聚餐庆贺。

沈梦远没有留下和大家一起吃饭。因为许愿和张宁远都不放过他，威胁他不马上回去他们就过来找他。

天华公司一行落座，脸上难掩兴奋，聊到今天的谈判，大家都用了"意外"和"惊喜"两个词。今天多数问题都达成了一致，只有少数分歧，双方说好通过视频会议沟通协商，在最后签订协议之前，不再面对面谈判。

"我估计，下周就可以正式签订和解协议了。你说呢，钟律师？"天华副总裁兴致勃勃地问钟华政。

"应该是！"钟华政信心满满，"目前有分歧的几条，双方各做一些让步就 OK 了。很显然，这次 LR 有足够的诚意，相信不会在一些小问题上纠缠，大家的目标都是一致的，着眼未来共赢。"

"您和沈梦远律师是大功臣，不是你们提出和解思路和方案，我们都不敢想，甚至其间还有过动摇，好在坚持下来了。"副总裁充满感激，也十分庆幸。

"你们做的方案太漂亮了，简直是知己知彼，而且完全对上了 LR 的路子，感觉比我们在美国聘请的律师还了解 LR 公司！"天华公司法务部部长由衷地发出赞叹。

"我们长期做涉外法律服务，还是比较了解外企的特点和需求，以及所在国的法律、政治、经济、企业文化等状况，这也是我们涉外律师的基本功。要说功劳，确实应该给沈律师记功，是梦远首先提出来的，也是他做的方案。"钟华政不动声色地说，而在心里，已经把爱徒夸了无数遍。老实说，沈梦远给他提交这个方案的时候，他也大吃一惊。

"名师出高徒啊！真想不到沈律师年纪轻轻就这么厉害，

关键是他懂芯片，很内行，太难得了！想当初，我们那个副总裁推荐他时，我们心里还打鼓呢，这'小鲜肉'到底行不行啊？"法务部长笑道。

钟华政心里也笑，你们想不到的还多呢，你们知道这个方案是和 LR 的"公主"一起做出来的吗？这小子也是八辈子修来的福分，居然会被 LR 的"公主"盯上，而且还上演了这么精彩的一幕大戏。但话又说回来，也是他自己足够优秀，否则也不会得到"公主"的青睐，更不可能一拍即合地设计出这套堪称教科书的方案。

钟华政不由得想象沈梦远和 LR"公主"的未来，突然脑洞大开：这小子会不会有朝一日接掌他亲自设计架构并促成的这家公司呢？

见到文熙、许愿和张宁远三人，沈梦远显得特别尴尬。这是他们四人第二次在一起吃饭，跟第一次他们在庐山的心情相比，真可以用"南柯一梦"来形容。

看着他们三个谈笑风生，沈梦远心中隐隐作痛。他多么希望喜欢一个人就是一生，但是，那个人总会离他而去。眼前的此景，会是他们四人的最后一次聚会吗？

"姨父身体没什么吧？他现在成了名人了，很多活动都想邀请他现身说法。"沈梦远把话题引向了许愿的爸爸。

"嗯，这次彻底检查了，可以放心了！以前我们担心他太郁闷，现在反过来又要担心他太高兴，总之不能过分激动。"许愿呵呵地笑。

"我跟李律师说了，尽量不要让姨父太激动，让他少说点儿话。"沈梦远说。

"他现在很有激情，充满了对党和政府的感恩，对司法的信任，觉得应该用自己的现身说法为法治宣传出份力，也希望能够帮助到那些跟他境遇一样的人。"许愿说。

"我觉得伯父真棒，你应该支持他这种义举！"文熙接过许愿的话，"伯父是幸运的，被法院直接指定再审，但不是所有人都有他这么幸运。他得到了帮助，又去帮助别人，把善良与正义传递下去。"

沈梦远心里"咯噔"了一下，在他知道文熙的真实身份时，他纠结于她到底是天使还是魔鬼。其实，她是一个天使，一如她留给他的第一印象，但是天使最好不要堕入凡间，尤其是他的凡间，他只是一个凡夫俗子。

"你看，文熙的境界就是不同，要当大法官的人都是这样吗？你到中国来当大法官才有意思。"许愿脱口而出。

"就是，就是，到中国来吧。"张宁远终于插上了话。

"我也想来中国呀，但是，有人坚决不愿意。"文熙小心翼翼地瞟了一眼身边的沈梦远。

"有人不愿意是口是心非。再说，中国又不是某人的中国，只要你想来就能来。"许愿调皮地瞪了沈梦远一眼。

沈梦远面无表情地看着对面的许愿和张宁远。

"不敢，某人不同意，我不敢来，来了也没用。"文熙冲许愿和张宁远憨笑。

"担心入不了中国籍？"张宁远笑了笑，又靠近许愿，压低声音说，"结婚才能入籍，其他很难。"两个人掩面而笑，并像看动物园里的大猩猩一样地看着对面羞涩的二位。

沈梦远其实都听到了，非常尴尬。恰在这时，手机响了，沈梦远趁机走开。

"文熙快走了吧，你嫂子说给她饯行。"徐智勇在电话那头说道。

"还有一阵，过几天吧，我给你电话。"沈梦远是不会再让他们见面了。过几天，文熙走后，自己会跟徐智勇讲文熙的故事，也听听他的意见。

吃完饭，为了给沈梦远和文熙留下单独相处的时间，许愿拉着张宁远就跑，说是要他陪她去商场买些东西。

文熙坐沈梦远的车回家。一路上两人的话很少，基本上是文熙问一句，沈梦远答一句，而且惜字如金，基本上都在说谈判的事。

回到小区车库，停好车，两人四目相视，欲言又止。

"明天就不见了吧，后天我们就去重庆了。这两天都会加班，你好好跟许愿他们玩。"沈梦远先说话了。为了陪文熙去西部旅游，这两天忙得焦头烂额，今天或许会通宵达旦。

"嗯。"文熙懂事地点点头，但还是在准备推门下车的瞬间又转身抱住了沈梦远。

沈梦远缓缓转过身，在文熙的背上轻轻拍了两下，然后果断地下了车。

沈梦远头也不回地往前走，他在想自己陪文熙去旅游的决定是不是错了？甚至那个电闪雷鸣之夜的折返是不是错了？既然已经决定分开，为何又要纠缠不休？自己会不会在跟她的西部之旅中迷失？

"一定不能！"沈梦远提醒自己。

许愿和张宁远开着车在街上漫无目的地溜达，许愿并没有真的去买东西，只是想给"梦熙"二人留点儿时间出来。

突然，许愿想起了什么，问张宁远："你不给你妈妈打个电话吗？本来今天晚上你该陪她吃饭的，真是不好意思。她现在一个人在公寓，还是跟你爸爸在一起？"

张宁远想想也是，父亲忙起来哪顾得上妈妈？

"妈，你吃饭了吗？你一个人还是跟谁一起呀？"张宁远问。

侯雪梅接到儿子的电话有些吃惊，连忙回答："正跟你爸爸吃饭呢，他刚刚才到。今天你爸爸值得表扬，有个公务接待都提前走了。"

"哦，那今天可真够给您面子的！您就跟他走吧，不用管我了。"张宁远调侃道。

"你怕妈妈碍你事吧，我是准备晚上跟他走。哦，你们尽量别去公共场所。"侯雪梅匆匆挂了电话。

"你看你多高兴！"张国强望着夫人。

"是啊，难得今天你们俩都让我高兴。尤其是宁远，什么时候在外面会主动打电话来问候？一定是许愿的功劳。"侯雪梅有点儿小得意。

"还是你有高招！既不动声色地为儿子相了亲，见了家长，还让别人承担起了教育感化儿子的重任。你算是找到了关键人物。"张国强伸出大拇指。

"那是，这个妈也不是白当的。我跟儿子有默契，还没见到许愿我就感觉到宁远喜欢她，见到她之后，我更确信无疑了。"

"如果你觉得满意，宁远也觉得满意，那我也赞成。叫宁远大胆出击，男子汉大丈夫，要主动点儿。不过，可能要先'地下活动'。"张国强可比儿子有气概多了。

"儿子就是从小被你压制得太拘谨，缺乏男子气，他就没有沈梦远阳刚和霸气。以后，让他自己做自己的主吧，只要不是违法违规的事，我们都不要干涉，最多提建议。"

张国强自然知道夫人是什么意思，不搭话，自己吃菜。

"你听到了吗？他的大事他自己做决定。我们没有帮助他，没有以权谋私，没有向组织隐瞒，一切清清白白！我们问心无愧，也经得起任何调查审查。"侯雪梅又强调了一遍。

张国强点点头。

许愿和张宁远正聊得起劲，文熙来电话说，自己先回去了。

"这么快，不妙啊。"许愿和张宁远面面相觑。

"你说沈梦远是怎么想的？他应该是爱文熙的呀！他是畏惧，还是欲擒故纵呀？"许愿叫张宁远从男人的角度帮她分析分析。

"男人很少欲擒故纵吧。"张宁远扑哧笑了，"可能一是源于自尊，二是你说的畏惧。害怕失败，所以干脆就不上战场，这样就保住了自尊和骄傲。"

"行啊！分析得头头是道，看来你是有故事的人哦，经验丰富。"许愿望着张宁远，话中有话。

"没有经验，纸上谈兵。"张宁远着急了，生怕许愿误会，"男人都是这样，把自尊看得跟生命一样重要。"

　　"但是，生命诚可贵，爱情价更高啊！"

　　"若为自由故，两者皆可抛。自由可以理解为理想、事业，我觉得沈梦远应该是理想事业重于爱情婚姻的人。"张宁远又想起来什么，补充道，"还有就是责任感，爱不是占有，而是放手。沈梦远的责任感很重很重。"

　　许愿回去把张宁远的话原原本本说给了文熙听。

　　"完了！"文熙一脸沮丧，生气地嚷道，"中国男人都这样不重感情吗？温莎公爵不要江山要美人呢！爱是放手，这是责任感？什么鬼逻辑？什么'我喜欢你做你自己，执着理想的女孩最可爱'，是自己不想为对方改变，说到底，都是爱得不够深！"

　　"不是还有机会吗？人家还是有改变的。带你去重庆、陪你去旅游，也许他也在确认对你的感情呢？用一周的时间让他无法自拔地爱上你。"许愿眯着眼冲文熙坏笑，"明天去买件性感的睡衣，你的睡衣都不性感！"

　　"许愿！"文熙娇羞地红着脸，"你知道吗？那天我穿着睡裙，他居然叫我把衣服穿上出去说话。还有那天晚上，我们抱了一晚上，后来都有点儿激动的时候，他却把我推开，说是责任感！"

　　许愿哈哈大笑："这是中国，不是美国，你以为喜欢就可以随随便便发生点儿什么？"

第三十三章
未完的结局

重庆之旅终于到来。

虽然没来过这里，但重庆对于文熙来讲并不陌生，她从小便听爷爷多次提起，知道重庆是抗战时期国民政府所在地。

爷爷七岁入川，在重庆生活了八年。抗战胜利后，十五岁的爷爷随叔叔一家直接赴美求学，本想学成回来报效祖国，但是他的父亲却随国民政府去了台湾。等爷爷再次回到祖国，回到重庆，已经跨越了整整半个世纪。

今天，自己终于踏上了重庆的土地，这个对于爷爷来讲有着乡愁的地方，文熙分外兴奋。这毕竟是爷爷在自己的祖国生活时间最长、印象最深的城市……而且，这里还是沈梦远的故乡。

"长江、南山、朝天门、精神堡垒……上清寺看得到吗？嘉陵江呢？"飞机进入重庆城市上空，整个城市地标清晰可见，文熙指指点点，激动地叫出它们的名字。

"快看，那是长江，雄浑；那是嘉陵江，清澈；两江交汇的地方是朝天门，像不像重庆的鸳鸯火锅？"沈梦远指给她看。

"像，好像！还有呢？"

"上清寺看不到，精神堡垒是哪里？解放碑？"沈梦远诧异地看着文熙。

"不知道吧？"文熙得意扬扬，"小时候听爷爷讲的精神堡垒，就是现在你们叫的解放碑。"

从机场到宾馆的路上，文熙一直都在感叹这座城市的漂亮和摩登，说跟她印象中的重庆不同。

出租车上，望着窗外的城市风貌，沈梦远问文熙印象中的重庆是怎样的。

"历史的厚重。"文熙说。

沈梦远知道文熙关于重庆的印象是来自她爷爷和爸爸的描述，就给她补现在的"网红重庆""科技重庆"课。他特意叫司机走那个被称为"8D梦幻魔都"的代表作——黄桷树立交桥。

"哇……"文熙惊叫，从来没见过这样的立交桥，像是魔幻世界的，密密麻麻地缠绕在一起，一圈两圈，8D毫不为过。

"世界第一复杂立交桥"，文熙听到车上导航竟然这么播报，连连点头："是的呢，这比美国最复杂的洛杉矶'法官哈利·普雷格森'立交桥都复杂震撼得多！"

"网友说，这里走错了就是一日游。"沈梦远呵呵笑，又给她介绍"科技重庆"。

"重庆还在建设中国西部科学城，打造中国西部的'硅谷'，LR可以到这里来落户。去年，中国著名高科技企业云光集团千亿项目入渝，其中与重庆市政府联合发起设立注册资本上千亿的集成电路公司，发力高端芯片制造，同时吸引上下游企业落地，形成产业集聚。你二哥不是去考察了上海交大的人工智能中心吗？交大也要在科学城建人工智能研究院，北大、清华、中科院等著名高校和科研机构都入驻了……"沈梦远如数家珍般介绍道。

文熙认真地点点头："嗯，回去一定给爸爸做动员。其实我爷爷一直有重庆情结，当年很想在重庆投资，但阴差阳错……"突然，文熙扬起手臂高呼起来，"下一站，重庆之恋！"

沈梦远心里暗叫一声"不好"，去招惹她干什么呀！她一定理解成是他想让她来重庆。

"明天去你小时候生活的地方看看吧，万盛，我做了功课，啊，风景好美，而且还很网红呢！"文熙凑近沈梦远撒娇。

"明天真的来不及了，以后吧。那个工厂早已整体搬迁了，现在成了工业遗址，听说在做文旅开发，几年后应该正好。"

"好吧，那就下次去吧！我要看看诞生中国第一架飞机的那个山洞。"文熙点点头。

这次的会议在重庆江北嘴的 NICCOLO 酒店举行。酒店位置绝佳，正好在两江交汇处，对面就是著名的朝天门和洪崖洞，同时也能看到南山，而且是一家天际酒店，位于大厦的52 层以上。

一进酒店大堂，文熙又对着落地窗外一阵惊呼，心情好看什么都美，跟沈梦远一起看的风景都是美景。

两人在前台办入住手续，文熙取下墨镜做人脸识别。有了云舒拍照的前车之鉴，沈梦远叫文熙全程都戴着黑超墨镜。

突然，有个高高的外国男子走过来，端详着文熙，惊叫道："真的是你！CiCi，你怎么在这里？"

文熙扭头一看，也惊叫："你怎么来了，Hans，来参加中美知识产权峰会？"文熙想起 Hans 在美国专利商标局工作。他是文熙的哈佛师兄。

"是啊，你也是吗？什么时候来的？"Hans 问。

"不是，不是，我这段时间都在中国旅游。"文熙连忙解释。

"你一个人吗？"Hans 看着文熙身边的沈梦远。他是看着他们俩一起进来的，当时就觉得女孩像文熙，但又觉得不可能。

"啊，不！"文熙见 Hans 看着沈梦远，只能硬着头皮给他们做了介绍，说沈梦远是她同学的哥哥，来参加这个峰会，她跟着来学习学习。

文熙和 Hans 聊了几句，赶紧和沈梦远离开了。Hans 却朝他们的背影拍了好几张照片。

"不会有什么问题吧？他认出你了。"一进房间沈梦远便问。他带文熙来重庆，其实担心过这个问题，怕文熙碰到美国方面来的熟人，但文熙坚持说只要不去会场就没有问题，没想到却在这儿就被认出了。

"应该不会吧。"。

"把墨镜戴好，在酒店里离我两米远，不要靠太近。另外，明天你千万不要去会场附近转悠……"沈梦远不放心地交代着。

"哎哟，婆婆妈妈的，知道了，我们快出去吧！"文熙拉着沈梦远就走，心已经飞走了。

沈梦远的导师张杰茹是这次峰会的发起人之一，今年更是东道主，沈梦远好几个同门师兄弟姐妹会参加。他们说定的，今晚先来一场火锅开幕式。

沈梦远首先带文熙来到她一直念叨的上清寺。上清寺不是寺，是个地名，因为历史上曾经有过寺而得名。

上清寺在抗战陪都时期是国民政府总统府所在地，也是军政要员和外国使节密集居住的地区。爷爷的家陆公馆也在这里，虽然现在已经没有了，但文熙还是想来这里寻找和触摸历史的痕迹，冥想和穿越祖辈的过往。

"看看周公馆吧，这里的公馆都差不多，一边是整齐宽敞的大街，一边是风景秀丽的嘉陵江，建筑的布局风格也差不多。"沈梦远带文熙参观周公馆。

周公馆是抗战时期周恩来在重庆的居所，文熙记得爷爷说过，离他们家并不远。

这是栋砖木混合结构的三层小楼，中西合璧的建筑风格，灰色调，正中有天井。文熙在每个房间都久久地驻足，有时抚摸着那些简朴的家具，想象当年爷爷和曾祖父曾祖母以及他的弟弟妹妹们的生活……睁开眼，望着对面鳞次栉比的高楼、城市的天际线、嘉陵江上空的过江轻轨，文熙真有种穿越的感觉。

一眨眼就是七十年，爷爷离开时是中国人，还想着回来报效祖国。而如今，爷爷已经不在人世，自己和爸爸已经成了美国人，文熙心中有种说不出的滋味。难怪爷爷后来从中国回去就马上安排到中国投资，并表达了希望他们在适当的时候重做中国人的心愿。

"我想做中国人。"文熙和沈梦远走出周公馆，漫步在中山四路的林荫道上。中山四路是最有老重庆感觉的一条街，较为完好地保留了民国时期的建筑，路的两边是重庆的市树黄桷树，根深叶茂，在空中交织缠绵在一起，宛如一条绿荫隧道。

"如果当初曾祖父没有去台湾，爷爷肯定就回国了，我们成为美国人，只是一个意外，一个历史的偶然。"文熙抚摸着一栋民国建筑的砖柱。

"你印象中的历史厚重感找到了吗？"沈梦远边问边给文熙拍了几张照片。

"嗯，我仿佛看到了历史的风云际会，比我回浙江祭祖还有感觉。"文熙移步换景，叫沈梦远给她多拍几张。

云舒在妈妈的陪同下来到公安局，与来找沈梦远的两名警官进行了长谈，给他们提供了不少有用的信息。其间，云舒数度泪下，悔恨当初，一直说"对不起"并表示愿意配合调查。

"下一步有什么打算？"从公安局出来，妈妈问云舒。

"我不是准备向迅达公司辞职吗？辞职之后想休息一段时间，或者回母校再充充电。"云舒感到从未有过的轻松。她的脑子里突然冒出一个人，对，告诉他，让他知道这些情况。

沈梦远和文熙来到朝天门，正站在两江交汇处的广场，远眺两江四岸的风景，沈梦远的手机响了。见是云舒的电话，沈梦远有些尴尬地笑笑，不知该不该接。

"我说她会缠着你吧，所以三年太长了！"文熙嘟起嘴，但很快又说，"开玩笑的，你快接吧。"然后很大度地走到一边去。

云舒简单地说了她的情况，请沈梦远放心，并向他表示了感谢。

"以后还希望你把我当成朋友，多帮助我。"云舒真诚地说。

"嗯，先休息一阵，重新捋一下思路和方向也好。"沈梦远长舒了一口气，如释重负，回到文熙身边说都解决了。

两人并排坐在码头的阶梯上，"我想做中国人！"文熙又说出这句话。这次，她说得很认真，而且期待地看着沈梦远。

沈梦远读懂了她眼神后面的意思，可实在不知道怎么表态。

"休谟说过，只有感知到的事物才是触发行动的驱动力。也许你今天感触比较深吧，到了你爷爷曾经生活过的地方。"沈梦远说。

"你觉得我是冲动？"文熙不高兴地说。

沈梦远马上岔开话题："不是说好了吗，这个问题我们三年后再讨论。"

文熙不再说话，她知道沈梦远的坚定。

两人坐在台阶上，文熙把头轻轻靠向沈梦远的肩膀。沈梦远迟疑了一下，把身子往她那边挪过去，完全接住她的头。

"三年。等我！对着长江保证。"文熙再次伸出了自己的小拇指。沈梦远也伸出自己的小拇指，紧紧地勾在一起。

"这三年不准来骚扰我哈，我们都好好做自己的事。"沈梦远强调。

晚上，文熙跟沈梦远的老师同学聚会，终于吃到了最正宗的重庆火锅，还看了川剧的变脸表演。最重要的是见到了中国的知识产权泰斗，沈梦远的伯乐、恩师张杰茹教授，一个学识渊博、优雅风趣的老太太。她也了解了西南政法大学这所中国法学界的"黄埔军校"的辉煌，张教授还想收她做关门弟子。

这么多天以来，文熙睡了一个最好的觉，而且还做了好多梦，梦见她穿上了她的偶像金斯伯格最爱的法官袍，坐在中国法庭的审判长席位上……梦见她和沈梦远在梦幻般的九寨沟，沈梦远牵着她的手，穿行在那个巨大的瀑布水帘洞中，瀑声轰鸣，他拥她入怀，用双手捂住她的耳朵……

文熙一下醒了，她真真切切感受到自己是笑醒的，脸上还留着幸福。

是啊，明天一早他们将直飞黄龙九寨沟，然后，就把梦境搬入现实吧。更庆幸的是，他们又只订到了一个房间，这不是最好的安排吗？

中美知识产权峰会会场，沈梦远的精彩发言赢得了全场的喝彩，也引起了文熙师兄 Hans 的关注，他拍了沈梦远好几张照片，并向在场的中方嘉宾打听他的情况。

沈梦远发言结束后急急忙忙去解放碑找文熙，然后陪她坐网红的钻进房子的轻轨，又带她去了他的母校西南政法大学的老校区，那是文熙一再要求的。

西南政法大学老校区坐落在歌乐山脚下，隔壁就是四川外国语大学。一年四季，郁郁葱葱的歌乐山间都有云雾缭绕，如仙气笼罩。西政师生开玩笑说，偏居西南一隅的西政之所以辉煌，是因为歌乐山的雄浑、厚重与灵气。沈梦远读硕士的三年时光就在这里度过，他们成了西政老校区的最后一批全日制学生。

"你小时候生活的大山，就像这样吗？"文熙指了指高高的歌乐山。

"比这还大，远离城市。明天去黄龙九寨，你可以找到那种感觉。"沈梦远说。

"啊，明天这个时候我们在黄龙九寨了！"文熙已经开始陶醉。

"你的救命粮准备好了吗？不要低血糖哦，也希望不要有高原反应。"沈梦远提醒道。这两天太忙，他忘了提醒她。

二人说话间，文熙的电话响了。她一看，是父亲的，赶紧接听。

"你在哪里？"

"九寨沟。"

"撒谎，你在重庆！"

文熙一下怔住了。

"CiCi，我想不到你会做出这种事！第一，跟一个中国律师如此亲密；第二，竟然犯如此低级的错误，跟对方律师出席中美知识产权峰会，还被人拍了照片。你知道吗？刚刚 LR 的大股东，公司董事詹姆斯拿着你和那个律师的照片来质问我这是怎么回事，指责陆家和对方律师勾结，损害公司和其他股东利益，而且要求重新召开董事会讨论与天华的和解。"陆天皓怒气冲冲地说。

文熙知道詹姆斯曾经联合其他董事向父亲逼宫，提出让父亲卸任 CEO 的议案。但因为文熙的爷爷在创立公司之初就做好了家族控制权设计，陆家拥有超过 60% 的投票权，所以只要陆家自己不愿放权，逼宫就不会得逞，但是迫于压力，陆家也不得不做出一些改变。

"对不起！那现在怎么办呢？"文熙立刻明白了是怎么回事。肯定是 Hans，她知道詹姆斯是 Hans 的舅舅。

文熙猜得没错。

Hans 知道沈梦远就是与 LR 正在打官司的天华公司的代理律师时大吃一惊，想不通为什么文熙会和他在一起，而且关系那么亲密，就把照片发给舅舅，并提出自己的疑问。

"我只能说这是个误会，你自己回来跟他解释！我叫他们查了航班，今天下午就有重庆经上海飞洛杉矶的飞机，已经把机票给你订好了。"陆天皓斩钉截铁地说。

"不，爸爸，过两天，就过两天。"文熙哀求道。

"一天也不行！都什么时候了?！平常对你太纵容，也太信任你了，你知道这次你捅了多大的窟窿吗？詹姆斯捅给媒体怎么办？逼宫我们放权怎么办？你不仅毁了你自己，还是整个家族的罪人！"陆天皓第一次对宝贝女儿发这么大火，他实在想不到他的优秀女儿，整个家族寄予厚望的明日之星，竟然做出这样的事，说出这样的话，他也后悔当初知道她要去做"卧底"的时候没有阻止。

"我今天就回去！我去向詹姆斯解释。"文熙的眼泪夺眶而出。

陆天皓挂了电话。

文熙泪眼婆娑地望着沈梦远。

沈梦远伸出手，为文熙擦去脸上的眼泪，文熙控制不住一头扎进他的怀中放声大哭。同样，眼泪也在沈梦远的眼眶中浮动。没想到，离别的时刻这么快就到了，他们都还没有做好准备。他下了那么大的决心陪她去旅游，想给彼此留下一段美好的回忆，但是，上天也不成全他们。

也许，这就是天意。

"不想走！不想走！"狠狠地哭够了，文熙抬头望着沈梦远，满脸不舍与无奈。

"每个人都不能任性。每个人肩上都扛着责任，对家庭、对社会、对国家。"

"你不能一个人去九寨沟，你要等我。"

"我不去。"

"我明年暑假来，我们一起去。这是你欠我的！"

沈梦远没有说话。

"你答应我，否则我就不走！"文熙撒娇地摇着沈梦远的胳膊。

"赖皮！"

……

沈梦远送文熙到机场。在进闸的一瞬间，文熙突然取下自己祖传的玉佩塞到沈梦远手里："帮我保管，让它陪伴你！"

还没等沈梦远反应过来，文熙已经进去了。

一个在这头，一个在那头，文熙潇洒地挥挥手。

沈梦远独自走出机场，脑海中浮现出电影《罗马假日》的结尾，那是男主角孤独地走出大厅的身影。

后　记

双鱼座女生梦幻、文艺，再加之家庭的熏陶，我从小便有一个文学梦。后来我学了法律，有了法治信仰，却没有选择标准的法律职业，而是走上了法治新闻的道路，觉得这样离文学创作最近。

无论是法律、新闻还是文学，我认为首先都是人学，需要以人为本，需要倾注情怀，需要有价值判断和追求，需要触动每个人心底那最柔软的地方。就连看似冰冷的法律，其价值还是以人性为基础，人性是法律的逻辑起点，任何法都为人而设计。所以，文学梦、法治信仰、新闻理想在我的职业生涯中从来都是统一的、水乳交融的。

当今世界进入百年未有之大变局，中华民族踏上了伟大的复兴之路，中国正昂首走向世界舞台中央，上演一个个精彩动人的中国故事，世界为之喝彩。讲好中国故事是国际传播的最佳方式，作为一名法治新闻人，我思考着如何向世界讲好中国法治故事，这是我的"中国梦"，也是时代赋予我的责任。

2018年，正好是改革开放40周年，那一年我决定以小说或影视剧这种大众最喜欢的形式来讲述中国故事，这个故事要向世界展现中国法治进步和改革开放成就，从而激发年轻人的爱国热情和理性思考。我和国内国际法律界的学者、律师、跨国公司高管、半导体和人工智能等科技企业人士、文学编辑、出版商、制片人等就这个故事的主题和人设反复交流，最后确定了以时下国人关注的热点，全民性话题——芯片、科技自主创新、知识产权保护为主题，以中美贸易摩擦为背景，以律师为故事主角，以系列涉外知识产权诉讼为脉络，从而展现中国自主创新和高科技的崛起，展示中国对知识产权的"强保护"，及中国法治和营商环境的进步。

尽管身为法律专业人士，我的创作过程还是异常艰辛。我把新闻工作者的职业病带到了小说创作中，什么都苛求真实、准确。一个很小的场景或情节，会花很多的时间和精力去落实相关法条、规定、政策、文件，而这部小说就如同一本普法和科普读本，绝对不能含糊，更不能出错。我去了一些律所、半导体和人工智能企业走访和体验，请教了专业人士。在小说完稿后，还分别请了三位专业人士审读，希望不要有硬伤。在此，也请亲爱的读者不吝赐教，批评指正。

创作该小说的另一个大胆想法是人物和情感线的设计，把一个如此重大而严肃的话题，放到了两个青春偶像的人物身上，再架构一个豪门公主与青蛙王子的爱情故事。对此有人点赞，有人却并不看好，认为是非专业作家才有的"肆意妄为"。其实我执着地坚持己见，原因之一是学生时代的一个情结。

在国外求学的日子里，我在大学图书馆的影音室，一遍一遍观看那部传世经典爱情影片《罗马假日》。前几遍是为了学外语，后来就只有"上瘾"，三年的时间，看了不下五十遍。

在忙碌、高压、枯燥的学习中，能够有一两个小时的短暂时光去笑、去流泪、去感动，是一件多么幸福的事。感谢《罗马假日》给我心灵的慰藉。多年之后，在我创作小说时，在我的处女作中，我执拗地要写一个现代版、中国版的《罗马假日》，男女主人公的人设和故事的推进，也都有意模仿了《罗马假日》。谨以此致敬经典，并献给滚滚红尘中依然深情、温柔的你！

另一原因来自我喜欢的一部韩剧《太阳的后裔》的启示，从这部火遍亚洲的剧中，我看到了主旋律与偶像剧的成功结合，看到了青春爱情剧中价值观的输出。该剧中"双宋"的高颜值和甜虐爱情固然吸睛和打动人心，但其以特战部队向海外派兵的题材成功输出了"忠诚""爱国""献身精神""国际担当""救死扶伤"等价值观、世界观，不仅振奋国人（该剧在播出后引发了一轮"参军潮"），同时也向世界讲好了"韩国故事"，被韩国总统称为"爱国主义教育剧"，被泰国总理巴育在泰国力推。我想这就是青春爱情故事的传播力、影响力对主旋律的正向推动吧。所以，我的《芯战》也坚持这样的路线。男主是中国优秀青年律师的代表，他的知识产权律师、涉外律师、专利代理人身份，串起了涉外法律战、科技战、自主创新的线索，女主是对中国心向往之的年轻一代海外华裔代表。两个精英律师以合作共赢的理念，推动可能两败俱伤的诉讼双方达成和解，共同分享来自中国的红利。我希望通过这个故事，能够唤起更多的人，尤其年轻人，关注并投身科技和法律这两大领域，同时，吸收书中男女主身上满满的正能量，爱国、热血、理性、创新、合作、共赢……

感谢法治日报社这个平台，始终让我与我的"法治梦""文学梦"离得很近很近；感谢报社领导和同事们的鼓励与支持，创作不到一半，该小说便在报社旗下的《法治周末报》连载，这激励并督促我坚持下去，不会半途而废。

感谢我的导师和同门师兄弟姐妹，他们是我强大的专家顾问团队。他们随时回答我的提问，一起交流讨论，共同策划设计故事情节……他们中高手云集，有知名学者、新秀律师，有各级知识产权法官，有国际大企业的法务和知识产权专员。值得一提的是，小说男主沈梦远律师的原型就在我的同门师弟里，里面很多的故事、桥段、案例包括对话其实都是真的。

感谢对该书创作、修改和出版给予帮助的朋友们（很多恕我无法一一点名），尤其感谢芯片、人工智能和其他相关科技领域的朋友对我这个门外汉的耐心解答和指点；感谢文学编辑、制片人、导演、编剧、投资商朋友们以及爱优腾等专业人士为这部小说提供的宝贵建议。

感谢中国民主法制出版社社长刘海涛先生，责任编辑刘娜女士，以及高文鹏老师。刘海涛社长两度慧眼识中我的作品，一部是2019年出版的献礼中华人民共和国成立70周年的高端访谈合集《致敬中国法律人》，一部是这本小说《芯战》。看好这部一个跨界作者的处女作小说，是需要有超乎常人的视野、格局、胆识和勇气的。恰好，刘娜编辑也是这样一个女孩，一眼便喜欢上这个故事，如拼命三郎般认真，经常深夜十一二点还在办公室加班，用心做着这本小说；高文鹏老师经验丰富，细致严谨，再度为这部作品打磨、润色和把关，只为带给读者最佳的阅读体验，只为把这个故事早日搬上荧幕。感谢我的同事、好友赵瑞女士和苏若瑶女士为这本书设计的震撼而有质感的封面。

特别感谢知识产权泰斗吴汉东先生，和我的好朋友、著名作家、制片人饶雪漫女士挤出宝贵时间为我作序；感谢著名作家贾平凹先生，著名演员、导演徐峥先生，以及我的好朋友、央视著名法制节目主持人经蓓女士对《芯战》的肯定和鼎力推荐。

这本小说从2018年改革开放40周年开始动笔并创作，写的是2019年中华人民共和国成立70周年那年发生的事情，于2021年建党100周年出版。我很幸运能用文字为这些重要节点献礼。

唯愿每个人都不负韶华，不负时代。

思璇

2021年5月